Le Secret de la pierre occulte

Artur Balder

Le Secret
de la pierre occulte

*Traduit de l'espagnol
par Maryvonne Ssossé*

wiz
Albin Michel

Artur Balder est critique musical, journaliste, ainsi que scénariste et réalisateur de courts-métrages. *Le Secret de la pierre occulte* est son troisième roman.

À Teresa Petit,
qui a toujours été infatigable et pragmatique face aux rêves...
Le genre de personnes avec qui j'ai toujours aimé collaborer.
Que ceci ne soit qu'un petit hommage à tes années de travail
et que cela dure encore, encore et encore longtemps.

Ic

Dies

Æschet !

Enitemaus !

Pá gebaswian léo

Ic eom indryhten   ond eorlum cuð,
ond reste oft   ricum ond heanum,
folcum gefræge.   Fere wide,
ond me fremdes ær   freondum stondeð
hiÞendra hyht,   gif ic habban sceal
blæd in burgum   oÞÞe beorhtne got.
Nu snottre men   swiÞast lufiaÞ
midwist mine :   ic monigum sceal
ẁisdom cyÞan ;   no Þær word sprecað
ænig ofer eorðan.   Þeah nu ælda bearn
londbuendra   lastas mine
swiÞe secað,   ic swaÞe hwilum
mine bemiÞe   monna gehwylcum.

Le Lion rouge

Je suis un noble bien connu à défaut d'avoir un nom,
nombreux sont ceux, humbles et riches, qui ont pris soin de moi.
Même si je proclame la grandeur du Haut Royaume,
les exploits de mes initiés ou la gloire du Monarque,
maintenant ceux qui se pensent savants aiment ma façon étrange
de donner des leçons sans ouvrir la bouche,
d'imposer la raison sans élever la voix.
Et même si tous les initiés de la terre,
pris d'impatience, s'efforcent de suivre mes traces,
mes chemins parfois sont obscurs
et mes paroles mystérieuses, car ce sont toutes des énigmes.

LE SIGNE

Prologue

Au fond de la plus lointaine des oubliettes de la Tour de Londres, une flamme verte s'alluma dans les ténèbres. La lueur vacillante du flambeau avança dans la galerie souterraine, repoussant les ombres sur son passage. La longue chaîne des prisonniers raclait le sol irrégulier avec un bruit métallique qui cessa au bout du couloir, devant une porte de pierre. L'homme au capuchon se pencha en avant et frappa la surface ocrée. Il n'y avait pas de verrou. Aucun signe ne laissait deviner que l'on puisse manœuvrer la porte de ce côté, mais le battant céda à grand renfort de crissements métalliques, grinçant comme s'il s'opposait à la volonté de l'homme avec la force de cent maléfices. L'ombre qui brandissait la torche avança, suivie des cinq captifs enchaînés. La lumière mouvante éclaira sa silhouette plus petite que celles des bourreaux en cagoule qui l'entouraient. Malgré sa bosse et un bras inerte, au bout duquel pendait un énorme trousseau de clefs, le geôlier se déplaçait avec une agilité incroyable. Une partie de sa figure apparaissait entre les plis d'une grossière capuche noire. La peau du visage blafard aux joues creuses et aux sourcils hérissés était piquetée de cicatrices de petite vérole. Ses yeux évoquaient ceux d'un poisson, humides, opaques, d'une largeur disproportionnée ; la paupière inférieure pendait, laissant apparaître une rougeur charnue à la fois affreuse et mélancolique. L'œil croisa brièvement le regard d'un des prisonniers, dont la chevelure rousse avait retenu son attention.

Sous une voûte d'ogives aux motifs complexes, un grand couloir descendait jusqu'au sanctuaire souterrain. La Chambre des lords formait une gigantesque arène oblongue creusée dans les fondations de Londres. Pour l'occasion, elle était illuminée par des rangées de flambeaux brûlant d'une flamme verte. Cette clarté particulière altérait la perception de l'espace, et les prisonniers, rapidement pris de nausées, finirent par s'effondrer en se couvrant les yeux. Ils furent entraînés vers le bas et descendirent en trébuchant un escalier en spirale taillé dans la pierre. Au centre de l'espace brûlait un feu liquide dans une sorte de chaudron à moitié enfoui dans la pierre, surmonté d'une grande arche. Sa forme évoquait les fonts baptismaux des églises, à la différence que sa surface reflétait des images éphémères et indéchiffrables. On eût dit un gigantesque calice incrusté au centre de la Chambre. Quant à l'arche de pierre, elle appartenait à une autre époque et dissimulait en son sein la relique dont tout le monde avait entendu parler.

Plusieurs files de silhouettes au capuchon pointu pénétrèrent dans la salle et se répartirent sur les gradins qui entouraient l'espace central. Tous les visages se dissimulaient derrière des masques métalliques insolites et effrayants. Certains arboraient l'aspect de monstres magiques alors que d'autres rappelaient des animaux connus, mais tous figuraient des créatures affreuses. Un chœur de voix spectrales entonna une litanie dans les couloirs, puis le murmure enfla jusqu'à se transformer en un chant lourd et troublant.

La lueur des torches pâlit lorsque, dans sa riche tunique au violet soyeux sur laquelle reposait un épais torque d'or, Ranulf de Flambard, le puissant lord chancelier, évêque de Durham, entra dans la salle pour présider le tribunal de Dieu. Dans un visage pâle et inexpressif, ses yeux fixaient le néant sans ciller. Derrière lui s'avança l'abominable inquisiteur suprême d'Angleterre. Son masque de tragédie en argent formait un sourire pervers. C'était le seul qui laissait apercevoir par les ouvertures du métal des yeux jaunes, au regard affamé et avide.

Ranulf de Flambard prit place dans un fauteuil à haut dossier d'où il présiderait le tribunal. Le geôlier bossu et les bourreaux s'inclinèrent, en humbles serviteurs.

Sur un changement d'expression infime du lord chancelier, le lord chambellan donna l'ordre de commencer le procès.

– *Inquisitio hæreticæ pravitatis inscriptio.*

Sans la moindre pitié, le geôlier tira sur la chaîne, halant les cinq captifs au milieu du cercle de juges en capuchon. Quelques murmures se firent entendre derrière les masques, mais un regard impérieux du lord chancelier sous ses sourcils figés suffit à instaurer un silence attentif. Les prisonniers, trois femmes et deux hommes, semblaient ne pas avoir mangé à leur faim depuis longtemps et présentaient l'allure émaciée et crasseuse de ceux qui avaient vécu pendant des mois dans un cachot sans apercevoir le jour. Si une chose leur était expressément interdite, c'était bien de voir la lumière du soleil.

L'un d'eux résistait avec ténacité. Le bossu lui adressa quelques mots incompréhensibles, puis le saisit prestement par les cheveux, l'obligeant à s'incliner aux pieds du lord chancelier. Il le rapprocha ensuite du bord du grand calice et le feu vert des torches s'aviva, éclairant le visage du captif, qui se plissait comme une étoffe aspirée par le vent. Deux étranges points de lumière rouge apparurent dans les profondeurs du chaudron, un visage difforme adressa un sourire au prisonnier. Celui-ci n'articula pas véritablement le mot, mais sa pensée le trahit :

Grendel !

Des rires cruels parcoururent les rangs des juges.

– Grendel.

La voix grave de l'inquisiteur suprême résonna derrière son masque d'argent, répétant le nom. Une de ses mains s'abaissa d'un geste solennel. Aussitôt, le bossu écarta les restes de la tunique en haillons et indiqua triomphalement l'épaule de l'accusé.

– C'est bien ça, milord !

Sa voix caverneuse de crapaud s'accordait à son allure contrefaite. Les lords échangèrent des commentaires en chuchotant.

Incapable de résister à la force qui le dominait, le prisonnier était en proie à des tremblements spasmodiques qui lui saisissaient tout le corps. Sa vision se troublait. Enfin, l'inquisiteur suprême se rapprocha, leva la main et désigna une sorte d'inscription en ancien anglo-saxon qui apparut comme tatouée sur l'épaule de l'homme aux cheveux roux lorsqu'il l'effleura.

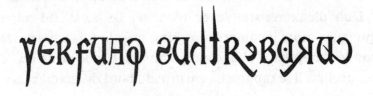

Rassemblant ses dernières forces, le prisonnier tenta d'arracher le masque d'argent derrière lequel se cachaient ces yeux qu'il avait cru un instant reconnaître... Mais il était déjà trop tard. Comme l'inquisiteur suprême prolongeait le contact, l'homme ressentit une douleur intense. L'inscription de son épaule perdit son aspect noirâtre, la croûte se fendilla, comme si le corps était gorgé d'une puissante clarté, les lettres du stigmate se projetèrent inégalement sur la haute voûte de la chambre souterraine. Ainsi, tous virent clairement la formule magique inversée, le message secret qui surgissait dans un faisceau lumineux.

CRRBAERTHDS QADTRAV

– Coupable ! tonna l'inquisiteur suprême. Continueras-tu à refuser de nous révéler l'endroit où se trouve l'incube ? Nous savons maintenant que Gaufrey est le dernier maillon de la chaîne, la dernière porte avant la révélation du secret de l'ordre.

La voix implacable de Ranulf de Flambard s'éleva à son tour :

– L'existence de ton ordre arrive à son terme. Aujourd'hui, la veille s'achève et la porte des secrets s'ouvre. De Rome à Paris, de Cologne aux frontières de l'Est, la fin débute par une chasse. Vous brûlerez dans le feu nouveau et rien ne vous sauvera du bûcher. Toutefois, tu pourrais les aider. Grâce à toi, la famille qui veille sur les mystères a une chance d'échapper aux tortures...

– Pense à lui, enchaîna l'inquisiteur suprême d'un ton engageant.

Le prisonnier se mit à haleter comme si un brasier intérieur lui consumait les entrailles.

– Vous êtes condamnés à la pire des morts. Votre sang sera versé au Sangral d'Aurnor. Mais tu as le pouvoir d'épargner à l'héritier mérovingien et à sa mère la torture à laquelle nul enfant n'a survécu, insista Ranulf.

L'homme roux s'effondra, étreint par une poigne invisible. Mais entre deux spasmes, il redressa la tête pour affronter le regard impitoyable du masque d'argent.

– Toi...

– Il est déjà bien tard pour tout, glissa l'inquisiteur.

Le bossu s'approcha du prisonnier et empoigna brutalement sa chevelure crasseuse.

– Maudit soit le traître ! hurla aussitôt le captif dans un incroyable accès de fureur. Et celui que tu persécutes te conduira à ta ruine, Clodoveo !

– Ton orgueil te perdra, dit le lord chancelier. Ma patience s'épuise. Révéleras-tu ce lieu ? Ou préfères-tu que nous donnions la chasse à l'incube et que nombre d'innocents périssent dans le feu ?

Dans un ultime effort, l'homme roux regarda ses compagnons puis ferma les yeux, désespéré mais résolu à accomplir sa mission. Une des femmes, visage émacié, tête rasée, lui adressa un murmure ardent :

– Ne dis rien ! Tiens bon !

Le masque d'argent se tourna vers elle et les pupilles jaunes la transpercèrent d'un regard féroce.

Le prisonnier interrogé ne quitta pas du regard sa compagne dont les silencieuses larmes de courage tarissaient, remplacées par un voile de douleur dans ses yeux.

Ranulf de Flambard se leva d'un bond et balaya le petit groupe d'un dernier regard chargé de mépris.

– Ils ne valent pas plus que leur cendre. Le signe qu'il nous a révélé nous conduira jusqu'au cœur de l'ordre. Tout est consommé. La sentence est le feu.

Les juges encapuchonnés lancèrent les torches qu'ils brandissaient au centre de la salle, tout en répétant en chœur le mot « coupable ». De hautes flammes vertes entourèrent le calice et rampèrent en crépitant comme d'insatiables démons jusqu'aux condamnés, qui hurlaient désespérément sous l'effet de la chaleur.

Une lumière dorée jaillit de leurs yeux, de leur bouche et de leurs oreilles. Leurs vêtements calcinés tombaient en pièces et leur corps se crevassait comme si, dans sa hâte de les abandonner, la puissante énergie rayonnante qui les habitait s'ouvrait un passage à travers les chairs.

Il y eut un éclair au milieu des flammes, puis l'obscurité se fit dans un grondement sourd, auquel succéda une épouvantable explosion. Le feu vert palpita et un nuage de poussière se propagea dans la pénombre, pendant que la cendre retombait et se posait lentement alentour.

Les cinq alchimistes avaient été tués après avoir révélé le signe du Lion rouge. Maintenant, la Grande Inquisition lançait la chasse dans tout le royaume d'Angleterre. Après la mort des cinq gardiens, l'heure était venue de dévoiler le dernier secret de l'ordre.

L'INITIÉ

1

Trop tard

Oyez ! Je connais la renommée glorieuse
Qui fut celle des rois danois d'antan,
Et les faits héroïques des nobles lords
Qui ont fait périr le monstrueux Grendel !

Ayant déclamé ces vers, le barde recula de quelques pas, laissant ses bouffons investir le centre de la salle. Ils se livrèrent avec force cabrioles à une imitation burlesque de combat entre des guerriers armés de bâtons. La clientèle de la taverne bondée était disparate : paysans, bûcherons, moines désabusés, vagabonds, quelques femmes du marché, ainsi que des négociants normands. Dans les derniers rangs, un jeune homme à la chevelure d'un roux trop vif tira sa capuche sur sa tête en sentant s'appesantir sur lui le regard inquisiteur de deux voyageurs, vêtus de noir jusqu'à leurs mains gantées. Le barde reprit la parole :

Depuis des temps reculés, les gens du royaume
Et les hommes du Nord le nommaient Grendel :
Nul ne sut jamais rien de son père, ni s'il fut enfant,
Nul ne sut jamais s'il donna vie à d'autres.
Repu mais encore violent, le farouche solitaire avait fait

Sa demeure d'un puits profond creusé dans la terre,
Où landes et marais déversaient leurs eaux fangeuses.
Dans les ténèbres tourbillonnantes, le monstre malfaisant
Était la proie d'une fureur démente. Jour après jour,
Dévoré par l'envie, il entendait les oiseaux célébrer
De hauts faits de leur joyeux babil, le son de la harpe
Et les paroles du barde qui déclamait à merveille
La première de toutes les gestes héroïques,
Du plus grand et du plus redoutable ennemi de Grendel
Que les hommes du Nord ont nommé Beowulf...

Le jeune homme roux connaissait déjà la légende de Beowulf et du sanguinaire Grendel, il décida donc de quitter les lieux. De surcroît, il ne lui plaisait guère d'être observé par ces hommes qui étaient, de toute évidence, normands. Surtout au moment précis où le barde récitait le début des vers qui décrivaient Grendel. À ce sujet, le savoir du jeune homme dépassait largement celui du simple peuple saxon. Grendel était le nom d'un magicien qui avait vécu dans le Nord trois ou quatre siècles plus tôt avant d'en être banni. Cependant, même les plus grands alchimistes ignoraient son véritable destin.

Cela dit, lui-même, Idruk Maiflower, était aussi un proscrit en sa qualité d'apprenti. Ces derniers temps, les inquisiteurs normands avaient décidé d'en finir avec les alchimistes saxons. Idruk s'écarta du feu, sortit dans la rue et se fondit dans la foule. Il allait en direction des remparts de Wilton. Son heure approchait.

En plus d'être originaires du continent, tous les membres de la famille Maiflower possédaient une caractéristique commune : une extraordinaire chevelure rousse. Parmi les alchimistes de la région du Wiltshire, ils étaient également bien connus pour leur singulier manque de patience. Mais de tout le clan, Idruk, fils de Gotwif, le dernier-né de la contrée, avait été distingué dès son plus jeune âge comme une authentique forte tête. Néanmoins, cette attente qui l'avait accablé pendant quatorze ans arrivait enfin à son terme. Toutes les heures passées à ronger son frein se transformeraient sous peu en mauvais souvenir.

Le 13 avril de l'an 1099. Son quatorzième anniversaire. La longue période qui voyait les alchimistes des maisons roturières condamnés à l'ignorance par les lois des inquisiteurs des maisons nobles s'achevait. Peu après le coucher du soleil, viendrait le moment d'accéder au statut de véritable initié. Il pourrait enfin se consacrer à ce qui l'intéressait vraiment.

Pour l'instant, le jeune Maiflower déambulait dans les faubourgs de Wilton, observant distraitement les paysans qui s'affairaient, le va-et-vient des attelages de bœufs tirant des charrettes chargées de sacs, les moines regagnant leurs cellules à la tombée de la nuit après avoir fait provision de vivres au marché.

La cité médiévale était constituée d'un dédale de maisons aux façades couronnées d'une lourde toiture. Au-dessus de la ligne des toits, les créneaux et les tours de guet des remparts normands se détachaient contre le ciel. Depuis que Guillaume le Conquérant avait érigé ses constructions de pierre, personne n'émettait plus le moindre doute sur les talents de bâtisseurs des Normands.

Idruk avait beaucoup d'admiration pour ces édifices ; chaque arche, chaque bloc était frappé d'un symbole que seuls leurs

27

tailleurs de pierres savaient déchiffrer. Les Normands avaient importé du continent un art mystérieux qui se reflétait dans leurs bâtiments. Combien de temps devrait-il encore patienter avant d'accéder à ce monde de secrets, de légendes, de magie et de pouvoir ?

La résolution des énigmes l'attirait tout particulièrement ; s'il n'était pas très appliqué, il était en revanche conscient que les charades et les symboles le guidaient vers le savoir des alchimistes. Ainsi, à l'insu des gens ordinaires, étrangers aux affaires des sociétés secrètes, il approchait le véritable pouvoir dont les maisons et les familles inférieures avaient été privées depuis deux siècles : le savoir alchimique et sa pratique.

Ni gros ni maigre, d'une taille moyenne, Idruk Maiflower avait de larges épaules et un visage à la peau laiteuse piqueté de taches de rousseur. Lorsqu'il écartait les mèches de cuivre qui lui donnaient l'air d'un vagabond ensorcelé, il dévoilait invariablement une expression joyeuse et intelligente. Ses yeux d'un bleu très sombre étaient vifs et, magie ou pas, quand il s'agissait de dérober quelque babiole au marché de la ville, il n'existait pas de doigts plus habiles que les siens.

Cependant, le jeune Maiflower se distinguait de bien d'autres adolescents par sa capacité à pénétrer les secrets d'autrui, sans se préoccuper des interdictions en cours depuis une vingtaine d'années. Il connaissait les marques secrètes de toutes les confréries de la ville, celles des maçons, des orfèvres, des tailleurs, des juifs et aussi tous leurs mots de passe. Il ne savait d'où lui venait cette insatiable curiosité dont on ne trouvait pas d'antécédents dans la famille. Si Idruk avait développé une aptitude innée, c'était bien celle de savoir discerner des messages indétectables pour la plupart. Cette faculté courante chez les alchimistes était doublement ancrée en lui. Et s'il était parvenu à passer inaperçu aux yeux des habitants des alentours, il avait toutefois retenu l'attention d'un alchimiste que les villageois les plus ignorants appelaient Luitpirc.

Luitpirc était un Franc qui venait du continent. Il avait été le maître de la Confrérie des alchimistes du Wiltshire avant qu'elle ne soit proscrite. L'Inquisition avait édicté les décrets à Londres avec le soutien de l'évêque de Durham, Ranulf de Flambard, bras droit du nouveau roi normand Guillaume le Roux.

Cela n'avait pas empêché Idruk Maiflower et quelques-uns de ses amis de passer nombre d'heures dans le laboratoire délabré de Luitpirc, situé non loin de Wilton, du côté du bois de Clarendon. Les apparitions du fameux alchimiste, dit le Conteur, étaient rythmées par de longs voyages. Il jouissait d'un respect inconditionnel, du moins chez les alchimistes roturiers de Wilton. Les nouvelles des grands changements qui se produisaient sur le continent arrivaient souvent par son intermédiaire. Ces informations circulaient ensuite parmi les alchimistes et les sorcières de tout le comté au Porc-Égorgé, une taverne de mauvaise réputation.

Idruk s'appuya contre la muraille et tira sur sa capuche brune. Pourquoi fallait-il que le temps passe si lentement ? L'heure de l'initié n'arriverait pas avant le coucher du soleil. Le premier moment devait être choisi avec soin, tous les alchimistes étaient d'accord sur ce point précis.

Pour se distraire, il se mit à observer la route du nord, où les voyageurs se faisaient de plus en plus nombreux. Pendant que l'astre s'enfonçait derrière les collines de l'est, au-delà d'une grande plaine mouchetée de bosquets, Idruk se remémorait les terribles nouvelles qui circulaient en ville.

De grands inquisiteurs seraient à Londres ; des bûchers s'embrasaient dans les places fortes du royaume franc et menaçaient de gagner le royaume d'Angleterre ; des sentences de mort et des persécutions se multipliaient. Des ordres de chevaliers voyageaient à travers toute la terre à la recherche de secrets extraordinaires. Des démons et des dragons attaquaient montagnes et vallées, les soumettant après avoir dévoré des hameaux entiers. On parlait d'un énorme livre que Guillaume le Roux avait demandé à quatre de ses conseillers d'ouvrir afin que les tabellions puissent y consigner toutes ses possessions. Légende ou pas, le Grand Registre de l'Inquisition d'Angleterre était censé avoir la taille d'un homme et comporter des milliers et des milliers de pages, et avait la réputation d'être un des livres les plus maléfiques jamais rédigés...

Une bande de corbeaux prit son envol, attirant l'attention du jeune garçon. Ils croassaient avec une intensité inhabituelle en survolant le profil sombre de la muraille. En fait, il était trop tard pour une visite à son amie Ylke et trop tôt pour tenter d'obtenir un repas chez les Plumbeus. Par ailleurs, le moment approchait. Le jeune homme se leva, ajusta sa capuche et se mit en route dans le crépuscule, longeant des ormes aux branches nues. Sa silhouette finit par disparaître comme une ombre au milieu des champs.

2

Maître Luitpirc

Le brasier du crépuscule s'étouffait dans ses propres cendres et des ombres lugubres montaient à l'assaut du ciel. Le sentier serpentait jusqu'à un vieux château en ruine dont nul seigneur de Pembroke ou de Radnor n'avait réclamé la possession. Une antique porte de chêne fermait le donjon et du lierre tapissait les pierres érodées. Un petit pont délabré et pourri qui avait perdu ses balustrades enjambait un fossé à sec, comblé par des couches de feuilles tombées au cours d'innombrables automnes. Un rideau de hêtres et de châtaigniers dissimulait en partie ce vestige de l'antique royaume du Wessex.

Idruk manipula le heurtoir avec force et détermination. Cinq coups comme toujours.

Les gonds grincèrent faiblement et le battant céda. Le jeune homme se glissa dans l'obscurité. Comme chaque fois, il ne pouvait se défaire de l'impression que quelqu'un avait ouvert, pourtant il n'y avait jamais personne à l'intérieur. À peine avait-il descendu quelques marches que la porte se referma. Quelques torches éclairaient un couloir qui reliait le donjon au vaste laboratoire voisin.

Un feu brûlait dans la grande cheminée. Même si le lieu lui était familier, il ne manquait jamais d'impressionner Idruk avec son âtre en forme de gueule de lion aux longs crocs. Un trépied de pierre attendait un éventuel chaudron. L'éclat rouge des flammes illuminait les yeux du fauve : deux fentes qui laissaient apercevoir le conduit d'évacuation. Deux portes pouvaient fermer le foyer et le transformer en un gigantesque four de cuisson. La superbe crinière de pierre se déployait des deux côtés en plis et filigranes, servant de support à des dizaines d'ustensiles étranges destinés aux opérations de l'alchimiste : toutes sortes de pots, matras, jarres et vases, d'argent, de cuivre ou de fer, et des bouquets d'herbes séchées.

L'apprenti découvrit son maître dans une activité inhabituelle. Luitpirc ne parcourait pas avec patience d'épais grimoires, il ne broyait pas des os d'oiseau, ne contemplait pas le feu, plongé dans une méditation immobile. Au contraire, il semblait affairé à remplir un sac de quelques objets. Il portait une culotte de peau tannée rapiécée et de hautes bottes noires, ainsi qu'une casaque aux boutons dorés assortie d'une écharpe. Sa chevelure grise en broussaille semblait plus houleuse que la mer du Nord. Le vigoureux vieillard se retourna et salua son jeune compagnon en le prenant par les épaules.

– Idruk Maiflower ! Tu tombes bien...

Luitpirc avait l'allure cordiale d'un noble excentrique entre deux âges. Pour une raison que nul ne parvenait à éclaircir, malgré les rides qui sillonnaient son visage, son apparence était restée fort juvénile.

– En outre, avec cette cape et le pourpoint rouge que t'a confectionné ta mère, ta tenue est parfaite... Parce que nous partons en voyage ! Grande nouvelle, n'est-ce pas ?

– Mais maître Luitpirc, vous savez que...

32

– Nous n'avons pas de temps pour les « mais » et avant que tu ne dises « ouf », nous serons déjà partis, répliqua Luitpirc avec animation. Nous allons à Londres, évidemment. Un événement extraordinaire réclame notre présence sur place. Tu devrais jubiler comme un corbeau au marché : tu t'apprêtes à être admis dans une des réunions les plus importantes qui se soient tenues dans le royaume d'Angleterre depuis la défaite d'Édouard le Confesseur ! Le destin a voulu que cela arrive justement le jour de ta cérémonie d'initiation, une étape indispensable et essentielle de la formation alchimique. J'ai prévenu Plumbeus, Lewander et d'autres alchimistes de la confrérie que j'étais forcé de m'absenter pour des raisons indépendantes de ma volonté, et ils en ont déduit que ton initiation allait être remise à plus tard. Mais en vérité, et bien que personne ne le sache, ce voyage te tiendra lieu de rituel d'initiation.

Quelque chose sur le visage de Luitpirc poussa Idruk à penser que son maître cachait des secrets et sans doute plus d'une préoccupation, comme toujours.

– Ne t'avise pas d'essayer de lire mon esprit... Tu sais bien que c'est interdit, par la barbe d'Ébroïn ! Après tout, tu ne devrais avoir étudié rien de tout cela.

Le poids de Luitpirc n'avait rien d'excessif et il se déplaçait avec agilité. Entre les innombrables rides de son visage imberbe et son long nez, il parvenait à exprimer avec aisance une large palette d'émotions. Son apprenti avait vite appris à se défier de la plupart des réponses subtiles de son maître. Luitpirc passa une cape écarlate dont il tira la capuche par-dessus sa chevelure rebelle.

– En avant, un mystère nous attend.

Il se retourna brusquement vers Idruk, son expression se faisant soudain plus sévère, énigmatique.

– Crois-tu que je plaisante, jeune homme ? Ma présence est requise à l'abbaye de Westminster après la mort de plusieurs membres de l'ordre du Lion rouge.

Luitpirc parcourait le couloir à grandes enjambées, précédant le garçon encore abasourdi qui portait le sac comme le lui dictait sa fonction d'apprenti. Les torches se consumaient sur leur passage, plongeant peu à peu le château dans les ténèbres. Ils franchirent la porte qui menait aux écuries délabrées et s'installèrent dans un chariot à l'allure peu ordinaire. Deux hommes de grande taille sous leur cape, hautes bottes et chapeau à large bord, se juchèrent sur le siège du cocher. D'après la rumeur, Luitpirc était un noble plus ou moins ruiné, venu du continent. Mais que cela soit vrai ou faux, l'alchimiste pouvait toujours compter sur d'étranges acolytes se déplaçant de nuit autour de sa demeure isolée. Installé dans le véhicule, Idruk entendit les chevaux se cabrer. Luitpirc ferma la portière et y frappa quelques coups.

– À Londres ! ordonna-t-il avant de mieux se caler sur la banquette.

Les roues grincèrent quand l'équipage s'ébranla. Lorsqu'ils abandonnèrent les chemins de Wilton pour traverser les prairies solitaires de Salisbury, Idruk supposa que le monde était enseveli dans la plus profonde obscurité.

La voix de Luitpirc, un bourdonnement semblable à celui du vent ronflant derrière une fenêtre, s'insinuait à l'intérieur des oreilles d'Idruk.

– Jeune Maiflower, tu devrais être très heureux que cette circonstance singulière soit venue perturber ta grande nuit, car ce moment est vraiment fondamental. En ce jour, tu seras initié au savoir de l'alchimie, mais le savoir ne vaut rien sans l'expérience. Voilà pourquoi j'estime qu'il est préférable que tu sois témoin de ce qui nous attend. Le garçon devient un homme lorsqu'il s'est frotté au danger et aujourd'hui, tu vas regarder droit dans les yeux le grand péril qui menace notre monde.

– J'avais l'intention de commencer à forger une pierre philosophale au laboratoire, aujourd'hui.

Luitpirc accueillit cette déclaration d'un rire placide.

– Belle ambition d'alchimiste ! Nous avons déjà largement évoqué le sujet, voire trop, à mon sens. La fabrication de la pierre des philosophes n'est pas à la portée d'un apprenti, cependant...

– Mais ce n'est pas impossible.

– Rien ne t'empêche d'essayer, bien sûr... De toute façon, aujourd'hui, une grande occasion se présente à nous. Nous partons enquêter sur un terrible événement, jeune Maiflower.

Idruk jeta un coup d'œil à son maître. Les yeux mi-clos et mystérieux, celui-ci avait croisé les mains dans son giron.

– Des meurtres effroyables ont endeuillé les forces du Lion rouge, dit-il soudain.

Stupéfait, Idruk écarquilla les yeux.

– J'ai entendu moult histoires sur cet ordre. Mais je ne sais rien de précis. Vous pourriez peut-être me révéler quelques-uns de ces secrets que j'ignore.

– Puisqu'il faut satisfaire ta curiosité, jeune Maiflower, apprends que l'ordre du Lion rouge est la plus ancienne des confréries d'alchimistes mérovingiens. Ses membres ont découvert, emporté et caché l'objet le plus puissant jamais cité dans les légendes.

– La couronne de fer !

– Tu en sais plus que tu ne le dis, mais moins que tu ne le voudrais ! Ainsi, la relique resta cachée dans un coffre de pierre pendant des centaines d'années, jusqu'à ce que les forgerons parviennent à tordre le clou sacré avec lequel fut crucifié le Christ et à lui donner la forme d'un cercle. La transformation altéra la magie de la relique qui cessa d'être un clou, symbole de souffrance, pour se convertir en couronne, symbole de puissance illimitée.

– Le cercle est le monde, symbole de l'unité et de l'infini.

– Bravo ! Le cercle n'a ni début ni fin. Il représente la magie sans retour ou le retour du même. Le bien et le mal s'unissent en lui. Tiens, dis-moi donc quel est le cercle qui contient un point dans la symbolique alchimiste ?

– Le Soleil.

– Et quelle est la nature du Soleil ?

– L'Œil du Monarque et le corps céleste du signe du Lion.

– Il est plus facile de parler que de comprendre, mais tu dois savoir que les familles d'alchimistes apparues sous le signe du Soleil ont pour la plupart...

– ... des cheveux roux, acheva Idruk en écartant une des mèches cuivrées qui lui tombaient sur le front.

– Tout en ayant l'air d'un détail frivole, ce fait revêt la plus grande importance. Ce trait physique a pris à son tour une valeur symbolique. Certaines de ces familles ont les cheveux très roux, presque rouges. Elles ont été les victimes des persécutions des premiers inquisiteurs du continent.

Luitpirc s'installa plus confortablement avant de continuer.

– L'ordre du Lion rouge est composé de plusieurs familles qui protègent la couronne de fer et l'on sait qu'il est lié à certaines maisons de puissants alchimistes, mérovingiennes ou de diverses origines franques. Ils viennent d'Austrasie, de Neustrie et de Burgondie. Depuis les temps où a été forgée la couronne, à l'époque de Brunehilde de Worms, plusieurs lignées aux cheveux roux ont veillé sur le secret de l'incroyable pouvoir. Mais toutes les légendes mentionnent la disparition de la couronne. De l'avis général, elle aurait été transférée dans le royaume d'Angleterre après la mort de Charlemagne.

– C'est pour cela que Guillaume le Conquérant et ses Normands nous ont envahis, il y a trente ans ? Pour s'approprier la couronne ?

– J'ai bien peur que nous ne soyons amenés à découvrir des réponses encore plus terribles. La couronne de fer est sans doute convoitée par des pouvoirs bien plus obscurs que ceux qui ont poussé à cette conquête.

– Le véritable mal dont on ne parle qu'à voix basse.

– La restauration d'Aurnor a eu des effets terribles pendant les deux derniers siècles. Sa disparition a seulement mis en évidence le pouvoir de l'ombre diabolique qu'il est devenu.

À ces paroles, Idruk ne put réprimer un frisson d'horreur.

– Aurnor a contribué à un profond bouleversement. Les cultes de la terreur se développent partout, associés à la mort qui menace et aux tortures des inquisiteurs. De nouveaux maux s'approchent d'Angleterre sous la forme de grands brasiers. Les alchimistes-nés sont insensibles au feu, mais les inquisiteurs font brûler une flamme nouvelle, une ardeur à laquelle alchimistes ou sorcières ne peuvent échapper et qui les réduit en cendres.

Luitpirc soupira avant de continuer :

– Le monde change trop vite, mais aujourd'hui, nous commencerons à chercher certaines réponses. J'ai reçu un message et il n'y a pas de doute dans mon esprit : nous resterons là-bas jusqu'à ce que tout soit éclairci...

– Et ma mère ? demanda instinctivement le jeune homme.

Pendant un instant, un sentiment singulier s'était emparé de lui avec tant de force qu'il en avait eu le cœur serré. Il devait la protéger.

– Ne prête pas attention à tes prémonitions. Parfois, on ne peut les distinguer de la simple crainte.

– Cependant, j'ai ressenti une émotion étrange en vous écoutant.

Idruk se massa les tempes. Le maître fixa son élève avec attention.

– Détends-toi. Tu vas apprendre et mûrir au cours de ce voyage. Depuis des années, nombreux sont ceux qui ont veillé sur toi. J'ai prévenu Gotwif que tu étais avec moi. Mais elle ne doit savoir sous aucun prétexte que nous sommes partis pour Londres ! Tu dois garder le secret jusqu'à l'instant choisi de la révélation. Tâche de te reposer.

Mais Idruk continua à réfléchir, évitant le regard serein et pénétrant de son maître.

3

Le seuil de l'abbaye

C'est seulement en se réveillant qu'Idruk comprit qu'il s'était endormi. Luitpirc le secouait par l'épaule et la voiture qui avançait au pas sur une voie pavée finit par s'arrêter.

– Nous voilà arrivés.

Luitpirc ouvrit la portière. De l'autre côté d'un grand pont, quelques lueurs papillotaient faiblement dans un monde étouffé par le brouillard. Aux yeux de l'apprenti somnolent, les lampes et les torches ressemblaient à des feux follets.

Le maître prit congé de ses assistants et l'équipage disparut aussitôt dans la brume. Puis tous deux gagnèrent l'autre rive dans la rumeur des eaux qui battaient les piles du pont. Luitpirc rabattit son capuchon, s'éloigna des lumières et se glissa dans le dédale obscur des faubourgs.

Au bout de quelque temps, ils abandonnèrent l'abri des venelles désertes pour se faufiler de portail en portail. Après avoir tourné au coin d'une rue, Luitpirc fit signe à son élève.

– La voilà.

– Westminster...

39

Fasciné, Idruk avait du mal à se convaincre que ces murs, éclairés par quelques faibles points lumineux et dont le sommet se perdait dans la brume, étaient réellement ceux de la plus grande abbaye d'Angleterre. D'épais fourrés poussaient dans un patio entouré de clôtures et de champs où se dressaient les granges, fournils, étables et boucheries de l'abbaye. L'austérité des murailles suffisait à évoquer l'atmosphère monacale des cloîtres au cœur du bâtiment.

Une rangée de dalles traçait le chemin vers le portail principal de l'enceinte, mais Luitpirc rechercha de nouveau l'abri de l'obscurité. Ils traversèrent le cimetière. La brume s'enroulait en volutes et lents tourbillons autour des hautes stèles. Au pied des murailles, l'alchimiste frappa un coup à une porte discrète mais solide, encastrée dans une rangée d'arches romanes. Le battant s'ouvrit lentement sur un homme à la tête tonsurée qui les invita d'un signe à entrer.

Tous trois se regroupèrent dans un long couloir au bout duquel une lueur rouge projetait un reflet mouvant sur les murs. Le moine avait une allure craintive.

– Nous pouvons parler ici ? demanda Luitpirc.

– Il n'y a pas de... de... l... l...

– Il n'y avait pas de lieu plus sûr que les murs de cette sainte demeure, jusqu'à cette heure fatidique.

Le maître et l'apprenti se retournèrent du même mouvement vers les ténèbres. L'homme qui venait d'achever la phrase du bègue frère Prognus apparut dans la clarté des lampes. C'était un moine frêle, au nez aquilin.

– Je vous salue, frère Elfric.

Luitpirc fit quelques pas vers lui, mais un autre moine d'une extraordinaire corpulence surgit à son tour du passage.

40

Sa cordelière tressée retenait son froc sous une panse ronde et épanouie.

– Maître Luitpirc !

– Que s'est-il passé ?

Les yeux du gros frère roulaient dans leurs orbites. Il semblait au bord des larmes.

– Le démon s'est incarné ! Il hantait ces couloirs et a accompli son œuvre maléfique dans les ténèbres ! Il a refermé ses pattes de bête sur l'honneur de Dieu et l'a dépecé de ses griffes. La fin des temps est proche. Nous vivons la dernière heure inscrite dans le registre du monde. Toutes les horreurs de l'enfer franchissent les portes souterraines et menacent de dévorer les royaumes de la terre... Toutes les prophéties se sont réalisées ! Implorons le pardon de tous nos abominables péchés !

– Il a agi à la tombée de la nuit, ajouta Elfric. Un de nos frères est mort d'une manière épouvantable, assassiné par le démon. Son corps a été découvert au milieu de l'après-midi dans la buanderie. Depuis, nul n'y a pénétré.

Les traits de Luitpirc se durcirent.

– Qui d'autre sait ce que vous m'avez appris ?

– L'abbé et quelques frères.

– Vous parlez d'Anselme de Becq ? L'abbé qui est entré en contact avec... mes frères ? demanda énigmatiquement Luitpirc. Priez pour que rien de cela n'arrive aux oreilles du lord archevêque de Canterbury.

– Sous la direction du père Anselme, la Confrérie des alchimistes a toujours bénéficié de la sympathie de Westminster. Et nombre de nos frères ont étudié les légendes alchimiques et les ont mises en application entre les feux de ces cuisines, souligna Elfric. Mais cet événement extraordinaire ne doit pas transpirer et les signes étranges qui l'accompagnent doivent être effacés au plus vite de la mémoire de ce lieu.

– Je n'effacerai jamais les traces d'un assassin, fût-il le diable lui-même ou l'un de ses démons, répliqua Luitpirc sans quitter Elfric du regard.

Frère Conrad sursauta et commença à prier de la voix d'un homme soudain pris de nausées, en embrassant le crucifix de bois suspendu autour de son cou épais.

– C'est précisément pour cela que l'abbé vous a demandé de venir.

– Et les inquisiteurs ?

– Certainement pas ! Ils ne doivent rien savoir.

Le visage d'Elfric exprimait la plus grande appréhension. Conrad tremblait de tous ses membres en marmottant :

– Qu'ils ne l'apprennent jamais. Jamais !

– Un procès inquisitorial provoquerait un énorme scandale, insista Elfric. Cela ne doit pas se savoir. Et les autres frères doivent également être tenus dans l'ignorance. Pour nous comme pour notre abbé, cela relève du secret de la confession. Nous sommes tous d'accord sur ce point.

– Si le lord chancelier Ranulf de Flambard vient à l'apprendre...

Au comble de la terreur, Conrad interrompit Luitpirc :

– L'évêque de Durham ! Par Dieu et tous ses saints !

– ... vous pouvez être certains que les tortures et les sentences seraient terribles, insista l'alchimiste, soucieux de les mettre en garde. De nombreux frères innocents périraient sur le bûcher.

– Le temps passe trop vite, Luitpirc. Ce problème doit être résolu avant l'aube. Suivez-moi !

Avant d'obtempérer, l'alchimiste se tourna vers Idruk.

– La frontière qui sépare l'enfant de l'homme est mince. Tu n'es ni l'un ni l'autre. Je ne peux pas décider pour toi, mais...

– Je vous accompagne, dit l'apprenti d'un ton résolu.

Il repoussa le capuchon qui jusqu'à cet instant avait dissimulé ses mèches rouges frisées et emmêlées. Le gros Conrad le dévisagea avec stupéfaction, comme s'il venait de découvrir une nouvelle manifestation inexplicable de sorcellerie, ou comme si une mise en garde effrayante qu'il avait mille fois entendue venait de se matérialiser. Le moine se précipita vers la pénombre du couloir, murmurant des prières entre deux baisers à son crucifix.

Mon Dieu, celui-là est roux ! songeait-il.

Le petit groupe suivit le frère Elfric qui, peu avant d'atteindre la lueur orangée qui éclairait le bout du couloir, glissa un regard oblique vers Idruk.

– Tu vas visiter les cuisines de notre abbaye. Les inscriptions sont apparues peu à peu sur les murs après la découverte du meurtre de frère Gaufrey.

– Vous voulez dire qu'elles n'ont pas été tracées par une main humaine ?

– Tu as bien compris.

– Le spectre du frère Gaufrey erre déjà dans les couloirs, chuchota Conrad, en proie à la terreur. Qui nous délivrera de son âme en peine ? Il nous terrorisera jusqu'à ce que mort s'ensuive. Et s'il a vraiment été tué par le diable en personne, il est maintenant devenu un de ses serviteurs.

– Pas de conclusions hâtives, frère Conrad. Laissez-moi d'abord étudier ces inscriptions.

Luitpirc avança lentement, suivi de son apprenti. L'éclat du feu absorba peu à peu leurs ombres à mesure qu'ils pénétraient dans l'immense espace des cuisines.

4

Les cuisines de Westminster

La lueur d'or rouge crépitait au fond, jetant de longues ombres sur le sol et les murs. Si les laboratoires des alchimistes avaient fasciné Idruk, cet antre lui paraissait plus digne d'abriter de puissantes sorcières ancestrales.

Des arbustes pendaient du plafond ténébreux, créant la sensation étrange d'un bosquet qui se serait enraciné sous ces voûtes mystérieuses. Certains étaient enserrés dans de fines toiles qui les empêchaient d'entraver les activités se déroulant sur une longue table de pierre, où étaient disposés plusieurs couteaux de boucherie. Pour Idruk, les larges taches noires qui maculaient la pierre et sur lesquelles jouait l'éclat des flammes évoquaient les vestiges de quelque massacre, perpétré par les moines pour donner consistance et saveur à leurs ragoûts. Une impressionnante collection de marmites et de cisailles était accrochée aux murs. Quelques poulets plumés pendaient le long d'une corde, prêts à agrémenter soupes et bouillons. Comme un contrepoint à ce spectacle lugubre, un arôme âcre émanait des marmites qui chevauchaient les flammes, posées sur de grands trépieds.

Mais c'était sur les espaces séparant les pilastres de la

voûte que s'étalait une des visions les plus horribles qu'il se puisse imaginer. Quelqu'un avait inscrit des messages sur les murs ; les lettres faisaient penser à des apparitions qui auraient adhéré à la surface de la pierre. Leur tracé anguleux et irrégulier évoquait une main diabolique. L'esprit qui avait écrit ces lignes semblait désordonné, troublé et anxieux, possédé par d'innombrables désirs contradictoires. Idruk perçut une onde de chaleur et tous ses cheveux se dressèrent sur son crâne. Mais au-delà de la peur, une prémonition s'éveillait dans un recoin profond de son esprit. Les lettres tordues, les symboles horribles, les diverses signatures semblaient provenir de plusieurs volontés perverses.

– Je n'ai jamais vu une manifestation aussi... murmura Luitpirc en s'éloignant du petit groupe effrayé. Des démons. De nombreux démons.

À ces paroles, les moines se figèrent. Aussi fasciné qu'épouvanté, Idruk saisit une des torches qui brûlaient à l'entrée des cuisines et s'approcha de quelques pas. La voix de l'alchimiste s'éleva :

– Sors ton fusain et ton parchemin et note sur-le-champ tout ce que tu vois. Prends soin de ne rien oublier, copie chacun de ces signes. Le plus petit détail peut se révéler crucial. Commence par le message et les signatures du diable...

Avant de se lancer, Idruk hésita, mais il reporta intégralement sur son parchemin les caractères qui apparaissaient au-dessus de la grande cheminée.

Il se demanda si en les transcrivant, il avait lui aussi conclu une sorte de pacte avec les démons. En effet, selon l'alchi-

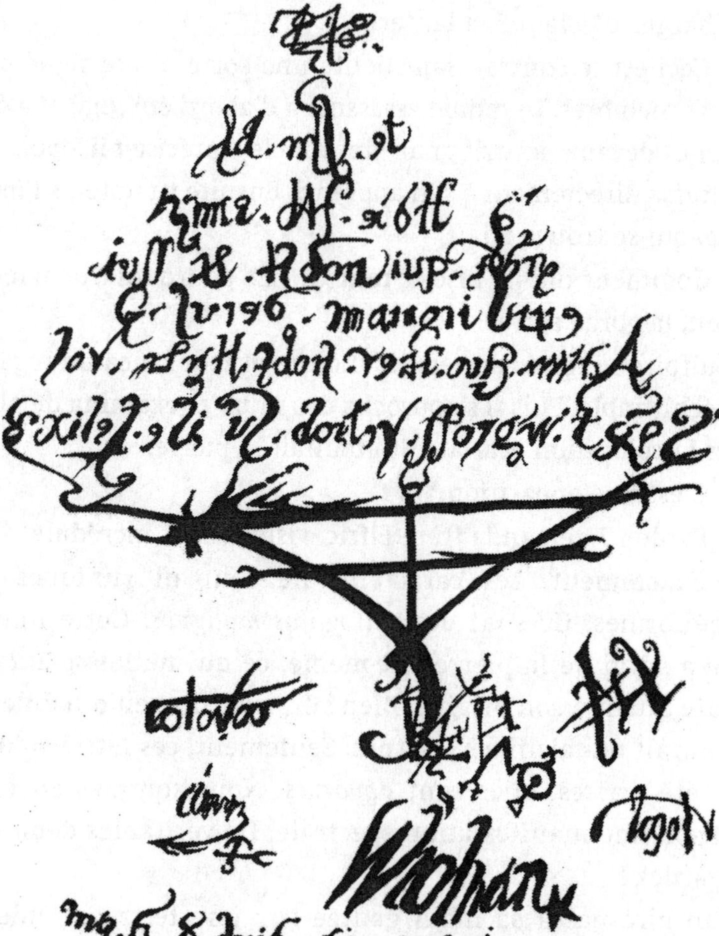

miste, ceci était le paraphe de plusieurs démons, au moins huit, qui revendiquaient ainsi la paternité du crime. Luitpirc se chargea d'éclairer sa lanterne.

– Ceci est le contrat, sans doute une sorte d'acte signé par divers membres. Le moine assassiné a d'abord été jugé. Il a été amené devant le tribunal du diable, précisa-t-il, puis il s'adressa directement à son apprenti. Ensuite tu noteras l'*invocatio*, qui se trouve ici...

– Comment ont-ils inscrit tout ça ? Et pourquoi ? demanda Idruk, la gorge serrée.

Luitpirc se retourna vers les moines et leur lança un regard indéchiffrable. Puis il s'approcha des murs et examina de plus près la coloration écarlate qui teintait la pierre.

– C'est une apparition.

– Pardon ? demanda frère Elfric, visiblement incrédule.

– Exactement. Les caractères ne sont ni runiques ni cunéiformes. Ce sont des *petroglifus malignus*. Cette humidité a surgi de la pierre elle-même, ce qui ne laisse aucun doute quant à son origine. Bien sûr, avec un peu d'habileté, on aurait pu falsifier l'écriture. Seulement, ces lettres n'ont pas été écrites, elles sont *apparues*. Nous sommes en présence d'une manifestation spectrale. De véritables démons. Regardez !

Luitpirc passa sa main gantée sur une lettre et enleva l'espèce de mousse rougeâtre qui en traçait le contour. L'inscription sembla alors disparaître. Mais tandis que le gant de l'alchimiste dégageait une odeur de brûlé, la substance se matérialisa de nouveau à l'endroit effacé et le mot se reconstitua.

– Par tous les os de saint Benoît de Nurcie, marmonna frère Conrad.

D'une main tremblante, Idruk recopia l'invocation :

Luitpirc répondit à la question que son apprenti était sur le point de formuler :

– « À l'intérieur de ce cercle, toute parole crée ce qu'elle affirme. » Voilà ta réponse. Il s'agit d'un sortilège impératif dans la langue noire que l'on attribue aux démons, l'une des rares phrases dont la signification est connue avec certitude. Ceux qui pratiquent la magie noire, les adorateurs des ténèbres, ont leur propre manière d'engendrer ses forces, mais je ne parviens pas à trouver le sens de cet avertissement... D'une façon ou d'une autre, l'allusion au cercle peut faire partie intégrante du message.

Dominant sa peur, Elfric s'était avancé de quelques pas.

– Vous avez dit avertissement, maître Luitpirc ?

– C'est précisément la nature de ce message diabolique. Si ce crime arrogant a été perpétré au sein de l'abbaye de Westminster, c'est qu'il se veut une démonstration de force. Mais il revêt aussi une autre signification. Une sorte de présage, un signal, un appel... voire une invocation destinée à attirer d'autres démons.

Sur le mur de gauche, une autre inscription capta leur attention. Celle-ci affectait la forme d'une pyramide inversée. Pendant qu'il la recopiait, le jeune homme jetait des regards circonspects autour de lui.

Ic

Dies

Æschet !

Enitemaus !

Adava Kedav !

Subucni ! Subucni !

Acilobaid ! Acilobaid !

Mon successeur et héritier

Est déjà né et grandit rapidement

C'est un bébé et il a une queue de bœuf

C'est un enfant et il a une tête de chien

C'est un homme et j'ai compté jusqu'à trois

– Ne crains rien de cette magie funeste, mon cher apprenti, dit Luitpirc d'une voix apaisante. Je pense que certaines phrases sont codées en boustrophédon, une forme archaïque d'écriture grecque qui se lit alternativement de gauche à droite et vice-versa. On la voit apparaître au cours de diverses manifestations démoniaques et dans les registres secrets du sanguinaire ordre du Dragon. Celui qui a commis le crime ne se cache pas entre ces colonnes. Il est déjà arrivé à ses fins, car ce qu'il désirait c'est que nous puissions tous voir son œuvre. Il n'a laissé que ses traces.

– Quelle infamie ! s'exclama Elfric.

– La forme pyramidale cache une énigme, lança Idruk. C'est le dessin inversé du signe du *lapis*, la pierre philosophale...

Et le jeune apprenti traça le symbole alchimique sur son parchemin :

– Bien deviné, confirma le maître. C'est en effet un message occulte fondé sur le signe de l'Épée, en contradiction avec celui du *lapis*. Il s'agit peut-être d'une malédiction, mais les mots du sommet de la pyramide me sont inconnus... Toutefois, son existence même constitue un message et tous ces événements ont pour but de le rendre public. Quelqu'un cherche à répandre la panique à Londres et dans tout le royaume.

– Que voulez-vous dire ? Un monstre sanguinaire avec de grandes cornes et de longues griffes rôde dans cette abbaye ?

– Je n'en crois rien, frère Conrad, même s'il est vrai que de nombreux monstres menacent le peuple anglo-saxon. Certains ont le visage de lords normands. Mais peu importe la nature de cette créature ; puisque selon vous ces actes maléfiques ne sont pas encore connus, nous pouvons toujours gagner du temps. Pour que les pieuses mains de cette abbaye effacent cette piste d'horreur, il faudrait d'abord donner à votre frère défunt une digne sépulture.

– Et les apparitions de la cuisine ? demanda frère Elfric.

– Vous mettrez plus longtemps à vous en débarrasser. Par ailleurs, il risque d'en apparaître de nouvelles.

– Mais comment procéder ?

– Demandez aux frères de se laver les mains tous les soirs après la confession dans une marmite de cuivre qui sera placée dans la salle capitulaire, recommanda l'alchimiste. Pendant la nuit, vous lessiverez les murs avec cette eau. Les inscriptions disparaîtront au fil du temps. Pendant cette période, vous entendrez des lamentations dans les couloirs, mais ne craignez rien.

Luitpirc observa quelques secondes de silence, avant d'ajouter :

– En tout cas, si vous lui épargnez les inquisiteurs, frère Gaufrey pourra au moins reposer en paix. Maintenant, il est temps de voir son corps. Conduisez-nous devant lui, frères !

5

La morgue de frère Gaufrey

Ils quittèrent la cuisine et s'enfoncèrent dans la pénombre d'un long couloir qui longeait la salle du chapitre. Puis atteignirent le cloître ouest par un autre interminable passage voûté. À un nouveau croisement, ils s'engagèrent à la suite d'Elfric dans un escalier qui descendait profondément dans les entrailles du bâtiment avant de déboucher dans ce qui ressemblait à un triforium[1] souterrain.

Ils s'arrêtèrent. Des voix se firent entendre dans l'obscurité. Puis deux lampes apparurent, éclairant une pieuse procession menée par un moine corpulent et vigoureux.

– Vous êtes enfin là, maître Luitpirc ! murmura-t-il nerveusement. Je ne savais que faire. Il m'était impossible de dissimuler la situation plus longtemps.

– Je vous salue, frère Anselme, répondit Luitpirc avec la cordialité que l'on réserve aux vieux amis. Qui est informé de ce qui s'est passé ?

– Uniquement ceux que vous allez voir. Vous me croyez, j'espère ? Sinon, je suis prêt à le jurer sur la sainte croix que

---

1. Triforium : ouverture par laquelle la galerie ménagée au-dessus des bas-côtés d'une église s'ouvre sur l'intérieur. (N.d.T.)

je porte au cou et sur tous les membres de l'ordre de Cluny auquel j'appartiens.

L'abbé semblait plongé dans le plus grand désarroi. Son expression se teinta de méfiance lorsqu'il remarqua la présence d'Idruk.

– Qui est-ce ?

– N'ayez pas d'inquiétude, Anselme. C'est un des meilleurs, sinon il ne serait pas ici. Mais le temps presse, conduisez-nous en ce lieu maudit.

En cours de route, Idruk crut constater que le petit cortège ralentissait le pas, comme si tous appréhendaient ce qui les attendait. Le couloir s'élargit et deux faibles lueurs vacillèrent à l'autre extrémité. Elfric et l'abbé franchirent les premiers une immense arche gardée par deux moines qui priaient à voix basse. Ces murmures, émis par des bouches invisibles dans l'ombre de la grande capuche de l'habit bénédictin, éveillèrent un certain malaise chez le jeune alchimiste. En revanche, la scène qu'il découvrit de l'autre côté le remplit véritablement de crainte.

Les deux torches éclairaient faiblement l'entrée d'une vaste salle. De l'eau s'écoulait quelque part dans un gargouillis incessant, laissant deviner l'existence d'une source souterraine. Les grands piliers, les bassins et les lavoirs semblaient taillés dans la roche vive du soubassement de l'abbaye. On ne distinguait pas grand-chose d'autre hormis deux rangées d'arches, de chaque côté, qui disparaissaient dans l'obscurité en direction de galeries aux niveaux inférieurs. Mais le pire se trouvait sans doute plus loin, encore masqué par les ténèbres glaciales.

Luitpirc se saisit d'une des torches et avança, suivi de son apprenti. On eût dit que l'espace caverneux opposait une résistance à la lumière, comme si l'obscurité, animée d'une vie propre, en avait fait son repaire. Les piliers projetaient de longues ombres indécises qui se déplaçaient au rythme de leurs mouvements. Soudain, l'alchimiste s'arrêta près d'un lavoir et approcha sa torche de la surface de l'eau. Le cœur d'Idruk s'emballa. Qu'allaient-ils découvrir ?

La lumière ne parvenait pas à pénétrer le courant troublé par une teinte rougeâtre. Un seul regard de son maître suffit à Idruk pour comprendre que ce n'était pas la seule bizarrerie.

– Elle est chaude ! Elle devrait être presque gelée...

Le chuchotement excité de l'alchimiste n'avait éveillé aucun écho, amplifiant le trouble de son élève.

Les bains semblaient s'être transformés en une morgue sinistre, humide et profonde. À l'entrée, les silhouettes des moines et de leur corpulent abbé se détachaient, faiblement soulignées par la seconde torche. Un gouffre d'obscurité les séparait des deux alchimistes.

Luitpirc continua à avancer. Derrière un grand bassin aux pierres érodées cédant sous leur propre poids, des excavations rondes avaient été creusées dans la paroi rocheuse. À cet endroit, le bruit de l'eau se faisait plus insistant. Luitpirc examina les cavités l'une après l'autre jusqu'à ce que la lueur de sa torche révèle la plus épouvantable des visions. Idruk bascula alors de la peur à l'effroi.

Estompée par l'eau rougeâtre, la sourde clarté éclairait pauvrement un corps à moitié immergé dans le bassin circulaire. À la grande surprise de son apprenti, Luitpirc empoigna le cadavre livide par l'épaule et le hissa à la surface. Ils virent alors le visage d'un vieil homme, à la bouche légèrement ouverte, aux joues creuses et aux yeux fermés. Luitpirc souleva une des paupières, dévoilant un iris complètement blanc.

– Il a été aveuglé par une lumière particulièrement puissante, murmura-t-il.

Idruk avisa quelques gouttes rouges luisant sous la lueur vacillante de la torche et ne put réprimer le tremblement qui s'empara de ses mains.

– Regarde de plus près, continua Luitpirc.

Idruk hésita brièvement.

– Tu n'y es pas obligé, tu sais...

Mais à cet instant, la curiosité du jeune homme commençait à l'emporter sur sa frayeur : même s'il n'en était pas entièrement libéré, il s'approcha du cadavre dégoulinant et regarda à son tour l'intérieur de l'iris.

Il vit alors la dernière image qui s'était imprimée dans l'œil du moine. La pratique était fort ancienne et, s'il avait déjà entendu des sorciers en parler entre eux, Idruk n'en avait jamais été témoin. En règle générale, les alchimistes s'abstenaient de cet acte terrifiant, préférant éviter le contact avec la vision finale des morts. Mais en cas d'assassinat, la procédure était essentielle.

Avant d'être aveuglé, le globe laiteux avait capté une apparition informe mais épouvantable. Au milieu d'une tache obscure, deux points d'un bleu intense avaient traversé le champ de vision du défunt. Au-delà de la silhouette confuse et du double sillage bleu, apparaissait un horrible visage de métal à demi humain, au sourire impitoyable, qui ne pouvait appartenir ni à une bête ni à une créature magique. On distinguait aussi deux grandes mains blanches aux paumes ouvertes.

L'image ne semblait avoir aucun sens. Mais son apparition déchaîna un torrent de questions macabres dans l'esprit de l'apprenti.

– C'est sa dernière vision avant son agression, commenta Luitpirc. Vraiment extraordinaire. Il semble avoir été entièrement vidé de son sang. Mais, par la barbe de Merlin, où sont les blessures ?

Luitpirc étudia les bras et le cou du moine. Puis il demanda à Idruk de soutenir le corps livide et s'éloigna avec la torche pour examiner avec attention les taches de sang qui luisaient sur le sol derrière une grande colonne.

Lorsqu'il revint, Idruk était sur le point de lâcher le cadavre avec lequel il était resté seul, joue contre joue. Cependant, en remarquant combien son maître était absorbé dans ses réflexions, l'apprenti fit contre mauvaise fortune bon cœur. Il résolut donc de se comporter comme s'il ne s'agissait que d'une épreuve destinée à un initié prometteur. C'est alors qu'il crut distinguer une paire d'yeux minuscules brillant dans la pénombre, tout au fond, derrière les dernières arches. Aveuglés par la lueur de la torche, ils clignèrent quelques instants avant de disparaître. En dehors des moines effrayés et de leur abbé indécis, la scène avait donc eu un autre témoin.

– Mon cher apprenti, nous nous trouvons en présence d'un assassinat magique, un cas des plus étranges et d'une extrême gravité. J'ai déjà des soupçons sur la véritable identité de ce moine.

Luitpirc souleva l'un des bras rigides du vieillard et continua :

– Regarde comme ses ongles sont rouges. C'est par cet endroit que le sang s'est échappé... Je n'ai jamais vu une chose pareille ! On dirait davantage l'œuvre d'un animal que celle d'un démon. Quelle créature a pu absorber tout ce sang ? C'est comme si elle ne voulait pas en laisser une seule goutte dans le corps.

Cette dernière réflexion exprimée à voix haute déclencha des murmures derrière l'alchimiste. Les moines s'étaient approchés et suivaient les faits et gestes de Luitpirc entre deux oraisons. Paralysés par la peur et le chagrin, tous contemplaient le cadavre du moine le plus vieux et le plus aimé de l'abbaye.

– Par les saintes paroles du Christ... Pauvre Gaufrey, murmura Elfric.

– C'est un crime abominable, renchérit Anselme de Becq. Mais depuis quand ces... bêtes du diable ont-elles coutume de saigner leurs victimes ?

Les moines regardèrent autour d'eux avec effroi.

– Le fait peut paraître insolite dans le royaume d'Angleterre, mais certains cas isolés se sont produits dans les ombres des monastères de France, expliqua Luitpirc. Surtout dans les abbayes de l'ordre de Cluny. Mes frères, dites-moi si d'aventure frère Gaufrey était un bon scribe ? Mieux encore, je me risquerais à dire qu'il était un grand enlumineur de manuscrits.

Elfric hocha la tête, affligé par la justesse de ces affirmations.

– Le sang d'un scribe est indispensable pour rédiger le message qui signe une intervention diabolique, précisa Luitpirc.

– Par saint Pierre et tous les saints du paradis !

Conrad fondit en larmes et voulut fuir, mais son escapade tourna court. Se retrouvant seul dans l'obscurité, il regagna rapidement son point de départ.

– Et ce... sang, pourquoi brille-t-il de cette façon ? demanda Elfric.

– Ce n'est peut-être pas du sang, mon frère, répondit Luitpirc.

Il regarda son apprenti du coin de l'œil. Manifestement, les frères de l'abbaye n'étaient pas au fait de la véritable identité de frère Gaufrey. Car à la vérité, le sang appartenait effectivement au mort et c'était du sang d'alchimiste. Il était impossible de deviner les objectifs du vieux moine, mais Idruk se disait que pour s'être retiré ainsi à l'écart du monde, il devait détenir un puissant secret qui lui avait été arraché avant sa mort.

Cependant, il y avait sans doute une explication à la présence de Gaufrey dans cet endroit à une heure aussi tardive. Luitpirc déplia les doigts d'une des mains raidies et constata qu'elle était vide. Cette tentative sembla cependant l'inspirer. Il brassa le fond du bassin, mais ne recueillit que quelques cailloux. En revanche, avec le remous, un objet était remonté à la surface et commençait déjà à couler de nouveau. Luitpirc s'en saisit d'un geste vif et sortit de l'eau une espèce de parchemin.

– Range ceci en lieu sûr, Idruk. C'est peut-être le plus important.

– Qu'y a-t-il là-dessus ?

L'abbé arracha le manuscrit à l'alchimiste et le déplia, le déchirant çà et là dans sa nervosité. Puis il leva un regard perplexe sur le cercle de visages curieux et impatients qui l'entourait.

– Rien. Il n'y a rien d'écrit...

Après cet instant de désarroi, Anselme parut reprendre ses esprits et continua d'un ton plus calme :

– Le frère enlumineur a laissé un parchemin vierge en guise d'ultime témoignage de cette longue vie passée au milieu des livres. Gaufrey avait des habitudes étranges mais inoffensives, auxquelles tous se pliaient en raison de son âge avancé. C'était un homme très silencieux, discret, qui marchait lentement, réfléchissait beaucoup et savait écrire dans de nombreuses langues.

– Un parchemin vierge, quel triste héritage pour un scribe, ajouta Luitpirc, échangeant un regard complice avec son élève.

– C'est absurde, intervint Elfric.

L'alchimiste reprit le parchemin, le plia soigneusement et le tendit à son élève.

– Ces événements semblent effectivement dépourvus de sens. Malgré tout, ils obéissent à une logique particulière. Une question à tout hasard : frère Gaufrey était-il aveugle ?

– Pas du tout, répondit Conrad. Il jouissait même d'une excellente vue.

– Eh bien, regardez ses yeux, suggéra Luitpirc.

Lorsqu'il leur dévoila l'horrible vacuité du globe blanchâtre, Conrad s'agrippa à Elfric, lui-même pétrifié d'horreur. L'abbé contemplait le visage de son ami disparu, des larmes silencieuses lui sillonnant les joues.

Idruk se rapprocha du corps. Ce n'était qu'un pauvre vieillard et à mesure qu'il l'examinait, le mort lui inspirait non plus de la frayeur, mais du chagrin. Le visage ne montrait pourtant aucun signe d'angoisse.

– Il a l'air serein, dit soudain Idruk.

Elfric le fixa comme s'il était le diable en personne.

– Je voulais dire qu'il... qu'il avait l'air calme, rectifia le jeune homme.

60

– Écoutez, mes frères, la remarque d'Idruk ne manque pas d'intérêt, dit son maître en écartant les vêtements qui couvraient la poitrine du vieux copiste, sans se préoccuper de la stupeur indignée des moines.

– Laissez-le en paix, maître Luitpirc, pria l'abbé entre deux sanglots.

Mais l'alchimiste retourna le cadavre livide pour lui inspecter l'épaule. Tous ressentaient une profonde tristesse, car on eût dit qu'en immergeant la tête de Gaufrey, Luitpirc le tuait de nouveau, cette fois en le noyant. Mais lorsqu'il finit par dégager la chair des plis du tissu, une sorte de tatouage circulaire apparut sur l'épaule du mort, à la surprise générale.

– *Visita interiora terrae, rectificando, invenies occultum lapidem*, déchiffra Luitpirc.

– Il y a aussi un soleil et une lune. Et de chaque côté, un Phénix et un lion, ajouta Idruk.

– C'est le signe héraldique d'une confrérie très ancienne, dit son maître d'un ton pensif.

– Laquelle ? voulut savoir Elfric.

– Impossible à dire pour l'instant, je dois d'abord consulter de nombreux grimoires.

Idruk sut immédiatement que son maître ne disait pas tout.

– Quant à cet air paisible... Cela signifie sans doute qu'il est mort en paix.

Elfric se retourna vers lui, à la fois choqué et peiné.

– Vous prétendez qu'il se serait en réalité livré au diable parce qu'il serait l'un de ses serviteurs ?

– Dieu me garde de telles affirmations ! Je crois plutôt que nous sommes en présence de deux types d'inscriptions différentes. Celles des cuisines sont bien de la main du démon. Mais le signe héraldique est l'œuvre de frère Gaufrey lui-même.

– Mais comment aurait-il pu écrire quoi que ce soit sur sa propre épaule ? demanda Conrad.

– Le signe n'est pas inscrit mais gravé. Et il est sans doute apparu après son trépas.

Les moines reculèrent, fixant les alchimistes avec une soudaine méfiance. Le regard d'Elfric se fit sévère. Idruk considérait son expression d'intolérance avec appréhension : il aurait peut-être mieux valu que maître Luitpirc garde pour lui le fruit de ses réflexions.

Le jeune homme recula de quelques pas dans la pénombre. Il crut alors apercevoir une chauve-souris qui voleta brièvement au-dessus d'eux avant de se fondre dans les ténèbres. L'événement était fort déplaisant. Était-ce la créature qui les avait espionnés un peu plus tôt ? Cette fois, il n'avait pas réussi à voir ses yeux.

Luitpirc, qui avait aussi remarqué l'incident, empoigna une torche et l'agita au-dessus de sa tête, mais ils ne virent pas trace de l'animal. Par ailleurs, Elfric revenait déjà à la charge :

– Par tous les clous du Christ, je ne vous comprends pas, Luitpirc ! Notre frère a succombé déchiré et crucifié par le diable et vous osez soutenir qu'il est mort en paix !

– Allons, mon frère, je vous prie de vous calmer, intervint l'abbé. À aucun moment, Luitpirc n'a voulu dire que frère Gaufrey appartenait au diable.

– Nous devrions prévenir les inquisiteurs, marmonna Conrad. Sinon, nous attirerons une grande malédiction sur nous... Notre abbaye doit être purifiée sous peine de voir cette bête revenir entre nos murs et recommencer à outrager l'honneur de la maison du Christ...

– Ne faites rien, hormis ce que j'ai ordonné, l'admonesta Anselme de Becq d'une voix sévère.

Luitpirc crut bon d'éclaircir la situation :

– Par l'intermédiaire de ce tatouage, frère Gaufrey s'adresse à nous par-delà la mort. Nous devons comprendre ce qu'il cherchait à nous dire afin de devancer son assassin... Idruk, une fois que tu auras recopié le signe héraldique, nous aurons terminé. Quant aux clous du Christ, chers frères, permettez-moi de vous rappeler qu'au moins l'un d'entre eux a été sauvé et conservé sous la garde des rois mérovingiens.

– Luitpirc, vous m'offensez. Gaufrey n'était pas un moine renégat !

Manifestement, Elfric n'avait pas désarmé.

– Ce que je voulais dire...

Mais les justifications de l'alchimiste furent interrompues par un violent fracas, dont l'écho roula longuement dans les couloirs comme la déflagration d'un coup de tonnerre à l'intérieur de l'abbaye.

– Dieu du Ciel, on frappe aux grandes portes ! s'exclama un des gardes de la buanderie.

– Qui d'autre est informé de cette affaire ? demanda Luitpirc avec colère.

– Personne à part nous, affirma l'abbé.

– Frère Elfric, vous nous avez trahis ! s'exclama l'alchimiste.

– Comment avez-vous pu... commença Anselme.

– Je peux vous jurer que je n'ai pas dit le moindre mot, se défendit l'accusé.

– Conrad ? Où est Conrad ?

Le gros moine craintif et superstitieux semblait avoir disparu.

– Il est ici !

Visiblement en pleine panique, Conrad tentait de se dissimuler dans un recoin, mais n'avait pas échappé à l'œil perçant d'Idruk. Arborant une expression apaisante mais sévère, l'abbé s'approcha et se pencha vers lui comme devant un enfant effrayé.

– C'est vous, frère Conrad ?

Le moine tremblait comme si les fers incandescents de l'Inquisition lui avaient déjà été appliqués sur la langue.

– Oui, c'est bien moi... bredouilla-t-il. Ils m'ont demandé d'ouvrir l'œil... Mais cet horrible démon rôdait depuis si longtemps ! J'ai vu le lait frais tourner dès qu'on le déposait dans les cuisines. Il y avait des inscriptions sur les murs bien avant l'apparition de celles-ci. J'étais le seul à les voir apparaître et elles me tourmentaient dans mon sommeil... Un beau jour, je me suis signé et je suis parti à la Tour de Londres !

– Alors la Chambre des lords est déjà prévenue ! Il n'y a pas de temps à perdre, murmura l'alchimiste qui ne dissimulait pas son inquiétude.

L'abbé avait la mine affligée d'un père trahi par son fils.

– Mon Dieu, Conrad... Leur avez-vous tout raconté ?

– Depuis le premier jour, ils ont mis des messagers à ma disposition. J'ai envoyé quelqu'un à la Tour de Londres, il y a une heure.

– Je le savais ! s'écria l'abbé, hors de lui. C'est cet affreux bossu, n'est-ce pas ? Cette fouine puante et bigle que je surprends sans cesse à traîner dans nos cuisines. Ce capon bègue de Prognus et vous êtes devenus les espions des inquisiteurs.

Conrad hocha la tête, d'un geste brusquement véhément.

– Pardonnez-lui, intervint Luitpirc qui avait fini par prendre le gros moine en pitié. Aucun homme ne devrait être puni parce qu'il éprouve des craintes bien fondées. Car croyez-moi, le péril est grand. Quant à nous, il nous faut disparaître sans retard. Anselme, agissez comme si vous ne saviez rien. Et méfiez-vous de ce bossu en toute circonstance. Frère Clodoveo est le bras droit de l'inquisiteur suprême et également un véritable assassin.

Un moine déboucha d'un couloir obscur en courant.

– Ils sont nombreux, il y a des torches partout !

– Conrad a sans doute alerté quelqu'un d'autre. L'inquisiteur suprême d'Angleterre ne manque pas d'espions, affirma l'abbé. Ce qu'il ne peut acheter avec de l'or, il l'obtient par la peur.

– Il est temps de partir. Vite ! dit Luitpirc.

Il prit Idruk par le bras et l'entraîna vers le corridor. Ils entendirent les dernières paroles d'Anselme.

– Bonne chance, Luitpirc. Et j'espère que vous trouverez ce que vous cherchez depuis si longtemps.

6

Par la cheminée

Idruk courait le long des couloirs aux côtés de son maître. Ils s'étaient séparés des moines qui se précipitaient vers les grandes portes. Le bruit s'amplifiait, retentissait dans tout le cloître, répercuté à travers les claires-voies sous les hautes voûtes de Westminster. Dans de nombreuses cellules, des chandelles et des lampes s'allumaient.

Il était sans doute trop tard pour préserver le secret du meurtre de frère Gaufrey, mais Luitpirc ne désespérait pas d'échapper au piège qui se refermait sur eux. La lumière des cuisines dessinait l'ogive d'une arche au milieu de l'obscurité. Ils gravirent quelques marches et se retrouvèrent devant la table de pierre, sous les arbustes d'épices, face au grand feu et aux inscriptions démoniaques.

– L'abbaye est encerclée, nous ne pourrons pas sortir par cette issue, dit Luitpirc. Ils soupçonnent certainement une intervention diabolique et ils interrogeront tous les moines... En évitant les mauvaises rencontres, nous devrions échapper au fer rouge des inquisiteurs. En fait, je crois qu'ils espéraient bien nous croiser...

– Ils nous attendaient ?

– Tout cela était peut-être un piège, mais si nous parvenons à nous échapper, cette visite aura été malgré tout très utile. L'auteur de cet assassinat ne soupçonne pas l'existence du message que frère Gaufrey nous a laissé avant de mourir. Et il est probablement persuadé que nous ne pourrons pas nous échapper à temps. En tout cas, je ne doute pas d'Anselme de Becq ; c'est un Normand mais il appartient à l'ordre de Cluny qui est secrètement lié à celui du Lion rouge.

– Ils se rapprochent !

– Tant que je m'appellerai Luitpirc de Magonia, les inquisiteurs du lord chancelier ne poseront pas la main sur nous et nous ne brûlerons pas sur le bûcher. Allons-y !

Idruk n'en croyait pas ses yeux. Son maître désignait la cheminée. L'alchimiste souffla trois fois sur le feu et y lança un rameau de gui. Les flammes virèrent au bleu en crépitant. Luitpirc les traversa et appuya des deux mains sur le mur du fond. La pierre se déplaça de droite à gauche, dévoilant un étroit couloir.

– Rejoins-moi, ces flammes ne te feront aucun mal.

Idruk avait assisté à maints sortilèges par le feu, mais celui-ci surpassait toutes ses expériences précédentes. Il n'y réfléchit pas à deux fois, sauta par-dessus les bûches ardentes et se glissa dans le corridor.

Des bruits de pas résonnaient dans le couloir extérieur, des voix, le tintement des cuirasses. Quelques cris d'affolement se faisaient entendre au niveau supérieur.

À cet instant, plusieurs hommes firent irruption dans les cuisines. Deux soldats en armes et un troisième personnage plus petit. Celui-ci se déplaçait avec agilité malgré sa bosse. Idruk ne distingua qu'une partie de son visage entre les plis de sa capuche noire, mais leurs regards se croisèrent un bref instant. C'était une figure blafarde, piquetée de cicatrices de petite vérole. Ses yeux faisaient penser à ceux d'un poisson, humides, impersonnels, d'une largeur disproportionnée, et la paupière inférieure pendait sur la joue, laissant apparaître une mélancolique rougeur charnue.

– Par ici ! cria-t-il avec la jubilation d'un chasseur qui vient de surprendre des renards au terrier.

Luitpirc referma la dalle de pierre en prenant soin de lancer d'abord quelque chose dans le feu. Les flammes virèrent à un rouge d'enfer et, comme transportées par le souffle d'un dragon féroce, bondirent par-dessus le manteau de la cheminée. Terrifiés, les soldats laissèrent tomber leurs armes et reculèrent en se protégeant le visage. Mais le bossu resta immobile, les yeux fixés sur le feu, bras ballants.

Plus tard, les soldats décrivirent l'événement pendant qu'ils inspectaient les braises ardentes et le mur solide du fond de l'âtre. Personne n'avait le moindre doute sur le phénomène, les démons s'étaient évaporés au milieu des flammes. Après tout, il était de notoriété publique que cette pratique était répandue parmi les sorcières et leurs seigneurs.

Cette nuit-là, l'abbaye fut fouillée de fond en comble par les soldats et les séides de la Grande Inquisition. Ils pénétrèrent dans toutes les cellules et interrogèrent des centaines de moines. Malgré les supplications de leurs frères, l'abbé Anselme de Becq et le cadavre de frère Gaufrey furent expédiés avant l'aube à la Tour de Londres.

– Lord Malkmus de Mordred, inquisiteur suprême, insiste pour interroger en personne l'abbé dans les oubliettes de la Tour de Londres. Il tient à comprendre pourquoi Anselme de Becq ne l'a pas prévenu de ce qui s'est passé.

68

Ainsi répondit l'insolent bossu aux supplications des moines. Puis il quitta l'abbaye en traînant son côté gauche et en se signant des centaines de fois, après avoir prononcé quelques dernières paroles :

– Lord Malkmus a interdit que le frère Gaufrey soit enterré dans le cimetière de l'abbaye. Son corps sera examiné par ses chirurgiens, puis livré aux flammes du bûcher. Amen, mes frères !

7

À La Tête-du-Roi

P our Luitpirc et son élève, les événements ne s'étaient pas exactement déroulés comme l'avaient imaginé leurs poursuivants.

– Les disparitions sont des enchantements trop puissants pour un apprenti, expliqua l'alchimiste.

– Que pourrait-il se passer ? demanda Idruk avec enthousiasme.

– Un alchimiste inexpérimenté courrait le risque de réapparaître avec une main ou une jambe en moins... L'univers de la magie et celui des hommes se touchent, coexistent, mais sont séparés par des portes symboliques. Les choses ne sont pas aussi faciles qu'elles en ont l'air. De plus, Londres est dominé par la magie noire, ce qui rend impossible la pratique de notre pouvoir magique en dehors de la présence du soleil. Il vaut donc mieux utiliser ce passage. J'ai connu ceux qui ont édifié la cathédrale. De nombreux maçons et architectes appartiennent à des sociétés secrètes qui entretiennent des relations mutuelles. Ils ont partagé leurs connaissances avec quelques alchimistes de mon ordre.

Des centaines d'histoires tourbillonnaient dans l'esprit du jeune homme. Luitpirc se retourna, souffla sur sa main et un petit globe de lumière dorée apparut devant eux. Cette chaude clarté continua à éclairer leur progression dans un couloir plus large dont même les rats semblaient s'être désintéressés. À travers les fondations de Westminster, cette issue les conduisait jusqu'à l'extérieur.

Peu après, le couloir s'acheva devant une volée de marches. Arrivé en haut, Luitpirc appuya des deux mains sur une grande dalle de pierre portant le visage sculpté d'une créature grotesque aux longues oreilles qui leur tirait la langue.

– Un elfe...

– Les elfes ont toujours été de bons amis des alchimistes, et nombre d'entre eux se mettent au service des lignées nobles... Il n'y a pas lieu de s'étonner, Idruk. Tu ne vas pas penser comme le premier venu qu'il s'agit de la représentation d'un diable.

La brume s'effilochait comme un voile gris et, quelque part, l'aube semblait se lever. La clarté insuffisante ne permettait pas encore de distinguer les maisons, mais l'activité des travailleurs et des charrettes commençait à animer les rues de la ville. Après une courte marche, Luitpirc s'engagea dans une ruelle au sol détrempé qui traversait un autre dédale de maisons misérables. Ils quittèrent ce quartier et atteignirent un espace un peu plus dégagé.

– Par ici, nous trouverons des ponts qui nous permettront de quitter l'enceinte. Tiens, voilà la Tour de Londres. Et ce que tu vois en bas, c'est la porte des Traîtres... Ceux qui entrent par là ne ressortent jamais ! J'espère que l'abbé saura user de sa verve pour échapper aux interrogatoires des inquisiteurs et aux manigances cruelles de frère Clodoveo.

– Mais ce Clodoveo est vraiment un serviteur de Dieu ?

– Bien sûr que non ! Il se fait passer pour tel mais en réalité c'est un esclave étranger de l'inquisiteur suprême. Son chien de garde. Il paraît qu'on le nourrit de restes, qu'il vit dans les oubliettes. Malgré cela, pour une obscure raison, Clodoveo est attaché à ses maîtres. Conscience, piété, culpabilité... Qui sait ? En réalité, je le soupçonne d'être un tortionnaire et d'avoir un passé trouble sur le continent. En tout cas, du moine, il n'a rien d'autre que l'habit.

Idruk avait beaucoup entendu parler de la Tour de Londres. Les murailles et les échauguettes de cette terrible forteresse apparaissaient comme une silhouette fantomatique au milieu des lambeaux brumeux qui ourlaient les berges du grand fleuve. C'était la première prison du royaume et on racontait que ses oubliettes descendaient bien au-dessous de la Tamise.

Ils traversèrent le pont au milieu d'une foule silencieuse en cette heure matinale. Tournant le dos aux maisons de la rive, ils entrèrent dans la campagne. La ville céda rapidement la place à des granges dispersées et à des arbres solitaires qui surgissaient et s'évanouissaient dans la brume. Le ciel vira au gris, il se mit à pleuvoir. Le chemin fut vite détrempé.

Les rafales de pluie redoublaient mais quelques rayons étincelaient sur l'horizon quand ils arrivèrent devant une auberge isolée à l'enseigne de La Tête-du-Roi. En voyant un crâne incrusté sur l'enseigne crasseuse, Idruk saisit toute l'ironie de ce nom. Le peuple anglo-saxon n'appréciait guère le roi normand, Guillaume le Roux, pour qui le lord chancelier Ranulf de Flambard montrait tant de diligence à recouvrer d'énormes impôts au nom de la Couronne et de l'Église.

Par un corridor de bois qui sentait la bière, un gros aubergiste les guida jusqu'à une salle à part, derrière les cuisines.

Là, devant un feu, plusieurs hommes d'armes aux barbes fournies étaient installés autour d'une imposante table de chêne. Idruk supposa que ces cinq chevaliers grands et corpulents étaient étrangers, sans doute originaires du Nord.

En les voyant entrer, les hommes se levèrent et l'un d'eux s'avança à leur rencontre. De stature haute mais pas démesurée, c'était le plus âgé, même s'il était loin d'être un vieillard. Inutile de faire des comparaisons pour juger de sa force, il suffisait de voir ses membres solides et son torse puissant. Les traits plaisants de son visage composaient une expression pleine de noblesse. Des yeux céruléens, une barbe fournie et des cheveux châtain clair complétaient le personnage.

– Idruk, laisse-moi te présenter le chevalier Godefroi de Bouillon, seigneur de Lotharingie, neveu d'Elsa de Brabant et de Lohengrin, celui qui fut un des chevaliers de la Table ronde du roi Arthur auprès de Galaad, Lancelot et Gauvain. Ceux qui l'accompagnent dans ce voyage secret en Angleterre sont de respectables membres de l'ordre fidèle et secret des Templiers[1].

Godefroi adressa un sourire serein au jeune alchimiste. Idruk ne savait que dire. Le neveu de Lohengrin ! Qui n'avait entendu parler de ces chevaliers du roi Arthur, de leur errance à travers le monde en quête du Saint Graal et surtout du légendaire Lohengrin, le Chevalier au Cygne ?

---

1. Si l'ordre du Temple a été officiellement fondé en 1118, des études récentes ont démontré qu'il pouvait exister sous une forme clandestine au sein de l'ordre de Sion, depuis 1099. Godefroi de Bouillon l'aurait créé après avoir découvert le sanctuaire du temple de Jérusalem. Plus tard, Hugues de Payens, un de ses membres, rendit l'existence de l'ordre publique et officialisa ses statuts. (N.d.A.)

– Bienvenue à cette réunion, Luitpirc de Magonia. Mais nous vous attendions seul comme à votre habitude, dit Godefroi avec humilité.

Il semblait rempli de dévotion. Idruk reconnut immédiatement le symbole de son blason, la silhouette d'un cygne aux ailes déployées brodée sur sa tunique derrière une croix grecque.

– Les chevaliers ont leurs écuyers et les alchimistes, leurs apprentis. Pardonnez mes manières indignes d'un noble mérovingien comme vous, mais croyez-moi, j'aspire à m'asseoir au plus vite. La nuit a été fort agitée, s'excusa Luitpirc en serrant affectueusement la main de Godefroi. Et je vous en prie, que quelqu'un donne à manger à ce jeune homme, il a jeûné assez longtemps.

Un des chevaliers sortit à la recherche de l'aubergiste, les autres reprirent leurs places en silence. On voyait par les fenêtres que malgré la lumière croissante, le monde était de plus en plus assombri par l'arrivée de la tempête. Le grondement du tonnerre roulait au-dessus des champs brumeux d'Angleterre. Le souvenir de son cher Wilton traversa brièvement l'esprit d'Idruk. Les touffes d'herbe épaisse, les rives bourbeuses des ruisseaux, son crapaud Kroter, ses amis Ylke et Hathel...

Godefroi prit un siège en face du feu pendant que Luitpirc s'installait dans un grand fauteuil.

– Prenez place, chevaliers du continent, ne restez pas dans l'ombre ! Et jetez quelques bûches dans ce feu avant qu'il ne meure. Ces nuages de l'est qui couraient sur nos talons étaient bien froids. Depuis la dernière réunion du concile de Clermont, nombreuses furent les nouvelles qui ont assombri

74

votre route. Mais maintenant, je sais que vous vous disposez à réaliser le voyage tant attendu pour mettre un point final à l'œuvre de vos ancêtres. J'ai appris par le chevalier Daimbert de Pise que l'heure de la grande croisade avait sonné et depuis, tous les événements commencent à converger vers la recherche d'une solution unique.

– Le Mystère des mystères nous attend. Les découvertes de mon aïeul et d'autres chercheurs du Saint Graal indiquaient l'Est, Jérusalem.

Les chevaliers installèrent la table face à la cheminée, alimentée par de grosses bûches. En approchant leurs tabourets, ils formèrent un demi-cercle devant les flammes.

Le jeune homme se demanda ce que penserait sa mère de sa soudaine disparition. Mais il se rassura bien vite. Elle savait qu'en compagnie de Luitpirc, il ne courait aucun risque.

8

Alchimistes et chevaliers

– J'ai failli ne pas arriver à temps pour assister à cette réunion, reconnut le Conteur.

– Cela aurait été regrettable, lui répondit Godefroi.

– Depuis quand les mortels se préoccupent-ils autant des agissements des alchimistes ? ironisa Luitpirc.

– Depuis que nos deux mondes sont aussi proches l'un de l'autre.

L'aubergiste frappa à la porte et un des chevaliers prit le plateau que l'homme lui tendait. Un autre referma derrière lui, puis l'on disposa sur la table des écuelles de cuivre, d'épaisses tranches de pain de seigle, des jarres de bière, un plateau de fromages, et de la bouillie de lait et de miel mêlée à des céréales. Idruk saisit une tartine et en avala une grosse bouchée.

– Il est temps de fermer portes et fenêtres aux oreilles indiscrètes et d'échanger les nouvelles, décréta Luitpirc.

– Cette fois, vous entendrez d'étranges récits. Godefroi est venu annoncer le plus grand exploit parmi ceux des mortels.

– Cet exploit aurait-il un rapport avec des chevaliers solitaires qui errent en quête de l'Est ?

À cette question, le regard de Godefroi s'illumina.

– Les ordres secrets s'affrontent en une lutte terrible pour dévoiler le Mystère des mystères.

Un coup de tonnerre fit trembler les fenêtres. L'une d'elles s'ouvrit à la volée et un souffle violent s'engouffra dans la pièce, comme un invité invisible et inattendu, désireux de manifester sa présence à la réunion secrète.

Un des robustes chevaliers se leva pour refermer la fenêtre et ajuster les volets. Obstiné, le vent se mit à siffler entre les fentes.

– Je sais que l'ordre des Templiers a quitté sa forteresse de Marienburg après l'apparition de terribles présages à l'Est, dit Luitpirc.

– Et savez-vous que parmi les peuples oubliés qui gardent les marches de l'Europe s'est levé un puissant seigneur ? demanda Godefroi.

– Moi, Bohémond, je dis que le mot « seigneur » est trop noble pour désigner ce monstre, commenta un des chevaliers.

– L'ordre des Templiers est un des bras armés de l'ordre du Lion rouge, de même que celui de Cluny a été le refuge de nombre de ses membres au sein de l'Église, dit Luitpirc. La plupart des chevaliers du Temple ont été formés aux armes par des alchimistes mérovingiens, afin de contrecarrer les ruses obscures d'Aurnor...

– Du démon, Luitpirc, répliqua un autre chevalier à l'accent germanique bien marqué. Je m'appelle Guntram de Magdeburg et au cours de mes années d'apprentissage dans les loges des alchimistes, j'ai beaucoup appris au sujet du mal qu'il me fallait affronter. Et ce mal s'appelle maintenant le « démon ».

– Guntram, aurais-tu par hasard été entraîné par des membres de l'ordre du Lion rouge ? demanda Luitpirc.

77

– C'est exact. Je suis venu dans le royaume d'Angleterre après avoir appris qu'un de mes maîtres, Aldous d'Amiens, avait été assassiné par la Chambre des lords avec les derniers membres de l'ordre, les compagnons du Pentacle.

– Luitpirc, si cela était vrai, nous serions devant un abîme. L'ordre se serait donc éteint sans révéler les dernières étapes de la prophétie dont il détient le secret depuis plus de deux cents ans ? ajouta Godefroi.

Luitpirc semblait scruter des événements fort lointains, dissimulés au cœur des flammes, comme si quelqu'un se cachait dans le feu.

– Je réfléchissais à tout cela en venant vous rejoindre, dit-il. Une chose est certaine, cependant : les prisonniers exécutés à la Tour de Londres sur l'initiative de Ranulf de Flambard n'étaient pas les derniers membres de l'ordre.

Les autres échangèrent des regards déconcertés.

– Mais tous les ordres et les loges ont sonné l'alerte du Grand Péril. L'on dit aussi qu'une guerre s'est déclarée dans le monde magique après la mort des cinq *derniers* membres du Pentacle... dit Godefroi.

– S'ils étaient les derniers, le secret n'a pu être transmis... intervint Guntram.

– Le secret était sous la garde d'un sage et de cinq acolytes, les membres du Pentacle, le centre des cinq pointes. C'est ainsi qu'a toujours été constitué le cœur du Lion rouge. Il en manquait un...

Redoublant d'attention, Godefroi fixa Luitpirc pendant que celui-ci continuait :

– Et j'ai bien peur que le vrai centre du Pentacle, le trait d'union de toutes les forces de l'ordre, n'ait été assassiné par un démon sanguinaire, il y a quelques heures à Londres : c'était un alchimiste, mais il vivait dans le plus grand isolement. Je ne le connaissais même pas. Aujourd'hui, j'ai deviné la véritable identité du vieux scribe solitaire de l'abbaye de Westminster que l'on appelait frère Gaufrey. Il avait la garde du secret et, fort probablement, quelques alliés entretenaient le contact.

– Le traître se trouve donc parmi eux, conclut Guntram de sa grosse voix rocailleuse.

– Trahison ou persécution, les armes d'Aurnor et de ses démons échappent à notre connaissance. Le secret est trop complexe, mais il mène à l'annonciation du Cinquième Lord, à la découverte du *lapis philosophorum* et à la reconquête de la couronne de fer. Elle fut autrefois cachée à Londres et redécouverte sous le règne du roi anglo-saxon Édouard le Confesseur, peu de temps avant l'invasion de Guillaume le Conquérant dont le véritable objectif était de se l'approprier.

– Elle se trouve vraiment dans les souterrains de la Tour de Londres comme l'affirme la rumeur ? demanda un des chevaliers.

Idruk se rendit compte de l'intérêt que tous semblaient porter à l'histoire de Luitpirc.

– La chambre de la couronne fut creusée par des centaines de nains pour abriter la couronne de fer. Ensuite, devant l'impossibilité de fondre la couronne de nouveau, elle fut scellée cent fois avec les enchantements des sept métaux. Quand la domination normande de Guillaume fut établie, les envoyés d'Aurnor trouvèrent son emplacement. Ils soulevèrent les pierres, brisèrent l'entrée et détruisirent les sortilèges de l'ordre.

« Puis ils creusèrent une nouvelle chambre qui descendait comme une spirale à l'intérieur de la terre, constituée de cent arcs brisés, de mille croisées d'ogives et de divers passages qui donnaient accès au sanctuaire de la couronne. On baptisa l'endroit la Chambre des lords. Depuis, il est devenu le lieu de réunion de nombreuses puissances obscures, le Parlement et la Cour de justice des lords ténébreux du continent.

Luitpirc observa un court silence et prit une gorgée de bière avant de poursuivre son récit.

– Mais la couronne est restée intouchable. Aurnor comprit alors que la nouvelle religion de la mort du Christ avait acquis un pouvoir inattendu et qu'il devrait attendre l'arrivée de l'Élu promis par les prophéties pour s'emparer du trésor. D'un autre côté, personne ne pouvait le lui dérober tant il était bien serré entre ses griffes. La Tour de Londres fut édifiée au-dessus du temple souterrain et devint la plus importante et la plus inexpugnable prison du royaume. Et en son sein, se dissimulait un des plus grands secrets de l'histoire.

– Parlez-nous de ces lords ténébreux !

Idruk remercia silencieusement le chevalier d'avoir posé, sans le savoir, une question dont lui-même brûlait de connaître la réponse.

– Ils sont la main d'Aurnor en Angleterre, dit Luitpirc. Ils dominent la société magique et contrôlent toute l'activité des loges secrètes des alchimistes, dont la majeure partie a été proscrite. Ils ont instauré le principe des maisons nobles d'alchimistes. Depuis des décennies, ils interdisent aux alchimistes de rang inférieur d'apprendre et d'étudier, ils les traquent et les traînent devant les tribunaux... Mais maintenant, il s'agit d'une véritable et terrible intervention de la Grande

Inquisition. Ces hommes s'habillent de noir et portent d'horribles masques de métal pour assurer leur anonymat, ils pratiquent une magie noire qui exige un tribut de sang, d'or, d'animaux, d'âmes et d'hommes sacrifiés aux forces diaboliques d'Aurnor.

– Il se passe des choses semblables dans les royaumes francs, commenta Godefroi.

– Et quelle influence ont ces événements sur vos affaires, Godefroi ? Ces ombres dans votre regard évoquent un grand tourment.

– Ce que je dois conter à la lueur de ces flammes est terrible. Aurnor compte maintenant un pieux représentant à l'Est. Son culte s'est répandu dans les maisons nobles des marches de l'Europe et dans les petits royaumes violents établis sur les rives du Danube, avant les terres turques. Ce monde est devenu un lieu maudit. Parmi ces nobles terribles et sanguinaires, un prince a émergé, un voïvode, comme ils l'appellent là-bas. Il est connu sous le nom d'Ardluk l'Ancien.

– Ardluk...

– C'est cela, confirma le chevalier d'un ton affligé.

– J'ai l'impression d'avoir déjà entendu ce nom sous une autre forme, mais je ne m'en souviens plus très bien, dit Luitpirc en secouant la tête. Les mortels ont tant de langues différentes et il y a bien longtemps que je n'ai voyagé dans les territoires orientaux... Ça ne me revient pas.

– Ardluk l'Ancien est un être cruel et sanguinaire. J'ai entendu des histoires dont le seul récit pourrait faire mourir de frayeur un bon croyant. Je ne sais pas où se place la frontière entre vérité et fiction, mais si seulement la dixième partie de ce qui se raconte est vraie, alors cet homme n'est pas un chevalier, mais un monstre infâme. Cela n'a pas empêché Rome de lui octroyer l'honneur de fonder un ordre de chevalerie.

– Il y a longtemps que les pouvoirs de Rome conspirent pour Aurnor, murmura Luitpirc.

– L'ordre du Dragon ! s'exclama Guntram avec indignation.

– On lui a conféré la figure de la bête ailée comme signe héraldique et Ardluk a promis de lutter contre les Turcs au nom de Dieu. Il projette aussi d'envoyer des chevaliers en quête à Jérusalem, précisa Godefroi.

– Mais que convoitent-ils en ce lieu ?

Les flammes semblaient s'être propagées au regard du chevalier franc.

– Le Temple de Salomon, répondit-il. Et je dois arriver là-bas avant qu'ils ne se joignent aux chevaliers francs et à l'ordre des Templiers, le bras d'acier mortel de l'ordre du Lion rouge. Je dois venger la mort de mes proches et protéger le monde de l'ordre du Dragon en éliminant les démons féroces d'Ardluk l'Ancien.

– Et maintenant, noble Godefroi, vous devriez nous expliquer ce qui vous envoie au Temple de Salomon, suggéra le Conteur. Un ancien désir mérovingien brûle au fond de votre cœur, la légende vous entraîne plus loin que l'histoire.

– Il s'agit de la protection d'un trésor qui repose là-bas, dans un lieu inconnu. Depuis des centaines d'années, l'on sait dans nos familles que ce devoir est notre charge secrète. Comme elle fut en particulier celle de mon aïeul Lohengrin, lorsqu'il parvint à rejoindre la cour sacrée d'Arthur. Derrière les légendes de Parsifal, de Titurel et de Galaad se dissimule le devoir sacré de trouver le Saint Graal. Mais la mort de plusieurs des miens ne peut être imputée qu'aux assassins de l'ordre du Dragon. Le temps est venu. Les deux ordres doivent s'affronter jusqu'à la mort pendant que mes chevaliers et moi marchons, en tête de la grande croisade, à la recherche du secret qui ouvrira toutes les portes.

– Mais que cherchez-vous ? demanda soudain Idruk, sans réfléchir.

– Pour comprendre les aspirations des Mérovingiens, il te faut connaître une partie de l'histoire des rois francs, expliqua le Conteur. La véritable nature du secret connu sous le nom de Saint Graal est inimaginable.

9

Légendes mérovingiennes

L e Conteur commença :
 – Écoute, Idruk, au VIᵉ siècle après la naissance de Notre
Seigneur, le trésor des Mérovingiens se trouve dans les régions
du Nord depuis quatre siècles. Il est dérobé et rapporté dans le
Sud. Cette disparition précipite la décadence des souverains
mérovingiens et provoque le vieillissement prématuré de Clotaire le Sanguinaire.

Impatient d'intervenir, Godefroi prit la parole et continua
le récit :

 – À cette époque, des guerres civiles divisent les Francs. Brunehilde de Worms, la reine de l'Est, est alors confrontée aux
premières tentatives de Clotaire pour la chasser du trône. Berthold, un maire du palais de bas rang à son service, réussit à
s'approprier un trousseau de clefs.

« Mais il ne s'agit pas de clefs ordinaires. Certaines ouvrent les
serrures qui protègent l'accès à la chambre secrète de Worms, où
Brunehilde a fait enfermer le légendaire coffre de pierre du trésor des Mérovingiens. Berthold parvient à retrouver un bossu difforme du nom de Grimaud, fils bâtard, méprisé et déshérité de la
sœur de Brunehilde, qui travaille aux forges, et à lui arracher le
secret des clefs pour s'introduire dans le sous-sol de la forteresse.

« La plus grande difficulté quand il vole le coffre de pierre est sans doute son poids énorme, mais il réussit à prendre la fuite en empruntant un des tunnels adjacents. Quant à Grimaud, pour avoir trahi son ordre métallurgique en même temps que les gardiens du trésor, il n'a d'autre choix que de s'enfuir comme un voleur.

« Les légendes promettent jeunesse et vie éternelles au maître de la relique. Mais presque tous les ministres qui l'ont protégée, serviteurs de Notre Seigneur, savent que ses pouvoirs surpassent de loin les connaissances des barbares qui l'ont dérobée à Rome, lors des invasions germaniques et de la destruction de l'empire.

« Berthold passe un pacte avec Clotaire et lui remet le trésor. Mais il conserve les clefs, et parmi elles la clef de Marie, la seule à qui l'on prête le pouvoir d'ouvrir l'arche de pierre qui contient le trésor. Aujourd'hui encore, nous ignorons si la référence à cette clef est un moyen de dissimuler un code ou si elle a réellement appartenu à la mère du Christ.

– En tout cas, elle est actuellement en possession de Godefroi. Il nous l'a montrée au concile de Clermont, précisa Luitpirc. Il a décidé à cette occasion de prendre la tête de la croisade et d'emporter l'objet à Jérusalem.

Passionné par son sujet, le chevalier ne tarda pas à reprendre la parole.

– Pour revenir à l'histoire, jeune apprenti, ce pacte entre le roi mérovingien et les maires du palais est donc signé entre deux forces dont l'objectif est d'anéantir la domination de Brunehilde de Worms. Les clefs deviennent l'emblème des maires du palais et servent aussi de contrepoids à la puissance insatiable de Clotaire, décuplée par la magie de la relique.

Berthold les confie à Radon, le successeur du maire du palais d'Austrasie.

« Plus tard, les Nibelungen, des chevaliers que Brunehilde a formés pour garder le trésor, parviennent à reprendre la relique à Clotaire et à venger la mort déshonorante de leur reine[1].

« En réalité, le véritable instigateur de cette nouvelle conspiration est Grimaud. Le chef des Nibelungen s'appelle Leubrandt et le Lion rouge resplendit sur son armure ; c'est le véritable fondateur de l'ordre, car *leu* signifie lion pour les Germains. Après avoir révélé l'emplacement du trésor aux Nibelungen, le bossu gagne la confiance de Leubrandt. Celui-ci lui permet d'accéder à la relique. En échange, Grimaud doit lui révéler certains des secrets qu'il a appris de Clotaire et lui dévoiler l'ultime vérité, dissimulée depuis des siècles dans le coffre de pierre. La relique contient un des grands clous qui avaient rivé le Christ à la Sainte Croix, le seul qui a traversé les âges sans jamais être refondu. Il repose sur un second coffre de pierre enfermé dans le premier, véritable arche du Saint Graal.

« Lorsque le coffre est ouvert, l'acier du clou resplendit comme une épée. Grimaud l'examine avec fébrilité, conscient que sa nature recèle un fabuleux secret. Il attire Leubrandt au fond de la caverne en promettant de lui révéler toute la vérité puis, profitant du moment où le Nibelungen découvre le secret, il le frappe dans le dos. Il allume ensuite un grand feu et parvient, grâce à une magie obscure et diabolique, à trans-

---

1. Brunehilde, aussi appelée Brunehaut, mourut traînée, nue, par un cheval à la queue duquel était attachés ses cheveux. (N.d.T.)

former le clou en anneau, tel un cercle d'acier refermé sur lui-même. C'est ainsi que naît la couronne de fer qui est depuis lors séparée de l'arche du Saint Graal.

– Encore quelques points d'histoire, intervint l'alchimiste. Après la disparition de Frédégonde et de Brunehilde, reines de l'Ouest et de l'Est, les dernières années du règne de Clotaire sont agitées et sa souveraineté périclite. Son bras de fer avec la basse noblesse, regroupée sous l'égide des maires du palais, prend fin à ses dépens. Son fils Dagobert est, d'un point de vue historique, le dernier roi mérovingien.

– Mais qu'est-il advenu de la couronne de fer ? demanda Idruk, un peu perdu.

– Sur les événements qui suivent le vol de Grimaud, la légende est plus obscure que jamais. Mais nous savons que la couronne de fer tombe entre les mains des Lombards, un peuple barbare du nord de l'Italie. Leurs rois commencent à développer un pouvoir incroyable qu'ils tirent directement de la couronne. Car selon la légende, elle fera roi celui qui la détient, au prix des plus grandes souffrances.

« Au contraire, les pouvoirs du Saint Graal sont en rapport avec l'âme, la connaissance et l'immortalité. Nul n'est parvenu à les comprendre, car personne n'a été officiellement en sa possession. On pense qu'il est sous la protection de l'ordre du Lion rouge, mais ce n'est pas certain. Ils veillent en revanche sur la clef de Marie, qui est entre les mains de la famille de Lohengrin et de son neveu Godefroi, ainsi que sur le *lapis philosophorum*. Et s'il est certain que les objectifs de l'ordre ont un rapport avec la quête du Saint Graal, il s'agit de deux problèmes différents.

– Mais où est le Saint Graal ?

– D'après les plus sérieuses recherches, quelqu'un l'aurait ramené à Jérusalem en secret. Toutes les preuves apportées par les érudits du concile de Clermont l'attestent. Ne me pose aucune question, car nous avons fait le serment solennel de ne jamais révéler ce que nous avons vu là-bas. Mais crois-moi, je suis maintenant certain que le Saint Graal repose de nouveau dans les ruines du Temple de Salomon. Il avait disparu un siècle avant l'arrivée des Carolingiens au pouvoir. On parlait alors d'une cour située en Angleterre, dans la forteresse du légendaire roi Arthur. De nombreux nobles se sont mis en quête de Camelot et certains d'entre eux ont appartenu à la Table ronde. De là, Arthur dominait les terres anglaises et de là partit la quête du Graal. C'est à ce moment que le Trésor fut nommé Saint Graal. C'était un calice qui renfermait le plus grand pouvoir magique accumulé sur terre à des fins inconnues des mortels.

– Quel est ce pouvoir ? voulut savoir Idruk, de plus en plus intrigué.

Luitpirc soupira, puis tenta d'éclairer son apprenti.

– Beaucoup parlent des ultimes reliques du Christ, du sang versé pendant son supplice. D'autres pensent qu'il s'agit de la présence même de Dieu sur terre, une fontaine magique de pouvoir et d'immortalité, un point de rencontre entre l'humain et le divin, le lien qui unirait le monde magique et le monde mortel... Mais nous n'aurons pas de certitude avant que j'aie déblayé de mes propres mains l'emplacement secret où il est enfoui. Dire qu'il est possible qu'à cette heure, Aurnor en sache plus que nous...

– Le sang, Luitpirc, ajouta Guntram de sa voix tonitruante. Le sang apparaît dans toute cette succession d'énigmes sans réponse.

– Bien sûr ! s'exclama le chevalier Bohémond. N'oublions pas que le cruel Ardluk mouille son pain dans le sang de ses ennemis vaincus avant de le manger.

– Par la barbe d'Ébroïn !

Idruk regarda sa seconde tartine de pain de seigle et cessa de mastiquer.

– Grâce à Whylom Plumbeus, le meilleur érudit en la matière que je connaisse, je sais qu'Aurnor a corrompu de nombreuses créatures de la nuit pour augmenter les pouvoirs de l'aristocratie magique de ces royaumes des frontières de l'Europe, ajouta plus calmement l'alchimiste. Plusieurs membres de nos loges ont découvert d'étranges espèces de chauves-souris. Nombre d'entre elles sont capables de connecter leurs esprits et échangent des pensées singulières... D'autres sont buveuses de sang.

– Que devons-nous faire ? murmura Guntram. Pour l'ordre des Templiers, votre opinion revêt une grande importance et c'est en partie pour cette raison que nous sommes en Angleterre. Nous sommes aussi venus chercher vengeance au nom d'Aldous d'Amiens et des autres membres assassinés.

– Oubliez la vengeance ! Si vous vous entêtez dans cette voie, cela leur permettra de gagner du temps. La meilleure revanche que vous pourriez prendre sur cet ennemi serait de ne plus perdre une seule journée. Le diable court plus vite que nous. Mon apprenti et moi devons tenter de déchiffrer le message secret laissé par le dernier membre de l'ordre du Lion rouge. Les chevaliers templiers doivent quitter les royaumes germains pour affronter l'ordre du Dragon et livrer une bataille secrète et terrible devant les navires de la grande croisade. Entre-temps, Godefroi partira à la recherche du Temple de Salomon.

« Quant au monde magique, il doit accomplir sa prophétie et se préparer à la guerre. Si je ne me trompe pas, à cette heure, le lord chancelier d'Angleterre, Ranulf de Flambard, a déjà exposé le cas aux conseillers de Guillaume Le Roux. Guillaume est un souverain stupide et superstitieux. Nul doute qu'il autorisera l'intervention de la Chambre des lords. En cet instant, l'organe de gouvernement inquisitorial tapi dans les tréfonds de la Tour de Londres attend, impatient, le moment de lancer son attaque définitive. Ils espèrent ainsi s'emparer du secret de l'ordre du Lion rouge, la clef qui contrôlera la couronne de fer. L'heure est arrivée pour Lord Malkmus de Mordred, l'inquisiteur suprême, de nous dévoiler ses véritables plans. En vérité, l'assassinat de frère Gaufrey était un piège.

– Vous voulez dire qu'ils avaient un autre objectif ? demanda Godefroi.

– Ils cherchaient à répandre la peur dans la ville en démontrant que le démon était assez puissant pour s'introduire dans l'abbaye de Westminster et tuer un moine dans la maison même du Christ, en toute impunité. C'était aussi l'occasion de déclencher une intervention massive de la Grande Inquisition. Le lord chancelier a probablement déjà les mains libres pour lancer sa chasse aux sorcières, aux magiciens et aux alchimistes. Sous son égide, la Chambre des lords pourra se consacrer à la quête de ce qu'ils convoitent si ardemment.

– Mais comment pourraient-ils savoir ce qu'ils cherchent si le secret n'est pas même connu de l'ordre du Lion rouge ? intervint Guntram.

– Ils sont certains que le Cinquième Lord sortira des maisons inférieures des îles. Mais durant les deux derniers siècles, de nombreuses familles ont quitté les royaumes francs.

– Le Cinquième Lord... Entendez-vous cela, messires ?

– Et qui sont les quatre autres ?

– Il n'y a pas quatre autres personnes, ou plutôt ce sont les Quatre Éléments de la science alchimique. Non, mes amis, le Cinquième Lord est la quintessence des alchimistes, le *lapis philosophorum* des races magiques, la connaissance qui naît au centre du labyrinthe. C'est une promesse faite aux alchimistes roturiers au cœur de cette mortelle malédiction. Il surgira de la souffrance causée par cette guerre et sera la conséquence des armes du démon...

– Prophéties et paroles d'alchimistes, qui les comprend ? demanda Guntram, découragé par les explications de Luit-pirc.

– Mais en ces temps étranges, le destin des alchimistes et celui des hommes s'entrecroisent, argumenta Godefroi. Et cela nous conduit à un dénouement terrible et inespéré.

D'une voix mystérieuse, Luitpirc prononça quelques vers :

– À moins que les vieux devins n'aient feint
Et que les ingénieux alchimistes soient aveugles,
Les élus du Saint Graal doivent régner
À l'endroit où ils doivent découvrir cette pierre.

« C'est un vieux dicton de votre famille, n'est-ce pas ? conclut-il.

– Nous l'avons récité ainsi durant de nombreuses années, admit Godefroi.

– Beaucoup pensent qu'il est question de la pierre du Des-tin. Mais il est aujourd'hui certain que les Écossais ont en leur possession la pierre qui crie à l'approche de l'héritier du trône. Et j'affirme que le proverbe se réfère à un secret bien plus sombre, enfoui sous le poids de nombreux siècles d'histoire mérovingienne...

Un court silence suivit, rompu par Godefroi.

– Et pourtant, je sais que parmi les ruines du Temple de Salomon doit attendre le secret qui permettra de libérer les hommes, et que je le révélerai au grand jour ou que je mourrai en essayant...

– Les prophéties parlent d'un long règne de l'ignorance et de l'obscurité que le Saint Graal doit venir illuminer. Alors, à la révélation du Mystère des mystères, tout reverdira dans le monde des mortels, continua le Conteur.

– Le Saint Graal ! Nous lutterons pour accomplir ce voyage jusqu'à son terme, même si la mort nous attend en chemin ! Les membres sanguinaires de l'ordre du Dragon ne parviendront pas à nous arrêter et la grande croisade établira sa domination sur ces royaumes perdus où le Christ prononça ses paraboles. Sans nul doute, le trésor des Mérovingiens devait être une sorte de symbole, une succession d'énigmes dont la résolution aura pris des siècles. Mais les membres de la Table ronde ont fini par comprendre que le lieu qu'ils recherchaient n'était autre que Jérusalem et les cryptes du Temple de Salomon.

10

Le retour de l'apprenti

L a nuit était tombée malgré les derniers efforts du soleil à l'horizon, et le tonnerre continuait à rouler dans le lointain comme pour marteler le passage pesant d'abominables géants bourrus croisant au large. La pluie ne cessait de fouetter les vitres.

Idruk n'était pas certain d'avoir compris tout ce qu'on lui avait raconté. Un monde de secrets venait de s'ouvrir devant lui, dévoilant des sociétés secrètes ancestrales, des ordres d'alchimistes et d'ignobles périls en relation avec Aurnor et son culte diabolique. Avec la nuit qui venait, toutes les histoires sur l'effrayant ordre du Dragon prenaient de plus en plus de substance dans son imagination.

Pendant que les hommes continuaient à murmurer au coin du feu, il commença à dodeliner de la tête... Des terres illuminées par un crépuscule rouge s'étendaient devant lui. Il vit un homme de haute stature, à la barbe noire hirsute, vêtu d'une armure qui semblait avoir été forgée récemment. Le guerrier se tenait au milieu d'une forêt de pieux d'où montaient de sourds gémissements. Quand cette figure maigre à l'expression horrible s'inclina pour tremper un gros morceau de pain dans une flaque de sang, Idruk se réveilla, le visage en feu.

Toutefois, il feignit le sommeil et écouta les récits qui s'échangeaient.

Il apprit que dans les territoires sauvages d'Écosse, un dragon patriarche nommé Grumanagh tenait en respect l'aristocratie du pays ainsi que les héros normands qui venaient souvent tenter de se faire un nom en affrontant ses fils ou ses neveux. Durant le siècle dernier, son clan s'était développé d'une manière considérable et occupait maintenant les îles solitaires du mystérieux comté d'Oarkney...

Ensuite, le souvenir de frère Gaufrey emplit de terreur les rêves d'Idruk. De retour sur la scène du crime, le garçon assista aux événements comme s'il était la victime.

Gaufrey s'entretenait tranquillement avec quelqu'un qui se trouvait derrière lui. Puis il se retourna brusquement, vit ce masque d'argent au sourire sadique et deux mains blanches aux doigts d'araignée apparurent au milieu de l'obscurité. Puis il sentit le regard aveuglant de deux yeux au violet éclatant. Les mains blanches étaient empreintes d'innocence, mais le masque dissimulait l'assassin...

Cela ne pouvait signifier qu'une chose : Gaufrey était mort des mains d'un de ses collaborateurs, un traître qui avait pris la précaution de couvrir son visage avant de l'assassiner !

Idruk se réveilla en sursaut : le ciel était nuageux, la pièce paraissait abandonnée. Il était seul. Le terrifiant cauchemar ne l'avait pas quitté et il brûlait d'envie de raconter à Luitpirc et à Godefroi ce qu'il avait découvert dans son sommeil. Après s'être lavé le visage, il glissa un regard à travers les volets. À ce moment, la porte s'ouvrit et le chevalier Guntram entra. Il était armé et portait un brassard, des gantelets et un plastron d'acier. Une grande cape brodée de la croix du Temple était jetée par-dessus son équipement, mais il avait repoussé sur ses épaules la coiffe de sa cotte de maille.

– Il serait bon que vous déjeuniez, *alchemist*, dit-il en déposant une jarre sur la table ainsi qu'un plateau chargé de mets appétissants. Vous avez du fromage de chèvre, du jambon de sanglier et de la viande d'ours séchée que j'ai rapportée de ma patrie. Mangez, *alchemist* ! J'imagine que vous vous demandez où se trouve Luitpirc. En vérité, il est parti en toute hâte avant le lever du soleil. Il s'est engagé à se rendre à Magonia le plus vite possible pour leur apporter les nouvelles...

– Magonia !

– Oui, la cité des nuages. Il est en route pour la rejoindre. Et il m'a prié de vous raccompagner à Wilton.

Idruk se demanda pourquoi Luitpirc le renvoyait dans la petite ville provinciale peuplée de superstitieux au lieu de l'emmener dans un voyage aussi fascinant. Il remâchait sa frustration, d'autant plus qu'il n'avait pas eu l'occasion de lui faire part des informations que lui avait révélées son cauchemar. La réunion des mains blanches et du masque au sourire d'argent établissait un lien symbolique signifiant la haute trahison. Celui qui était parvenu à arracher ses secrets au grand gardien avant de le supprimer n'était pas un démon, mais appartenait à l'ordre.

– Il vaut mieux que nous nous mettions en route au plus tôt, car je dois ensuite retrouver mes compagnons à Londres avant d'embarquer de nouveau pour le continent. Et vous savez qu'un rude labeur nous attend dans les territoires de l'Est.

– Et Godefroi ?

– Personne ne sait quand ni comment il est parti, mais il a entrepris en secret son voyage vers Jérusalem. Je vais préparer les montures, jeune homme. Je vous attends dehors.

Aucun alchimiste susceptible de lire son esprit ne se trouvant à proximité, Idruk tenta de réfléchir posément à toutes ces nouvelles devant un copieux petit déjeuner. Puis il rejoignit Guntram et se hissa sur un poney que le chevalier lui avait préparé. Ils entreprirent alors un voyage de deux jours qui les conduisit au pied des murailles de Wilton, à travers les immenses forêts de Windsor.

En évitant les chemins les plus fréquentés, ils croisèrent une ou deux fois quelques bandits. Mais lorsque les malandrins rencontraient le regard du gigantesque chevalier germain, ils préféraient prendre la fuite.

Un garde forestier leur offrit le gîte dans la grande forêt d'Andred, qui s'étendait sur les collines du Kent et du Sussex et touchait presque la citadelle de Winchester. Guntram était, comme tout bon chevalier, un homme de réserve et de peu de mots, mais il répondit de bonne grâce aux multiples questions dont l'assaillit Idruk sur le puissant ordre des Templiers.

Le soir tombait sous un manteau nuageux glacial. De fins copeaux de neige agglomérés en essaims assombrissaient l'air, tourbillonnaient en épaisses rafales, mais disparaissaient en un instant au contact de l'herbe drue. Ces derniers jours, le temps avait brusquement changé. L'hiver semblait être revenu pour tenter de se réapproprier le monde.

Une année entière paraissait s'être écoulée depuis le jour où Idruk était parti rendre visite à Luitpirc. Son initiation avait largement surpassé toutes les attentes d'un alchimiste roturier.

À l'abri d'un rideau de chênes, à la jonction de la forêt et de la plaine de Salisbury, Guntram demanda à Idruk si quelqu'un s'occupait de défendre sa famille par les armes. Le jeune alchimiste lui expliqua que son seul parent était sa mère et le chevalier lui fit jurer sur son honneur de la défendre en toute circonstance, ce qu'Idruk accepta volontiers. Le garçon prit ensuite cordialement congé de son compagnon de route et parcourut les dernières lieues en s'efforçant de passer inaperçu auprès des passagers des nombreux attelages et des voyageurs qui se dirigeaient vers les portes de Wilton.

Il s'étonnait encore de la vénération que portaient les Templiers aux alchimistes, comme si ceux-ci étaient des êtres supérieurs aux mortels. Distraitement, il se demanda quand il reverrait Guntram et si celui-ci parviendrait à mettre fin aux horreurs de l'ordre du Dragon.

C'est à cet instant qu'il se rendit compte que Luitpirc n'avait pas emporté les notes prises à l'abbaye de Westminster. Toutes les marques du diable et les énigmes du frère Gaufrey lui revinrent en mémoire avec la violence d'un coup de tonnerre. Il éperonna le poney, pressé de se mettre en quête de réponses.

11

La Main Invisible

Hormis Kroter, son crapaud, qui ne cessait de sautiller çà et là, la maison semblait déserte. Sa mère rendait sans doute une visite dans un hameau des alentours. Plusieurs chaudrons mijotaient patiemment dans l'âtre, contenant probablement les ingrédients d'une des célèbres potions de Gotwif Maiflower. Idruk s'installa près de la cheminée et fit appel à ses souvenirs. Il fixa son manteau, tentant de se remémorer le contenu des poches intérieures. Mais il abandonna rapidement cette méthode et déroula le parchemin sur lequel il avait annoté toutes les énigmes et les symboles maculant les murs de la cuisine de Westminster. Il tentait d'imaginer ce que pouvait signifier tout cela, lorsque le parchemin que Luitpirc avait enlevé de la main du cadavre commença à se dérouler lentement.

Idruk se leva et recula. Les taches qu'avait laissées le sang de Gaufrey virèrent d'abord au rouge vif, puis prirent la forme de traits ardents.

Le jeune alchimiste prit les pincettes sur la tablette de la cheminée, saisit le rouleau maudit et le lança au feu. Le seul résultat qu'il obtint fut une grande flambée et le parchemin fut recraché sur les dalles du sol. Idruk s'agenouilla pour contempler l'objet qui se déroula entièrement et s'aplatit en une grande feuille jaunâtre.

Soudain, des lettres étranges s'étalèrent sur la surface, comme si une main invisible notait son message à toute vitesse.

Aucun fourneau connu
ni Tripe de dragon
ne peut réduire
en cendres ce parchemin.

– Diantre ! s'exclama Idruk, oscillant entre prudence et fascination.

Il prit son fusain et nota une question sur le parchemin : « Qui es-tu ? »

Ses mots disparurent et la réponse les remplaça instantanément :

Si des espions je veux me garder
avec application, en énigmes je parle
Car je ne veux me laisser déchiffrer
que de celui qui sans son esprit n'est rien.

C'est donc pour cela que tu ne parles que par énigmes, pour éviter les traîtres, songea Idruk avec satisfaction.

Il rédigea une nouvelle question : « Dis-moi, à qui appartient la main qui écrit sur ce parchemin ? »

La réponse ne tarda pas :

Je suis un noble bien connu à défaut d'avoir un nom,
nombreux sont ceux, humbles et riches, qui ont
pris soin de moi.
Et même si je proclame la grandeur du Haut
Royaume,
les exploits de mes initiés ou la gloire du Monarque,
maintenant ceux qui se pensent savants
aiment ma façon étrange
de donner des leçons sans ouvrir la bouche,
d'imposer la raison sans élever la voix.
Et même si tous les initiés de la Terre,
pris d'impatience, s'efforcent de suivre mes traces,
mes chemins parfois sont obscurs
et mes paroles mystérieuses, car toutes sont
des énigmes.

« Et tu ne pourrais pas être un peu plus explicite ? » griffonna Idruk, à bout de patience.

Je suis la tête qui rugit dans le feu,
Je suis la dent qui se découvre mais ne mord pas
Des Carolingiens qui travaillent le métal,
Je suis le plus noble descendant, le meilleur forgeron.

« Serais-tu par hasard Gaufrey qui me parlerait depuis les ténèbres de la mort ? »

Les lettres de feu s'illuminèrent sur le parchemin :

> Jusqu'à la chambre dans laquelle reposent
> Des symboles endormis, tu devras arriver :
> Alors seulement, je te laisserai supplier
> Et à la fin, les secrets interdits, je te révélerai.

« Et comment y arriverai-je ? »

> Tant que le parchemin vivra
> Les indications, il dictera.

« Encore une réponse bizarre », nota Idruk, agacé.

> L'alchimiste de ses rêves doit s'occuper,
> Sur ses pensées le sage doit méditer,
> Le mendiant sa faim doit ruminer,
> Mais le sorcier, son feu doit protéger.

– « Le sorcier, son feu doit protéger »... Le feu, le feu... murmura Idruk sans rien y comprendre.

> Feu commence par un f,
> Fiafalf s'écrit avec trois f.

Le f a-t-il deux ailes inversées ?
Jamais une lettre ne fut un animal !

Tonnerre et foudre ! se dit Idruk. Si tu n'es pas maudit, alors ton amour des énigmes est trop grand... De toute façon, il me faut résoudre le secret de Gaufrey, et pour cela une seule personne peut m'aider : Whylom Plumbeus.

Je suis l'invisible main de Magonia :
Je m'adresse à Toi depuis le Haut Royaume
Et ce que j'écris est bien certain...
Là-haut, l'on ne parle qu'en quatrains !
L'homme stupide se croit intelligent,
On appelle stupide l'homme intelligent,
De l'ignorance sans opinion
Doit se protéger la foule.

– On peut savoir ce qui se passe dans cette maison en mon absence ?

La voix de sa mère qui venait de franchir le seuil interrompit la lecture clandestine du jeune homme :

– *Closus Manus Alquimistanius !* ordonna-t-il à voix basse.

Le parchemin reprit sa couleur blanche et Idruk le vit avec soulagement s'enrouler rapidement sur lui-même, pendant qu'il le dissimulait tout en essayant d'esquiver le regard désapprobateur de sa mère.

12

Gotwif Maiflower

G otwif Maiflower était une sorcière aux grands yeux
verts et au nez constellé de taches de rousseur. Elle
rassemblait ses cheveux cuivrés en une tresse épaisse qu'elle
avait relevée ce jour-là. Dans sa tunique brune, son allure
était celle d'une femme solide, habituée aux charges de la
vie, et son corps s'était conformé aux paniers qu'elle transportait d'un lieu à un autre.

Idruk s'apprêtait à prononcer une de ses excuses préférées, quand il croisa le regard sombre de sa mère. Il la
trouva beaucoup plus soucieuse qu'à l'ordinaire et décela
même de la peur.

– Tu sais à quel point Kroter adore me jouer des mauvais
tours. Il a pris l'habitude de se cacher dans l'armoire de
grand-père...

Le regard de sa mère était loin d'être convaincu. De plus,
elle haussait le sourcil droit, ce qui ne pouvait signifier
qu'une chose : sa vieille excuse n'allait pas fonctionner
cette fois.

– Dans ce cas, peux-tu m'expliquer ce que fait ton crapaud sur mon fauteuil ?

En fait, l'opulent et magnifique Kroter trônait sur le

siège, dressé comme un roi, comme s'il se réjouissait de ridiculiser son maître. Il croisa les pattes avant, afficha une mine de victime injustement accusée et lança un regard dépourvu d'aménité à Mme Maiflower ; tout de suite après, il laissa échapper un rot sonore.

– De toute évidence, le crapaud n'est pas toujours le meilleur ami du sorcier... ronchonna Idruk, essayant toujours de dissimuler le parchemin.

– Je vois que l'initiation de Luitpirc a été bien plus complète que je ne l'aurais voulu. On m'a informée que tu étais en voyage ?

Idruk fit la moue et fixa le sol, non sans avoir lancé un regard assassin à son crapaud. Il semblait avertir l'animal que s'il continuait à conspirer contre lui chaque fois que sa mère était en colère, ses cuisses pourraient bien faire un excellent repas. Kroter était le meilleur bouc émissaire de la ville de Wilton.

– Ben, c'était une idée de Luitpirc...

– Je commence à être fatiguée que Luitpirc te farcisse la tête de toutes ces fantaisies impossibles.

– Mais il s'agissait d'un sujet très grave, mère. Si tu savais ce qui s'est passé là-bas...

Cependant, en y réfléchissant à deux fois, Idruk se dit que Luitpirc préférerait sans doute que ces événements ne soient pas divulgués, du moins pour l'instant. Un initié ne devait jamais oublier la règle d'or de ses pairs : savoir garder un secret.

– Tu sais parfaitement combien il est difficile d'être un sorcier dans ce monde. En outre, c'est devenu dangereux, ces derniers temps. Comment veux-tu t'en sortir si tu ne maîtrises pas les sortilèges, les potions, et si tu n'apprends pas la table des enchantements ? Les contes de géants et de dragons, d'immenses trésors et de guerres alchimiques, toutes ces élucubrations que tu poursuis en cachette sont des sujets qui dépassent de loin tes capacités. Comment espères-tu poser les tuiles avant d'avoir monté les murs, jeune entêté ?

– Mais j'ai fait de la magie ! protesta Idruk avec insolence, tentant de se défendre contre le raisonnement indiscutable de sa mère. J'ai atteint l'âge requis, j'ai été initié et maintenant, je peux étudier ce qui m'intéresse et oublier ces horribles potions malodorantes...

– C'est le genre de réponse que l'on attendrait d'une personne « normale », mais je t'ai déjà dit mille et une fois qu'il ne suffit pas de naître alchimiste ou sorcière pour le devenir... Le talent n'est pas tout, il faut aussi manipuler le chaudron.

– Tu as raison. Mais tu oublies qu'il faut aussi naître dans une maison noble, répliqua le garçon d'une voix mordante. On dirait que nous sommes destinés à être pourchassés comme des rats par ces vieilles chouettes de lords ténébreux... Un beau jour, le lord chancelier nous enverra au bûcher sans jugement ! Les gens nous trouvent bizarres, nous devons nous cacher sans cesse dans des maisons sans portes et vendre les plus horribles potions... Et par-dessus le marché, nous sommes privés des pouvoirs, des méthodes d'enseignement et des collèges dans lesquels les nobles se forment. Je ne veux pas passer mes journées à apprendre à fabriquer des potions pour soulager les crampes des vaches ou les refroidissements des porcs. J'ai bien vu comment te traitaient ces paysans !

Le plaidoyer de son fils sembla déconcerter dame Maiflower ; bien qu'il soit rebelle de nature, Idruk n'avait jamais manifesté autant d'ardeur dans la contestation.

– Eh bien, que veux-tu dire à propos des gens ? Qu'as-tu contre eux ?

– Ils sont plus ignorants que leurs vaches. Tu les aides, ils te donnent un peu de lait en échange. Et voilà, à partir de ce moment, tu es une guérisseuse, une sorcière. Au fond, les gens nous regardent de travers, tu ne t'en rends pas compte ?

– Dans cette ville précisément, on nous reçoit mieux que dans les villages. Les gens ne connaissent pas la nature exacte de mes activités. Je parcours la campagne, je visite les fermes, je fais ce qui est nécessaire. Mais quand je rentre ici, personne n'a de raison de s'intéresser à nous.

– Je suis fatigué de fuir, parce que j'ai bien compris que nous fuyons depuis des années. En revanche, je n'ai pas la moindre idée de ce qui nous menace. En fait, nous sommes comme ces pauvres juifs errants. Mais je déteste être obligé de me justifier devant les autres. Je suis un alchimiste, point final !

– Voyez-moi notre jeune seigneur ! Tu peux te mettre une pancarte autour du cou et te pavaner sur le marché, à ta guise. Mais je ne pense pas que cela soit une bonne idée.

– Et pourquoi ?

– Pour commencer, parce que tu n'as rien retenu de ce que je t'ai appris. Tu n'es pas appliqué. Toutes ces fantaisies qui ne sont pas de ton ressort te tournent la tête...

Cette fois, dame Maiflower puisait dans sa liste d'arguments imparables et ne laissait plus la parole à Idruk. Frappé par la vigueur de son discours, il recula jusqu'à l'escalier. Une cuisine pleine de vieilleries hors d'usage s'ouvrait derrière. Dépourvue de fenêtres, la pièce n'était éclairée que par la lueur des fourneaux. De nombreux chaudrons et des ustensiles de cuivre étaient accrochés au mur. Des bouquets de plantes séchées, des récipients remplis de liquides noirâtres, des insectes disséqués, des pots luisants et des étoffes élimées qui ressemblaient à des capes de voyage s'accumulaient près de l'entrée. Mais pour l'heure, la cuisine de la sorcière, avec son feu ardent, était le théâtre d'un désastre fumant.

Sa mère l'invita d'un geste à y pénétrer en disant :

– Voilà exactement ce dont je voulais parler...

Non seulement la coûteuse potion qu'il avait posée sur le feu quatre jours plus tôt s'était répandue, mais il avait aussi oublié d'y ajouter de l'ellébore de Thessalie et quelques gouttes d'une substance dont sa mère n'avait jamais mentionné le nom. Elle évitait de détailler certaines de ses connaissances de crainte que son fils ne se lance dans des expériences inédites en puisant dans ses réserves personnelles, qui comportaient des produits d'une redoutable puissance.

Abattu, l'adolescent contemplait le résultat de son expérience : le contenu du chaudron s'était coagulé en une masse collante qui avait débordé dans le feu, au lieu de libérer les gaz composés et de dégager l'âme des substances. Le processus avait donné naissance à de petites créatures qui semblaient faites de boue et rampaient partout.

107

Leurs sillages baveux et nauséabonds s'entrecroisaient sur le sol de la cuisine. Maintenant, il ne restait plus à Idruk qu'à les désenchanter, à les rendre à leur état de matière inerte et à nettoyer tout ce qu'elles avaient sali...

– ... et à recommencer la potion depuis le début, conclut dame Maiflower.

C'était l'une des choses qu'il détestait le plus. Lorsqu'il se trouvait près de sa mère et avait le malheur de baisser sa garde, elle avait tout loisir de lire une bonne partie de ses pensées. Et quand elle complétait à haute voix les phrases qu'il commençait dans son esprit, c'était encore pire.

Idruk s'apprêtait à sortir une réplique spirituelle quand Kroter sauta entre ses jambes et se mit à projeter sa langue çà et là, visant les sangsues boueuses. Son maître eut un sourire de triomphe.

– Eh bien, mère chérie, on dirait bien que Kroter va m'aider...

– Soit. Mais tu sais ce que tu as à faire pendant son dîner. Cela dit, le mieux serait peut-être que je n'aie pas à m'occuper de préparer quelque chose de bon à manger ce soir. Tu pourrais partager le plat exquis que tu as concocté avec tant de soin pour ton crapaud, proposa Gotwif avec allégresse.

Même si elle plaisantait, la perspective n'était guère alléchante.

Pendant qu'il nettoyait les restes collants de ce qui aurait dû être l'horrible potion Von Breuer, Idruk ne cessait de penser à tout ce que lui avait clandestinement dévoilé la Main Invisible. Affamé comme toujours, Kroter avait débarrassé le sol de toutes les sangsues terreuses et, après ce festin, s'était plongé dans un petit somme digestif dans un recoin près de la cheminée.

Crapaud opportuniste... songea Idruk en entendant les ronflements de son énorme mascotte. Parfois, il avait la sensation que Kroter veillait sur lui.

SANG D'ALCHIMISTE

1

Alchimistes de sang

Idruk arriva le premier au sommet de Clearbury, l'une des plus hautes collines des environs. La silhouette sombre d'un énorme chêne dont les jeunes pousses avaient gelé sous l'assaut inattendu du froid se détachait sur le ciel gris. Le reste du paysage était blanc jusqu'aux confins de la terre.

Le garçon attendait cet instant depuis deux jours. Il n'avait reçu aucune nouvelle du Conteur. Ses seules informations provenaient des singuliers discours dans une langue inconnue qui s'inscrivaient en lettres ardentes sur le parchemin magique, qu'il avait appelé pour faire court la Main Invisible.

Cela dit, Idruk commençait à soupçonner l'existence de plusieurs *mains invisibles* capables de s'exprimer par l'intermédiaire de son parchemin. Le pire avait lieu à minuit, quand des vers horribles, dans une langue qu'il ne comprenait pas, prenaient forme avant de disparaître immédiatement. Selon ses conclusions, le grimoire avait la faculté de refléter plusieurs sortes de messages et n'était pas la propriété exclusive de la Main Invisible qui s'était présentée la première fois. En revanche, l'usage des énigmes l'avait convaincu de l'habileté de son mystérieux interlocuteur, compte tenu du fait que d'autres pouvaient lire ce qui apparaissait sur la surface

113

jaunâtre. Combien d'autres parchemins comme celui-ci existaient dans le monde ? Était-ce l'une des pages perdues d'un grimoire extraordinaire ? Et quel était le rapport avec frère Gaufrey, le grand gardien de l'ordre ?

Alchimistes, sorciers, enchanteurs et inquisiteurs faisaient la ronde dans son imagination. En réalité, la signification des véritables énigmes du diable était restée obscure. Luitpirc avait dit qu'il s'agissait d'un avertissement. Voilà qui résumait les informations dont il disposait. Et l'on ne pouvait pas dire qu'il les avait obtenues grâce à sa ténacité.

Avec la disparition de son maître, Idruk avait décidé de rompre la règle de silence des initiés pour tenter d'éclairer les notes de Westminster. Son ami Hathel avait déjà découvert les symboles et les inscriptions au moment où Idruk les montrait à son père, Whylom Plumbeus. Parmi les sorciers des maisons inférieures de Wilton, celui-ci possédait le meilleur réseau de relations et était certainement l'un des plus savants.

Whylom leur avait appris que la Grande Inquisition avait fait beaucoup de bruit autour de l'horrible assassinat de Gaufrey au cœur de Westminster. Selon les prévisions de Luitpirc, le lord chancelier Ranulf de Flambard avait agi avec le consentement de Guillaume le Roux, le souverain timoré. La Grande Inquisition avait organisé ses premières troupes et se proposait de balayer les terres d'Angleterre.

Assis sur une pierre, Idruk attendait ses meilleurs amis tout en contemplant les champs enneigés déserts. Le vent courait les chemins et tous les alchimistes prédisaient un retour de l'hiver. Plus loin, les collines roulaient en vagues douces vers le sud-ouest, parsemées de lignes sombres et d'étendues boisées où les arbres luttaient pour agiter leurs rameaux sous le manteau neigeux. Quelque part dans la même direction, s'étendait la tempétueuse mer de Kernow, du nom cornique que lui donnaient les habitants du comté de Cornouailles. Idruk se demandait si par hasard le refuge secret qui accueillait les alchimistes anglo-saxons en fuite ne se situait pas dans les solitaires Ynysek Syllan, les îles Sorlingues.

Entre ses mèches rousses, le jeune homme fixa longuement un point du ciel où, selon ses calculs, devait se trouver le soleil, derrière la couverture nuageuse. S'il ne l'avait jamais confié à personne, il possédait toutefois la capacité de regarder le soleil directement sans se brûler les yeux. Cela semblait même lui permettre d'emmagasiner un étrange pouvoir. Les livres de magie (du moins ceux dont il disposait) n'étaient pas en mesure d'expliquer certaines choses. Mais ces choses se produisaient.

L'écho de voix familières l'arracha à ses étranges réflexions d'alchimiste.

Ylke Lewander et sa petite sœur, Lyte, étaient absorbées dans une discussion animée avec Hathel Plumbeus. Ce garçon plutôt empâté, au caractère réservé, était devenu un des meilleurs amis d'Idruk. Pour l'instant, les filles le taquinaient en lui jetant de grosses boules de neige.

– J'espère que nous n'allons pas finir sur le bûcher pour nous être réunis sur la Clearbury au crépuscule ! lança Hathel à Idruk en guise de salut.

– Pour avoir fait le cercle des sorcières ? Je ne crois pas qu'ils en soient arrivés à cette extrémité. Les juges de Lord Malkmus de Mordred sont encore loin, assura Idruk.

Ylke prit place sur une pierre.

– Même de loin, ils sauront voir qui est trop roux, dit-elle avec un clin d'œil.

Idruk écarta les mèches frisées agitées par le vent qui lui tombaient sur le visage et tenta de les faire tenir derrière ses oreilles.

– Ta sœur aussi est assez rousse, ma chère Ylke.

Lyte sourit.

– Cessez de plaisanter sur ce sujet, intervint Hathel. Il n'y a pas matière à rire. Des corbeaux messagers ont apporté des messages effroyables.

Hathel était toujours au courant des dernières nouvelles, mais il était plus âgé qu'eux et son père abordait nombre de sujets dont, selon la communauté magique, on ne devrait jamais discuter.

Idruk prêta l'oreille.

– Et les plus mauvaises nouvelles concernent les roux. En Écosse, les inquisiteurs emprisonnent de nombreuses familles à cause de leur couleur de cheveux...

– Bande d'idiots ! Ils devront arrêter tous les clans du Nord, car depuis longtemps, la plupart sont roux...

– Et ils le feront, assura Hathel, pessimiste. Tout le monde est convaincu que Lord Malkmus de Mordred a commencé à éliminer de nombreuses personnes aux cheveux roux qui viennent du continent. La famille d'Idruk a traversé depuis seulement trois générations, ce qui en fait un suspect tout désigné.

– Mais suspect de quoi ? rétorqua Idruk, interrompant les explications que Hathel prodiguait à Lyte.

– D'accord. Tu n'as jamais entendu parler des légendes du Lion rouge, peut-être ?

– Le *hausmayer* d'Austrasie, ce Mérovingien mort depuis trois cents ans... Mais oui, c'était un sorcier puissant et très influent... Attends, son nom me revient... Leubrandt !

– Leubrandt, le maire du palais, le lieutenant du Monarque.

– Et qu'est-ce qu'il a à voir avec les rouquins ? s'enquit Idruk, exaspéré.

– Tu ne le sais que trop. L'ordre du Lion rouge annonçait le retour de l'ordre du Monarque. Et la prophétie qui fut révélée en Aquisgran parmi les secrets de Charlemagne assurait qu'après l'an mille une grande guerre alchimique se déclencherait pour la possession du mystère du Saint Graal et de la couronne de fer. Apparemment cela n'arrivera jamais, mais les meilleurs devins des lignages inférieurs assurent que la guerre sera provoquée par les maisons nobles d'alchimistes.

– Cela dit, le siècle est presque terminé, fit remarquer Ylke, avec un clin d'œil vers sa sœur qui semblait effrayée.

– Justement, c'est bien pour cette raison que ça ne va pas tarder à commencer, insista Hathel. Les royaumes anglais semblent être le lieu idéal. On dit que le feu sera le premier signe annonciateur et l'Inquisition paraît disposer d'une nouvelle sorte de flamme capable de consumer les alchimistes. Vous comprenez ce que ça signifie ?

Idruk en eut le cœur serré. Il avait entendu beaucoup de choses sur cette flamme d'Aurnor, toutes plus horribles les unes que les autres. Tout cela lui rappelait ce que le Conteur et les chevaliers de l'ordre du Temple avaient pressenti au sujet des nouveaux bûchers du continent. Jamais les alchimistes n'avaient brûlé ainsi. Jusqu'à en mourir.

117

– Si la Chambre des lords est en possession de ce feu, l'extermination ne tardera pas à commencer et marquera le début
de la vraie guerre, conclut Hathel.

– J'en étais sûr ! s'exclama Idruk en se levant d'un bond.

Ses amis sursautèrent. Le regard rivé sur l'horizon, il semblait scruter un lointain incommensurable, mais en réalité,
il rassemblait et malaxait toutes les informations dont il disposait.

– Dans ce cas, les alchimistes ont perdu beaucoup de
temps, et l'ennemi nous prendra au dépourvu, continua-
t-il. L'annonce du meurtre de frère Gaufrey par des démons
n'a servi qu'à mettre en mouvement la Grande Inquisition.
Inutile que nous résolvions cette partie de l'énigme. Tout
est parfaitement clair, le démon annonçait la naissance
d'un incube maléfique, d'un héritier. Ainsi l'intervention
des inquisiteurs et de la Chambre des lords est pleinement
justifiée. Celui qu'ils cherchent en réalité, c'est leur
ennemi...

– Je ne comprends pas, dit Hathel.

– Mais moi oui, intervint Ylke. Presque tous les mots sont
inversés. Montre-nous tes notes !

Idruk sortit le grimoire qui l'obsédait en permanence, et
le soumit une fois de plus à ses amis. Ylke était soupçon-
neuse de nature et Hathel pouvait compter avec l'aide de
son savant de père. Idruk, qui n'avait jamais connu le sien
et enviait secrètement son ami, en était venu à considérer
Whylom comme le père adoptif qu'il aurait toujours aimé
avoir.

– Écoutez, dit Idruk, dépliant ses notes comme s'il s'apprêtait à prononcer un discours :

*Ic
Dies
Æschet !
Enitemaus !
Adava Kedav !
Subucni ! Subucni !
Acilobaid ! Acilobaid !
Mon successeur et héritier
Est déjà né et grandit rapidement
C'est un bébé et il a une queue de bœuf
C'est un enfant et il a une tête de chien
C'est un homme et j'ai compté jusqu'à trois*

– Presque toute cette énigme est très simple parce qu'ils voulaient qu'elle soit compréhensible par tous, déclara Ylke. *Adava Kedav* est une formule très ancienne que les alchimistes ténébreux utilisent encore pour leurs invocations. Mais *Subucni* est une anagramme de *Incubus* et *Acilobaid*, celle de *Diabolica* : *Incubus Diabolica*. Avec ça, les inquisiteurs ont eu la partie facile. Le démon annonçait la naissance d'un terrible héritier, d'une réincarnation qui l'aidera à perpétrer ses plans maléfiques juste avant le changement de siècle.

– C'est pour cette raison qu'ils ont répandu la panique ! s'exclama Idruk. Tout est clair, excepté la partie initiale. *Ic Dies Æschet ! Enitemaus !*

– Ça ne me dit rien, lâcha Ylke, démoralisée.

119

– Bon, cela échappe à notre connaissance, intervint Hathel qui s'ennuyait. Mais quel intérêt de nous prendre par surprise ?

– Pour mettre en échec les plans de l'ordre du Lion rouge et empêcher l'arrivée du Cinquième Lord, comme le promet la prophétie. Cette énigme leur fournit un prétexte pour justifier le début de la traque. Ce n'est qu'un écran.

– Ça me rappelle les masques métalliques que portent les lords ténébreux lors de leurs conclaves dans les entrailles de la Tour de Londres... J'ai entendu des histoires horribles de masques de chat ou de rat, comme celui de Lady Macbeth. Mais le pire est le masque d'argent de l'inquisiteur suprême, Lord Malkmus de Mordred, fit remarquer Ylke.

– Il le porte aussi pendant les procès, assura Hathel. Il y a des siècles, le masque de Lord Malkmus a appartenu à Mordred, le fils félon d'Arthur. D'après une obscure légende, ce serait par sa faute que les chevaliers de la Table ronde ont perdu l'emplacement du *Mysterium*, du Saint Graal.

– Mordred a blessé Arthur à mort d'un coup de lance, mais le roi a réussi à tuer son fils. Il est dit dans la légende que le masque métallique a eu un léger sourire avant que Mordred ne rende l'âme, rappela Ylke.

– C'est un visage maudit ! Personne ne sait comment Lord Malkmus l'a obtenu, mais il s'agit de l'authentique masque du fils du roi Arthur.

– Les inquisiteurs ont de grandes griffes... Et leur chasse a déjà commencé, bien que les plus incrédules refusent de le reconnaître, déclara Ylke. À votre avis, pourquoi de plus en plus d'étrangers passent par Wilton et s'éloignent vers le sud en chantant de tristes complaintes ? Ils ont été chassés de leurs terres. Et même ici, ils sont nombreux à préparer le départ.

– Ma mère ne m'a rien dit de tout ça, dit Idruk.

– Nos parents aussi veulent s'en aller.

Soudain, Idruk éprouva un profond sentiment de trahison. Du plus loin que remontaient ses souvenirs, ils avaient été ses amis et il ne voulait pas les quitter.

– Pourquoi ne m'avez-vous rien dit ?

– Parce que nous l'avons appris seulement hier, expliqua Ylke en nouant ses longs cheveux noirs que le vent emmêlait. Nos parents ne nous ont rien dit avant. D'ailleurs, nous ne savons même pas où nous allons.

– Je ne comprends pas l'attitude des alchimistes et des sorcières, confessa Idruk. Je ne comprends pas pourquoi ma mère m'a caché ces événements, alors que je me rends compte de tant de choses, comme toi, Hathel. Ce qui m'indigne le plus, c'est la position adoptée par notre communauté... Les alchimistes roturiers déshonorent leur sang en se laissant humilier par les maisons nobles... Ces maudits lords ! Nous devrions être capables de les affronter, de combattre...

– Je suis d'accord ! s'écria Hathel. Toutefois, il existe un refuge que toi aussi tu connais. Tous les alchimistes et les sorcières se rendent aux portes secrètes et empruntent le périlleux chemin de Nulle-Part qui doit les conduire jusqu'à Hexmade.

– Le Nolandshire ! La Contrée Secrète...

– Le Conteur a annoncé que les portes s'étaient ouvertes et que l'asile était offert aux frontières du Royaume Périlleux à tous ceux qui suivraient le chemin de Nulle-Part, précisa Ylke.

– Et de toute façon, les légendes du Lion rouge ont toujours annoncé l'avènement de nouveaux lords parmi les alchimistes persécutés par les maisons nobles. Apparemment, le Monarque désignera ses élus et leur conférera un immense pouvoir, mais on ne dit nulle part comment il va s'y prendre.

Idruk tentait d'assimiler tout ce qu'il entendait. D'un instant à l'autre, lui semblait-il, de la fumée allait lui jaillir des oreilles. Des temps sombres s'annonçaient pour les alchimistes roturiers et il se demandait où se cachaient les réponses aux multiples questions que personne ne paraissait capable de résoudre. Ces derniers mois, il avait accompli de singuliers voyages dans ses songes, les frontières de l'imaginaire s'ouvraient en lui. Intrus dans ces ténèbres, il acquérait néanmoins la capacité d'entendre et de voir des secrets inintelligibles pour ceux dont les études se limitaient aux livres de magie rudimentaires.

Cette idée fit naître une nouvelle bouffée de révolte.

– Même nos livres sont de mauvaise qualité. Nous ne pouvons pas apprendre à nous défendre contre les armes obscures dont les nobles disposent. Sortilèges, conjurations, malédictions... Tout cela échappe à notre connaissance.

– Toutes ces pratiques et d'autres encore font partie de l'éducation des fils des maisons nobles, de la même manière que les nobles ordinaires apprennent à manier l'épée, ajouta Hathel. Au moins, nous avons décidé d'apprendre en cachette...

– Mais cela ne suffit pas, bougonna Idruk, le sourcil froncé. Nous devons résoudre les énigmes de Gaufrey avant que les inquisiteurs n'y parviennent. Que pensez-vous de la signature du diable ?

– Il est impossible de déduire quoi que ce soit de ces horribles gribouillis. Du moins avec ce que nous savons. Nous aurions besoin d'accéder à des archives ténébreuses, à la bibliothèque d'Aurnor. Ainsi nous pourrions comparer ce que nous avons avec la signature de ses démons. Cela dit, nous avons peut-être affaire à une créature errante aux formes variables...

– À moins que l'assassin de Gaufrey ne soit pas un démon, rétorqua Ylke.

– C'est possible, dit Idruk. Mais pour l'instant le plus important est de découvrir la signification des autres énigmes de Gaufrey.

– Au mieux, ce sont des rituels d'initiation.

Les paroles d'Ylke frappèrent l'imagination du jeune alchimiste comme un coup de gourdin. Ce n'était peut-être pas un hasard s'il avait accompagné Luitpirc à Londres, justement la nuit de son initiation ?

– Exactement ! Un rituel qui conduirait à la vérité sans la montrer directement. Ce serait une manière prudente de cacher le secret.

– Ça voudrait dire qu'il conduirait à la découverte du Cinquième Lord ? hasarda Hathel.

– Ou qu'il a été écrit à son intention ! suggéra Idruk, sans bien savoir ce qu'il disait. Allons à Wilton, mes amis ! Le sieur Plumbeus a beaucoup de choses à nous raconter et aujourd'hui nous ne nous séparerons pas avant d'avoir obtenu quelques réponses. Si toutes nos suppositions se vérifient, il vaudrait mieux nous informer des derniers événements.

Idruk s'engagea sur le chemin à grandes enjambées et ses amis lui emboîtèrent le pas. Ylke s'attarda, le temps de cueillir

123

quelques herbes avant qu'ils ne s'éloignent trop sur le sentier gelé. En regardant vers Wilton, elle se souvint que la cité bigarrée dressée sur la plaine derrière son anneau de murailles normandes avait été son foyer durant de longues années et ne put réprimer un frisson en songeant qu'elle devrait très bientôt la quitter pour toujours.

2

Sang d'alchimiste

Au fond d'un des plus misérables passages de Wilton, loin de la foule qui quittait le marché, les quatre jeunes gens parvinrent à l'entrée d'une ruelle crasseuse dont le sol de boue gelée était encombré de monticules de neige. Ils s'arrêtèrent devant quelques marches branlantes qui montaient vers un mur massif. Quand Hathel frappa la pierre, le signe de la maison apparut, comme le voulait la coutume dans les demeures des alchimistes :

Le garçon inséra ensuite les doigts dans les rainures qui formaient les ailes de la chauve-souris et prononça le sortilège. Comme en tant d'autres occasions, Idruk crut percevoir les voix des esprits qui gardaient le mur, toujours réticents à dévoiler leur inviolable secret.

Les pierres tremblèrent et pivotèrent vers l'intérieur, ouvrant un passage assez large pour qu'ils puissent s'y faufiler, mais trop obscur pour que nul, de la ruelle, ne parvienne à distinguer ce qui se passait au-delà. Ils avancèrent de quelques pas et le mur se referma, chaque pierre reprenant la place qu'elle occupait quelques secondes plus tôt.

La galerie voûtée débouchait sur une grande porte garnie de toutes sortes de verrous rouillés. Idruk s'interrogeait toujours sur la raison qui les avait poussés à installer la porte à cet endroit. Le mur ensorcelé était la meilleure protection contre les curieux. C'était le système adopté par la plupart des alchimistes qui vivaient loin de la rue Ensorcelée de Wilton. Non seulement personne ne pouvait entrer, mais encore personne ne savait que derrière la surface de pierre unie se cachait une maison. Mais Whylom Plumbeus, le père de Hathel, se conduisait de manière singulière, y compris dans ce domaine.

Bien que ce ne soit pas la première visite d'Idruk, son imagination s'enflammait chaque fois qu'il voyait les longues files de chauves-souris (vivantes) suspendues aux hautes poutres de la cuisine. Un grand chaudron rempli à ras bord d'une espèce de bave rouge bouillonnait au-dessus du feu crépitant. La demi-douzaine de chats de dame Plumbeus se montraient aussi méfiants et farouches qu'à leur habitude.

Le père de Hathel, un homme de taille moyenne, corpulent mais sans excès, portait une tunique noire et un chapeau de sorcier dont s'échappaient des mèches de cheveux gris raides comme des fils de plomb.

– Eh bien, on dirait que tu as ramené de la compagnie. Si tu m'avais prévenu, j'aurais préparé une surprise.

Idruk savait pourquoi Hathel n'avertissait jamais son père des visites imminentes. La majorité des alchimistes considéraient Plumbeus comme un sorcier assez singulier, et la simple évocation de ses recherches faisait dresser les cheveux sur la tête de l'ensemble de la communauté magique de Wilton, mais le pire était sans conteste ses surprises.

– Bien, installez-vous ici, près du feu. Il y fait bien chaud.

Plumbeus mit de côté quelques flacons d'argent qu'il referma soigneusement à l'aide de bouchons en liège. Puis il claqua des doigts et, depuis des coins obscurs de la pièce, des chaises se déplacèrent avec rapidité vers la cheminée et se disposèrent en un accueillant demi-cercle.

– Parfait ! dit Plumbeus. J'ai au moins gardé le respect des chaises dans cette maison...

À cet instant, son épouse apparut dans l'escalier. C'était une sorcière qui commençait à avoir quelques cheveux blancs, et à défaut d'être aussi ronde que son mari,ᶦ elle paraissait un peu plus grande. Elle salua affectueusement les amis de son fils.

– Eh bien, ne dirait-on pas que nous avons un conciliabule ce soir... Tu as de la chance que je doive livrer quelques remèdes à des fermiers qui sont expressément venus de Combe, ajouta-t-elle en lançant un regard peu amène à son mari. Vous n'avez pas idée du nombre de bœufs qui sont tombés de manière inexplicable dans leurs étables !

– Inexplicable ! ronchonna le sieur Plumbeus. Ça fait longtemps que je dis que des lycanthropes et des chauves-souris étranges...

– Nous n'avons nul besoin d'entendre tes opinions excentriques ! l'interrompit sa femme tout en enfilant son manteau avant de s'engager dans le couloir obscur, fuyant la discussion. Des lycanthropes !

Elle franchit la porte aux verrous et on entendit le crissement des pierres qui s'ouvraient pour lui livrer passage, avant de se refermer.

– Bien sûr des lycanthropes ! protesta Plumbeus.

Idruk finit par rompre le silence inconfortable qui s'était établi et que personne ne savait comment briser.

– Je vous crois ! dit-il à voix basse.

– Comme toujours, affirma le sorcier. Pour l'instant personne ne prête attention à ce vieux fou de Whylom Plumbeus, mais ils seront bientôt convaincus du bien-fondé de mes paroles.

Le sorcier posa un regard mélancolique sur les grands flacons qui s'accumulaient à droite de la cheminée. La plupart renfermaient de monstrueuses créatures. Les déformations du verre rendaient encore plus horrible leur aspect déjà peu engageant.

Hathel et son père avaient expliqué à Idruk qu'il s'agissait de créatures magiques venimeuses. La potion dans laquelle elles flottaient les maintenait dans un état d'inertie. Mais le jeune homme avait toujours le sentiment qu'une étincelle de vie brillait au fond de leurs yeux bulbeux et que d'un instant à l'autre, elles allaient briser leurs cages et se mettre à courir dans la pièce.

Un étrange scorpion géant retint l'attention d'Idruk. Il préférait ne pas connaître les effets de sa piqûre, qui devait sans doute déclencher des maladies que personne ne saurait soigner en ces lieux. La structure de ses mandibules et les nombreuses barbes acérées de son dard se distinguaient clairement. Un autre flacon contenait la plus épouvantable pièce de la collection : une énorme chauve-souris violette. Ses grandes oreilles, ses yeux vides et ses crocs jaunâtres, entrouverts pour laisser pendre une sorte de langue spongieuse, composaient une vision effrayante.

– En réalité, c'est moi qui ai demandé à Hathel de nous conduire ici, confessa Idruk. Si nous vous avons dérangé, vous devez donc savoir que c'est ma faute. Beaucoup d'événements nous semblent mystérieux et je commence à croire que ma mère se trompe...

– Elle se trompe ? Et en quoi ? demanda Whylom avec un regard pénétrant.

– Mais en tout. Nous devrions partir comme tout le monde et elle n'a pas l'air de l'envisager. Je sais que vous et votre famille allez quitter Wilton.

– Nous partons aussi, ajouta Ylke. Je l'ai appris pas plus tard qu'hier. Ma mère ordonnait à tous les coffres de se remplir de vêtements.

Whylom poussa un profond soupir.

– C'est exact, bien que je sois de ceux qui souhaiteraient rester. Je préférerais...

– Combattre comme un alchimiste ! compléta Idruk.

– Si seulement c'était possible. Mais nous ne disposons pas d'armes qui nous permettraient de nous défendre contre ce qui arrive du Nord. Le mieux est de partir. Ta mère partage cet avis, Hathel. Mais elle ne veut pas reconnaître ses craintes, ni qu'elle a déjà entendu parler de ces lycanthropes. J'ai eu l'occasion d'en apercevoir une horde dans la plaine de Salisbury.

129

C'est l'avant-garde des chasseurs de la Grande Inquisition, ils traquent les créatures magiques, ils fouinent et espionnent, cherchant à retrouver la cachette des fugitifs. Mais qui peut lutter contre ces lords ? Ils possèdent la flamme d'Aurnor, un feu magique qui annihile, qui détruit les alchimistes. Ses bûchers consument nombre de gens ordinaires et de sorciers. Je sais bien que les gens ne veulent pas le reconnaître, la peur leur fait détourner la tête.

– C'est la persécution des maisons nobles, assura Idruk, rivant son regard bleu sur le sorcier.

– C'est ainsi. Ils croient que l'heure de leur domination absolue a sonné. Et ce que mes épouvantables recherches ont révélé a amplement confirmé l'utilité de toutes ces années passées enfermé avec ce que les autres considèrent comme d'horribles créatures. Ce n'est pas en vain que je me suis toujours dédié à l'étude du sang...

Un frisson parcourut la nuque d'Idruk. Malgré l'affection qu'il éprouvait pour Plumbeus, il avait toujours trouvé horripilant cet amour que le sorcier portait à certaines créatures et surtout ses élucubrations à propos du sang des alchimistes.

Mais Plumbeus continuait, faisant un effort pour s'exprimer dans un langage intelligible :

– Je me suis rendu compte que ce détestable Lord Malkmus de Mordred recherchait quelque chose, un mystère qui se cache dans le sang des alchimistes, sans doute la clef du Saint Graal. Je n'ai pas complété mon raisonnement, mais je suis certain d'approcher la vérité. Néanmoins, puisqu'il nous faut abandonner la maison, mes recherches devront attendre. Le plus important est d'emporter les livres les plus anciens, afin d'éviter qu'ils ne brûlent sur ces infâmes bûchers contre lesquels mes sortilèges repoussant le feu non magique sont inefficaces.

– Mais... Le sang de ces créatures magiques... commença Ylke qui pensait à haute voix, sans dissimuler son dégoût. Qu'a-t-il à voir avec... celui des alchimistes ?

– Les alchimistes ne seraient-ils pas par hasard des créatures magiques ? demanda Whylom.

– Ce sont des personnes magiques...

– Mais, ma chère Ylke, ce sont aussi et avant tout des créatures. Celles que vous voyez dans les flacons nous apprennent beaucoup sur les propriétés du sang des alchimistes. D'ailleurs, il est différent selon les maisons. Dans certains vaisseaux, il est fluide et sombre, dans d'autres il est igné et ardent comme la lumière. Certains sangs sont semblables à de la boue. Leur couleur et leur éclat sont différents dans chaque cas, mais ils libèrent tous beaucoup d'énergie de diverse nature. Ces chauves-souris sont extraordinaires, continua Plumbeus en en désignant certaines, qui de temps à autre secouaient la tête et semblaient les regarder de leurs grands yeux globuleux. Mais quelques-unes se nourrissent de sang...

Les jeunes gens frémirent d'horreur. Cependant, Idruk ressentait une étrange fascination pour le regard aveugle des créatures qui en même temps le mettait mal à l'aise, l'incommodant presque.

– Du sang ? répéta Ylke d'un ton incrédule.

– Tonnerre et foudre ! Je n'en savais rien, protesta Hathel. Mais papa, comment as-tu pu les laisser vivre avec nous ? Dire que je commençais à les trouver sympathiques. Et tu nous racontais que certaines étaient magnifiques parce qu'elles n'avaient pas besoin de voir pour voler et qu'elles possédaient la faculté de passer à travers les murs...

– Pas toutes, précisa Plumbeus.

Emporté par l'enthousiasme, il manifestait une grande fébrilité.

– La majorité des sortilèges de la matière inerte magique disparaissent à leur passage. Leur... esprit est très puissant. Elles peuvent réfléchir, jouissent d'une grande intelligence et disposent de leur propre idiome. Mais en plus, elles se nourrissent de sang.

Ils n'avaient jamais rien entendu d'aussi sinistre de toute leur vie.

– Mais d'où viennent-elles ? demanda Idruk, anxieux d'obtenir des réponses aux mille questions qui se bousculaient dans sa tête.

– Des royaumes de l'Est du continent, des forêts qui s'étendent autour du Danube, du moins c'est ce que je crois. C'est là-bas que s'ouvrent les portes secrètes d'Hercynie.

– L'oiseau d'Hercynie !

C'était la petite Lyte qui semblait illuminée par un rayon d'espoir au milieu de ces propos lugubres. Whylom la regarda avec affection.

– Jolie Lyte, il est bon que tu saches que dans les immenses forêts magiques d'Hercynie, il existe bien d'autres êtres que le fameux oiseau d'Hercynie. Une grande part de sa beauté vient de ce qu'il brille dans l'obscurité, mais ces ténèbres sont hantées par de nombreuses créatures qui n'illuminent pas toutes leur chemin avec un plumage de feu. Là-bas, on trouve des chauves-souris comme celles-ci et aussi des espèces plus grandes qui volent dans le noir à l'affût, cherchant le sang des licornes...

– Mais qu'est-ce que tout cela a à voir avec... nous ? demanda Idruk avec impatience, craignant que le sieur Plumbeus ne se lance dans de nouvelles digressions stériles.

– Tout et rien à la fois. Tout, d'après ce que je crois, et rien, pour ce que je suis arrivé à démontrer... Ce n'est qu'une opinion personnelle mais, à en juger par les effroyables récits que j'ai entendus cette année, une nouvelle espèce de mal se traîne au milieu des ombres qui environnent les mystères d'Aurnor. Comme vous le savez, celui-ci contrôle non seulement les accès à Hercynie, mais aussi quelques-unes des frontières du Royaume Périlleux et du Pays des Légendes. Selon tous les sages mérovingiens, Aurnor est parti vers l'est à la mort de Charlemagne. Des récits abominables que je ne mentionnerai pas arrivent de là-bas et pourraient confirmer mes plus terribles craintes...

– Quelles sont-elles ?

– Mais pourquoi ces chauves-souris sont-elles en liberté dans la maison ? intervint Hathel, effrayé par l'imprudence de son père.

– Je les enferme chaque jour dans une crypte souterraine et seules trois d'entre elles sont réellement dangereuses. Vous les voyez ? Elles se placent toujours ici, dans le coin le plus sombre. Pendant la journée, elles sont plongées dans un profond sommeil... Dans cet état, elles ne captent pas leur environnement. Cependant, elles me connaissent, sont sensibles à ma présence et apprécient ma compagnie. Je parviens à pénétrer leur esprit pour voir leurs songes extraordinaires.

– Vous arrivez à entrer dans l'esprit de ces... chauves-souris ?

Tout en parlant, Idruk se leva de sa chaise, les yeux fixés sur les formes suspendues, encapuchonnées, sinistres, et s'approcha des trois créatures.

– L'animancie est un art très difficile, mais pas impossible à pratiquer. Et si tu savais les choses étranges dont j'ai été témoin, Idruk...

Le jeune alchimiste se rapprocha encore des trois chauves-souris, suspendues à une autre poutre un peu plus loin. Leurs oreilles pointues saillaient de leurs têtes comme celles d'un rat, leurs ailes coriaces présentaient une nuance d'un noir violacé, brillant.

Entre-temps, Whylom continuait ses explications :

– ... Leurs rêves sont peuplés de créatures dont je ne connais pas le nom. J'ai assisté à d'effroyables atrocités. J'ai eu connaissance de lambeaux d'un épouvantable mystère qui parfois me dérobe le sommeil. J'ai découvert la métamorphose de ceux qui doivent mourir... en morts-vivants.

Attiré par une des créatures, Idruk avait approché un doigt de l'oreille de la bête. Un instant avant le contact, on entendit un cri aigu et grinçant. Le garçon sentit une piqûre glaciale sur le bout de son doigt. Un battement d'ailes confus envahit la pièce. La lueur du feu sembla se scinder en cent faisceaux lumineux, occultée en partie par une présence énigmatique qui occupait des fragments d'espace. Ylke, Hathel et Lyte se sentirent transpercés par des taches noires spectrales qui erraient çà et là en criant entre les flammes.

Puis on entendit un claquement de porte et un grincement.

Idruk vit un double éclair fuser de deux grands yeux violets droit vers ses propres pupilles, les imprégnant d'un feu éblouissant.

Peu de temps après, le garçon distingua le visage effrayé de Plumbeus qui ne quittait pas sa main du regard. Ses amis semblaient pareillement terrorisés. Quant à lui, il transpirait. Tremblait. Sa respiration était entrecoupée.

– Elle t'a mordu, Idruk... Comment cela a-t-il pu arriver ? entendait-il Whylom répéter mécaniquement.

– Je vais bien, ce n'est rien, murmura Idruk, qui reprenait rapidement ses esprits. Que se passe-t-il ? Ce n'est rien du tout...

– Juste une morsure de... vampire.

Les jeunes échangèrent des regards déconcertés. Ils n'avaient jamais entendu ce mot, hormis dans d'obscures légendes dont personne ne souhaitait se souvenir.

– Bois ceci immédiatement, ordonna Whylom à Idruk. L'avantage d'avoir travaillé avec elles est que j'ai dû mettre au point des antidotes. Elles m'ont déjà mordu à plusieurs reprises. Le pire, ce sont les cauchemars... Tu auras des cauchemars effroyables, mais je n'y peux rien.

Consternée, Ylke jeta un regard furieux au père de Hathel.

– Je ne comprends pas comment vous avez pu les laisser traîner ici comme si c'était des mascottes.

– Ce ne sont pas elles qui ont attaqué Idruk ! En allant les déranger, il a agi de la pire des manières. Elles disposent de... de certaines facultés. Comment vous expliquer ? Même dans leur sommeil, elles ont conscience du danger et réagissent avant de se réveiller. Ce sont des créatures étonnantes... et dangereuses. Mais ce que je ne comprends pas, c'est ce qui a poussé Idruk à s'en approcher. J'étais en train de parler, j'étais à cent lieues d'imaginer que pareille chose pouvait se produire.

– C'est vrai, reconnut le jeune homme. Je ne sais pas moi-même pourquoi j'ai agi ainsi. Je suis incapable de dire si je pensais qu'il n'y aurait pas de problème ou si j'ai été attiré par elle.

– Qu'est-ce qui te fait dire ça ? s'enquit anxieusement Whylom.

Quelques bêtes continuaient à voleter çà et là.

– Pendant un moment, c'était comme si cette chauve-souris me parlait. Oubliez ça ! C'est stupide...

– Pas du tout ! s'exclama le sorcier. En aucune manière. J'étais sur le point de vous dire qu'elles sont capables de communiquer entre elles par la pensée. Les cris ne servent qu'à exprimer les émotions les plus élémentaires comme la joie ou la peur...

Emporté par son sujet, Plumbeus s'animait de plus en plus.

– Elles peuvent aussi communiquer sur une grande distance. Les atrocités que j'ai vues dans leur esprit grâce à l'animancie ont eu lieu sur le continent, très loin de l'Angleterre. Des cavités oculaires vides et des fulgurations magiques sanguinolentes qui jaillissaient un bref instant et retournaient à l'obscurité.

« J'ai vu certaines de ces créatures se regrouper et converser dans une langue grave et profonde, composée de sons gutturaux comme ceux de l'alphabet des runes les plus antiques et élémentaires perdues dans l'obscurité des siècles. Un conciliabule ou une réunion du même genre... Elles échangeaient des réflexions sur des choses qui avaient été pensées ou vues par d'autres parents. Des images floues qui passaient par mille esprits, se reflétant de l'un à l'autre à la manière dont se propage un secret ou l'écho d'un son. Dans leur chemin de bouche à oreille, comme diraient les hommes, elles se dispersent, se déforment, brouillent la vérité. Mais il s'agissait de monstrueuses créatures, peu communes... Comment dire ? Des buveurs de sang.

– Par le bourdon de Merlin ! s'exclama Ylke avec effroi.

Sa sœur Lyte s'était bouché les oreilles.

– Mais d'où sort ce sang ? voulut savoir Idruk.

– J'en ai conclu qu'il provenait des vivants. C'est pour cela que j'appelle ces... êtres... des morts-vivants. Car ils ne me paraissent pas vivants, bien qu'ils le soient. Leurs ombres impénétrables se gorgent du sang des autres et je suis certain qu'ils buvaient du *sang d'alchimiste*.

– Une énigme en amène une autre. Mais maintenant je crois que j'ai saisi. Du moins, j'ai compris que la guerre qui oppose les alchimistes de sang noble aux roturiers est liée aux découvertes dont vous nous avez fait part.

Hathel revint brutalement à la réalité. Un groupe de chauves-souris voletait frénétiquement autour de sa tête et il chercha à s'en débarrasser en faisant de grands moulinets.

– Où sont passées ces fameuses chauves-souris mordeuses ? demanda-t-il avec appréhension.

– Calme-toi immédiatement ! Elles sentent ta nervosité et ça les excite. Celles-ci sont des écureuils volants de la forêt de Boulogne, elles sont inoffensives. Les vampires sont certainement dans l'armoire de ta chambre, ajouta son père en indiquant un des murs d'un geste du menton.

– Quoi ?

– Après tout, c'est là qu'elles se réfugient chaque fois qu'elles sont effrayées. Mais elles n'y restent pas longtemps, précisa Plumbeus dans l'intention de rassurer son fils.

– Nous devons faire quelque chose, dit Idruk d'un ton nerveux.

– Pour le moment, il faut ranger la maison. Surtout, ne dis rien à ta mère, Hathel. Elle me tuerait ! Je promets d'enfermer les trois chauves-souris les plus dangereuses. Maintenant nous devons y aller. Quant à toi, Idruk, tâche de te reposer. Cette discussion est remise à plus tard, mais nous nous verrons avant le départ. Avale une gorgée de cette potion avant de te coucher et une autre au réveil. Dors avec la fiole, elle est faite d'argent, un des métaux qui protègent le mieux dans le cas de ces affections du sang. D'ici quelques jours, tout sera fini. Il n'y a rien à craindre. Je te promets de parler à ta mère. Je dois la persuader de partir le plus tôt possible.

3

Le signe *imprecatus*

L a nuit était tombée comme un manteau noir et violet tendu jusqu'aux confins de la terre. Idruk y voyait les ailes déployées d'une gigantesque chauve-souris recouvrant le monde.

Il avait quitté la ruelle de Hathel après avoir décliné l'offre de celui-ci qui insistait pour le raccompagner, et lui avoir juré que tout allait bien. En revanche, il ne voulait pas laisser les deux filles rentrer seules et marchait donc en leur compagnie dans les ruelles qui menaient à la rue Ensorcelée.

Avec la nuit, le froid avait redoublé. Les arches de pierre des vieilles auberges se succédaient telles des sentinelles nocturnes et les maisons les plus solides de Wilton s'élevaient aux alentours, fantômes solitaires qui surveillaient l'obscurité de leurs yeux carrés, au regard doré par les flammes des cheminées.

– Ta blessure m'inquiète.

– Je suis certain qu'il n'y a rien de grave.

Et pour appuyer ses dires, Idruk secoua la main comme si rien ne s'était passé, malgré l'impression d'avoir des épines empoisonnées fichées dans son doigt brûlant.

– J'espère que les remèdes de ce fou serviront à quelque chose...

– Ne le traite pas de fou, Ylke. Ce qu'il nous a révélé est de la plus haute importance. C'est peut-être son plus grand secret et il nous l'a confié parce les temps sont difficiles. Toi aussi, tu vas t'en aller comme tant d'autres qui viennent par nos chemins et qui continuent jusqu'aux ports où ils embarqueront vers les royaumes francs.

– De toute façon, je n'arrive pas à croire à cette histoire d'animancie...

– Eh bien, regardez qui va là ! s'exclama une voix empreinte d'une déplaisante suffisance.

Par malheur, cette voix n'était que trop familière à Idruk. Un groupe de jeunes gens surgi des ombres de la ruelle s'arrêta devant eux. De la direction d'où ils venaient, on aurait pu déduire qu'ils avaient suivi Idruk et ses amies.

Falcon Daugner appartenait à la famille de Lord Daugner, patriarche d'un clan d'alchimistes normands au service de Lord Radnor. Par la grâce de la faveur courtisane de Lord Robert de Wiltshire, ils occupaient l'une des plus belles maisons de Wilton. Falcon était un des meneurs des jeunes nobles. Comme la majorité d'entre eux, il avait le droit de porter l'épée, arme qu'il maniait avec dextérité.

Falcon apparut, sourire aux lèvres, laissant le temps aux torches brandies par Tulk et Gumma, deux de ses plus fidèles séides, d'éclairer le petit groupe.

– Écoute, Falcon, mes amies regagnent leur maison, nous n'avons pas le temps de plaisanter, affirma Idruk d'un ton à la fois ferme et détaché, avant de reprendre son chemin.

– Halte ! s'écria Falcon, le visage soudain sévère. Il n'y aurait eu aucun problème si vous aviez emprunté les rues réservées aux vulgaires sorciers. Mais puisque ce n'est pas le cas, nous avons le droit de vous arrêter. Vos agissements ont largement contrevenu aux règles...

– Qu'est-ce que c'est que ces bêtises ? demanda Ylke.

– Interrompre un noble est aussi un délit, alors ferme-la ! Idruk tenta de se contenir.

Le jeune lord enleva sa tunique de sorcier et dévoila son épée sans toutefois la sortir de son fourreau. Idruk savait qu'il ne l'utiliserait pas, mais la présomption croissante de Falcon et sa propension à intimider tout le monde commençaient à l'irriter sérieusement.

– Les alchimistes nobles de Wilton ont édicté de nouvelles lois aujourd'hui même, les réformes de Lord Malkmus de Mordred progressent. Jusqu'à l'arrivée de la Grande Inquisition, les nobles ont l'autorisation d'ordonner toute détention qui leur semble opportune, afin de mettre les accusés à la disposition des juges. Entre autres lois, Lord de Mordred a aussi parlé de la propreté.

Des rires s'élevèrent dans le groupe de ses stupides admirateurs, accentuant la répugnance qu'éprouvait déjà Idruk pour ce jeu douteux.

– Quelqu'un arrive ! s'écria une voix dans l'ombre.

– Arrêtez-le ! ordonna Falcon Daugner.

On entendit des bruits de lutte et, quelques instants plus tard, deux jeunes gens amenèrent un quatrième passant. Idruk reconnut la victime.

– Élohim !

En guise de salut, le jeune homme lui adressa un regard effrayé. Élohim appartenait à une famille juive et les Daugner nourrissaient une aversion particulière pour les juifs de Wilton.

– Allons, Falcon, nous nous connaissons depuis longtemps, laissez-nous partir, dit Idruk en prenant sur lui. Nous pourrons toujours prendre en compte vos indications et ne plus emprunter ce chemin.

Falcon s'approcha de Lyte et lui caressa les cheveux. Sa propre chevelure blonde semblait toute raide à la lumière des torches, dont les reflets faisaient jouer sur son visage des expressions tantôt patibulaires, tantôt malveillantes.

– Ne touche pas à ma sœur !

La réaction d'Ylke s'accompagna d'une forte bourrade destinée à déséquilibrer le garçon, mais celui-ci esquiva et en profita pour la projeter au sol. Les ricanements recommencèrent, comme les réponses mécaniques d'un chœur d'idiots. Idruk bondit instinctivement vers l'avant et referma la main autour du cou de Falcon. La prise n'était sans doute pas suffisante pour maîtriser le jeune lord arrogant, indiscutablement plus grand et plus fort que son adversaire. Mais il se passa un événement que personne n'aurait pu imaginer.

Falcon ressentit une brûlure ardente au cou et il eut l'impression que son corps était envahi par une soudaine faiblesse, comme si son sang s'était mis à bouillir brusquement et lui montait à la tête. Il distingua une lueur violette dans les yeux de l'alchimiste rebelle et retint ses acolytes d'un geste désespéré du bras.

Quant à Idruk, la peur qu'il lut dans le regard de son rival était si intense qu'il commença à relâcher son étreinte, effrayé par son propre succès, en même temps que son ennemi se débattait comme un nuisible pris dans un piège mortel. Enfin la main s'ouvrit et Falcon Daugner recula de quelques pas, se tâtant le cou à deux mains, à la recherche de la profonde blessure par laquelle tout ce venin s'était introduit en lui. Une sensation inexplicable et épouvantable envahissait le jeune lord.

À cet instant, ils aperçurent le fanal verdâtre de Trogus Soothings qui oscillait dans les ténèbres.

– Allons-y, ordonna Falcon, visiblement mal remis, toussant et bredouillant sous l'œil médusé de sa suite. Nous devons nous réunir à l'auberge à minuit, il nous reste encore beaucoup à faire d'ici là... Et toi, Idruk Maiflower, tu te souviendras de cette nuit, je te le jure !

Idruk fit un pas vers lui. Falcon tourna les talons et partit comme s'il avait vu un fantôme. Le petit cortège s'éloigna à la lueur mouvante des torches et s'engagea dans une autre ruelle. Tous les quatre restèrent seuls dans l'obscurité.

Pas pour longtemps, car Trogus les rejoignit bientôt. C'était un vieux fou peu recommandable, un alchimiste qui s'était laissé corrompre par l'or de Lord Daugner.

Idruk le vit faire passer son bourdon magique dans la main droite. Nombreux étaient les jeunes infortunés qui avaient une idée très précise du degré de souffrance que pouvait infliger le bâton de Trogus.

– Vous être encore en train de chahuter ? demanda-t-il de sa voix rauque.

Idruk et ses amis détalèrent à toutes jambes, sous le regard féroce du vieil alchimiste.

– Falcon t'a fait mal, Ylke ? demanda Idruk un peu plus tard.

– Non... marmonna-t-elle. Mais on peut savoir ce que tu lui as fait ?

Idruk regarda ses doigts. Sur la main droite, celle qui s'était refermée sur la gorge de Falcon Daugner, une grande tache

143

violette s'étalait. Elle luisait dans les ténèbres et l'éclat donnait aux yeux bleus du garçon une singulière clarté opalescente. Quant au sang des écorchures sur les paumes d'Ylke, il brillait d'une lueur d'or rouge.

– Je crois que nous devrions tout raconter à ta mère, dit-elle.

Élohim semblait trop nerveux et effrayé pour se mêler à la conversation.

– Il me semble plutôt que le plus important maintenant est de rentrer à la maison, répondit le jeune alchimiste, essayant d'éviter le regard désapprobateur de sa meilleure amie.

4

Animancie

Après avoir pris congé d'Ylke et de Lyte, Idruk et Élohim se séparèrent. Le jeune juif se remettait difficilement de sa frayeur et parut heureux de se réfugier chez lui. Finalement, Idruk resta seul. À travers les rues désertes de Wilton, il gagna une autre venelle assez loin de la rue Ensorcelée et près des murailles de la ville. L'endroit abritait sa propre maison.

Quand il prononça le sortilège qui soumettait les esprits des pierres de l'entrée, son signe héraldique apparut sur le seuil :

Maiflower

Idruk emprunta le tunnel qui menait à l'intérieur. À peine était-il entré qu'un énorme crapaud noir de la taille d'un petit chien se montra au bout du passage et émit un rot sinistre.

Si Idruk ne prit pas peur, c'est parce qu'il s'agissait de Kroter, sa mascotte, annonçant ainsi le retour de son jeune maître.

– Ah, te voilà, dit sa mère qui arrivait les bras croisés. Combien de fois avons-nous parlé de la nuit ? Tu sais que ça me déplaît de te savoir dehors aussi tard.

Dame Maiflower avait un visage avenant au nez retroussé, ce qui ne l'empêchait pas d'arborer une expression fort sévère lorsque c'était nécessaire.

– C'est la faute du sieur Whylom Plumbeus. Il nous a parlé de beaucoup de choses dont tu n'aimes pas discuter.

Le jeune homme se rapprocha de l'agréable chaleur de la cheminée. Il lui semblait que la proximité du feu soulageait la douleur de la morsure et le terrible froid apporté par la grande neige.

– Tu sais que je considère que tu n'es pas assez studieux, compte tenu de tout ce que tu dois apprendre pour devenir un sorcier efficace plus tard...

– Un sorcier efficace ! Pourquoi ? Pour soulager les crampes des vaches et apaiser les maux des cochons ? Non merci ! Un sorcier c'est autre chose.

– Aurons-nous toujours la même discussion ?

– Je n'ai pas l'intention de devenir un simple guérisseur qui va de village en village, méprisé par tous ces gens superstitieux...

– C'est faux. Les gens de la campagne ont de la reconnaissance pour les sorciers, Idruk. En échange de mes remèdes, ils nous donnent beaucoup de beurre, du bon lait et toutes sortes de légumes, répondit dame Maiflower, tentant de calmer l'animosité du jeune homme.

– Non, c'est vrai, soutint Idruk sans croiser son regard. Maman, tu sais que lorsque les inquisiteurs se montrent, personne ne vient en aide aux gens comme nous. C'est pour ça que la majorité des sorciers de sang roturier quittent le Wiltshire. Des nouvelles effroyables nous arrivent du Nord... Je ne comprends pas pourquoi tu refuses d'en parler.

– D'accord ! s'exclama la sorcière, puis elle s'assit sur une chaise. Je dois reconnaître que tout cela paraît... fort sérieux.

– Tu ne veux jamais affronter la réalité. Comme quand papa est mort...

Dame Maiflower fixa sur son fils un regard subitement animé d'un feu qu'il ne connaissait que trop bien. En fin de compte, elle était une bonne sorcière.

– C'est vrai, insista Idruk d'un ton dur. Inutile de me regarder de cette manière. Tu m'as toujours dit qu'il était parti en voyage mais en réalité, il est mort. Tu t'es arrangée pour que je le croie pendant des années, jusqu'à ce que je me rende compte qu'il ne reviendrait jamais. Tu dois me dire qu'il est mort, qu'il a été assassiné !

– Tu te trompes !

– Je sais ce que je dis. J'ai dû l'apprendre moi-même en cherchant dans des documents.

– Maudits livres anciens ! Ces grimoires sont magnifiques, mais ils sont truffés de fausses rumeurs. Tu ne peux croire tout ce que tu y lis.

– Ils contiennent de nombreuses vérités. Tu ne dois pas me cacher la mort de papa, pas plus que ce qui se passe en ce moment. Comme ça, je n'aurai plus besoin d'aller consulter en cachette les livres de magie qui sont remisés au grenier.

La sorcière se prit le visage entre les mains et soupira.

147

– Bien ! Il est clair que tu fais ce qui te passe par la tête. Encore heureux que tu ne sois pas idiot ! D'autre part, je n'ai peut-être pas voulu reconnaître tout ce dont tu parles, jusqu'à présent. Mais il est certain que nous devons songer au départ. J'ai discuté avec nos amis et la plupart sont convaincus qu'il faudra abandonner la région et partir vers le sud et l'ouest.

– Parfait. Et bien sûr, je suis le dernier informé. Où allons-nous, s'il te plaît ?

Le regard triste de sa mère valait plus que n'importe quelle réponse. Elle s'absorba dans la contemplation des flammes, se remémorant peut-être des événements lointains. Idruk était conscient qu'elle n'était plus disponible pour continuer la conversation ; dame Maiflower portait de lourds secrets dont elle ne lui parlait jamais.

Sous le regard réprobateur de Kroter, Idruk abandonna la pièce et gagna l'étage supérieur, il traversa une sombre salle octogonale au bout d'un long couloir et s'enferma dans sa chambre. Il claqua la porte et les chandelles s'enflammèrent. Après s'être dévêtu et couché, il souffla violemment en direction des chandeliers ; les flammes rouges diminuèrent en virant au bleu, puis s'éteignirent.

Sa maison abritant des alchimistes, elle était dissimulée au fond d'une venelle et ne disposait pas de fenêtres. Pourtant, cette nuit-là, une croisée s'ouvrit près de son lit. En réalité, il rêva de l'apparition d'une fenêtre.

Idruk entendit les vitres vibrer sous la poussée du vent ; une secousse plus violente accompagna une modulation du bruit sourd qui se transforma en mugissement. Les rideaux se soulevèrent et les moulures surchargées de la grande armoire apportée du continent par ses ancêtres prirent des allures de têtes de trolls empaillées, dont les yeux noirs en forme de poire le scrutaient durement.

Idruk se leva et, environné par le vent, regarda par la fenêtre qui lui était apparue en rêve. Il avait l'impression de se trouver au sommet d'une forteresse inexpugnable. Un abîme de mille pieds séparait la muraille de pierre du fond de la vallée qui apparaissait tout en bas. La lune se montra entre quelques lambeaux vaporeux et la lumière lugubre souligna d'un ourlet brillant le contour d'épais nuages tumultueux.

Idruk grimpa sur le rebord de la fenêtre, surplombant l'abîme qui plongeait dans les profondeurs noires, et reçut le choc glacial du vent. Le rideau de nuages se referma, la lune resplendissante disparut, il se lança dans les ténèbres.

Sa chute vertigineuse dans le vide sembla durer une éternité. Pendant la descente, il voyait défiler les parois d'une gigantesque muraille et, plus haut, sa fenêtre au sommet d'une des tours crénelées. Il continuait à tomber lorsqu'une rumeur effrayante attira son attention.

Il cessa d'être lui-même et plongea dans une mer de grincements et de battements d'ailes, au sein de ténèbres impénétrables. Lorsque la lune réapparut, sa clarté était voilée par des nuées de chauves-souris qui criaillaient dans le vent et volaient au-dessus de la terre.

Des collines escarpées fermaient l'horizon. Le brouillard se glissait par les vallées, gagnait du terrain, ensevelissait les hêtres, les pins et les chênes des forêts. Transformé en chauve-souris, Idruk regardait le monde à l'envers depuis l'un des centaines d'arbres entre lesquels volaient des milliers de silhouettes noires anguleuses. Des lueurs bleues brillaient et disparaissaient dans le brouillard et entre les troncs tordus.

Puis on entendit le cri d'un animal. D'autres glapissements suivirent, jusqu'à ce que dans le lointain des montagnes, des hurlements de loups s'étirent longuement, réveillant la plus funeste des terreurs. Les branches tremblèrent. Des lambeaux gris pendaient des arbres, occultant la clarté de la lune ; de ces lambeaux se détachait une myriade de chauves-souris qui investirent les ténèbres.

Les yeux animantiques d'Idruk naviguèrent avec frénésie au sein d'un labyrinthe de branches, feuilles, brouillard et air, jusqu'à ce qu'ils traversent la barrière de la forêt et se précipitent entre les crêtes enneigées d'un défilé. Pendant qu'il descendait vers la cime des sapins sous la forme d'un insignifiant rat volant, une chauve-souris colossale s'approcha.

C'était une ombre noire, sinistre et crochue, au vol lourd. Idruk entrevit ses yeux violets, son regard aveugle, son groin aplati et porcin, uniquement sensible à l'éclat du sang à l'intérieur de corps vifs. Sans que rien ne le laisse prévoir, l'énorme vampire piqua vers le sol en poussant un rugissement rauque. Un sortilège impénétrable assombrit la forêt glaciale. Un homme que l'on avait laissé attaché à un arbre hurla de terreur avant d'être enveloppé dans l'étreinte de la bête qui entreprit de lui sucer le sang.

Idruk crut reconnaître l'homme : un chevalier du Temple.

Le sang répandu attira des milliers de chauves-souris qui se regroupèrent autour de l'arbre, s'entretuant pour laper une goutte de liquide. Désarmé, sans défense, le chevalier disparut au milieu de l'essaim qui l'environnait. Le hurlement incessant de lycanthropes l'entourait comme un chœur infernal,

150

semblant provenir de toutes parts. Regroupés en cercle, ils exposaient leurs gueules béantes, dents blanches et langues rouges. Plusieurs montures émergèrent de l'opacité du brouillard. Leurs cavaliers étaient couverts de manteaux noirs sur lesquels apparaissait un motif évoquant une libellule fine et agressive, la marque d'un serpent ailé : l'emblème de l'ordre du Dragon.

La victime du vampire se tordait sous les ailes géantes, émettant les plus épouvantables gémissements. Son sang avait l'éclat du mercure tout en étant rouge. Des centaines de chauves-souris assoiffées grouillaient vers le flot ardent. Sous la silhouette monstrueuse repliée autour de sa victime flamboyait une clarté aveuglante.

Pendant que le sang lumineux du chevalier assassiné jaillissait et gonflait les entrailles de l'ombre, les rayons d'or rouge étincelaient comme des lances de feu, redoublant la furie des créatures ailées.

5

Au Porc-Égorgé

A u réveil, Idruk ne sut pas si tout ce dont il avait été témoin était un rêve ou la réalité. En revanche, il était persuadé que ce tatouage apparu sur l'épaule de Gaufrey, après sa mort, était la clef de tout.

Une douleur persistante lui martelait les tempes, ses yeux semblaient sur le point d'éclater. Des franges de lumière violacée étaient restées gravées sur ses rétines. Il regarda le flacon d'argent que lui avait remis Plumbeus. L'antidote l'aurait sans doute soulagé, mais il décida en toute conscience de ne pas prendre la gorgée prescrite au réveil par le père de Hathel. Il se confrontait à un mystère atroce, placé devant lui comme une porte inaccessible derrière laquelle – il en était persuadé sans savoir pourquoi – se dissimulait la réponse qui unifierait toutes les autres : le secret de l'ordre du Lion rouge.

Sa mère n'était pas chez eux ; il s'habilla donc, sortit et disparut dans les ruelles de Wilton.

La journée était nuageuse, soulignant par contraste le noir profil des maisons alentour. La neige avait recommencé à tomber, recouvrant les toits et les rues comme un lourd manteau. Le monde semblait revenu au temps de l'hibernation, à l'arrivée de l'hiver. Idruk avait la sensation que ses bras pesaient des tonnes et il lui fallut un certain temps pour se réveiller complètement.

Une des tavernes les plus anciennes de Wilton, le Porc-Égorgé, était devenue le lieu de rencontre des sorciers et sorcières de basse origine, des coureurs de chemins les plus étranges. On y trouvait aussi des créatures magiques qui entretenaient les meilleures relations avec des alchimistes de si basse lignée.

La grande auberge de la rue Ensorcelée, le Cygne-Noir, abritait les rencontres des alchimistes nobles. Mais au Porc-Égorgé, malgré un nom aussi sinistre que malsonnant, l'atmosphère était bien plus cordiale. L'endroit était un ancien abattoir, avant l'arrivée de Hogorth Walburg. Ce sorcier émigré venu du continent (de Saxe, plus précisément) l'avait acheté et transformé en taverne pour alchimistes. La renommée avait été immédiate.

Hogorth connaissait les meilleures bières et disposait d'une cave où, dans de longs couloirs, fermentaient les meilleures liqueurs. Pour relever les saveurs délicates de ses préparations, il n'hésitait pas à recourir à diverses potions, philtres ou onguents. À vrai dire, du jour où Hogorth avait acquis l'endroit, c'était devenu le repaire des humbles alchimistes de Wilton et de ceux qui vivaient dans les hameaux forestiers des bois de Clarendon.

Idruk passa sous l'enseigne de vil plomb sur laquelle apparaissait en relief le masque d'un énorme porc aux yeux bridés. Il parcourut le long couloir sombre dont les murs de pierre s'ornaient de quelques reliques d'une grande valeur sentimentale : d'impressionnantes têtes de porc ou des cuisses d'ogre empaillées ainsi que la barbe coupée d'un vieux nain

153

qui l'avait laissée pousser pendant trois cents ans. Au fond du sous-sol humide, la rumeur sourde de la célèbre salle du Porc se faisait entendre.

En ouvrant la lourde porte, il se retrouva face au fantôme tapageur qui donnait son nom à la taverne : l'esprit d'un énorme cochon, dont la tête mal tranchée pendait de côté, qui planait dans l'air. L'apparition fonça sur Idruk et le traversa en grognant, tout en éclaboussant l'entrée d'un sang spectral. Évidemment, au bout de quelques secondes, le liquide se transforma en vapeur écarlate et disparut. Pour la plus grande joie de quelques étrangers, l'animal revint à la charge deux fois avant de s'évanouir, ronflant et reniflant.

Les ivrognes étaient plus nombreux que d'habitude et les voyageurs s'entassaient dans un épais nuage de vapeurs multicolores. Les pipes, les candélabres et les torches émettaient une fumée dense, bleu, blanc et rouge qui s'accumulait au milieu de la salle. L'immense espace finissait par baigner dans une pénombre digne d'une caverne de trolls. De nombreux clients, réunis autour de tables crasseuses, conversaient par-dessus le vacarme de plusieurs lutins dont les pipes laissaient échapper des fumerolles nauséabondes. Quelques alchimistes et sorcières plus jeunes avaient pris place dans une des arrière-salles les plus reculées. Idruk ne tarda pas à repérer la plupart de ses amis.

Ylke lui fit signe et il s'installa à sa table, où se trouvaient également ses sœurs aînées, Vina et Agnès. Ici, la discussion tournait aussi autour du départ, bien que presque personne ne souhaitât abandonner Wilton, quoi qu'en aient décidé les parents.

Aiken, le frère aîné d'Ylke, discutait de la foi qu'il convenait d'apporter aux rumeurs avec les jumeaux Cleod et Leod, deux jeunes gens grands et forts. Après avoir salué Idruk, ils continuèrent à peser les arguments pour ou contre l'arrivée imminente de la guerre présagée par les plus pessimistes.

– Ils ne réalisent pas l'étendue de notre impuissance, murmura Idruk.

– C'est curieux que tu sois aussi catégorique, fit remarquer Ylke, intriguée.

– Il y a quelques jours, si quelqu'un avait dit une chose pareille, on aurait entendu tes protestations dans toute la taverne, souligna Agnès.

– C'est qu'à cette époque, j'ignorais tout ce que je sais aujourd'hui. Il est évident que personne ne pourra s'opposer à l'armée des nobles.

– Comment va ta main ? s'enquit Ylke toujours réaliste.

Idruk lui lança un regard réprobateur, auquel elle répliqua :

– Ne t'inquiète pas pour mes sœurs, elles savent déjà que ce chat t'a griffé.

– Bien. Elle va bien, c'est une blessure complètement idiote.

– Qu'est-ce que je te sers, Cupferharrig ?

Hogorth avait la voix sonore et n'avait pas perdu son accent de Germanie. Le gras tavernier n'appelait Idruk que par le surnom qu'il lui avait donné et qui signifiait quelque chose comme Cheveux de Cuivre.

– Je voudrais un pichet de *trollblood* noire pour me réveiller.

– Et une troll noire chaude qui marche. Le petit déjeuner de Cupferharrig ! lança Hogorth de sa grosse voix.

Il avait déjà disparu dans la foule des clients, absorbé par le rideau de fumée qui assurait un peu d'intimité à leur table. Ylke souffla sur une bougie éteinte et une flamme rouge scintilla, illuminant un torrent de cire fondue qui s'était étalé sur le plateau de bois.

– Tu sais que Lord de Mordred marche déjà vers l'ouest ? Les nouvelles sont arrivées cette nuit. Les chaudrons d'or se sont mis à bouillir partout à la même heure et de la même façon. Depuis minuit, ils reflètent l'avancée de l'armée depuis les bois de Windsor. Il paraît qu'ils s'apprêtent à éviter les comtés gallois de Gwynedd et à passer par les contrées voisines.

– Mais des rumeurs sont aussi arrivées du continent, elles concernent une armée qui serait partie de l'Est.

L'information éveilla un vif intérêt chez Idruk.

– Une armée de l'Est ? répéta-t-il.

– C'est une chose qui se dit parmi d'autres, mais personne n'a de certitude, répondit Ylke.

Un personnage âgé et verdâtre se fraya un chemin entre les alchimistes à grand renfort de bourrades. Il n'était pas plus haut qu'un nain, mais avait une allure robuste et nerveuse. C'était un des elfes de la taverne. Ses grandes oreilles et ses larges narines d'où jaillissaient d'abondants poils se plissèrent alors qu'il prononçait un mot inaudible, puis le pichet traversa l'air pour atterrir doucement devant Idruk.

La bière fumante était recouverte d'abord d'une grasse couche de beurre fondu dans laquelle flottaient des parcelles de miel et des grumeaux de baies des bois. Au-dessus de l'ensemble, on avait glacé à la flamme une croûte de crème de noix.

– Parfait ! Enfin quelque chose qui arrive comme prévu !

Après avoir avalé une longue gorgée de son breuvage, Idruk s'essuya la bouche sur sa manche. Il réfléchissait au lien éventuel qui pourrait exister entre ses rêves et ces dernières nouvelles inquiétantes. Autour de lui les conversations roulaient sur les voyages, l'achat de carrioles enchantées ou le recours au soutien de certains lutins.

– Si Lord Malkmus se rapproche, les persécutions ne tarderont pas dans le Wiltshire, dit-il soudain.

– La plupart des gens attendent qu'il entre en Oxfordshire. Quand ça arrivera, nous nous en irons tous, assura Vina d'une voix triste. Cela dit, nous aimerions bien passer encore un moment avec vous, mais nous devons partir maintenant. Attention, nous ne quittons pas encore Wilton ! Mais il faut que nous aidions à la maison. Ylke, n'oublie pas les courses !

– Non, évidemment ! s'exclama celle-ci, vexée. Dès qu'Idruk aura fini sa bière, je m'en occuperai.

Après avoir chaleureusement pris congé de leurs amis, Agnès et Vina quittèrent la taverne. Peu après, Idruk confessa à Ylke qu'il n'avait pas bu la potion antidote de Plumbeus et que ses cauchemars avaient été extraordinaires.

– TU ES FOU ! protesta-t-elle en ouvrant de grands yeux.

Tous les regards se rivèrent sur la pétulante jeune fille. Idruk se plongea dans l'examen de son pichet de bière comme s'il y avait perdu quelque chose, mais finit par relever le nez.

– Tu me traites de fou parce que je bois une *trollblood* d'un coup ! s'exclama-t-il en adressant un grand sourire à Cleod.

Les garçons éclatèrent de rire et cessèrent de s'intéresser à la réaction d'Ylke.

– Inutile d'élever la voix, murmura-t-il. Si tu continues, tout le monde va finir par apprendre ce qui doit rester secret.

– Je le savais, il suffit de voir les cernes violets que tu as sous les yeux, continua Ylke d'une seule traite comme s'il n'avait rien dit.

Elle s'interrompit. Puis, les sourcils froncés, elle l'examina avec une expression aussi avenante que si elle se trouvait devant la tête d'un porc égorgé.

– Et ce que je vois ne me dit rien qui vaille, reprit-elle. Rien du tout. Tu aurais dû prendre ce maudit antidote.

– S'il est maudit, il est évident que je ne le prendrai pas.

– Tu adores attirer l'attention sur toi, n'est-ce pas ?

– Écoute-moi, j'ai mes raisons, murmura Idruk, penaud. Tu dois me comprendre.

– Toi et tes raisons ! Tu as toujours des raisons pour tout.

– Comment se fait-il que tu me rappelles autant ma mère ?

Il s'apprêtait à continuer, mais referma la bouche en constatant que Cleod et son frère s'étaient lancés dans une pantomime qui attirait l'attention générale.

– Idruk, je ne sais pas comment te dire que je t'aime...

– Alors, laisse-moi boire ma bière, répétait inlassablement l'autre grande perche.

– Ça suffit, siffla Idruk entre ses dents, aussi écarlate qu'un coquelicot. Si vous aviez la moindre idée... Si vous saviez seulement à quel point Ylke peut être pénible quand elle veut...

– Je t'aime, Ylke, pleurnicha l'énorme Cleod, en plissant les lèvres comme s'il s'apprêtait à donner un baiser à son frère.

Comme les rires redoublaient, Idruk se leva et abandonna la table. Naturellement, Ylke le suivit, non sans avoir d'abord réglé leur compte aux jumeaux.

– On a vraiment du mal à croire que vous êtes ses meilleurs amis !

– C'est précisément pour ça qu'on peut le taquiner...

– En fait, je crois que vous êtes légèrement idiots !

158

Idruk traversa un rideau de fumée et se trouva un coin isolé. Quelques clients fumaient leurs pipes dans la pénombre, le visage noyé dans l'ombre de leurs capuchons. Le passage de l'esprit du porc égorgé parut plus sinistre que de coutume. Idruk suivit l'apparition des yeux.

Son pichet de bière à la main, Ylke le rejoignit et prit place de l'autre côté de la table.

– Si je me suis approché de cette chauve-souris, ce n'était pas par hasard, murmura Idruk. Ce n'était pas un geste irréfléchi. Dans le fond, je crois avoir été... attiré par quelqu'un. Et tout ce que j'ai vu la nuit dernière a peut-être une signification. Dis-moi, tu as bien étudié ce livre sur les fantasmagories nocturnes... Comment s'appelle-t-il, déjà ?

– C'était *Oniromancia* et il parlait du traité d'un alchimiste latin, Macrobius...

– Ils en avaient de ces noms, les Romains ! Bon, continue...

– Macrobius avait déterminé deux sortes de rêves, les « valides » et les « invalides ». Les « valides », *somnium, visio* et *oraculum* semblaient avoir pour origine des forces créatrices, ils pouvaient avoir des effets concrets ou requérir une interprétation. Les « invalides » étaient *insomnium* et...

Ylke s'arrêta, caressant pensivement sa chope de bière de salsepareille.

– Et quoi ? Il manque le plus important.

– *Phantasma.*

– Fantasme... répéta Idruk, d'un air pensif.

– Ne te trompe pas ! Il ne s'agit pas du même mot, même si la racine est proche. Le porc égorgé qui court dans cette taverne est un fantasme, un fantôme, mais ce que Macrobius définit comme *Phantasma* dans *Oniromancia* est bien pire. C'est une illusion suscitée par le désordre mental magique ou par une intervention démoniaque. C'est l'œuvre d'une force négative dotée d'entendement, de volonté, dont la matérialité est inerte mais dont l'énergie occupe les lieux les plus insoupçonnés. Y compris l'esprit d'un animal !

– Dans ce cas, les chauves-souris parlent, obéissent et craignent une force immense qui a le pouvoir de les posséder. Et moi... J'ai possédé un rat volant ! La nuit dernière, en rêve. Mais cet essaim de chauves-souris est possédé à son tour par une volonté supérieure qui les emporte collectivement. Par cet énorme... vampire.

– Nous devrions avoir une conversation avec Whylom, décréta Ylke après un court silence. Il faut absolument que tu prennes cet antidote !

– Bonne idée !

Idruk était ravi de revoir l'extravagant et mystérieux père de Hathel, mais n'était pas disposé à avaler la moindre goutte du remède.

6

Le secret de Whylom Plumbeus

Après avoir rapidement vidé leurs chopes, Ylke et Idruk se retrouvèrent dans la ruelle, sous un ciel d'un gris d'étain d'où tombaient doucement des flocons de neige gros comme le poing. Les gens se dispersaient, s'empressant de se mettre à l'abri de la tourmente qui s'annonçait, à en croire les plus vieux. Malgré tout, les portes de la ville restaient ouvertes, Lord Robert permettait encore l'accès libre à Wilton. C'était plutôt bon signe pour nombre des alchimistes qui fuyaient la Grande Inquisition.

La sombre maison de Whylom apparut au fond de sa venelle. La blancheur de la neige contrastait sinistrement avec les pierres noires des arches et des murs. Les aventures nocturnes d'Idruk l'aidaient à mieux appréhender la fascination de l'alchimiste pour les mystérieuses créatures de la nuit. Maintenant, il comprenait la présence de cette silhouette de chauve-souris sculptée en relief dans la pierre et le choix de l'animal comme signe héraldique de la famille Plumbeus.

Les deux amis descendirent l'escalier derrière Hathel qui les avait reçus avec une mine accablée. La maison semblait dégarnie ; dame Plumbeus s'occupait de gérer le rangement et l'ordre de disparition des pesants coffres du déménagement.

161

– Si vous voulez faire vos adieux à ce vieux fou, vous le trouverez dans la cave du sous-sol, s'exclama-t-elle en lançant un regard compatissant à Idruk.

Le logement semblait avoir été dévasté par une tempête ; la discussion avait sans doute été mouvementée. En fait, tout avait commencé lorsque dame Plumbeus avait découvert une énorme chauve-souris dans son armoire. En sortant, l'animal avait déployé ses grandes ailes d'ombre dans la chambre. Il s'agissait d'une espèce inoffensive mais, entre autres particularités, elle émettait un cri particulièrement perçant, lançait des éclairs par les yeux et transformait ses ailes, épaisses et noires comme le terrier d'un blaireau, en gigantesques sortilèges contre la lumière.

L'émoi avait été tel que Hathel, terrorisé, avait révélé à sa mère l'existence des dangereuses chauves-souris originaires de l'Est. Il s'était ensuivi une explication orageuse, à laquelle l'infortuné Whylom n'avait trouvé aucune échappatoire. Conclusion : ils partaient au plus tôt. Des parents de dame Plumbeus les recevraient dans leur maison des collines de Cornouailles, à l'extrémité occidentale de l'Angleterre. De là-bas, ils chercheraient à gagner le Nolandshire et le village d'Hexmade.

Idruk et Ylke se rendirent au sous-sol et trouvèrent l'alchimiste occupé à réunir quelques-uns de ses livres pesants. Son visage s'illumina en découvrant les boucles cuivrées d'Idruk.

– Cette décision me pèse, mais dans le fond, c'est la meilleure. Plus tôt nous partirons, mieux cela sera, assura-t-il. Ferme la porte en sortant, Hathel ! Cette conversation est privée.

– Mais...

162

– Non, fils, tu en sais déjà assez et tu n'as pas perdu de temps pour le raconter à ta mère... Ce que j'ai à dire ne vaut que pour ceux qui restent. Veux-tu bien sortir aussi, Ylke. Et donne-lui un coup de main, s'il te plaît. De toute façon, cela ne ferait aucun bien d'entendre ce qui va se dire. J'espère que tu comprends...

– D'accord, murmura Ylke, à contrecœur.

Cependant, il était impossible de se méprendre sur le sens du regard qu'elle adressa à Idruk : « Essaye un peu de ne pas me raconter ce que tu vas apprendre. »

– Mais je ne partirai pas avant de vous avoir dit qu'Idruk n'a pas pris l'antidote que vous lui avez remis, ajouta-t-elle. Et je lui rappelle que c'est sa responsabilité de le boire.

L'alchimiste fixa Idruk avec une étrange expression.

– Curieusement, je me disais qu'il n'en ferait rien. Je me charge de remédier à ce problème, Ylke. Et je te remercie de me l'avoir signalé.

Hathel remonta l'escalier d'un pas lourd, suivi d'Ylke qui lançait des regards soupçonneux derrière elle. Puis il referma la trappe avec un claquement sonore.

Le sous-sol était accueillant. Un feu de bois, dont la fumée s'engouffrait dans le conduit de la cheminée avec un sourd grondement, projetait un demi-cercle vermeil sur les dalles de pierre. L'endroit était assez sombre et isolé pour prodiguer la concentration nécessaire dans un bon laboratoire magique ; il ne manquait pas non plus la grande table crasseuse et surchargée : instruments d'argent, toutes sortes de flacons et de matras, de serpentins et d'alambics. Plus loin, un énorme livre aux pages jaunâtres reposait sur un pupitre.

Mais en dépit de tous ces détails rassurants, Idruk fut parcouru d'un étrange frémissement en regardant plus haut. Il comprit alors la vraie nature du lieu. Des centaines de chauves-souris s'entassaient au plafond. Leurs tailles variaient, si certaines étaient aussi petites que des noix, deux ou trois auraient pu rivaliser avec des lièvres. On voyait des oreilles pointues et des crochets aigus qui tendaient les ailes coriaces, d'autres avaient des cornes recourbées comme celles des moutons. De temps à autre, elles déployaient et agitaient leurs ailes, offrant le spectacle le plus sinistre de tout le règne animal. Elles tortillaient leurs têtes renversées et leurs yeux aveugles scintillaient sous la lueur dansante des flammes. Le garçon avait l'impression d'avoir été ramené dans son rêve de la nuit précédente, au sein du noir nuage ailé.

L'apprenti abandonna ses réflexions, croisa le regard de Plumbeus et y lut une singulière anxiété. Pendant un instant, le jeune homme eut l'impression que, par les yeux de l'alchimiste, un autre être qui se trouvait très loin le scrutait avec attention. Les traits de Plumbeus semblaient maintenant plus accusés, presque maigres. Sa bouche aux lèvres rouges ébauchait un sourire cruel, des lèvres trop rouges dans sa barbe en éventail. Le phénomène dura l'espace d'un instant, puis les escarboucles s'éteignirent dans les prunelles profondes. Idruk eut de nouveau devant lui un alchimiste abattu par la fatigue, un pauvre sorcier chargé d'un poids démesuré.

– Je sais que vous me cachez des choses, sieur Whylom, dit brusquement le jeune alchimiste.

Plumbeus secoua la tête d'un air triste.

– Si je te racontais ce que j'ai vu, je causerais un grand dommage. J'appartiens à la loge des alchimistes de Wilton, comme

Luitpirc. Notre bien le plus précieux est la recherche de la voie qui permet à l'alchimiste d'améliorer le monde. Et si je me suis dédié à cette errance, c'était pour découvrir le bon chemin. Je peux seulement te dire que tu en as vu plus que tu ne l'aurais dû. Cependant, l'heure est venue de te faire une révélation qui t'attend depuis de longues années.

L'alchimiste se cala contre le dossier de sa chaise et observa les flammes.

– Voilà bien longtemps, j'ai promis à ton père de prendre soin de toi. Nous partagions une inclination commune pour l'étude des arts obscurs, convaincus que nos recherches pourraient aider les alchimistes à se protéger de la menace d'Aurnor. Mais pour je ne sais quelle raison, il préférait manifestement les voyages et le combat. Nous avons été tous deux formés pendant quelque temps par l'ordre du Lion rouge.

« Entre les nombreuses missions que le gardien des preuves nous a confiées, l'une devait se dérouler dans l'Est du continent. Quand ton père est parti vers son destin, d'une certaine manière, je savais que je ne le reverrais plus. De son côté, il m'a recommandé de protéger sa famille, peut-être à cause des prophéties de certains des meilleurs membres de l'ordre, les alchimistes les plus expérimentés du continent. Mes recherches furent moins voyantes que ses exploits, mais pas moins importantes pour autant, comme tu as pu l'observer. D'une façon ou d'une autre, je veux te transmettre mes secrets, car je sais qu'ils pourraient te sauver de la menace qui plane sur toi depuis ta naissance. Ne m'interroge pas maintenant, je t'en prie ! Tu trouveras la solution toi-même...

« En revanche, tu dois savoir que là-bas, dans l'Est, une aristocratie sanguinaire est née voilà quelques siècles, une race d'hommes destructeurs. Maintenant ils sont devenus les voï-vodes des principautés de Valachie, de Moldavie et surtout de Transylvanie. Tout comme *Erdely* en langue magyare, ce mot signifie « pays au-delà des forêts ».

– Grâce à Luitpirc et à certains chevaliers, j'ai entendu des histoires terribles à propos d'Ardluk, reconnut Idruk.

– Et pourquoi penses-tu que la Transylvanie porte ce nom ? Parce que c'est une des portes des royaumes d'Hercynie, ouvrant sur les bosquets de Remonius dans les anciens domaines du Monarque. D'autre part, c'est aussi un des accès de l'Europe. L'armée qui voudrait conquérir les riches plaines du continent devrait passer par la Transylvanie et la Valachie. C'est précisément pour cela qu'Aurnor, dont l'ambition est de gouverner le domaine magique et de contrôler les royaumes mortels, devait soumettre cette région.

« Mais quelle ne fut pas sa joie lorsqu'il se rendit compte que ces hommes, confrontés depuis des siècles aux invasions venues d'Asie, étaient les plus violents et les plus cruels qu'il puisse imaginer ! Des qualités qu'il n'avait évidemment pas trouvées chez les Carolingiens. Cette raison l'avait conduit en 813 à condamner le florissant empire de Charlemagne en annonçant sa fin et son émiettement. Depuis lors, Aurnor s'était consacré à reconquérir les Mérovingiens en s'appuyant sur les Normands qui détruisirent les frontières franques. Il accomplit un grand progrès à la bataille de Hastings en se rangeant du côté de Guillaume le Conquérant, venu chercher la couronne de fer.

« L'Angleterre est peuplée de créatures magiques depuis l'Antiquité ! Et jadis, Aurnor fut lui-même un lord des terres sauvages du nord de l'Écosse. Il cherchait à dominer le berceau de la magie et les terres qui avaient accueilli les familles d'alchimistes soumises au pouvoir du Monarque. Les « inférieurs », « la basse lignée », comme ils nous appellent.

« Avec la Transylvanie et la Valachie, il contrôlait donc les portes de l'Europe et celles du royaume magique d'Hercynie. Là-bas, ses guerriers engendraient des monstres et une nouvelle maison noble naquit parmi ses voïvodes. La maison du Dragon bénéficiait de l'affection particulière d'Aurnor. J'ai entendu le nom de l'aïeul, du fondateur de la lignée, ce misérable à l'avidité inextinguible qui ensanglantait la terre en détruisant ses ennemis... Je ne parlerai pas de ses actes horribles, mais je dirai que son nom était Ardluk. Il fut probablement une incarnation d'Aurnor, destinée à tenter et à corrompre les hommes en les conduisant à des extrémités indicibles. Ses fils trouvèrent dans le sang une source inépuisable de force et d'énergie dont les mystères leur offrirent des capacités inimaginables. Ce sont des ennemis inhumains, énigmatiques et, par conséquent, encore plus dangereux. L'ordre du Dragon, qui n'a rien à voir avec les créatures mythologiques dont il porte le nom, existe réellement. Il doit disposer d'un document où est consigné le savoir transmis à ses membres.

« Écoute, Idruk, c'est dans ces terres qu'est mort ton père, aux mains d'un des pires séides de l'ordre, un familier d'Ardluk. Personne ne sut quel fut l'épouvantable mystère qui entoura sa fin, mais tous ces événements sont liés. Quelque chose rampe entre les faits les plus éloignés comme un silencieux serpent noir... et se rapproche de nous.

– Je ne comprends pas très bien ce que vous voulez dire, murmura Idruk, abasourdi, en fourrageant dans ses mèches rousses.

167

– *Ordog, Pokol, Vrykolak...* Ces mots te rappellent quelque chose ? J'imagine que non. Ce sont des noms serbes que le peuple de là-bas donne au seigneur de l'aristocratie sanguinaire. Aurnor a commencé à porter de nombreuses appellations terrifiantes qui l'honoraient, et en nul autre lieu il ne se sentait aussi bien. Après la destruction de la pierre du Monarque, il a trouvé là-bas de nouvelles portes vers le Royaume Périlleux. Mais tu dois savoir que *vrolok* est le plus horrible de tous les noms.

Idruk ne put éviter de froncer le nez. Un effluve nauséabond semblait s'être échappé des lèvres de l'homme au moment où il prononçait le mot maudit. De nombreuses chauves-souris s'agitèrent et se mirent à voleter çà et là.

– Vampire.

– Tu connaissais ce mot, n'est-ce pas ?

– Je n'avais jamais entendu le terme serbe. Mais ça ne pouvait pas être autre chose.

– Ces guerriers d'Ardluk étaient d'ignobles scélérats, brutaux et impitoyables, au comportement aussi bestial que celui des créatures nuisibles. Les pendus pullulaient le long des chemins et les champs de bataille s'imprégnaient d'un sang qui coulait jusqu'au Danube, changeant la couleur du fleuve. Puis une nouvelle coutume s'établit, les seigneurs prirent l'habitude de boire le sang de leurs ennemis.

Un frisson parcourut tout le corps d'Idruk. Il était sur le point de raconter à Plumbeus ce qui s'était passé à Londres, lorsqu'il se souvint de la règle d'or de l'initié : savoir garder un secret...

– J'évite de citer des centaines d'histoires qui ne pourraient que t'épouvanter encore plus, continua Whylom. Mais tu dois

168

comprendre ce qui a poussé Aurnor à quitter la cour de Charlemagne pour rejoindre les nobles barbares de l'Est. Il les appréciait et c'est ainsi qu'il se rendit dans ces forêts inhospitalières où était née l'aristocratie magique la plus dangereuse qui ait jamais existé. Idruk, il est probable que le sang de ton père ait été absorbé par Aurnor ou un de ses fidèles. Ainsi tous les secrets qu'il cachait ont été révélés.

– Quels étaient ces secrets ?

– Je l'ignore. Comment pourrais-je le savoir ? Les prophéties flottent dans le sang des alchimistes. Cependant, il existe une forme de divination appelée « cruormancie », développée par l'ordre du Dragon. L'oracle par l'intermédiaire du sang... Selon une prophétie qui parle de l'avènement d'un puissant cruormancien, cet art conduirait au mystère du Saint Graal. Mais je ne sais rien de plus.

« Il doit s'agir d'une technique maléfique impraticable pour nous. Il est possible que le voyant déguste du sang ou accomplisse de terribles rituels. Je l'ignore. Quiconque utilise le sang doit user d'un mal pervers, puisqu'il dérobe la vie...

Plumbeus observa un bref silence, puis reprit la parole d'un ton plus animé :

– Une chose est certaine en tout cas, tu es de plus en plus menacé. Par ailleurs, plusieurs membres de l'ordre du Lion rouge m'ont convaincu que nous devions vous protéger ta mère et toi. C'est en partie pour cette raison qu'elle tente de t'isoler et de te garder à l'écart des événements. Maintenant, tu dois me jurer de boire cet antidote... Il est évident que le contact de l'esprit collectif des chauves-souris a amplifié tes facultés, je le sais par expérience. Mais tu dois savoir que si tu ne prends pas cette potion, elles aussi pourront lire ton esprit.

Et par ce biais, les pouvoirs de leurs seigneurs ont une portée que nous ignorons... Même dans le recoin le plus isolé du monde, tu ne serais pas en sécurité. Tu dois m'obéir ! Bois cet antidote...

Idruk eut l'impression d'être bousculé. Il avait encore mille questions à poser, mais le ton pressant et impérieux de Whylom l'avait frappé. Un singulier désespoir se lisait dans le regard du vieil homme. Sa physionomie subit de nouveau une subtile transformation. L'espace d'un instant, le visage bonhomme de l'alchimiste se durcit, exprimant une implacable volonté. Lorsqu'il ouvrit la bouche, Idruk perçut une nouvelle fois l'arôme déplaisant.

– Fais ce que je te dis... Bois !

Le flacon d'argent semblait plein à ras bord. Idruk l'accepta. Après avoir hésité un bref instant, il en absorba une gorgée. Le goût était si détestable qu'il manqua de tout recracher. Mais à son grand regret, il croisa le regard de Whylom. L'alchimiste semblait le supplier de vider le contenu du flacon et de l'avaler.

Quand ce fut fait, Plumbeus s'affaissa lourdement, comme s'il venait juste de se libérer d'une charge intolérable ou d'une accablante responsabilité. Il s'inclina près du feu et examina le garçon. Celui-ci se sentait mieux, même si son regard paraissait un peu perdu.

– Tu ne dois pas le laisser te voir, murmura l'alchimiste.

– Je fais attention, répondit Idruk sans réfléchir.

À cet instant, une idée le frappa tel un éclair. À quelle époque s'étaient déroulés les événements dont il avait rêvé ? Quelle était la victime que le gigantesque vampire avait assassinée en présence des chevaliers de l'ordre du Dragon ?

– *Visita interiora terræ, invenies occultum lapidem,* prononça-t-il soudain.

– «Visite l'intérieur de la terre, où tu trouveras la pierre occulte », répondit Whylom. C'est la grande phrase des initiés, Idruk. Et tu l'es déjà. J'imagine que Luitpirc te l'a enseignée la nuit de ton initiation.

Idruk se souvint des paroles judicieuses d'Ylke qui pensait que Gaufrey avait créé un rituel d'initiation alchimique pour dissimuler la clef du secret.

– C'est exact, mais il ne m'en a pas donné la signification.

– Cette phrase se réfère à la découverte de la pierre philosophale. La dernière pierre philosophale aurait disparu depuis deux cents ans et serait tombée entre les mains d'Aurnor. Mais parmi les nombreux secrets de l'ordre du Lion rouge dont parlent les prophéties, l'un concernerait la possession d'un autre *lapis philosophorum.* Par ailleurs, cette phrase est devenue une devise pour tous les alchimistes, le symbole du chemin intérieur que l'on doit parcourir pour atteindre le but fixé.

– Et que se passe-t-il lorsque la phrase se referme sur elle-même pour former un cercle ?

Idruk avait posé sa question en arborant l'expression la plus détachée possible.

– Dans ce cas, elle forme le cercle de l'initiation et renferme les mystères du Monarque, ses symboles et ses arcanes. C'est un cercle de pouvoir. Il existe un cercle semblable à Wilton, dans la vieille tour de Cædwal... Il fait face au ciel et contient les symboles anciens. Tu aurais pu la visiter et y méditer les conseils de Luitpirc, si les nobles ne l'avaient pas fermée. Tu sais sans doute que depuis la dissolution et la proscription de la loge des alchimistes de Wilton, c'est ce Trogus Soothings qui en a la garde par ordre de Lord Daugner.

Whylom paraissait en proie à une effroyable lassitude. La trappe grinça en s'ouvrant et Hathel entra, Ylke sur les talons. Le jeune homme se pencha avec inquiétude sur son père.

– Ce n'est rien, fils, murmura le sorcier. Ça m'arrive souvent. Ta mère pense que c'est l'odeur de la cave, toutes ces potions de cataire...

Hathel déboucha un flacon et colla le goulot sous les narines de Whylom. Celui-ci toussa péniblement, puis s'ébroua.

– Ah, pardon ! Parfois...

Idruk aurait aimé poser encore bien des questions à l'alchimiste, mais l'apparition de dame Plumbeus, au comble de l'irritation, sonna la fin de la conversation. Ils durent quitter la demeure de Whylom, non sans avoir assisté à l'arrivée d'un des chariots enchantés dans lequel on entassait d'énormes malles. Hathel paraissait tout à la fois triste et soulagé.

– Nous nous reverrons, Idruk, assura-t-il.

– Bien sûr. Vous ne partirez pas avant plusieurs jours.

Idruk esquiva toutes les questions angoissées de son amie, qui voulait savoir ce que lui avait raconté le mystérieux éleveur de chauves-souris. Il la dissuada en parvenant à la convaincre que les problèmes du père de Hathel n'étaient rien d'autre que les conséquences des longues années dédiées à l'étude des créatures nocturnes. Aucune raison de s'inquiéter.

Finalement, elle partit s'occuper des courses dont on l'avait chargée, laissant Idruk libre de déambuler à sa guise, ruminant des questions qui restaient sans réponse.

L'air semblait ensorcelé. Les rues s'assombrissaient. Sans hésiter un instant, il choisit sa destination.

7

Midi dans la tour

— **Y** *mbesittendra !*

    La porte grinça à l'intérieur du mur et Idruk se glissa dans la solitaire tour de Cædwal, en prenant bien soin de ne pas se faire voir. Un escalier en saillie parcourait la face interne du bâtiment jusqu'à une seconde poterne sous le toit.

C'était un lieu antique, abandonné et poussiéreux, qui sentait la cendre, la solitude, l'angoisse et était envahi par les toiles d'araignées.

Des spécimens de plusieurs espèces de hiboux et de chouettes avaient élu domicile sous la voûte. Leurs excréments et les restes de leurs chasses nocturnes accumulés sur le sol répandaient une odeur fétide. Tous les oiseaux semblaient le fixer d'un regard jaune plein d'expectative.

Après s'être assuré que la porte s'était convenablement refermée, Idruk grimpa le grand escalier sous l'œil attentif des volatiles qui, dérangés par sa présence, voletaient en ululant bruyamment. Beaucoup plus ancienne que le reste des remparts de Wilton, la vieille tour avait été construite sur l'ordre de Cædwal de Wessex, trois siècles auparavant. Dans le Wiltshire, on l'appelait aussi la tour du Roi et les gens pensaient qu'elle était ensorcelée car depuis des siècles, elle était le théâtre d'apparitions de toute nature.

Idruk y venait parfois. La rumeur disait vrai et les alchimistes considéraient le lieu comme un monument du passé, méconnu par de nombreux aspects mais indéniablement magique. Tous ceux qui passaient par le Porc-Égorgé savaient que l'antique mot magique qui ouvrait la vieille porte de chêne était accessible en échange d'un bon pourboire.

Arrivé à la hauteur de quelques fenestrons sous le toit, par lesquels entraient et sortaient les rapaces nocturnes et qui constituaient le seul accès en dehors de la grande porte d'en bas, il prononça le sésame et accéda à la plate-forme supérieure de la tour, quittant l'espace obscur de l'intérieur.

Il balaya la neige. Le sol était couvert de symboles runiques anglo-saxons ancestraux. La tour, un des rares vestiges de l'ancien royaume de Wessex encore debout, exposait au ciel son cercle magique.

Idruk s'installa au centre de la figure et leva les yeux vers les nuages. Au bout de quelques instants, il sortit ses notes et observa avec intérêt l'inscription des alchimistes avec son périmètre de runes ancestrales. Il médita un moment, cherchant ce qu'il pourrait bien faire. Il s'apprêtait à prendre le parchemin de la Main Invisible lorsqu'une idée aussi judicieuse que sinistre naquit dans son esprit.

Il s'allongea, laissant l'air lui caresser le visage, et étendit les bras comme l'avait fait le frère Gaufrey avant de mourir, non sans avoir auparavant pris soin de cacher le parchemin de la Main Invisible sous son épaule. Tout d'abord, il éprouva de l'inquiétude, mais peu à peu, son esprit s'emplit du mouvement des nuages qui défilaient sous ses yeux comme une procession infinie roulant depuis l'est. Il commença alors à répéter la phrase inscrite.

– *Visita interiora terræ, invenies occultum lapidem...*

Visite l'intérieur de la terre, où tu trouveras la pierre occulte...

Tout en la prononçant, il pensait confusément qu'elle semblait bien peu adéquate dans cet endroit exposé au ciel, au lieu d'une caverne dans les profondeurs de la terre.

Peu de temps après, il s'endormit. Les runes tournoyaient, envahissant ses rêves. Les Nuées du Temps s'enroulaient autour de la tour du Roi : les grandes portes du Haut Royaume s'ouvraient devant les songes de l'alchimiste.

L'espace dégagé du sommet de la tour se prolongeait en une plate-forme sans limites suspendue au milieu des nuages. En ouvrant les yeux, Idruk eut l'impression qu'un faisceau lumineux s'entêtait à se frayer un passage dans le ciel qui s'éclaircissait déjà. Les masses nuageuses ressemblaient à des cimes d'arbres d'or agitées par un vent tempétueux. Les runes flambaient, le cercle s'était mué en ce que les druides appelaient le Centre du Monde.

Idruk entendit une voix portée par le rugissement du vent. Il chercha la femme qui parlait ainsi, puisqu'il s'agissait d'une belle voix féminine grondant comme le tonnerre au cœur de hautes montagnes. Il brûlait du désir de la voir, mais en vain. Il s'allongea de nouveau. Des mots lui parvinrent à travers les Nuées du Temps.

Cet étrange guerrier naît de la terre
de deux créatures muettes, émacié et resplendissant
il vient au monde, brillant et utile aux hommes.
Un gentil serviteur il est pour les maîtres qui en hiver
avec prudence, contrôlent sa taille et sa nourriture,
il leur prodigue de chaleureux bienfaits ;
Mais à ceux qui le laissent courir librement,
le furieux offre une amère récompense.

Idruk se rendit compte qu'on lui soumettait une énigme. Le vent ululait autour de lui, emmêlait ses mèches rousses. Il ne sut pas combien de temps s'était écoulé, mais les nuages commencèrent à virer au gris et la lumière s'affaiblit à l'approche d'une tourmente soudaine. Il réfléchissait désespérément, sachant qu'à mesure que passait le temps, les nuages se refermaient. Il ouvrit la bouche pour rompre le silence. Mais malgré tout son désir de prononcer le mot, il ne parvint pas à l'expulser du cercle de ses dents. Il eut l'impression que cette tempête allait le frapper, imagina le choc ébranlant les pierres. Sa propre voix résonna enfin, comme un coup de tonnerre, et l'espace s'emplit de l'écho :

Feu ! Feu !

La réponse était correcte : le tourbillon des nuages s'ouvrit et la lumière se fraya un passage à travers la vapeur. Quelque chose se profilait plus loin, plus haut. Les cheveux rouges d'Idruk s'agitèrent en tous sens, les silhouettes aériennes des esprits du vent apparurent, créatures de l'air qui le pressaient contre la pierre. Maintenant, il distinguait leurs visages allongés, mouvants, transparents, il entendait leurs rires moqueurs. Ils l'environnaient de leurs tourbillons et le maintenaient prisonnier du cercle magique de la tour du Roi. Son esprit pétillait, sa passion pour les secrets et les charades s'anima : la tour du Roi serait-elle par hasard un pont qui menait au Haut Royaume ? S'approchait-il du Monarque des légendes alchimiques, le Roi Doré ? Était-ce le rituel d'initiation légué par Gaufrey, le grand gardien du secret de l'ordre du Lion rouge ? Était-il sur le point de tenir la pierre philosophale entre ses doigts ?

Mais lorsqu'il entendit de nouveau la voix féminine, il renonça à se débattre contre les entraves du vent et, prêtant l'oreille à la mélodie puissante qui emplissait le ciel, regarda avidement de l'autre côté du tunnel perçant les nuages.

Le haut lord des Victoires
m'a créé pour la bataille : souvent j'ai brûlé
pour les innombrables créatures de la terre,
je les ai plongées dans la terreur sans les toucher
quand mon maître m'a appelé à la guerre.
Cependant, j'ai illuminé de nombreux esprits,
parfois, j'ai réconforté ceux que j'avais d'abord
férocement combattus ;
ils ont senti la haute bénédiction comme si elle
brûlait en eux
quand après des vagues de douleur je leur ai de
nouveau accordé l'existence.

Il connaissait les contes alchimiques et, dans certains récits, apparaissait un animal fabuleux qui illuminait les misérables après un grand désastre. C'était l'un des messagers du Monarque. Les énigmes de la Main Invisible lui revinrent en mémoire, les mots se matérialisèrent soudain dans son esprit et tout commença à prendre un sens...

« Feu commence par un f,
Fiafalf s'écrit avec trois f
Le f a-t-il deux ailes inversées ?
Jamais une lettre ne fut un animal ! »

178

Un animal qui a deux ailes est un oiseau, se dit Idruk. *La solution de la première énigme était le feu, la tête qui rugit dans le feu... Fiafalf... L'énigme du Monarque... le feu... un animal... des ailes... un oiseau... L'Oiseau Unique qui niche dans le Soleil. Celui qui se jette dans un grand bûcher tous les trois cents ans pour se consumer et renaître de ses cendres sous la forme d'un ver. En trois jours, il se transforme en un oiseau d'une taille considérable... C'est le seigneur des Deux Alérions...*

LE PHÉNIX !

Cette fois, le cri jaillit de sa poitrine avec force et les nuages s'écartèrent, comme repoussés par une vague de magie.

Les vapeurs se dissipèrent et le soleil resplendit au centre de la tourmente comme un œil d'or. Une cascade de rires vint saluer Idruk, chahut endiablé d'esprits du vent et d'elfes du feu, libres et fous, qui fêtaient le Midi du Haut Royaume. Il était certain de vivre ce que les alchimistes appelaient un rêve prémonitoire initiatique. Gaufrey avait soigneusement protégé l'accès à son secret...

La ville de Wilton et les grands cieux gris d'Angleterre avaient disparu sans laisser de trace.

Maintenant libre de ses mouvements, Idruk se releva. La surface du cercle était fondue dans une chaussée qui se prolongeait à travers une grande prairie circulaire, au fond d'une immense cuvette bordée d'or, scintillant sous l'œil du soleil. Plus loin, près de quelques blocs mégalithiques, s'élevait une colline verte couronnée par un gigantesque arbre d'or. Son feuillage dense rutilait et son ombre sans doute bienfaisante recouvrait les flancs herbeux.

C'était l'été.

Un chemin parcourait la prairie jusqu'à la butte. À mesure qu'Idruk se rapprochait de l'arbre, celui-ci semblait de plus en plus imposant. Le jeune homme passa non loin d'une armée de nobles soldats, coiffés de hauts heaumes, qui brandissaient des lances et de longues épées.

Le sentier s'achevait aux pieds d'une dame installée sur un trône au sommet de la colline verte. En arrière-plan se dressait une formidable forteresse immaculée, dont les tours se perdaient à une altitude que l'œil ne pouvait atteindre.

Le Château Blanc, la demeure du Roi Doré... Je suis devant Son Altesse !

Le jeune alchimiste avança jusqu'à elle, s'arrêta et s'inclina avec respect. Même s'il ignorait d'où lui venait ce comportement si solennel, il avait en tout cas la sensation d'être plus mûr que son âge.

Jamais il n'avait vu pareille femme, car elle surpassait toutes les autres. Elle était jeune, éternellement jeune, guère plus âgée que lui à en juger par son apparence, et elle l'humiliait par sa seule majesté sans le vouloir. Sa silhouette était serrée dans un vêtement tissé avec le fil que laissaient les étoiles en traversant le ciel, les manches larges étaient faites d'or et mille orfèvres avaient confectionné de minuscules araignées d'argent qui sertissaient le tour de son décolleté. Ses cheveux tombaient en boucles dorées sur ses épaules pâles et dénudées. Les traits de son visage irradiaient la force, une force immense, tout comme son sourire aux lèvres d'un rouge juvénile. Ses yeux étaient semblables à des gemmes vertes opalescentes, enchâssées sous des paupières sages et sévères. Leur simple regard était redoutable, exprimant une invraisemblable combinaison de jeunesse et de sagesse, mais surtout un extraordinaire et altier pouvoir.

Elle sourit à Idruk, quitta le trône et fit résolument un pas en avant, étendant ses mains pâles comme si elle se remettait à son nouveau sujet. Presque sans y penser, Idruk les saisit et se perdit dans le regard de la jeune Reine.

Il ne sut pas combien de temps il passa ainsi, hors du monde, mais les branches d'or s'écartèrent et le soleil brilla, dardant ses rayons comme autant de lances flamboyantes fichées dans le sol. Derrière le haut trône de la Reine, qui prenait appui sur les racines les plus épaisses de l'arbre, Idruk distingua le visage de gigantesques et nobles créatures assistant silencieusement à la scène. L'armée mythique des Tuatha de Danann s'était déployée. Maintenant les forces ancestrales de la lumière occupaient les immenses prairies, jusqu'aux flancs forestiers du cirque des montagnes d'or. Idruk frémit en découvrant ces antiques guerriers.

Vous avez fini par arriver jusqu'à moi, vous êtes venu à l'heure annoncée. Après ce Midi, le soleil entre dans son déclin pour laisser place à la nuit. Mais avant de nous dire adieu, nous voulons vous revoir une dernière fois. Le crépuscule n'est que l'annonce d'une nouvelle aurore. C'est pourquoi l'initié doit contempler le soleil avant de plonger dans les ténèbres.

Quand nous reverrons-nous ? songea Idruk, avant de se rendre compte qu'elle savait tout ce qui lui passait par la tête. *Pourquoi cacher que je la trouve si belle, que je n'ai jamais vu rien de si... rien vu de tel ?*

Toujours aussi vaillant ! Du cœur et une langue agile ont toujours été l'apanage de votre famille, noble seigneur.

Ce n'est pas le courage qui m'anime, mais une force aveugle, ma Reine...

Un rire franc et joyeux illumina le beau visage.

Le Monarque a envoyé au Cinquième Lord son fils le plus aimé, pour que, l'heure venue, le Messager de la Flamme serve ses desseins. L'élu disposera d'une arme sans limites ; le désir du Roi Doré est qu'il en use avec sagesse au cours de la guerre. N'oubliez aucun mot de l'énigme, car en eux sont enfermés les périls et les vertus de l'Oiseau Unique. Vous devez commencer à nous connaître, mon ami, mais c'est l'unique manière d'emprunter le Vrai Chemin. Quand tout s'éteindra, vous recommencerez. Ne craignez pas les épreuves que le destin vous réserve, car il est indifférent et sévère. Ses sentiers sont épineux pour celui qui persévère, joyeux pour celui qui se renie par commodité.

« Tout a recommencé, le combat va débuter dans l'avenir, le monde est en guerre. Les Cinq Pouvoirs émergeront de ceux qui fuient, comme les flammes jaillissent de la gorge du Lion rouge.

8

Le bâton de Trogus Soothings

Les paroles de la Reine tournoyèrent sans trêve dans l'esprit d'Idruk pendant son sommeil. Puis il se réveilla brusquement en frissonnant à cause du froid. Quel était le secret de l'ordre ? Que devait-il donc trouver ? Pourquoi lui ? Que lui arrivait-il ?

Le secret était assurément une arme d'une puissance incalculable. Mais il ne disposait d'aucune information sur sa nature. Était-ce un objet ? Ou plutôt un savoir dissimulé parmi les nombreux secrets qui servaient d'écran à l'ordre ? La solution se perdait dans ses pensées nébuleuses. Mais le froid se faisait plus pénétrant. Idruk saisit le parchemin de la Main Invisible qu'un souffle de vent tentait d'emporter. Les mots de la Reine ne quittaient pas ses pensées. Comme tous ces êtres altiers et puissants, elle s'exprimait par énigmes. Ils ne disaient jamais la vérité, ne mentaient pas, mais se cachaient constamment derrière des symboles.

– On peut savoir ce que tu fais couché là ?

La voix d'un vieil homme acheva de le ramener à la réalité.

Le garçon gisait, pelotonné sur lui-même au sommet de la tour du Roi. Les nuages du ciel anglais étaient aussi sauvages et tourmentés qu'à l'ordinaire. Les prairies, les armées des

183

Tuatha de Danann et le soleil avaient disparu. Les mains engourdies, il tremblait de froid sous une couche de neige fraîche. Les runes gravées dans la pierre semblaient froides et indifférentes. Le feu qui les avait animées était mort.

– Idruk Maiflower ! Jeune fou, ça ne pouvait être que toi !

Idruk recouvra instantanément la mémoire : la tour du Roi avait son propre gardien, comme l'en avait averti Plumbeus, et le vieux Trogus ne pardonnait pas les intrusions. Sa figure ridée contrastait avec sa crinière emmêlée et ses yeux bigles. Une étrange cicatrice lui marquait la moitié du visage, sans doute une ancienne brûlure. À la lueur du feu, son œil n'était plus qu'une espèce de rond violacé qui lui descendait sur la joue. Avec assez peu de succès, il tentait de dissimuler le désastre sous une barbe hirsute et jaunâtre.

Personne n'avait envie d'avoir affaire à Trogus seul à seul. Et encore moins dans la tour, à la tombée de la nuit. Mais Idruk commençait à croire que même le vieux renégat était de meilleure compagnie que les participants à la partie de chasse des inquisiteurs. Plusieurs chouettes voletaient autour du gardien. L'une d'elles se posa sur son épaule, un rat mort dans le bec.

– J'étais sur le point de partir... Je me suis endormi...

– Endormi ! J'ai des ordres, moi. Tu le sais. Des ordres d'en haut, grommela l'alchimiste en désignant d'un geste du menton le château de Lord Robert. Les nobles ont promulgué de nouvelles lois.

– Encore ? Ils édictent des règles tous les deux jours...

– TAIS-TOI ! Tu sais que la tour est l'un des lieux interdits aux imbéciles. INTERDIT ! Tu entends ? Je sais très bien ce que tu fabriquais couché ici... Des choses tout aussi défendues. Je

184

devrai en référer à Lord Daugner. Tout le monde sait que tu as menacé son fils Falcon. Je l'ai vu de mes propres yeux... Maudit rouquin...

Idruk se retourna vers la ville, essayant d'éviter les commentaires acerbes du vieillard servile et haineux. Il guettait une occasion de se faufiler jusqu'à la porte et de dévaler les marches jusqu'en bas. Mais la voix de Trogus s'insinuait par ses oreilles comme un serpent venimeux.

– Nous attendons tous l'arrivée du grand Lord Malkmus de Mordred. Et alors, les sales rouquins comme toi finiront là où ils le méritent... Sur un bûcher !

Idruk serra les poings et se retourna comme s'il s'apprêtait à frapper le vieux gardien.

– Tu crois que je vais oublier toutes les manigances des vils sorciers roux et crasseux qui peuplent cette ville répugnante ?

Idruk ne comprenait pas la haine que nombre d'alchimistes nobles portaient aux lignées roturières et encore moins pourquoi leur dégoût se concentrait sur les roux.

– Attends un peu et tu verras de quel bois se chauffe Lord de Mordred. Du haut de cette tour, je regarderai flamber les bûchers. Ainsi la ville sera débarrassée de gens comme ta mère et toi...

Avec un rire cruel, Trogus leva son bâton et s'apprêta à l'abattre sur Idruk. Mais celui-ci s'y accrocha et une soudaine lueur violette frappa le bois qui se mit à scintiller.

Trogus luttait furieusement, craignant un autre des subterfuges du jeune Maiflower. Il eut un sourire torve en reconnaissant la nature de l'énergie conjurée par l'adolescent.

– Je vois que tu as fourré ton nez dans des livres que tu n'aurais jamais dû ouvrir...

185

Une puissante force magique commença à s'écouler dans le bourdon du vieil alchimiste. À son contact, Idruk eut l'impression que ses doigts s'embrasaient. À cet instant, il saisit instinctivement le bâton à deux mains. Lorsque le doigt blessé entra à son tour en contact avec le bâton resplendissant, le bois se mit à bourdonner. Son esprit flamba comme un feu de cheminée.

L'obscurité environna la tour, comme si un brouillard soudain avait aveuglé la ville. Idruk entendit un chœur de voix infernales et Trogus tomba à genoux. L'œil exorbité, il fixait le garçon d'un air terrifié. Mais le jeune homme se rendit compte que la frayeur du vieil alchimiste était due à une étrange manifestation.

Des sphères gouttaient du bois et tombaient au sol, s'y brisaient, puis laissaient échapper d'épouvantables visions, figurant la douleur que les coups de ce bâton avaient infligée aux jeunes gens au cours des années. Pour finir, une forme funeste de brouillard et de vapeur, un grand masque d'argent cadavérique s'éleva en scintillant et atteignit une taille plus qu'humaine. Un bourdonnement s'installa dans l'esprit d'Idruk et s'amplifia rapidement. Dans le même temps, son bras se déforma et s'intégra au bâton. La blessure de la chauve-souris semblait s'être transformée en un étrange canal qui permettait à un être mystérieux d'absorber sa substance !

Pendant un instant, son esprit fut en proie à un chaos d'épouvantables images, où se mêlaient les mystères du sang et les révélations de Whylom Plumbeus. Mais malgré tout, la présence de ce puissant lord masqué réveillait en lui une irrépressible curiosité.

Son bras se transformait progressivement en une tache lumineuse qui remontait vers son cou. Ses doigts s'ouvrirent, une lueur puissante surgit des fissures de la peau. Les cris de Trogus se confondaient avec le sortilège d'une voix dominatrice.

À ce moment, un choc violent, issu d'une source invisible, parvint à séparer le bras d'Idruk du bâton. Le masque meurtrier s'éloigna sur la piste d'une personne que le garçon ne pouvait voir mais dont l'ombre rôdait entre les runes du sol. À cet instant, une nouvelle lueur jaillit du bourdon, s'éleva, et un rayon mortel s'abattit sur le corps de Trogus. Soumis à une intense vibration, le bâton se brisa.

Quelques instants plus tard l'apparition se dissipa, l'intensité lumineuse diminua. Trogus Soothings gisait sur le sol, inerte. De son corps racorni, semblable à un tas de haillons, s'élevait une fumée fétide.

Idruk n'avait rien compris à ce qui s'était passé. Une fois de plus, il aurait eu besoin des conseils de maître Luitpirc... Le cœur au bord des lèvres, il se tourna vers le vieux Trogus. En dépit de sa méchanceté, l'homme lui inspirait une certaine compassion. Il inspectait son propre corps pour s'assurer qu'il était encore vivant, quand soudain un des débris du bâton émit un éclair et commença à vibrer. Idruk céda à la tentation et le ramassa. Son regard exercé eut tôt fait de remarquer que le bois renfermait un os, dont il tenait le plus grand fragment en main. Il savait que les alchimistes ténébreux utilisaient pour charger certains objets magiques les os de leurs ennemis qu'ils obtenaient dans les cimetières de leurs ancêtres.

Le brouillard s'épaississait. Idruk avait l'impression d'entendre des voix. Il regagna l'intérieur obscur de la tour et descendit lentement, avec la sensation que l'os serré dans sa main diffusait une lueur violette. Des centaines de regards perçaient les

187

ténèbres, des paires d'yeux qui clignotaient et se déplaçaient, sans cesser de le scruter. Les hiboux et les chouettes de Trogus. Quand il parvint enfin à trouver la porte, non sans avoir glissé plus d'une fois sur le sol maculé d'excréments et de restes de rats, plusieurs de ces énormes oiseaux se lancèrent contre le battant mais ne parvinrent qu'à griffer le bois.

– Idruk !

– Quoi ?

– C'est moi !

Ylke le fixait d'un regard apeuré.

– Ne restons pas ici. Cet endroit est maudit !

Il prit la main de son amie et tous deux détalèrent, vite engloutis par l'épais brouillard. Leur course éperdue se prolongea longtemps, puis Ylke finit par s'arrêter et s'appuya contre un mur, tentant de retrouver son souffle.

– Qu'est-ce que tu as fait ?

Idruk la regarda avec colère.

– Tu pourrais peut-être me demander ce qui s'est passé plutôt que de penser tout de suite que je suis responsable... Non ?

– Inutile de te mettre dans un état pareil !

Idruk lui tourna le dos et se remit en marche, mais Ylke ne lui laissa pas le loisir de s'éloigner et l'obligea à s'arrêter.

– Alors on peut savoir ?

– Trogus Soothings a été assassiné, débita-t-il d'une traite en la fixant de ses yeux bleus où restait encore un halo violet.

Ylke étouffa de la main le cri qui lui montait aux lèvres.

– Assassiné, mort, foudroyé... Et tout ça, sous mes yeux. Mais ce n'est pas moi !

– Je ne dis pas ça, finit-elle par répondre, encore sous le choc.

– Mais nous étions tout seuls, là-haut. Je suis monté à la tour cet après-midi... et... nous nous battions quand une apparition a surgi entre nous, ensuite ce visage est parti. Alors, un autre spectre est apparu et Trogus est tombé mort. Mais personne ne me croira !

– Il me semble que les nobles ont certaines méthodes pour enquêter sur les assassinats...

– Et grâce à elles, ils arrivent toujours à inculper ceux qu'ils veulent !

– Mais je ne suis pas certaine qu'ils puissent savoir que tu étais là-bas.

– Et toi ? Que faisais-tu près de la porte ?

Ylke croisa les bras.

– Je t'ai suivi. Tu agis de manière bizarre depuis la morsure de cette chauve-souris.

Idruk regarda son doigt. La marque prenait une forme horrible qui commençait à avoir une certaine ressemblance avec le masque ténébreux.

– Par tous les sortilèges... marmonna-t-il avec horreur. Ylke, il se passe quelque chose. Ils se rapprochent !

– Qui ? Je n'entends rien.

– Je ne sais pas qui ils sont. Mais ils ne sont pas loin.

Ils se remirent en route en choisissant les ruelles les plus écartées. Entre-temps, dans une des maisons de la rue Ensorcelée, un grand hibou noir interrompit une réunion de la noble confrérie de Wilton. Lord Daugner laissa le rapace traverser la salle en ululant et la nouvelle fut immédiatement connue : Trogus Soothings avait été assassiné.

9

Oniromancie

Les gens barricadaient les portes de leurs maisons et épiaient l'extérieur par les fenêtres. Le brouillard ensevelissait les rues de Wilton, si dense qu'Idruk avait l'impression de pouvoir le trancher au couteau.

– Il est minuit ! s'exclama Ylke.

On entendait des voix rauques et funestes et quelques coups de tonnerre. Des lueurs vertes palpitèrent dans l'obscurité nébuleuse de la ruelle.

Ylke prit Idruk par la main et l'entraîna à l'écart. Les éclairs lumineux et le vacarme transpercèrent les ténèbres. Les deux jeunes gens surveillèrent l'entrée de la ruelle. Les ombres encapuchonnées des alchimistes nobles passèrent, brandissant des baguettes magiques et lançant des sortilèges verts qui explosaient contre les pierres et, au passage, réduisaient la brume à de minuscules parcelles de glace pestilentielle. Une troupe nombreuse se dirigeait vers la tour du Roi.

– Ils le savent déjà !

– Alors, il n'y a plus aucun doute. Trogus est...

– Mort, compléta Ylke d'un filet de voix. Je n'ai jamais vu mourir un alchimiste.

Idruk eut un geste étrange, puis lui prit la main.

Tous deux finirent par atteindre la maison d'Idruk. Le mur céda, ils entrèrent dans le tunnel protecteur et laissèrent les pierres clore le passage avant d'accéder à l'intérieur de la demeure.

La voix de la mère d'Idruk s'éleva dans le salon.

– C'est impossible !

Ils pénétrèrent dans la pièce. Gotwif discutait avec la cheminée où un maigre feu projetait des ombres dansantes sur les murs.

– Idruk ! s'exclama dame Maiflower.

– Ylke !

La voix étrange provenait de l'âtre, où le feu s'aviva.

– Il est plus de minuit ! continua la mère d'Idruk.

Parfait, il ne manquait plus que ça, songea le garçon.

Il s'apprêtait à prendre la parole, mais Ylke lui serra la main et le devança.

– Vous ne pouvez pas imaginer tout ce que dame Plumbeus nous a demandé pour préparer son déménagement !

Dans la cheminée, la mère d'Ylke apparaissait comme un spectre rougeâtre entre les flammes. Quelque chose dans son expression indiqua à Idruk qu'elle ne croyait pas un mot de leurs explications.

– Cette femme est incroyablement... insistante, affirma-t-il.

– C'est ridicule ! gronda la voix de dame Lewander dans la cheminée.

– Seriez-vous par hasard au courant de ce qui s'est passé cette nuit ? demanda Gotwif en regardant fixement son fils.

– Non, dirent-ils en chœur, secouant la tête comme des marionnettes de foire.

191

Pour une obscure raison, il se dit que sa mère serait beaucoup plus difficile à convaincre que dame Lewander.

– Les partisans de Lord Daugner ont parcouru les rues à fond de train. Plusieurs de nos chats assurent qu'ils se sont retrouvés dans la tour et y ont découvert un alchimiste mort.

– Un mort ?

Pendant un instant, les flammes flambèrent avec une telle intensité qu'on aurait pu croire qu'elles cherchaient à transformer la maison en fournaise.

– Exactement, un mort ! Et vous étiez là ! Tu te débrouilles toujours pour attirer ma fille dans les pires ennuis !

Dame Maiflower se tourna vers la cheminée et croisa les bras en disant :

– Chère Maria, il ne sera pas nécessaire de te rappeler...

– ... que cette fois, c'est moi qui ai obligé Idruk à rester chez dame Plumbeus, intervint Ylke.

– Et Whylom nous a raconté moult histoires de... de...

Un coup de coude discret de son amie réduisit Idruk au silence. Elle reprit la parole :

– ... du pays de Nulle-Part et du merveilleux village d'Hexmade. Et les adieux se sont prolongés.

Maria soupira d'un air vexé.

– Ça suffit, jeune fille. Gotwif, je te présente mes excuses. Quant à toi, Ylke, tu as ma parole de sorcière que tu recevras ton châtiment.

– Il vaudrait peut-être mieux qu'elle reste ici, suggéra dame Maiflower.

– Bien, nous discuterons demain, marmonna Maria Lewander, manifestement de mauvaise humeur.

Ylke étouffa un gloussement en voyant le sourire un peu sévère de son père se profiler dans les flammes derrière celui de sa mère.

Le feu retomba brusquement, puis les flammes recommencèrent à lécher gentiment les bûches.

– Tu ne crois pas que ça suffit ? demanda soudain Gotwif à son fils. Pour commencer tu pourrais me raconter ce qui s'est passé dans la tour du Roi.

Ylke et Idruk échangèrent un regard contrit.

Près du feu, la table ornée d'une grande nappe blanche brodée de curieux motifs figurant des crapauds – les créatures préférées d'Idruk depuis l'enfance –, se couvrit de denrées savoureuses. Idruk raconta à sa mère toutes ses aventures. Elle l'écouta décrire les étranges apparitions avec une attention accrue. Mais après le récit de sa confrontation avec Trogus Soothings et de son terrible dénouement, Gotwif perdit l'appétit.

Elle observa un long silence. Idruk savait qu'elle lui cachait des informations sur son passé.

– Nous ne devrions pas discuter de ces sujets pendant la nuit, dit enfin dame Maiflower. Mais... Montre-moi cette baguette ! Tu dis qu'elle était à l'intérieur du bourdon de Trogus ?

Idruk lui montra la longue esquille d'os. Elle était droite et un renflement permettait de la tenir en main. Chaque fois qu'il la manipulait, le jeune alchimiste était pris d'une sorte de fébrilité. Cette fois, il tendit le bras comme s'il brandissait quelque arme inconnue.

– Arrête immédiatement, insensé !

Sa mère prit la baguette et perçut la chaleur qui s'en dégageait.

– À quelles sombres affaires se consacrait ce Trogus Soothings ? se demanda Gotwif tout en inspectant l'intérieur de l'objet.

– Avant que la Confrérie des alchimistes ne soit interdite, on savait déjà que Trogus était mêlé à des histoires louches... Je suis persuadé qu'il est responsable de plusieurs disparitions dont l'avaient chargé les lords ténébreux.

– Je m'apprête à pratiquer une opération que vous ne devrez jamais reproduire, avertit dame Maiflower.

Après avoir fouillé parmi les livres anciens, elle sortit un parchemin de la bibliothèque et l'étendit sur les dalles de pierre.

Entre la tête de mort et la chauve-souris, elle dessina un croissant de lune ascendante qui occupa la pointe supérieure, puis posa la baguette de Trogus sur le triangle... Ensuite, elle entonna des paroles au son si épouvantable que la crainte gagna peu à peu les deux jeunes gens. Des fumerolles s'élevèrent du croissant de lune et des lettres brillèrent çà et là au milieu des mots, comme si le feu qui avait laissé ces brûlures sur le grimoire renaissait. Gotwif s'inclina ; seul le blanc de son œil était visible ; Ylke et Idruk reculèrent. La baguette tourna lentement et s'arrêta lorsque sa pointe toucha la chauve-souris. Celle-ci rougit comme une braise ardente.

Gotwif Maiflower revint à elle, mais son visage restait crispé. Idruk était encore inquiet.

– Mère ?

– Cette baguette dissimule sept morts. Quant à l'os, il est très ancien et provient d'une tombe profanée dans un cimetière de Windsor... L'os d'une personne très connue, mais je n'ai pas pu découvrir son identité.

Elle sortit entièrement de sa transe. L'odeur âcre de la fumée se répandait dans toute la maison. En même temps, l'intensité des flammes diminuait et la pénombre s'empara du confortable salon. Idruk observa la chauve-souris du parchemin qui perdait progressivement son éclat. Il eut l'impression qu'une lueur ténue illumina brièvement les yeux de l'animal avant que la tête ne vire au noir.

Idruk se saisit de la baguette d'un geste preste. Mais sa mère lui immobilisa le poignet d'une main singulièrement ferme. Ils s'affrontèrent du regard.

– Je ne te la laisserai pas, fils...

– C'est la mienne, je dois la garder !

– Dis-moi d'abord ce qui s'est passé exactement pendant cet affrontement.

– Je te l'ai déjà expliqué, répliqua Idruk avec impatience. J'ai attrapé le bâton avant que Trogus me frappe et le bois a commencé à brûler !

– La morsure de ce vampire t'a donné un étrange pouvoir,

mon fils. En tout cas, il t'a protégé d'une arme ténébreuse, une arme mortelle...

– Après, toute l'énergie a eu l'air de se retourner contre Trogus et cette énorme ombre masquée est apparue. Elle a été distraite par quelque chose d'étrange. Et un peu plus tard, Trogus est tombé foudroyé.

– Trogus cachait son arme dans son bâton pour qu'on ne la découvre pas. Et ce qui ressemblait à une simple bastonnade était une malédiction *imprecatus* lancée par une baguette puissante consacrée par des forces démoniaques.

– De toute façon, c'est la mienne !

Idruk tira la baguette avec une énergie inattendue et parvint à se libérer de la poigne de sa mère.

Gotwif et Ylke le regardèrent d'un air étrange.

– Tu devrais écouter ta mère, dit son amie.

– Je m'en remets à la garde de mon maître Luitpirc de Magonia et au rituel d'initiation de la confrérie. En tant qu'initié, j'ai le droit de prendre mes propres décisions dans le domaine magique. J'ai quatorze ans et j'ai un maître alchimiste. J'ai rencontré la Reine. Elle m'a parlé du Haut Royaume, du Phénix et du Cinquième Lord. Je suis certain que cette baguette ne s'est pas retrouvée entre mes mains par hasard, donc...

– Idruk Maiflower...

– Je connais déjà mon nom, répliqua-t-il, et son regard s'illumina de ce singulier éclat violet, pendant que les boucles rouges de ses cheveux frisés s'emmêlaient, comme ensorcelées. Tu sais qu'il s'agit d'un cas envisagé par le Code des loges d'alchimistes d'Angleterre.

– Ça suffit ! fulmina la sorcière.

Visiblement furieuse, elle croisa les bras et serra les poings. Ylke paraissait effrayée.

– Mais ce Code ne m'empêche pas de t'envoyer en voyage vers l'Est avec les Lewander, dès demain. Et tu as intérêt à m'obéir si tu tiens à ce que je respecte la décision stupide que tu t'es fourrée dans le crâne.

Idruk fixa un instant la baguette, puis donna sa réponse d'un ton qui trahissait une détermination entêtée et indomptable.

– D'accord !

Au bout d'un certain temps, Ylke rompit le silence :

– Qui était l'épouse du Monarque ?

Encore dans les nuages ! songea Idruk.

De son côté, dame Maiflower considéra la jeune fille avec étonnement.

– Selon les alchimistes, c'est la Lune puisque le Monarque est le Soleil. D'autres pensent qu'il n'a pas d'épouse et qu'il s'agit de sa fille.

– Quelle est la vérité ? demanda Idruk.

– Personne ne le sait.

– Je pense que c'est sa fille, murmura-t-il.

– En fait, elle te plaît, c'est ça ? répliqua Ylke avec un agacement inattendu. Alors ton opinion ne compte pas.

– Ce sont des sujets qui échappent aux alchimistes, tout alchimistes qu'ils se croient, conclut la mère.

Elle jeta une poignée de légumes dans un grand chaudron noir. Kroter donnait des signes de satisfaction devant les préparatifs du souper, habitué qu'il était à recevoir sa part de certains plats dont il raffolait.

La sorcière prononça une formule au-dessus du chaudron dans la langue ancienne des alchimistes anglo-saxons :

– *Wiga is on eorpan wundrum acenned !*

Après l'avoir suspendu au-dessus du feu, elle remit à son fils un gros tas d'échalotes. La grande louche se mit en mouvement, remuant de temps à autre le contenu de la marmite.

Idruk se mit au travail. Même si le couteau d'Hexmade accomplissait le plus gros de la tâche, tranchant les condiments sans qu'il ait besoin de les regarder, ses yeux s'humidifiaient inexorablement.

– Pendant que je m'en occupe, tu pourrais nous parler de tes plans, mère, suggéra-t-il.

– C'est simple : nous partons d'ici quelques jours. Après les derniers événements, la situation va empirer. Sais-tu ce qui se passera s'ils te présentent au tribunal ? Si la Grande Inquisition te découvre, tu finiras sur le bûcher. Et il n'existe aucune potion capable de te sauver de ce feu.

– La flamme d'Aurnor, murmura Ylke.

– Tu ne devrais pas prononcer ce nom pendant la nuit ! protesta Gotwif. De toute façon, on dirait que tout le monde a pris sa décision et je ne serai pas la seule à rester à Wilton. Cependant, je ne peux quitter la ville avant d'avoir résolu quelques affaires en suspens. Parmi ces gens ordinaires qui te déplaisent tant, mon fils, certains nous apprécient et se sont toujours bien comportés avec nous. Ils sont confrontés à un problème que nous ne parvenons pas à résoudre.

– Quel genre de problème ?

– Tu te souviens de cet endroit où on a pendu un assassin dernièrement ?

198

– Je ne vois pas comment j'aurais pu l'oublier, affirma Idruk, lâchant le couteau pour éponger les larmes qui menaçaient de déborder. Il était grand et il louchait... Je me souviens de l'exécution.

– Ils l'ont pendu, puis ils ont laissé son corps assez longtemps dans l'arbre. Les juges ordinaires ne comprennent rien aux gens du peuple et n'en font pas grand cas. Mais après la mort d'un homme aussi malfaisant, certains rituels sont indispensables. Le laisser ainsi ne peut rien apporter de bon. Tu sais que Lord Robert reçoit ses ordres de la Chambre des lords et que Lord Malkmus de Mordred a envoyé des lettres recommandant la plus grande méfiance envers les méchantes sorcières du peuple anglo-saxon... Le problème est que le cadavre a disparu.

– Disparu ? Les loups, peut-être ? suggéra Ylke.

– Impossible, les meutes sont satisfaites de leurs chasses. Le fait est que peu de temps après, des événements horribles ont commencé à se produire dans les fermes des alentours. Rien ne pouvait naître de bon du corps d'un assassin assassiné. Des taches de fumier ont formé sur les murs des inscriptions étranges dans une langue inconnue... Ensuite, des apparitions nocturnes se sont livrées à des actes de vandalisme. On a aperçu une ombre dans les étables, parfois une lueur bleuâtre. Le bétail est sujet à des accès de folie. Certaines vaches ont été mordues aux mamelles. Cette étrange créature semble boire du sang et du lait. Whylom m'a confirmé qu'il s'agissait d'un *ovlour*, un esprit vampire. Il m'a aussi expliqué ce que nous devons faire pour l'éliminer avant qu'il ne se transforme en chauve-souris ténébreuse. En ce moment, l'esprit vampire tente de se créer un corps et de quitter son état d'ombre. Les conséquences d'une de ses morsures sont terribles. On dit que cette créature est responsable de la mort de nombreuses personnes car elle est née de la haine de ce misérable et de toutes ses mauvaises pensées, ses pensées corrompues... Voilà ce qui m'a occupée durant toute la soirée. Elle doit se terrer dans une tanière, un trou, une cachette et j'espère la découvrir avant notre départ. Si elle grandit, ce sera la ruine des fermiers, elle ne laissera pas le bétail tranquille avant de l'avoir entièrement décimé. Whylom et sa famille sont partis cette nuit, ils ne pourront donc pas m'aider...

Ce qu'ajouta sa mère ensuite fut perdu pour Idruk. Il avait entendu une nouvelle fort déplaisante qui compliquait ses plans. Hathel Plumbeus était parti bien avant le moment prévu. Ils ne s'étaient même pas dit adieu !

Une brève bouffée de haine pour l'hystérique dame Plumbeus lui traversa l'esprit. Il se demanda s'il aurait l'occasion de faire ses adieux à ses amis, ou si toute la communauté magique de Wilton se dissoudrait dans le vent comme le pollen des fleurs.

Il avait peur de se lever un matin et de se retrouver complètement seul au milieu d'un monde désolé, malheureux, abandonné par la magie et voué à l'existence grise des hommes et des femmes ordinaires.

Après le repas, Idruk prit congé de Gotwif et d'Ylke, il quitta la pièce en traînant les pieds et s'enferma dans sa chambre. Il constata avec stupéfaction que la blessure de sa main avait cicatrisé, créant une forme étrange. Pas la moindre douleur ne subsistait pour lui rappeler qu'il avait été mordu. Toutefois, la mort de Trogus restait toujours un mystère.

S'il n'y avait personne d'autre là-haut, avait-il été le meurtrier de Trogus ? Était-il un tueur d'alchimistes ?

Seul le souvenir de l'extraordinaire rencontre avec la Reine le réconfortait dans les ténèbres. Pendant que les images des derniers événements s'entrechoquaient dans son esprit, il se sentit envahi d'une terreur qu'il n'avait encore jamais éprouvée. Il lui semblait que sa vieille armoire était un reliquaire d'alchimistes ténébreux. Les moulures, sculptées avec soin deux siècles auparavant par de formidables menuisiers d'Austrasie, se transformaient sous la lumière incertaine en têtes empaillées de nains et de trolls qui le fixaient d'un regard plein d'expectative, par-delà la mort.

Il essaya de rester éveillé...

Le souvenir du manuscrit de la Main Invisible lui revint.

Idruk souffla sur une bougie qui s'alluma. Il chercha son manteau et en sortit le parchemin, aussi petit qu'un de ses doigts. Puis il observa avec émerveillement l'objet qui, à peine à l'air libre, changea de taille.

Un signe héraldique complexe se dessina sur la surface jaunâtre, à grands traits pressés et erratiques. La forme d'un dragon rouge ailé.

Ses yeux se fermaient...

Il commençait à avoir la sensation de lutter contre un sommeil irrésistible.

Soudain, le signe apparut nettement, un tracé de feu qui flottait comme taillé dans des braises ardentes, comme un fer porté au rouge qui marquait son cerveau... L'ombre des rêves allongea sa serre implacable et le saisit d'un seul coup, juste au moment où il voulait se lever pour aller courir rejoindre

Ylke et tout lui raconter. Il se souvint alors que ce signe était une des signatures démoniaques qu'ils avaient découvertes dans les cuisines de Westminster.

Une obscurité soudaine l'entraîna jusqu'au sol. Les frondaisons formaient une voûte arborée au-dessus de sa tête, tissant la trame interminable d'un bosquet. Il se redressa.

L'atmosphère était calme.

Le monde attendait. Mais qui ?

Les feuilles sèches crissèrent sous ses pieds lorsqu'il se leva et avança vers ce qui ressemblait à un tunnel sous les arbres. La clarté crépusculaire illuminait un large sentier sur lequel débouchaient des collines couvertes de hêtres et de chênes millénaires.

Ce fut alors qu'il entendit le vent arriver. Son souffle devint un ululement, un mugissement sonore. Dans tout le bois, les branches s'agitaient avec violence, comme si les arbres voulaient arracher leurs racines et se mettre en marche. Les feuilles tombèrent en tourbillonnant. Quelques rayons lumineux percèrent, révélant la présence du soleil. Il entendit des trompes sourdes et une rumeur de cavalcade, le bruit d'une chasse qui traverserait les bois. Ensuite, le vent tomba, les mugissements s'éloignèrent. La tranquillité reprit ses droits.

Une haute monture apparut, chevauchée par un homme à la silhouette dissimulée par un capuchon et une cape grise. Il passa près d'Idruk et lui fit signe, comme s'il lui demandait de le suivre.

Peu après, tout avait disparu dans un soudain crépuscule. Idruk flottait tel un oiseau invisible au-dessus d'une mer immense. La nuit tomba et un épais brouillard s'étendit sur l'eau.

Un vaisseau fantôme surgit des vagues qui déferlaient en rugissant au large d'une grande plage. Idruk pouvait voir la proue affronter la houle, les cabestans se balancer au vent ; il percevait le grincement des mâts et le claquement des voiles en lambeaux sous les rafales impétueuses. L'équipage était tout aussi fantomatique que le navire noir surgi de la brume.

Le spectre invisible d'Idruk s'arrêta dans le brouillard et la vapeur, plus denses sur le pont. Quelques ternes lueurs jaunâtres trouaient le voile opaque, trahissant la présence d'autres navires à l'approche. On entendit un grondement et le rugissement de la mer redoubla. Un des bateaux, l'étrave chevauchant les vagues, le beaupré d'acier pointé vers la terre, avait abordé la plage et venait de s'échouer.

Les marins de l'équipage échangèrent des exclamations dans une langue étrange, tout en lançant de longues passerelles. Des milliers d'énormes rats noirs et gris les empruntèrent pour débarquer et envahirent la plage comme une marée sombre recouvrant le sable. Un souffle d'air porta Idruk jusqu'au pont du bâtiment. Une effroyable rumeur montait de la cale.

À cet instant, une force prodigieuse et implacable le poussa par l'ouverture et il fut englouti par une horreur inconnue. Mais alors qu'il se traînait dans les ténèbres, un rayon de lumière le guida vers une forme vaguement allongée qui gisait plus loin.

Il s'inclina vers la présence inerte.

Soudain, les planches de bois glissèrent, dévoilant une silhouette méconnaissable, à demi humaine. Quelques longs doigts carrés, aux ongles effilés, tâtèrent lentement la surface du bois. La force impérieuse obligea Idruk à s'agenouiller. Il lui sembla que l'odeur de mille morts pénétrait ses poumons, sur le point de l'asphyxier. Puis il découvrit ce qui était là, tout près de sa bouche, et comprit la nature de cette créature si proche de lui. Les yeux s'ouvrirent, le mort-vivant le regarda.

Idruk se retrouva de nouveau en plein air. Une silhouette impérieuse émergea de la brume et se pencha sur les tombes d'un cimetière pour scruter une inscription. Autour d'elle, des dizaines de lords ténébreux masqués étaient rassemblés en un grand cercle, près des monuments.

La voix autoritaire de l'inquisiteur suprême siffla dans l'imagination d'Idruk :

– Lord chambellan Drogus de Marlow, Lord Dæmon d'Alkwin, Lord Graac de Weeert, Lord MacClawen, Lord Bronson, Lady Macbeth...

La brume s'ouvrit pour laisser passer un éminent seigneur.

– Permettez-moi de vous présenter le noble Agobard de Lyon, inquisiteur suprême de France. Aujourd'hui, je dois lancer le début de l'Ultime Persécution. Le secret du grand gardien, le frère Gaufrey, a été découvert. Les plans de l'ordre du Lion rouge ont été mis en échec. Regardez-le, l'Élu est ici avec nous...

Un chœur de rires cruels résonna entre les tombes et la brume des songes revint embuer la vision du jeune alchimiste.

10

Le chemin de Nulle-Part

Une langue gluante se promenait sur la joue d'Idruk et des voix chuchotaient autour de lui. Mais cette fois, ce n'étaient pas celles des lords ténébreux qu'il avait entendues dans ses cauchemars. Kroter lui léchait le visage tandis que Gotwif et Ylke le fixaient comme s'il était une créature étrange. Sa mère s'était munie d'un chandelier dont les bougies brûlaient d'une flamme bleue.

– Mais je suis dans l'escalier. Pourquoi ? questionna-t-il d'une voix ensommeillée.

– C'est justement ce que se demandait Kroter, il y a un moment, répondit dame Maiflower. Et il nous a réveillées toutes les deux pour nous prévenir.

– Tu dois savoir à quel point il peut se montrer insistant quand il a décidé de tirer quelqu'un du sommeil, ajouta Ylke avec une pointe d'agacement.

Idruk supposa que Kroter avait recouru à une de ses méthodes les plus efficaces : bondir sur le dormeur d'une hauteur considérable.

Il fut saisi d'un intense mal de tête. Les images des lords inquisiteurs tournoyaient dans son champ de vision et il entendait la voix implacable de l'inquisiteur suprême d'Angleterre prononcer leurs noms.

– Prends cet horrible antidote de Whylom Plumbeus ! gronda sa mère en lui tendant le flacon d'argent. Oui, je sais déjà ce qu'il ne fallait pas me dire.

Idruk riva son regard bleu sur Ylke qui détourna le sien.

– Et qu'est-ce que j'étais censée faire ? finit-elle par demander.

– Tu as pris la bonne décision, ma chérie, la rassura Gotwif. Ne te laisse pas intimider par cette tête de mule.

– D'accord, Ylke. Je prendrai ça en compte la prochaine fois, dit le garçon avant d'avaler une grande rasade de potion. Pouah !

– Ça va ? s'inquiéta sa mère. Tu as dû passer toute la nuit dans l'escalier...

– J'ai mal à l'épaule, se plaignit Idruk en se relevant. Mais sinon, ça va. Si on laisse de côté mes horribles cauchemars, qui ne sont décidément pas l'affaire des gens indiscrets...

Gotwif était très pâle, et la faible lueur bleue des chandelles masquait ses taches de rousseur, conférant à ses yeux verts un éclat singulier qui effraya le garçon.

– Écoute-moi, mon fils. Tu vas partir pour Nulle-Part avec les Lewander aujourd'hui même ! Et pas de discussion, c'est moi qui commande dans cette maison.

Le ton maternel ne laissait en effet aucune place au débat.

– Et toi ? Tu viens aussi ?

– Je dois rester. Je veux régler certaines choses avant de quitter Wilton, mais j'exige que tu partes sans délai.

– Non ! Nous partons ensemble ou nous restons ici tous les deux !

– Un marché est un marché ! Tu gardes cette horrible baguette en échange de ton obéissance. Un initié doit connaître la règle du Code qui veut qu'un alchimiste respecte la parole donnée, n'est-ce pas ? De toute façon, il n'y a pas matière à contestation. Je suis ta mère et si je te dis que tu pars aujourd'hui avec Maria Lewander et sa famille, tu partiras aujourd'hui, point final.

Dame Maiflower s'approcha de son fils et le prit par les épaules.

– Tu dois m'obéir, mon enfant. Je te promets que je quitterai rapidement Wilton, mais je ne peux pas laisser certains problèmes en suspens...

– Comme ces apparitions par exemple, répliqua Idruk. Tu dis que tu dois rester pour aider ces gens superstitieux ? Ils n'ont rien fait pour nous ! J'ai passé des années à apprendre la leçon, et toi, tu décides de rester ici à attendre Lord Malkmus de Mordred justement pour les aider... Viens avec moi dans l'Ouest ! La Grande Inquisition galope vers le Wiltshire !

– Il est important d'aider les gens. Écoute-moi, ton père est mort précisément en tentant de servir les autres.

– Mon père appartenait à un ordre puissant, rétorqua Idruk en virant au rouge. Et il est mort en accomplissant une mission importante qui affectait de nombreux alchimistes.

Il détestait qu'Ylke assiste à une discussion dont sa mère sortait victorieuse. Pour une obscure raison, il était certain que cela ne pouvait que renforcer l'entêtement croissant dont faisait preuve son amie.

– Aider, c'est aider, Idruk. Peu importe qui...

– La passivité des alchimistes roturiers dépasse les bornes ! Regarde ce Lord Malkmus de Mordred, il peut nous réduire en cendres. J'ai entendu des histoires horribles sur Lord Rubeus DeWar, Lord MacClawen et son épouse, Gudule la jeune. Quant à Lord Brogan et Lord Bronson, ils sont capables de transformer n'importe quel alchimiste en rat ou en bloc de pierre pour l'éternité...

– Ce que tu as entendu m'est complètement égal. Tu pars avec les Lewander, aujourd'hui ! cria Gotwif.

Elle paraissait hors d'elle et Idruk savait qu'elle était capable de lui lancer un puissant sortilège qui le plongerait dans le sommeil pendant des jours.

Une idée géniale lui traversa l'esprit et il conçut immédiatement un nouveau plan.

– D'accord, je pars ! rugit-il.

Et il se dirigea vers sa chambre, essayant de paraître absolument furieux. Sa conjuration pour fermer les portes atteignit une telle intensité que les murs de la maison en tremblèrent. Même Kroter manifesta son indignation.

– En d'autres circonstances, je le transformerais en crapaud et je l'obligerais à faire tout le chemin à quatre pattes, marmonna Gotwif Maiflower.

Le regard d'Ylke étincela. Manifestement, Gotwif était le seul être vivant capable d'imposer sa volonté à son cher et admirable ami.

– Secrets de mères, lui glissa en souriant dame Maiflower, qui avait lu dans ses pensées.

– Vous pourriez vraiment nous transformer en crapauds ou en chats ?

Pendant un instant, Ylke avait oublié les périls qui menaçaient son univers.

– Non. En réalité, je ne saurais pas m'y prendre. C'est plus difficile qu'il n'y paraît et l'opération demande beaucoup d'expérience. Certains arts appartiennent aux ténèbres et les transformations comptent parmi les plus sombres. L'alchimiste qui les pratique doit au moins détruire la vie des créatures dont l'enveloppe accueille le sujet. Et s'il veut atteindre la pleine maîtrise de son art, cette perte doit le laisser indifférent. Il est des pouvoirs qu'il vaut mieux ignorer, ma chère Ylke, mais dans le lieu où tu vas, dans le village d'Hexmade, au cœur de Nulle-Part, tu rencontreras de grands alchimistes de nos lignages et tu assisteras à de grandes merveilles.

Ylke soupira, impatiente d'arriver à la forteresse du Conteur.

– Parlez-moi de cet endroit.

Gotwif lui fit signe de la suivre. Elle claqua des doigts et le feu flamba plus haut dans la cheminée.

– Hexmade se trouve en Hexshire. On ne peut y accéder par aucun des chemins de la terre. C'est la Contrée Secrète, le lieu le plus magique d'Angleterre, protégé par de nombreux enchantements. Il a toujours été fermé. On y trouve la demeure de Luitpirc de Magonia, celui que nous connaissons tous comme le Conteur. En Hexshire résident aussi les lords du Monarque et leurs conseillers les plus proches. Maintenant les portes sont ouvertes pour protéger les nombreux alchimistes dévoués au Grand Roi. Làbas, les ombres n'entrent pas et ce qui te paraît difficile ici te sera aisé.

– Mais comment parviendrons-nous à entrer ? demanda la jeune fille avec inquiétude.

– Il existe plusieurs portes secrètes et des clefs qui arrivent à les ouvrir. Je sais que ta mère parviendra à entrer très rapidement. C'est pour cela que je veux que mon fils parte avec vous ! Je ferai route avec les retardataires. Mais je dois m'arranger pour qu'il quitte la ville le plus tôt possible.

Peu après, Idruk apparut en haut de l'escalier avec sa grande malle. Il portait un manteau de voyage dont il avait bourré les poches intérieures de toutes ses dernières trouvailles.

– Allons-y, nous avons parlé à Maria et tout est arrangé, dit Gotwif en se dirigeant vers la porte.

Idruk lança un regard implacable à Ylke. Elle lui répondit en haussant les épaules, avant de suivre le pas décidé de Gotwif. Pour Idruk, il était clair qu'elle imitait dame Maiflower.

Sorcières, songea-t-il.

– Et Kroter ? demanda-t-il avec dédain.

– Kroter voyagera avec moi.

Idruk se pencha sur l'énorme crapaud et passa la main sur la patte rugueuse de l'animal.

– À bientôt, mon ami.

Il crut voir des larmes briller dans les yeux du batracien. Quoi qu'il en soit, cette décision de sa mère l'intriguait particulièrement, tout autant que l'attitude stoïque de son crapaud. Il était persuadé que tous deux tramaient quelque chose. Son sixième sens familier lui révélait un début de conspiration. Il ne savait que trop bien quels sommets de ruse pouvait atteindre Kroter.

Ils ne tardèrent pas à franchir les limites de Wilton. Un cortège animé et hétéroclite traversait le paysage blanc sous le ciel hivernal. Les alchimistes de passage ou ceux qui quittaient la ville étaient aisément reconnaissables. Mais d'autres fugitifs avaient rassemblé leurs biens les plus précieux et partaient aussi, peu désireux d'attendre la Grande Inquisition.

Dans la foule, ils aperçurent la pesante carriole contenant les effets des Lewander. Elle était horriblement extravagante.

– Tu nous accompagnes ! dit Corgan Lewander en adressant un clin d'œil à Idruk.

– Oui, se borna à répondre le garçon, de mauvaise grâce.

Aiken, Agnès, Vina et Lyte, la benjamine, se balançaient au sommet de l'énorme chariot dont dame Lewander descendit avec impétuosité.

Idruk refusait de faire ses adieux à sa mère. Aiken lui lança un regard réprobateur et le jeune alchimiste fixa l'horizon d'un air têtu. Gotwif semblait blessée, mais l'inquiétude marquait son visage.

Ylke la salua chaleureusement, puis gratifia Idruk d'un bon coup de coude et lui marcha sur le pied au passage.

– Tu pourrais faire un peu attention, s'il te plaît ?

– Ça a fait mal à quelqu'un ? s'étonna Ylke de son ton le plus sarcastique.

Il lui tira la langue.

– De toute façon, c'est ce que tu fais aux autres et tu t'en fiches comme d'une guigne, reprit-elle. Comment peux-tu agir ainsi envers ta mère ? J'ai une petite chose à te dire...

Idruk se retourna vers dame Maiflower qui l'observait avec des yeux tristes.

– C'est bien ce que tu veux ? demanda Idruk. Entendu, je vais obéir. Mais tu sais que je ne veux PAS m'en aller. Et je ne suis PAS NON PLUS d'accord pour que tu restes.

– Ça suffit, je connais déjà ton opinion, répondit Gotwif avec fermeté. Il vaut mieux que vous partiez, chers amis, ajouta-t-elle en s'adressant à Maria.

Celle-ci lui lança un sourire compatissant et coiffa son chapeau de sorcière. Le bord en était particulièrement large et une boucle dorée représentait un corbeau qui pinçait le ruban dans son bec.

Les personnes présentes étaient loin de deviner combien il en coûtait à Idruk de garder cette attitude de gamin entêté. Ni Aiken, ni Ylke et encore moins la redoutable (du moins à son avis) dame Lewander ne pouvaient comprendre ses véritables sentiments. Il avait perdu son père, n'avait pas de frère et sa mère était une sorcière folle qui préférait rester à Wilton et retarder son départ vers la sécurité d'Hexmade. Il était plus que las d'obéir à ses ordres, alors qu'elle se trompait du tout au tout. Il voulait être indépendant, prendre ses propres décisions.

Idruk avait confusément conscience qu'ils se trouvaient exposés à un grand péril et il n'était pas disposé à s'en aller sans sa mère. Personne n'aurait approuvé son plan magnifique, formidable et téméraire. Mais lui, Idruk Maiflower, était déterminé à le mettre en œuvre, même si cela lui valait de courir quelques risques inattendus. Sous peu, il démontrerait à tous qu'il était un alchimiste aussi capable que son père, sinon plus.

Et pendant que toutes ces pensées se bousculaient sous son crâne comme les chauves-souris de Whylom Plumbeus, l'équipage s'ébranla et ils se mirent en route à travers la plaine de Salisbury, en direction de l'ouest.

Ils quittèrent la voie la plus fréquentée et progressèrent dès lors plus rapidement. La ville de Wilton disparut entre les replis blancs du paysage. Lorsqu'ils la perdirent définitivement de vue, les nuages semblèrent sceller plus étroitement l'horizon.

LA FIN DE LA LUMIÈRE

1

Saltus rododendrus

Feignant l'irritation qu'il aurait sans doute éprouvée s'il n'avait eu son propre plan de voyage, Idruk déclara d'un ton maussade, sans regarder qui que ce soit :

– Je préfère me retirer pour lire.

Ylke le foudroya du regard.

– Tu préfères rester là-dedans avec un livre au lieu de regarder le paysage et tu te fiches de rater l'arrivée à Hexmade. C'est bien ça ?

– Oui ! Exactement !

Le jeune alchimiste grimpa par-dessus les malles, à la recherche de la portière qui permettait d'accéder à l'intérieur du véhicule. Aiken esquissa un geste pour le suivre, voulant sans doute discuter des derniers événements seul avec lui. Idruk dut donc fournir un effort supplémentaire pour adopter une attitude encore moins engageante. En réalité, il devait se comporter suffisamment mal pour assurer le bon fonctionnement de son plan. Mais il était fondamental qu'aucun des Lewander ne le suive.

Tout en se faufilant à l'intérieur, Idruk entendit les rires de Lyte et Vina, mêlés à la voix de dame Lewander qui signalait avec admiration la moindre variation dans le paysage.

217

Évidemment, il y avait très, très longtemps qu'elles n'avaient pas quitté Wilton. Une fois à l'intérieur, il se dirigea vers la partie arrière. Une ardeur aventureuse embrasait sa poitrine. Par instants, il rougissait comme un coquelicot en pensant à ce qu'il s'apprêtait à faire. En essayant d'ôter la barre de la porte du fond, il rencontra le premier obstacle : la barre darda sur lui une étrange mâchoire qui se referma sur son doigt.

Idruk réprima un cri de douleur, pendant que le piège grognait entre ses dents. Il tira la baguette d'os héritée de Trogus Soothings, traça un dessin confus dans l'air et posa la pointe sur le cadenas.

Un éclat rouge, un bruit sourd et les mandibules se retrouvèrent par terre, brisées.

Idruk considéra la baguette d'os avec admiration.

– J'y ferai attention à l'avenir, dit-il avec excitation.

Sa main ne trembla pas quand arriva le moment d'ouvrir la porte : la neige fuyait à grande vitesse sous la voiture, laissant un énorme sillage poudreux.

Idruk prit le temps de se remémorer le sortilège. Il s'était souvent entraîné à le pratiquer en se lançant du haut des arbres et son manteau de voyage était le seul accessoire nécessaire. Il se concentra, agrippa les pans de la cape, baissa la tête sur sa poitrine comme une chauve-souris et sauta en prononçant la formule.

– *Saltus rododendrus !*

Son vêtement se remplit d'air et il tomba sur le côté en tournant. Durant un long moment, il eut l'impression que ses roulades ne s'arrêteraient jamais.

Mais le mouvement finit par cesser. Idruk repoussa la cape et tenta de se relever, mais il retomba lourdement. La plaine dansait autour de lui, les arbres changeaient de place en tournoyant, lui donnant la nausée. Un certain temps s'écoula et il parvint enfin à regarder devant lui dans un paysage à peu près stable. Loin, très loin, la silhouette du chariot – demeure provisoire des Lewander – grimpait à toute vitesse le flanc d'une colline blanche, puis disparut après avoir passé le sommet.

Idruk se remit debout et, titubant comme un ivrogne perdu dans la neige, il entreprit dans cet univers glacial le trajet solitaire qui le ramènerait à Wilton.

2

La maison abandonnée

L a nuit s'annonçait. Idruk était parvenu à franchir de justesse les portes de Wilton, au milieu d'une foule de paysans qui cherchaient refuge dans la cité. En arpentant les ruelles, il avait eu la sensation que son monde avait disparu. Le froid s'était intensifié. La présence de la Grande Inquisition semblait imprégner l'air. Son rituel d'initiation et son rêve dans le Haut Royaume, tout comme les mystérieuses paroles de la Reine, avaient multiplié les questions sans réponse. Lorsqu'il atteignit sa maison, il y pénétra avec discrétion. Elle paraissait abandonnée, et il remarqua immédiatement qu'il s'était passé quelque chose.

Au premier étage, il grimpa jusqu'à l'espace dissimulé sous le faîtage pointu. Un fenestron ouvrait sur les toits délabrés et enneigés de Wilton ; la vue qu'il lui offrait le réconforta. Le crépuscule jetait un étonnant éclat ardent sur la neige. Le soleil était parvenu à se frayer un passage entre des tourbillons de nuées noires. Les gros nuages paraissaient brodés de fils d'or. L'astre déclinant passait sous eux comme une sorte d'immense œil clignotant. L'éclat du soleil le fascinait tant qu'il ne put s'empêcher de le regarder directement. Sa mère lui avait interdit cet exercice des centaines de fois en lui répétant qu'il n'arriverait qu'à s'aveugler peu à peu.

Il lui sembla que le feu pénétrait son esprit. D'un tourbillon rouge surgit un gigantesque oiseau environné de flammes, au regard plus ardent que celui d'un dragon. Son plumage de feu se déploya comme un incendie dans une forêt frappée de sécheresse et le monde entier se transforma en fournaise.

Idruk s'interrogeait sur le sens de ce phénomène. En fixant le soleil directement, loin de ressentir la moindre douleur ou d'être aveuglé, il croyait découvrir la créature flamboyante dont parlaient les énigmes de la Reine. « Soleil », « Feu », « Phénix »... Ces mots étaient-ils la clef d'une nouvelle charade alchimique ? Ses maigres connaissances en la matière lui permettaient au moins de comprendre qu'il existait entre eux un lien puissant.

En parcourant la chambre du regard, le garçon se découvrit la capacité de distinguer tous les êtres vivants qui s'activaient impunément dans les ténèbres. Il voyait des insectes forant l'intérieur des poutres, des nids de rats qu'il décida de ne pas déranger, des chauves-souris installées entre les tuiles et qui, à cette heure, commençaient à se réveiller, voletant çà et là. Ces dernières lui rappelaient de mauvais souvenirs, il regarda machinalement la morsure du petit vampire.

Les chauves-souris possédaient la capacité de voler habilement malgré leur cécité. Par ailleurs, en fixant le soleil, Idruk acquérait le pouvoir de discerner toutes les bestioles vivant dans les ténèbres. Sans parvenir à le préciser, il pressentait un lien entre ces deux éléments. C'était comme si le soleil, à l'instar des chauves-souris, le dotait de l'étrange faculté de percevoir ce qui restait normalement hors de portée. Décidément, cette idée le mettait mal à l'aise : il n'aimait pas penser à cette similitude entre sa vision et celle des chauves-souris. Plus encore, cette capacité à détecter leur sang brillant et palpitant à l'intérieur de leurs corps, à percevoir leurs pensées, voire à diriger leurs déplacements, le plongeait dans un état très singulier.

Était-ce ou non une conséquence de cette morsure de vampire qui avait laissé une cicatrice sur sa main ? La question restait en suspens. En revanche, il avait la conviction de devoir garder le silence sur ce mystérieux pouvoir et décida de ne pas en parler à sa mère.

Toutes les puissances magiques associées au sang détenaient une force formidable, mais étaient aussi étranges et imprévisibles. À l'insu de sa mère, il avait parcouru des livres interdits, ceux qui l'intéressaient vraiment, et certains parlaient du sang des alchimistes et des sorciers. Tout en attendant le retour de dame Maiflower, il ne pouvait s'empêcher de réfléchir à tous ces sujets.

Idruk s'approcha d'un miroir terni, caché parmi d'autres vieilleries protégées par des tissus poussiéreux, et observa son reflet. Son visage s'était allongé, ses cheveux avaient poussé. Évolution moins visible, ses préoccupations tenaient maintenant presque de l'obsession. Il ne se conformait plus aux avis de sa mère et était persuadé que violer les règles strictes qui l'avaient mortifié tout au long de son enfance de sorcier se révélait tout à fait payant.

Inquiété par l'heure tardive, il descendit dans la salle à manger avec pour bagage un sac imperméable en peau de taupe. L'éclat du maigre feu crépitant dans la cheminée faisait danser des reflets fantomatiques sur les murs. L'absence de sa mère devenait vraiment préoccupante.

Le temps s'écoula et, pendant qu'il fixait les flammes, une prémonition l'envahit, de plus en plus précise. Un danger extérieur surgissait avec l'arrivée de la nuit, un visiteur dans les confins du monde. Il ne savait pas pourquoi, mais quelque chose avait changé dans l'air de Wilton.

Il se souvint du sang palpitant des chauves-souris et se rendit compte qu'une autre ombre guettait la ville entière. Les visions de ses terribles rêves lui revinrent à l'esprit. À ce moment, un affreux pressentiment le frappa. Pourquoi Kroter n'était-il pas dans la maison ?

Il était temps d'agir.

Idruk se glissa discrètement dans la cuisine et coiffa un des chapeaux d'alchimiste les plus dépenaillés. Bord large, sommet cassé, le couvre-chef était orné d'une grenouille en plomb dont la bouche se refermait sur le ruban, où était fichée une plume de coq.

Devant l'unique porte qui donnait sur la rue, il caressa la poignée de pierre qui résista. Finalement, il lança un contre-sortilège et accomplit un acte qui lui avait été formellement interdit depuis de nombreuses années : sortir seul de la maison au crépuscule.

La porte céda à regret, continuant à opposer une certaine résistance aux ordres du jeune alchimiste. Idruk eut l'impression qu'à l'intérieur du bois, une centaine de voix proféraient des malédictions, grognaient et protestaient contre son sortilège.

Couvert du plus vieux manteau qu'il ait pu dénicher, il se lança dans le monde gelé à la recherche de sa mère.

3

Incubus

Après la découverte du meurtre de frère Gaufrey, les lords ténébreux avaient atteint leur premier objectif : terroriser la ville de Londres. Il n'y avait ni auberge ni maison où l'on ne débatte de l'étrange événement. Les inquisiteurs s'étaient chargés de répandre l'histoire : un moine avait été assassiné par un de ses frères, lequel était possédé par le démon, comme le prouvait le pacte signé avec du sang sur les murs des cuisines.

Le lord chancelier Ranulf de Flambard participa à une réunion du Conseil royal et obtint l'autorisation d'unifier l'armée des lords afin de lancer une vaste chasse aux sorcières. Le motif en fut exposé dans la plus grande urgence. À la mort de Gaufrey, un avertissement du même démon était apparu, une menace contre les maîtres d'Angleterre. S'ils ne débusquaient pas l'incube qui s'apprêtait à naître au sein du peuple anglo-saxon, une grande malédiction s'abattrait sur le royaume et surtout sur son souverain, Guillaume le Roux.

Guillaume accepta la demande de son conseiller et Ranulf de Flambard remit les ordres scellés à l'inquisiteur suprême, Lord Malkmus de Mordred. Peu de temps après, les forces rassemblées de chacun des lords inquisiteurs reçurent le renfort d'un grand contingent recruté à Durham et payé par les caisses de l'archevêque de Canterbury. Celui-ci s'était précédemment chargé de faire appeler Luitpirc, grand maître de la loge des alchimistes de Wilton, à Westminster, afin de le capturer.

La mort de Gaufrey avait été accompagnée de l'apparition d'une série d'énigmes et de codes. Mais Luitpirc avait peut-être découvert le secret convoité, le code que détenait Gaufrey, grand gardien de l'ordre du Lion rouge. Les membres de la Chambre des lords, véritables instigateurs du crime, décidèrent de lancer leur chasse vers l'ouest, vers Wilton, la ville la plus importante du Wiltshire.

La Grande Inquisition quitta Londres par la forêt de Windsor pour traquer l'*incubus*. Il était la clef du secret, comme l'avaient conclu les inquisiteurs après leurs investigations. Mais contrairement à ce qu'ils avaient fait croire au peuple superstitieux et surtout aux autorités, celui qu'annonçaient les prophéties de l'ordre du Lion rouge n'était pas un fils du démon, mais était né d'un alchimiste ou d'une sorcière. L'Élu serait le seul capable de s'emparer de la pierre philosophale et de toucher la couronne de fer qui gisait dans sa prison souterraine de la Tour de Londres.

Le grand inquisiteur, l'omniprésent Lord Malkmus de Mordred au visage inconnu, envoya une lettre de sa vile écriture, cachetée à la cire, afin de divulguer l'avertissement le plus étrange que l'on ait entendu dans les cours anglaises depuis le début du siècle. « Que les lords normands prennent garde au peuple anglo-saxon, si proche de la sorcellerie, car un enfant incube doit naître après l'équinoxe de mars et la première pointe du Bélier. En seulement trente-trois jours, il aura la taille et l'aspect d'un garçon de quatorze ans. » La nouvelle ne fut guère bien reçue par ses destinataires, les lords normands étant déjà assez superstitieux.

Peu de temps après, une autre lettre était arrivée à Wilton, porteuse d'un avertissement pour Robert de Wairhan, comte de Wiltshire. Il y était dit que « le cercle maudit de sa cité devait être franchi par la Grande Inquisition et qu'il s'agissait d'une question d'une importance capitale pour la sécurité publique de l'Angleterre, car c'est en cette ville que l'enfant incube naîtra d'une sorcière veuve et que le nouveau-né atteindra la taille d'un garçon de quatorze ans ». La missive précisait aussi que « toute action destinée à empêcher sa capture sera considérée comme une provocation et une rébellion contre la Paix du Roi ».

Lord Robert, violent de nature et peu favorable au lord chancelier, avait froissé le papier sacré de ses grosses pattes semblables à des mitaines de fer, plus habituées aux gardes de lourdes épées qu'aux requêtes des fonctionnaires comploteurs de Sa Majesté, et l'avait lancé au feu. Il avait demandé aux témoins terrorisés présents dans sa cour provinciale qui était plus digne d'être accusé de sorcellerie que ce maudit grand inquisiteur, et si ce monstrueux bébé naîtrait avec une tête de loup ou une queue de bœuf. Il avait ensuite poussé un terrible éclat de rire en fixant les flammes d'un air triomphant.

Lord Robert était persuadé que tout cela n'était qu'un artifice du cupide Guillaume pour mieux décompter les biens du trésor de Wilton, une des villes les plus prospères du Wessex. Ce type de comportement de la part d'un souverain l'écœurait, et il gardait en mémoire la grande rapacité de Guillaume le Conquérant, le père du roi actuel.

Cependant, le papier ne se consuma pas dans les hautes flammes de l'âtre, mais fut saisi par un souffle d'air chaud et recraché sur les grandes dalles qui pavaient la salle, tel un défi ou un avertissement.

Des murmures inquiets emplirent la vaste pièce et l'on s'écarta du feu. Les demoiselles se signèrent et la majeure partie des assistants attribua le prodige à la marque divine qui imprégnait le parchemin. Tous fixèrent Lord Robert d'un œil méfiant et effrayé, craignant que son obstination à contredire les ordres de la Grande Inquisition de Guillaume le Roux n'attire la ruine sur la prospère Wilton.

Le comte s'approcha lentement, se pencha et referma le poing sur le parchemin froissé. Contenant sa rage à grand-peine, il s'adressa à ses invités :

– N'est-ce pas une preuve de haute sorcellerie ?

Plusieurs hauts fonctionnaires froncèrent les sourcils et une ou deux dames se pâmèrent, au milieu de la stupeur générale.

Les rumeurs les plus superstitieuses couraient dans les tavernes de Wilton et des environs. « L'incube de Wilton » devint aussi populaire qu'il était invisible. On plaisantait sur le sujet, mais la situation prit un tour effrayant lorsqu'on apprit que les hommes de la Grande Inquisition sillonnaient la région et se rapprochaient de Wilton. De nombreux fugitifs couraient les chemins et toutes sortes d'étrangers bizarres entraient dans la ville. On disait que la plaine grouillait de créatures singulières fuyant l'avancée de l'armée. Les gens ordinaires cherchaient à échapper au sac et au décompte des biens exigé par Guillaume le Roux, mais on parlait d'événements encore plus étranges. Plusieurs gardes forestiers affirmaient avoir vu des arbres partir en direction de l'ouest. D'autres disaient que le hurlement des meutes de loups se faisait plus sauvage et intense, et l'on découvrit plusieurs vaches mordues par des mâchoires de fauves d'une taille bien supérieure à celles des plus grands loups connus. Démons, sorcières, alchimistes, lycanthropes... À mesure que la Grande Inquisition redoublait ses efforts pour éradiquer ses ennemis fantomatiques et intangibles, tous paraissaient reprendre vie dans l'imagination du peuple anglo-saxon.

On disait que Lord Malkmus se passait de procès et éliminait tous les suspects. Les inquisiteurs marquaient les prisonniers de leurs fers ardents, dressaient leurs bûchers dans les faubourgs des villes et sur les places des villages. Des centaines de femmes, accusées d'être des sorcières ou d'avoir enfanté de monstrueux *incubus*, mouraient noyées dans de grosses barriques, où on les soumettait à l'« épreuve de l'eau ».

Enfin, on tenait pour certain que la Grande Inquisition avait décrété la destruction complète d'un charmant hameau, situé dans les bois épais qui s'étendaient entre Malmesbury et les collines de Hæely. L'exécution de Kingston déclencha une telle fureur chez Lord Robert qu'il décida de s'opposer dans la mesure du possible aux actions de Lord Malkmus de Mordred. Il envoya donc une missive au roi d'Angleterre en personne.

Mais malgré la ferme opposition de Wilton aux exigences de la Grande Inquisition soutenue par le ténébreux Lord Malkmus, ces derniers jours, les équipages noirs se rapprochaient après avoir parcouru les contrées du Berkshire et la vallée de Berkeley. Peu de temps avant, ils avaient décrété que le bois de Groueley abritait trop de sorciers proscrits et que Combert, le village voisin, devait être jugé pour haute trahison. Son territoire entier fut déclaré maudit car il s'y déroulait toutes sortes d'extraordinaires pratiques magiques. Comme il était impossible selon eux d'identifier tous les sorciers et les sorcières, le village serait brûlé et réduit à l'état de cendres fumantes.

Aussitôt dit, aussitôt fait.

Plusieurs nuits de suite, une gigantesque fournaise brûla à Groueley.

Depuis les hautes tours de guet du château comtal de Wilton, on pouvait apercevoir les épouvantables lueurs qui semblaient jaillir de la gueule de dragons. Des dragons qui sillonnaient les plaines du Wiltshire, à la recherche de la confluence des fleuves.

Mais l'*incubus* restait toujours invisible.

Peu à peu, d'autres villages subirent le même sort que Kingston et Combert. Lord Robert n'aspirait plus qu'à ce qu'ils capturent enfin ce mystérieux incube et laissent en paix la contrée du Wiltshire. La « sentence du feu », consignée par la Chambre des lords dans le *Tractatum de Draconibus 1099*, était de plus en plus souvent appliquée à des populations entières.

Un grand nombre d'habitants de Kingston, Combert, Withford et Langford avaient réussi à fuir avec une partie de leurs biens et étaient certains de trouver refuge à Wilton, comme tant d'autres infortunés accusés de sorcellerie, de pratiques magiques ou d'avoir volé le roi.

On disait que l'anneau des murailles de Wilton, tel un cercle de pierre, avait protégé sa ville bigarrée aux antiques demeures des invasions vikings et de divers périls. Son comte, Robert de Wairhan, un Normand, avait retardé à plusieurs reprises l'arrivée de la chasse de l'Inquisition. Mais l'armée de l'inquisiteur suprême semblait implacable. Cette fois, personne ne pouvait avoir de certitude sur l'issue des événements.

Ce même jour, les messagers laissèrent clairement entendre que la Grande Inquisition se disposait à s'établir à Wilton pour la nuit, finalement convaincue que le vil *incubus* recherché se trouvait, sans l'ombre d'un doute, dans quelque recoin de la plus grande ville du Wiltshire.

4

Le visiteur du crépuscule

Pendant que la Grande Inquisition s'approchait de Wilton et s'apprêtait à y pénétrer au cours de la nuit, Idruk abandonnait sa maison et se glissait dans la ruelle puante.

Personne ne soupçonnait que ces pierres marquaient l'entrée d'une habitation, aussi les ordures s'y accumulaient. Quelques énormes chats s'écartèrent en le regardant fixement, comme s'ils connaissaient ses projets. Derrière lui, la porte disparut avec un frémissement et se transforma de nouveau en un tas de briques moisies.

Du fond de l'obscure venelle aux murs noircis, il voyait très haut un plafond de nuages gris tourmentés qui masquaient le crépuscule.

Le garçon tourna au coin de l'allée et se fondit dans la foule bruyante qui circulait dans une des rues adjacentes. Les tavernes étaient bondées de voyageurs qui tendaient leurs paumes glacées aux flammes. Il croyait dur comme fer aux informations de la Main Invisible lorsqu'elle évoquait les ravages de la sacro-sainte Grande Inquisition de Guillaume le Roux dans l'ouest du Wessex. Idruk croisa quelques gardes forestiers ivres, un très gros moine chevauchant un poney qui mastiquait une

231

pomme, quelques soldats et des dizaines de paysans. Parmi ceux-ci, quelques-uns quittaient le marché, remorquant au bout de cordes des porcs bruyants de toutes tailles.

Plus loin, Idruk passa devant quelques auberges au sol jonché de paille, bondées de buveurs de bière qui partageaient leurs gains et leurs péripéties de la journée, animés par la saveur de la boisson. Il aurait aimé prendre le temps de dérober un chausson fourré au bœuf et aux oignons, mais l'urgence l'emporta sur l'appétit insatiable qui semblait l'avoir saisi ces derniers mois, quelle que soit la quantité de nourriture absorbée.

Alors que les ombres descendaient et s'allongeaient, le jeune alchimiste atteignit le marché. Idruk n'avait jamais compris pourquoi sa mère lui interdisait avec autant d'insistance de circuler la nuit. En revanche, il était conscient qu'en temps de persécution, les alchimistes des lignages inférieurs étaient condamnés à fuir l'obscurité, comme si un nouveau règne s'était étendu sur l'ombre depuis que la pierre du Monarque avait été détruite.

Quand il regarda autour de lui, il était seul à l'endroit où s'était tenu le marché. Abondamment piétinée, la neige craquante s'était transformée en boue gelée. Le profil sombre de quelques bâtisses se découpait contre le ciel noir, les mille mains de l'obscurité étaient à l'affût tout autour. L'air glacial lui rappelait que cette heure n'était pas la sienne. Vers le sud-ouest, il découvrit le sommet de Clearbury, la colline du Mauvais-Temps ; d'épaisses mèches brumeuses s'enroulaient autour de ses hauts contreforts couverts de hêtres. En bon habitant du Wiltshire, Idruk savait que cette configuration du ciel ne pouvait signifier qu'une chose : une tempête de neige approchait.

Il se dirigea vers les lieux où sa mère mettait en vente ses bouquets d'herbes, si efficaces pour soigner les animaux. Dans cette partie de la ville, on ne trouvait pas de maisons de pierre, mais de simples cahutes de boue, de bois et de chaume, au sol couvert de paille, une cheminée en leur centre. Elles protégeaient tant bien que mal le peu de choses que détenaient les pauvres pour survivre au jour le jour. Un charcutier, un rémouleur et un boucher rangeaient leur étal et s'apprêtaient à partir, pendant que les bourreliers achevaient de conclure une affaire avec quelques soldats.

Idruk commença à s'inquiéter sérieusement.

Un des bourreliers lui lança un regard torve. Tout en ayant l'air de satisfaire les demandes des soldats, il ne cessait de surveiller le garçon, craignant peut-être qu'il ne fût un voleur prêt à tout.

Indécis, Idruk se cacha et tenta de saisir leur conversation.

– Que peut-on dire de tout ça, Harold ? demanda un des soldats. Tu sais bien que même l'entêtement de Lord Robert ne pourra pas empêcher la Grande Inquisition de finir par entrer dans Wilton. Il paraît qu'ils seront aux portes de la ville dès aujourd'hui.

– C'est pour cela que tant de gens partent, reconnut le bourrelier.

– Tu veux que je te dise, Stenpeck ? De toute façon, ça me paraît une bonne chose d'en finir avec tous ces sorciers et ces gens bizarres de la campagne.

– Mais l'Inquisition ne se contente pas de vouloir régler ses problèmes avec les hérétiques et les proscrits. Tu sais bien que ce n'est qu'une ruse pour réviser les impôts que tous les recoins d'Angleterre doivent payer. Tu aurais dû

voir la tête de Lord Robert quand on lui a dit qu'ils visite-
raient Wilton !

Idruk n'eut pas le temps de prêter attention aux plaisanteries de ces ignorants. Au moment où les commentaires tournaient à la fadaise, une sensation étrange s'empara de lui...
Quelque chose semblait tirer sur le pan de sa tunique de laine.
Ou peut-être l'avait-il accrochée quelque part ? Peu importe,
cette impression le poussa à se retourner et à regarder en
direction de l'ouest.

Là, au milieu de la longue ruelle peu à peu envahie par les
ténèbres, Idruk perçut l'arrivée d'une apparition.

Le monde semblait arrêté, sa rumeur habituelle s'était tue,
le garçon n'était plus sensible qu'aux manifestations de
l'univers magique. Un bruit extraordinaire se fit entendre :
on eût dit qu'un oiseau immense et pesant venait de toucher
terre. Puis Idruk eut l'impression qu'une ombre avançait
vers lui.

Un froid étrange le saisit. Il explora la pénombre du regard
et, grâce à sa perception de la lumière crépusculaire, distingua une silhouette qui ne dégageait aucune chaleur et se
déplaçait dans sa direction. Toutes les choses vivantes,
jusqu'aux plus petites, aux plus imperceptibles, fuyaient,
encadrant l'avancée de l'ombre sinistre et impénétrable. Rats,
chats, chouettes, chauves-souris, scarabées... Tous ces corps,
pullulant en un fourmillement rougeâtre, s'éloignaient de
cette... présence. Idruk n'avait pas trouvé d'autre terme pour
définir ce qu'il voyait... *sans le voir*. Son pouvoir naissant lui
permettait de percevoir ce qui n'était pas là, ce qui ne pouvait
pas exister, mais qui cependant ÉTAIT.

Le mort-vivant venait à lui.

Le cœur d'Idruk s'emballait, mille pensées tourbillonnaient dans son esprit. Toutefois, il revint à la réalité en découvrant rapidement que le bourrelier soupçonneux s'était beaucoup rapproché... Trop, en vérité !

L'homme lança sa grosse patte et saisit le garçon par sa tunique comme s'il essayait de capturer une grenouille dans une mare. La capuche céda et la chevelure de cuivre emmêlée et frisée d'Idruk apparut. Son visage effrayé couvert de taches de rousseur surprit la brute. Le bourrelier fourragea dans sa barbe hirsute de sa main libre tout en fixant l'adolescent d'un air méfiant.

– Qu'est-ce que je vous disais, les gars ? C'est un de ces voleurs ! C'est pour récolter ça que nous ouvrons les portes ? Ou alors c'est un de ces maudits sorciers aux cheveux rouges !

Le regard épouvanté de son prisonnier lui arracha un sourire satisfait. En même temps, les autres s'approchèrent pour examiner l'étrange créature de plus près. La mine arrogante, ils se penchaient sur la proie de leur compagnon avec la même indifférence que celle d'un chasseur envers les souffrances de l'animal qui vient d'être pris dans un piège.

Une vague de chaleur intense traversa le corps d'Idruk, et en un éclair, il sut qu'il n'y avait aucune compréhension à espérer de leur part. La stupidité de ce bourrelier fanatique pouvait lui coûter cher si l'homme décidait de le remettre aux soldats de Lord Robert. Des reflets rouges apparurent dans le regard du jeune alchimiste qui se fit glacial. Son visage afficha une implacable détermination. En quelques secondes, pendant que la grosse main de son ennemi agrippait son épaisse chevelure rousse, l'adolescent devint un homme.

– Sieur Stenpeck, je vous prie de me lâcher, dit doucement Idruk, mâchoires serrées.

Le visage du bourrelier se plissa. Il ouvrit de grands yeux en percevant le ton menaçant du jeune homme. Comment savait-il son nom ? Si le garçon était vraiment un sorcier, il était en mesure d'user de ses pouvoirs pour lui lancer une malédiction. Mais Stenpeck n'avait certainement pas l'intention de céder devant un gamin ! Resserrant sa prise sur la chevelure flamboyante, il secoua violemment son prisonnier, déclenchant les rires des soldats.

Idruk restait conscient de l'approche de la créature ; elle n'était plus très loin, humait l'air.

La pénombre s'accentuait.

Si Idruk ne voyait pas d'inconvénient à subir la stupidité de ces hommes, ils lui faisaient perdre en revanche un temps précieux. Il devait s'enfuir au plus tôt.

À cet instant, la nuit se fit.

Ils semblaient environnés d'un brouillard dense couronné d'une évanescente lueur dorée. En persistant à retenir Idruk par les cheveux, le bourrelier courait un risque bien plus grand qu'il ne l'imaginait.

Les autres hommes ne pouvaient pas la voir, mais le jeune alchimiste, oui.

L'apparition avait déjà atteint une des maisons voisines, à l'entrée de la ruelle. Le bourrelier contempla le halo, sentit une chaleur entre ses doigts. Puis un froid glacial jaillit de la brume sombre.

Quelque chose s'abattit sur eux comme la foudre. Idruk entendit des voix étranges prononcer des malédictions dans les ténèbres, entrevit deux yeux rouges comme des éclairs

236

ardents et quelque chose qui évoquait les ailes d'une immense chauve-souris.

Un rayon traversa son corps, lui infligeant une rude secousse, et frappa l'homme qui le tenait par les cheveux.

Ensuite, l'adolescent se retourna et détala aussi vite que le lui permettaient ses jambes flageolantes. Il fit le tour de quelques maisons dont les habitants se montraient à la fenêtre et s'engagea dans la rue suivante, zigzaguant entre les passants. Sa destination était le seul lieu où il pourrait attendre en sécurité le moment de repartir à la recherche de sa mère : le Cygne-Noir, l'auberge des alchimistes nobles de Wilton.

Les soldats témoins de l'extraordinaire événement ne virent que la chute brutale du bourrelier qui tomba comme s'il avait été poignardé. Deux d'entre eux se lancèrent à la poursuite du fuyard, pendant que deux autres et quelques curieux entouraient le blessé. À cet instant, une vieille femme s'approcha et palpa le corps de l'homme, toujours inconscient.

– Il ne porte aucune blessure, dit-elle d'une voix plaintive. Mais regardez ses yeux !

Effectivement, lorsque les soldats et les autres passants se penchèrent au-dessus de l'homme, ils découvrirent avec horreur que ses yeux semblaient injectés de sang. L'iris droit avait viré au rouge, telle une braise qui se consumerait sourdement.

– C'est l'œuvre d'un sorcier ! affirma la femme en se reculant.

Les autres s'éloignèrent lentement, effrayés par ce détail insolite.

– Dites-moi, les bourreliers, vous êtes ses compagnons, n'est-ce pas ? demanda l'un des soldats. Emportez cet homme chez lui, allez quérir un médecin et faites venir un de ces moines qui vivent près de la chapelle du château. Allez chercher les chevaux. Nous n'avons pas de temps à perdre. Nous devons retrouver ce sorcier et le mettre à disposition de l'Inquisition.

5

Deux apparitions et un mort

Idruk galopait de toutes ses forces dans les ruelles glissantes pavées de glace. Il tournait au coin des rues à une allure vertigineuse, sautait par-dessus les obstacles qui se dressaient sur son chemin. Haletant, il recherchait un endroit précis, l'entrée enchantée qui conduisait à l'unique rue de la ville dont l'accès était réservé aux alchimistes nobles de Wilton.

Derrière lui, il entendait des voix, le martèlement pesant de la course de ses poursuivants. Un regard furtif par-dessus son épaule lui montra que les soldats se rapprochaient. Même s'il était plus rapide, il commençait à s'épuiser. Mais le but était proche, il ne devait pas perdre espoir. Il passa sous une série d'arches de pierre, compta trois rues à droite et prit la suivante à gauche.

Un de ses poursuivants était vraiment sur ses talons. L'homme dégaina péniblement un couteau de chasse et sourit en constatant que sa proie serait bientôt à sa portée. On eût dit un chasseur sur la piste d'un cerf blessé.

Sans crier gare, Idruk vira dans une ruelle transversale.

Le soldat se rapprocha encore, mais quelque chose croisa son chemin, il trébucha et effectua une chute spectaculaire. Idruk entendit un cri de douleur déchirant et s'arrêta, haletant, les mains posées sur les genoux. La situation était pire que ce qu'il avait d'abord imaginé. L'homme s'était grièvement blessé en tombant sur son propre couteau. La coupure paraissait profonde. Idruk regarda la silhouette avec attention. Quelques misérables lampes à huile éclairaient à grand-peine l'entrée de la rue. Des passants s'approchaient pour secourir le blessé. À ce moment, le jeune homme eut l'impression que le couteau se déplaçait de manière inexplicable et s'éloignait du soldat blessé, comme si quelqu'un lui avait donné un coup de pied. Mais qui aurait pu faire une chose pareille ?

Sous les yeux d'Idruk, le sang se mit à briller avec intensité, comme s'il était imprégné de feu. Il recula de quelques pas. Puis il perçut de nouveau la proximité de la mystérieuse apparition, tourna les talons et reprit sa course.

Le jeune homme arriva enfin devant une poignée de fer aux motifs complexes, où était accroché un blason sculpté. Une tête de lion crasseuse entourée par d'étranges symboles apparemment sans intérêt.

Mais Idruk savait qu'il s'agissait de plus que cela.

Il s'approcha du mur et le tâta du bout des doigts.

Il essaya de se souvenir de la question...

Dans son esprit, il ne semblait y avoir de place que pour la terreur qui le poursuivait et pour son devoir envers sa mère... De toute évidence, il lui était arrivé quelque chose et sans doute rien de bon. Il se souvint alors de sa première visite dans cet endroit, longtemps auparavant. Sa mère le tenait par la main et ses beaux yeux en amande souriaient en permanence. Gotwif s'était approchée, avait cherché une rainure entre les pierres sales et...

240

« Seul le sorcier avance là où le sot regarde », avait-elle dit.

Il entendit le murmure caverneux du sortilège qui gardait la porte :

– Ouvre le mot, entre.

Mais la porte demeura fermée. En réalité, il devait trouver la solution de l'énigme. Pour pénétrer dans la rue Ensorcelée il fallait toujours résoudre une charade simple qui changeait à chaque occasion...

Idruk s'efforça de se concentrer.

Un froid spectral commença à lui ronger les os. Il marmonnait, énonçant des pensées désordonnées qui filtraient entre ses lèvres transies, accompagnées d'une vapeur glaciale... L'apparition se rapprochait une fois encore. Il s'interdit de se poser des questions ou de penser à son poursuivant. Les ténèbres envahirent la rue. La déflagration d'un éclair lui permit d'apercevoir le profil des toits qui délimitait un morceau de ciel nocturne.

– Ertne ! s'exclama Idruk.

Ouvrir le mot ne pouvait que signifier changer l'ordre des lettres pour trouver que « entre » contenait « ertne », le nom de la sorcière qui avait fondé la rue Ensorcelée voilà plus de cent ans.

C'était la solution... Comment avait-il pu mettre si longtemps à comprendre ? « Ouvre le mot, entre. » De fait, on ne pouvait pas faire plus simple. Bien sûr, les enchantements qui protégeaient la rue n'étaient guère puissants et l'accès en était plutôt aisé, mais c'était la première fois qu'il y venait seul.

Les pierres pesantes du pan de maçonnerie pivotèrent en grinçant. Une rainure se dessina sur la vaste surface rugueuse.

Idruk passa la main dans une ouverture qui ressemblait à une gueule de lion et saisit la langue de pierre. À ce moment, les énormes blocs s'affaissèrent sur eux-mêmes et se replièrent, dégageant un long tunnel humide. Quelques rats détalèrent en entendant les pas précipités d'Idruk. Il regarda avec angoisse les portes se refermer, le séparant de l'obscurité glaciale qui imprégnait l'air de l'autre côté.

La rue Ensorcelée partait de la voûte de l'entrée. Les murs de quelques maisons sinistres aux vitres serties de plomb s'élevaient de part et d'autre. L'alignement des façades était rompu par des ruelles adjacentes qui se perdaient dans le noir. Dégagé et ponctué d'étoiles lumineuses, le ciel s'étirait entre les toits. Les lampes aux flammes bleues projetaient des cercles de lumière au pied des murs.

Cependant, à mesure qu'il avançait, Idruk sentait une étrange menace flotter dans l'air. Quelques visages se montraient aux fenêtres, mais quand il les regardait, les gens se dissimulaient derrière les rideaux, baissaient les lumières. Cependant, ils continuaient à l'espionner, tapis dans l'ombre, et il voyait étinceler leurs yeux entre les plis du tissu. Lorsque le garçon s'approcha d'une des fameuses boutiques où se vendaient les ingrédients pour potions, le sorcier ferma la porte, lui faisant clairement comprendre qu'il n'était pas le bienvenu. La rue était peu fréquentée et semblait abandonnée.

Seuls les alchimistes des maisons nobles pouvaient vivre en ce lieu. Toutefois, ceux de Wilton n'avaient pas une attitude trop agressive envers les lignages inférieurs, malgré la pression de Lord Malkmus de Mordred qui forçait les alchimistes roturiers à s'installer chaque fois plus loin du cœur des cités.

242

Le jeune homme se demanda brusquement s'il avait choisi le refuge idéal.

Un étrange sentiment de méfiance lui effleura la nuque. Il accéléra le pas. Maintenant, les ombres des alchimistes et des sorcières qui chargeaient des chariots avec leurs possessions s'activaient autour de lui. Un bon nombre avait déjà quitté la ville et bien d'autres se dirigeaient vers la sortie de la rue, formant une file silencieuse. Idruk tourna le coin d'une ruelle, se dérobant aux regards curieux, et coiffa son chapeau à large bord. Cela parut suffire à le protéger des indiscrétions. Une fois qu'il s'éloigna de l'entrée, sa présence n'attira plus l'attention.

Le Cygne-Noir finit par apparaître. Cette grande auberge offrait le gîte à la majeure partie des étrangers respectables qui passaient par Wilton. Des volets rendaient les fenêtres aveugles en permanence, afin d'assurer une plus grande intimité au lieu. Idruk arriva sur le seuil, saisit la poignée en forme de serpent et poussa. Un couloir conduisait à l'entrée dont le comptoir était vide, exception faite d'un énorme chat noir qui le fixait de ses grands yeux verts. Derrière, une oie empaillée étendait ses ailes au-dessus d'une impressionnante collection de barriques de bière.

Dans la faible lueur qui émanait de quelques énormes chandeliers, Idruk remarqua l'entrée d'un long couloir sur la droite. La lumière dorée qui tombait des fenestrons ronds ouverts dans le mur provenait de la grande salle de l'auberge. Idruk était convaincu que celle-ci était le meilleur endroit pour recueillir des nouvelles clandestines, mais jusque-là, il avait dû se contenter de son parchemin de la Main Invisible, l'héritage de frère Gaufrey.

L'image des yeux en amande de sa mère lui apparut brièvement et son cœur s'emballa une fois encore. Grilwars, un des assistants du maître de l'auberge, arriva sur ces entrefaites. Il avait l'allure caractéristique des natifs du mystérieux comté de Gwynedd. Dans son visage allongé, ses yeux bleus peinaient à distinguer Idruk à travers un rideau de cheveux graisseux. Il paraissait accablé par ses tâches, voire anxieux. Idruk s'apprêtait à ouvrir la bouche, mais fut interrompu par le brouhaha qui s'élevait derrière la porte de la grande salle. Elle s'ouvrit devant quelques lutins tapageurs, à l'aspect singulier, qui grimpèrent bruyamment l'escalier.

– Écoute, tu ne devrais pas te trouver ici... Dis-moi vite ce que tu veux, il faut que je reparte servir la bière.

– J'ai l'impression qu'il y a beaucoup de lutins en ville, non ?

– Beaucoup ? Ce n'est rien de le dire. Je ne sais plus combien j'en ai vu défiler ces derniers jours. Ils se sont occupés du déménagement d'un tas d'alchimistes riches. Tu dois savoir que presque tout le monde abandonne Wilton. Mais j'imagine que tout ça n'a rien de nouveau pour toi.

Idruk feignit d'être au courant et hocha la tête.

– Cela dit, tu n'es sans doute pas venu jusqu'ici pour parler de l'opportunisme des lutins.

Le jeune aubergiste repoussa sa frange graisseuse pour mieux dévisager Idruk, se pencha par-dessus le comptoir et ajouta sur le ton de la confidence :

– De toute façon, il y a toujours eu deux sortes de lutins, comme on dit. Les riches prêteurs sur gages et les pauvres qui se dédient au commerce sur les chemins.

– Je le savais, assura Idruk, malgré les questions qui s'accumulaient sous son crâne. Pourtant, ils ont l'air bien tranquilles, malgré la présence de... Tu comprends ce que je veux dire.

– Tu es fou, Maiflower ! La Grande Inquisition est en route pour Wilton ! Dès cette nuit, l'armée établira son campement dans la plaine, au pied des murailles. Et il est plus que probable que certains de leurs lords logeront dans cette auberge.

Quelques jeunes gens quittèrent la salle ; ils devaient avoir l'âge d'Idruk, peut-être un peu plus. Deux d'entre eux étaient très blonds et portaient de riches tuniques noires brodées. Ils lancèrent à l'adolescent un regard hautain et s'éloignèrent vers la sortie.

– Tout le monde dit que tu as tué Trogus Soothings. Il vaudrait mieux que tu n'entres pas dans la salle... Falcon, le fils de Lord Daugner, s'y trouve avec sa bande... Si tu es capable de te dissoudre dans l'air, tu devrais le faire ! murmura l'aubergiste.

– Comment veux-tu que je fasse une chose pareille ?

– Écoute, ta mère était ici...

Idruk le fixa droit dans les yeux.

– Qu'est-ce qu'elle faisait là ?

– C'est exactement la question que je me suis posée quand je t'ai vu. Je croyais que tu le savais... Bon, de temps en temps, il lui arrive de passer un moment dans la salle avec d'autres alchimistes. Ils échangent des potions et des nouvelles. Ce genre de choses. Le problème c'est que la dernière fois que je l'ai vue, elle discutait avec deux vieilles sorcières qui ont fui de Combert. Tu sais, le village que la Grande Inquisition a rasé, il y a deux nuits. Elles sont montées dans les chambres qu'elles avaient réservées. Je crois qu'elle va les aider à quitter Wilton...

– Tu l'as vue sortir ?

– Non. En tout cas, pas par ici.

– Où sont ces chambres ? demanda Idruk.

– Monte au deuxième étage... par l'escalier du fond. La septième chambre du couloir droit.

– Qu'est-ce qu'il y a d'autre là-haut ? insista Idruk en foudroyant l'aubergiste du regard.

– Tu sais que l'auberge est beaucoup plus grande qu'il n'y paraît. Tu es déjà monté ?

– Jamais.

– Alors, fais bien attention aux couloirs. Tu peux passer des heures à les parcourir si tu ne trouves pas la porte. Ce lieu est très ancien. Et surtout, n'ouvre pas les portes, même si elles t'appellent !

– Ce ne serait pas plus simple que tu m'accompagnes ? demanda Idruk.

– Ce n'est pas la coutume. On n'accompagne jamais les locataires, ici. Tu sais, tout le monde a l'air d'être devenu fou d'un seul coup, continua Grilwars, changeant de sujet. La Grande Inquisition est aux portes de la ville et il se passe sûrement quelque chose, mais je n'y comprends rien. Tout ce que je sais, c'est que ta mère et toi devriez disparaître le plus tôt possible... Tu sais que, malgré les plaintes des nobles, tous les alchimistes ont toujours été bien traités ici. Mais ce qui s'approche est paraît-il très dangereux, et on nous a interdit ne serait-ce que de vous ouvrir la porte.

Idruk regagna le couloir et lança un dernier regard méfiant à l'aubergiste. Il ne le connaissait que de vue, du temps où la loge des alchimistes n'avait pas encore été dissoute par les alchimistes nobles de Wilton. Mais il était prêt à explorer toutes les pistes. Sa mère avait des amis à Wilton, tous avaient probablement ourdi un plan d'évasion et sa sortie imprévue au crépuscule avait sans doute ruiné tous leurs projets. Idruk avança dans la pénombre.

Il jeta un coup d'œil par la porte entrebâillée de la grande salle. Les marches descendaient comme la dernière fois qu'il l'avait vue et un feu brûlait dans la cheminée du fond. Les lutins avaient placé un chaudron au-dessus des flammes, dont le contenu bouillonnant dégageait une fumée dense, si lourde qu'elle flottait au ras du sol entre les chaises aux formes étranges et les larges tables. Dans la pénombre, on distinguait quelques conciliabules d'étrangers qui discutaient à voix basse en fumant leur pipe. Idruk se détourna, vit l'escalier du fond et commença à grimper.

Quand il atteignit le deuxième étage, il ne put réprimer une bouffée de crainte devant le long couloir qui s'étendait à sa droite. Quelques flammes bleues ténues brillaient de place en place, les torches étaient fort éloignées les unes des autres. Idruk avait l'impression que le couloir, non seulement très étroit, était aussi trop long. Il n'arrivait même pas à voir la fin de cet interminable passage, au haut plafond voûté, dépourvu de fenêtres. Le garçon hésita avant de s'y engager. Le parquet protégé par un épais tapis ne craquait pas sous ses pas et il en était heureux.

La porte de la septième chambre était entrouverte. Une ligne lumineuse traversait le couloir ; des voix murmuraient à l'intérieur, semblant soutenir une étrange conversation.

Si la seule solution pour accomplir son devoir était de passer cette porte, il lui fallait puiser dans son courage et continuer. Il ne pensait pas que le jeune aubergiste lui ait tendu un piège, ses informations étaient plausibles... Mais une fois de plus, il eut le pressentiment qu'un événement sinistre se déroulait de l'autre côté.

Il se rapprocha de la porte.

Un rai de faible de lumière verdâtre passait maintenant par l'ouverture.

Idruk atteignit le seuil, s'accroupit, rabattit sa capuche sur sa tête et entra.

La pièce avait des dimensions peu communes. Il n'aurait jamais imaginé que l'auberge disposait de chambres aussi vastes. L'endroit n'était pas meublé. Au milieu, quelqu'un avait été, d'une manière ou d'une autre, immobilisé sur une chaise. Près de lui, un personnage brandissait la torche dont émanait la faible lueur verdâtre. Idruk crut distinguer un visage humain effilé, à la peau piquetée par la petite vérole et muni de grandes incisives.

Mais Idruk percevait aussi la présence de l'être mystérieux qui lui était apparu au crépuscule. Le jeune alchimiste se dit que la personne attachée sur la chaise était peut-être sa mère. Il était tenté de faire quelque chose, mais se sentait impuissant. Comment pouvait-il la sauver ? Non, à présent, il entendait la voix du prisonnier : c'était un homme, peut-être un des amis de sa mère qui avaient voulu l'aider à s'enfuir à temps. L'acolyte répugnant qui ressemblait à un rat humain recula avec crainte, sans trop éloigner cependant la flamme verte. Au-delà de son attitude servile, on eût dit qu'il espérait ne pas perdre une miette de ce qui s'annonçait. Idruk avait reconnu le prisonnier, malgré l'expression d'horreur que lui inspirait l'apparition. C'était le maître de l'auberge.

– Où l'as-tu cachée ? insista la voix du tortionnaire.

– Je ne sais pas de qui vous parlez !

– Avoue immédiatement ! Tu as caché ces sorcières.

– Les couloirs de cette auberge sont un labyrinthe, elles peuvent se trouver n'importe où...

– Ta dernière heure est arrivée, telle est la sentence que te destine Lord Malkmus... En avant, *vladsgaar* !

L'interrogatoire venait de s'achever.

Il y eut un nouvel éclair rougeâtre et une ombre se pencha au-dessus du condamné. À la lueur du feu magique de la torche, le prisonnier fut étreint par l'apparition en un geste qui parut l'absorber entièrement. Sous les yeux d'Idruk, le sang du malheureux alchimiste devint brillant, puis incandescent, et coula tel un ruisseau vers le gosier de la silhouette. Là, la lumière se brisait et se séparait du sang. Elle commença à surgir entre les plis de la tunique comme d'une torche puissante. Les rayons lumineux emplissaient la salle. Le rire strident de l'homme-rat glaça le sang d'Idruk qui était tombé à genoux, les mains plaquées sur les oreilles. Il assistait à l'agonie d'un alchimiste, une scène des plus horribles. Cependant, en levant les yeux, il fut témoin d'un événement encore plus effroyable. L'apparition prit l'apparence d'un squelette de sang ardent. Le sang magique, dépourvu de sa lumière solaire, brillait maintenant en inondant le corps du mort-vivant.

Idruk entendit des pas dans l'escalier. Abasourdi, horrifié, il pouvait à peine se lever, frappé d'étourdissement après la scène dont il venait d'être témoin. Ses genoux et ses pieds s'étaient changés en plomb. Quelque chose se pencha vers lui dans l'obscurité. Son cœur se contracta en découvrant derrière lui deux paires d'énormes yeux bulbeux, brillant dans les ténèbres comme des sphères chargées d'une lumière jaune. Il eut à peine le temps de se relever que son attention fut de nouveau attirée par ce qui se passait à l'intérieur de la pièce. Les yeux de l'homme-rat avançaient vers la porte, fixés sur les siens. Idruk comprit que le reflet de ce maudit feu verdâtre dans ses propres pupilles l'avait trahi.

La grande ombre à l'intérieur de laquelle flottait le sang de l'alchimiste se dressa derrière le rongeur humain.

Ce fut comme s'ils lui avaient flanqué un bon coup de pied. Il détala dans l'interminable couloir, les grognements du répugnant complice résonnant derrière lui. Malgré sa vitesse, il voyait se rapprocher la lueur verdâtre qui se reflétait sur tout le couloir. Il essaya d'ouvrir une porte au passage, en vain. Puis il courut un long moment.

Loin devant, Idruk crut voir s'entrebâiller une porte et il lui sembla que sa mère se cachait derrière. Il vira d'un coup sec et referma le battant. Il courut dans la pièce à la recherche de Gotwif, mais elle n'était pas là. De hauts rideaux occupaient le fond de la salle. Il écarta le tissu, dévoilant de grandes fenêtres vitrées. Quelques créatures semblables à des chauves-souris sortirent des plis en criaillant, accompagnées d'espèces de lucioles. Personne ne devait avoir pénétré dans cet endroit depuis des siècles car ces singulières créatures ne vivaient pas à l'air libre. Il poussa le verrou, manœuvra les manivelles et ouvrit une fenêtre. Sans réfléchir plus avant, il sauta sur la corniche.

Une grande hauteur le séparait de la ruelle obscure. L'air lui donna un surcroît d'énergie et il décida d'avancer un peu sur la saillie, convaincu qu'il était capable de sauter par-dessus la ruelle et d'atterrir sur le toit voisin. Des bruits de pas lointains résonnaient à l'intérieur de l'auberge, des cris et des hurlements. Idruk estima la distance une nouvelle fois. Finalement, il ne devait pas être si difficile d'arriver de l'autre côté. Il suffisait de s'en convaincre et de se lancer.

Il sauta. Comme si la peur lui avait donné des ailes, il parvint à prendre l'élan nécessaire et se reçut en roulant sur les tuiles d'ardoise de l'autre bâtiment. Il rétablit son équilibre, bondit en avant et avança le long de la bordure sombre et peu stable du toit jusqu'à disparaître de l'autre côté. Il jeta un dernier coup d'œil à l'auberge dont la façade s'estompait dans les ténèbres : des lueurs verdâtres apparaissaient par intermittence à travers les fenêtres. La poursuite continuait. Pourvu que sa mère ait réussi à fuir. Il n'avait plus rien à faire ici. C'était peut-être pour lui le moment de s'enfuir. Dans ce cas, il n'y avait qu'un seul endroit où il restait une chance de retrouver Gotwif.

Alors qu'il traversait d'autres toits, le tonnerre grondait dans le lointain. Le ciel étoilé qui s'étendait en temps normal au-dessus de la rue Ensorcelée, y compris les jours nuageux, se voilait de nuées apportées par un violent souffle de vent. Idruk sentit l'impact de l'air tempétueux et gelé qui agita ses cheveux rouges. Le sortilège qui protégeait la rue Ensorcelée et les ruelles adjacentes se dissipa. Vers le sud-ouest, à la lueur de quelques éclairs, le jeune homme entrevit le sommet de Clearbury. La colline du Mauvais-Temps était assiégée par la tourmente. Une terrible tempête semblait envahir la totalité de la plaine de Salisbury. Des montagnes de nuages s'amoncelaient au-dessus de sa tête.

251

Soudain, un éclair se découpa contre le ciel tourmenté. La sinueuse ligne de feu semblait avoir frappé le centre de Wilton. Le grondement formidable du tonnerre fit vaciller Idruk ; il glissa, mais parvint à se rattraper à une des fixations de fer, battit des jambes dans le vide quelques instants, puis se rétablit. De son point de vue élevé, il se rendit compte que la foudre avait déclenché un grand incendie.

Les ruelles s'emplirent de cris et de hurlements, les bruits de course précipitée se mêlaient à celui des chariots brinquebalants. De nombreuses flammes verdâtres apparurent dans la rue Ensorcelée, on projetait des torches contre des façades. Le feu éclatait derrière les vitres et se propageait en lançant d'énormes langues vertes qui grimpaient en crépitant le long des murs et jaillissaient en rugissant par les toits. Les demeures qui brûlaient de la sorte avaient été occupées par des alchimistes roturiers, avant qu'ils ne soient bannis du voisinage.

Les craintes d'Idruk se vérifiaient sous ses yeux : la Grande Inquisition manipulait un feu magique qui, à la différence du feu ordinaire, était capable d'embraser les objets magiques, de les déposséder de leur énergie et d'éteindre leur force. La Grande Inquisition possédait une arme meurtrière capable de provoquer la guerre.

Idruk cessa de suivre le fil de ses pensées, conscient que s'il avait beaucoup de problèmes à résoudre, le plus urgent était de retrouver sa mère.

Le château des lords de Wiltshire, les nobles familles de Pembroke et Radnor, se dressait dans la lueur fantomatique des éclairs : une ombre noire contre l'éclat blanc du ciel. Les lumières à ses fenêtres brillaient comme des poignards de feu.

Idruk parcourut encore une certaine distance, puis se laissa tomber dans une cour haute. De là, il continua laborieusement sa descente, sautant quelques murs avant de disparaître dans l'ombre d'une ruelle, en direction de chez lui. Il gardait l'espoir d'y trouver une trace de sa mère. Il se mêla à la foule qui fuyait cette partie de la ville et courut le long des venelles qui conduisaient à la maison des Maiflower.

6

Sentence de feu

Pendant que le jeune homme échappait de justesse aux dangers qui le guettaient, un voyageur au visage dissimulé sous le capuchon de son manteau de voyage se frayait sans ménagement un passage vers les portes de la ville. Le vent violent, les tourbillons de neige et la foule qui s'agglutinait l'empêchaient d'avancer aussi rapidement que l'exigeait son objectif. L'air était si épais qu'il était difficile d'imaginer que les murailles soient si proches. Ses compagnons l'attendaient au Porc-Égorgé et il ne pouvait rester aux portes de la ville élue sans accomplir le dessein que les membres de son ordre poursuivaient depuis des siècles. Tout était parti de Gaufrey, ce moine de Westminster, mort désormais. L'homme ne savait pas grand-chose de ses affaires, mais Gaufrey lui avait demandé un service peu de temps avant sa fin étrange. Il devait maintenant tenir sa parole. Il resserra sa prise autour de la bourse de peau que lui avait remise le moine et continua sa progression. Derrière les murailles, l'incendie déclenché par la foudre commençait à se calmer, étouffé par la forte pluie.

Ils venaient d'annoncer la fermeture immédiate des portes.

Une foule de gens désemparés se pressaient sur le chemin de la Porte, tous anxieux de trouver refuge derrière les vétustes remparts de Wilton. Ils fuyaient la peste et les proscrits, mais par-dessus tout, la chasse qui les poursuivait comme une ombre. Les griffes de la Grande Inquisition s'enfonçaient de plus en plus profondément par-dessus les montagnes maudites du royaume de Wessex.

L'homme au capuchon se courbait pour protéger un objet qu'il serrait de toutes ses forces sous sa tunique, comme s'il s'agissait de son propre cœur qu'il craignait de perdre en route. La terreur de la Grande Inquisition était plus forte que la plus terrible des vieilles superstitions. Parmi ceux qui étaient restés à la porte, beaucoup suppliaient les gardes de revenir leur ouvrir. Cependant, cette fois, ils n'obtinrent aucune réponse. Lord Robert de Wairhan avait ordonné la fermeture bien avant minuit. Même ainsi, il savait qu'il enfreignait les consignes et défiait l'inquisiteur suprême qui était en chemin. Mais il ne pouvait aller plus loin et s'exposer à une accusation de trahison, suivie d'une intervention de l'armée royale.

De nombreuses femmes chargées de jeunes enfants, des laboureurs et des valets de ferme arrivant des vallées environnantes se blottirent contre les portes et le mur, dans le petit espace plat qui s'étendait entre le fossé et la muraille après le grand pont. D'autres se dispersèrent dans les champs enneigés.

Je dois le trouver, même si c'est la dernière chose que je fais. Je dois le trouver ! Aujourd'hui ! Dans quelques heures, il sera trop tard. Tout sera perdu. Il ne me reste qu'à franchir les murailles et à entrer ! Cela suffira à couronner tous mes voyages de succès, songea l'homme en affermissant sa prise sur le sac.

Minuit approchait.

Il y eut un soudain tumulte. Une lueur déchira les nuages hostiles et les murailles de Wilton se dressèrent devant lui, livides et austères. Les silhouettes des archers de Lord Robert, postés le long du mur, se découpaient contre le ciel comme des anges de pierre vigilants. Les rafales de pluie hachaient l'air en scintillant comme une salve de flèches provenant du ciel. La herse avait été abaissée. Le fossé d'enceinte menaçait de déborder. Comme s'ils avaient été annoncés par l'éclair, d'énormes chevaux de combat s'ouvrirent un chemin au milieu de la foule bigarrée.

La plupart n'eurent pas le temps de s'écarter. Tous reculèrent avec effroi, mais ceux qui ne suivirent pas le mouvement furent renversés par les destriers noirs dont le garrot montait jusqu'au menton d'un homme. Ils étaient chevauchés par des silhouettes encapuchonnées et armées. Suivaient les brigades inquisitoriales, les geôliers, les bourreaux et plusieurs centaines de soldats arborant les armes de l'évêque de Durham qui les avait financés. Ce convoi était accompagné de nombreux chariots noirs comme s'ils avaient traversé l'enfer, d'où montaient des cris et des jurons. On entrevoyait des visages affolés, des bouches ouvertes, des regards vagues de sorcières torturées que l'on transportait vers on ne savait quelles horribles oubliettes dans les domaines de la Grande Inquisition. On parlait du Nord, au-delà du Yorkshire et de Mercie, là où les territoires sauvages d'Écosse se déploient en vallées profondes et en montagnes abruptes.

– La ville diabolique de Wilton doit être châtiée ! cria soudain une voix rauque.

Les gens s'égaillèrent rapidement, poursuivis par les cavaliers.

Le plus grand de ces équipages noirs, à l'allure étrange, s'approcha du pied de la muraille. Un horrible vieillard au regard démoniaque le conduisait.

La portière de la voiture grinça. Un puissant lord surgit de l'ombre, vêtu d'une tunique et d'une cape noires. Ses yeux rouges luisaient derrière un masque d'argent sur lequel retombaient les plis de sa capuche. Il déplia un parchemin. Ses mains blanches faisaient penser à des griffes extrêmement puissantes. Plusieurs porteurs de torches éclairaient sa lecture. Sa voix sembla traverser la muraille et annihiler la volonté des gardiens de l'autre côté :

Aux autorités de la noble cité de Wilton,
Oyez, comte de Wiltshire :

Que par ordre de Guillaume le Roux, souverain régent des terres d'Angleterre, il a été confié à la Grande Inquisition le droit d'inspecter ses gens, afin d'établir le procès d'accusation et de preuve contre les pratiquants de sorcellerie et autres sortes de maléfices. Elle prendra les sanctions qui s'imposent, selon les critères de ses tribunaux. Par la présente, le roi dénie à Lord Robert de Wairhan le droit de gouverner l'intérieur de la cité durant ladite inspection. De la main de Guillaume le Roux, avec son sceau royal, certifié par son lord chancelier, Ranulf de Flambard, évêque de Durham.

Soudain, la voix puissante mais monotone s'éleva sur une note d'insolence :

– Ouvrez les portes ou nous les jetterons à bas, bâtards anglo-saxons ! Laissez passer la Grande Inquisition ! Je suis l'inquisiteur suprême d'Angleterre ! Ma parole est le jugement de Dieu et du roi !

Son ordre fut salué par un chœur de rires atroces et malveillants :

– Pour une nuit, Lord Robert sera un proscrit dans les rues de Wilton.

– Il vaut mieux qu'il reste en son château, sous peine d'être exécuté !

– Au feu !

La herse se releva lentement. Les destriers se mirent en mouvement et entrèrent dans la cité, suivis des équipages. Quelques torches s'allumèrent à la hâte, brillant timidement dans les ruelles plus étroites avant de s'évanouir dans l'ombre : quelques habitants avaient attendu jusqu'au dernier moment pour se rendre compte de ce qui se passait. Mais un silence de mort régnait dans la ville abandonnée par la clémence. Les auberges étaient fermées. On avait barricadé portes et fenêtres. Familles et amis se blottissaient devant les cheminées. Le calme n'était même pas rompu par un pleur d'enfant ; l'averse frappait les minces toits de bardeaux et de paille, le vent pesait furieusement sur les fenestrons des mansardes, sifflant dans les cours détrempées et le long des murs moisis de la cité.

Les archers qui gardaient l'entrée s'étaient réfugiés dans la tour de guet la plus proche pour s'abriter d'un grand vent, une rafale chargée de terrifiants hurlements qui frappa la muraille. Un épais brouillard commença à recouvrir les maisons, masquant les sinistres activités de l'armée de l'Inquisition. Dans les ruelles, les halos des lumières se firent diffus, avant de disparaître dans les ténèbres.

Le voyageur avait osé accomplir un acte d'une audace incroyable. Pour parvenir à pénétrer dans la ville, il s'était faufilé entre les jambes des chevaux durant le discours de l'inquisiteur et avait réussi à approcher un des attelages. Là, dans un élan de témérité inouïe, il s'était glissé sous le chariot et accroché à l'une des nombreuses traverses de bois qui renforçaient la partie inférieure de la caisse. Alors que le brouillard s'épaississait, il ajusta les cordons de la bourse qu'il gardait avec tant de soin, puis prononça quelques mots étranges. Il se pencha alors, traça un cercle dans la boue avec une baguette de bois et se disposa à lancer le sac.

L'inquisiteur suprême se dirigea à grands pas vers un des derniers chariots, ôta la barre qui bloquait la portière et l'ouvrit avec violence. Un torrent de rats noirs en surgit. Une fois libérés, les rongeurs s'éparpillèrent dans toutes les directions avec le zèle des chiens de chasse les mieux dressés.

– Cherchez l'incube ! Cherchez-le dans chaque recoin ! Ramenez-le à votre seigneur ! exigea la voix impérieuse.

Ils se dispersèrent avec la force d'un fleuve, emplissant les rues, se faufilant dans les maisons par d'obscurs boyaux. Ils escaladaient les murs et se creusaient des passages dans la paille. Ils griffaient les fenêtres, fouillaient tous les recoins, cherchaient l'accès des caves, s'introduisaient par les fissures, et se glissaient partout en couinant. Cette meute pestilentielle composée de dizaines de milliers de rats continuait à se déverser hors du chariot. Ils sautaient de mur en mur et, profitant de l'étroitesse des ruelles, se répandirent bientôt partout. Entre temps, les bourreaux allumèrent encore plus de torches et Lord Malkmus de Mordred proclama les noms des persécutés.

– *Inquisitio hæreticæ pravitatis inscriptio et in crimen subscriptio*, récita-t-il en latin, d'un ton monotone. Sont appelés au procès de mise en accusation de la cité de Wilton et poursuivis pour être soumis à l'épreuve du feu les sujets du roi d'Angleterre dont le nom suit :

» Sur le premier bûcher, quatre accusés :
dame Maiflower et son fils.
Accusés d'être des sorciers ténébreux !
Le charcutier Gulfwick et son épouse :
maîtres des maléfices !

» Sur le deuxième bûcher, quatre accusés :
le boucher Mangulf et ses deux fils.
Accusés de lycanthropie :
dévoreurs de bétail !

» Sur le troisième bûcher, sept accusés :
le médecin Longford et sa famille,
le sorcier Corgan Lewander et sa famille,
accusés d'être des guérisseurs,
empoisonneurs de vaches !

» Sur le quatrième bûcher, cinq accusés :
en premier lieu, Bumbrow,

l'homme le plus gros de Wilton. Pour hérésie !
Et tous les fugitifs du village ensorcelé de Kingston.

» Sur le cinquième bûcher, huit accusés :
tous les fugitifs du village ensorcelé de Kingsbury.

» Sur le sixième bûcher, sept accusés :
les fugitifs du village ensorcelé de Combe...

Il continua ainsi, énumérant ceux qui devaient brûler, jusqu'à atteindre le nombre de quarante-sept bûchers, soit près d'un demi-millier de personnes... En conclusion, il ajouta :
– Parmi les accusés sera gracié celui, ou ceux, qui fera la preuve de sa bonne foi devant le tribunal, en dévoilant la cachette de l'incube du Wiltshire destiné à provoquer la ruine absolue des terres d'Angleterre.
« Signé par Lord Malkmus de Mordred, avec l'approbation de Guillaume le Roux, successeur de Guillaume le Conquérant, roi d'Angleterre, en ce mois d'avril de l'année 1099.
« Une fois détenus, les accusés seront conduits dans le champ de l'est, à l'extérieur de la ville, où seront dressés les bûchers.

L'homme au capuchon s'apprêtait à lancer la bourse. Il se rapprocha avec précaution du bord du chariot. À cet instant, le masque d'argent de l'inquisiteur surgit devant lui. Les yeux rouges se rivèrent aux siens. La main gantée jaillit avec une puissance bestiale. Dans un ultime effort, l'homme abandonna sa cachette, la silhouette de l'inquisiteur suprême se dressant au-dessus de lui. Il pivota sur lui-même et lança la bourse de toutes ses forces, cherchant à la protéger au prix de sa propre vie. L'objet disparut dans le brouillard au moment où l'une des mains de Lord Malkmus accrochait la capuche de l'homme, lui découvrant le crâne. Une chevelure rousse apparut, assortie d'une barbe et d'une moustache drues. Ses yeux bleus brillaient d'un éclat particulier ; il ne semblait pas très âgé.

– Toi ! s'exclama-t-il en tentant de lancer une malédiction avec sa baguette.

Il visa directement son adversaire, mais un éclair verdâtre fusa et il s'écroula sans vie dans la boue. Son visage ne manifestait plus aucune émotion ; une vapeur bleue monta de ses yeux qui devinrent totalement blancs, tout comme ses cheveux dont s'échappait une brume rougeâtre. La main de l'inquisiteur suprême se posa sur la poitrine du mort et il parut en absorber l'intérieur, d'où jaillit un rai de lumière dorée.

– *Daemolatria !* murmura-t-il derrière son masque.

Il releva la tête et apostropha ses acolytes :

– Qu'est-ce que vous regardez ? L'incube se cache dans cette ville. Ne perdez pas de temps, mettez-vous à sa recherche...

Le tribunal de l'Inquisition était entré à temps dans Wilton.

7

L'épreuve de Grilwars

Il saisit la bourse lancée par l'homme que venait de tuer Lord Malkmus et s'enfuit discrètement. Quelques instants plus tard, il grimpa le long d'une façade et s'éloigna des portes de la ville.

Grilwars, dissimulé sous un capuchon, avança avec précaution sur le toit d'une grande maison à l'ouest de Wilton. Des colonnes de feu s'élevaient au cœur de la ville cinglée par la tourmente, où de nombreuses demeures d'alchimistes étaient dévorées par les flammes de la Grande Inquisition. Non loin de là, à la faveur d'un éclair, il aperçut des centaines de soldats qui se pressaient dans les rues, au milieu des chariots. Leurs poings serrés frappaient aux portes des maisons, et si personne ne répondait, les haches prenaient le relais, se chargeant de faire sauter les verrous. Les juges de Lord Malkmus de Mordred envoyés dans le Wiltshire ne quitteraient pas la ville sans avoir accompli leur mission : capturer l'incube maudit.

Blotti contre le conduit de cheminée, l'aide de l'aubergiste essuya l'eau de pluie qui ruisselait sur ses cheveux et son visage, puis examina avec attention et pour la dernière fois la bourse de peau qu'il serrait entre ses doigts. De son contenu dépendait la réalisation du destin de l'ordre du Lion rouge. Grilwars avait suivi les instructions secrètes de son père et de Luitpirc. Et bien qu'il ignorât que son père était mort sous les yeux d'Idruk, il avait le pressentiment de l'avoir perdu pour toujours. Mais au moins, le secret était sauf. Saisi d'un doute, il hésita un instant. L'occasion de déclencher l'heure définitive ne se représenterait pas. Et si tant d'autres membres étaient convaincus que c'était le moment, si le grand gardien de l'ordre, frère Gaufrey lui-même, avait pris sa décision avant de mourir, cela ne pouvait signifier qu'une seule chose : le moment était venu. Les sept générations s'étaient accomplies. Il plaça le bras au-dessus de l'ouverture de la cheminée des Maiflower. Repoussant ses longs cheveux mouillés, il prononça la formule :

– *Rothe Leu ! Hausmayer !*

L'adolescent laissa tomber la bourse, avec une brève pensée pour l'homme à qui elle avait coûté la vie. Son père et lui avaient attendu l'arrivée de ce voyageur jusqu'au dernier moment. Le conduit de la cheminée aboutissait à un sous-sol. D'abord, il ne se passa rien, la bourse se nicha au milieu des flammes comme un morceau de charbon. Puis le long conduit de pierre vomit une langue de feu d'une singulière teinte rouge.

Dans tous les âtres et les foyers d'Angleterre, dans les feux allumés du comté d'Oarkney au Sussex, du Gwynedd aux confins nordiques du royaume d'Écosse, du Kent à la Cornouaille, un éclat rougeâtre palpita soudain, comme si une force s'emparait d'eux, vibrant au sein des flammes. À Wilton, l'humidité qui s'était insinuée par le haut des cheminées et

264

qui étouffait les flammes recula brusquement. Les bûches se consumèrent avec une nouvelle vigueur. Le feu reprit puissance et couleur, tandis qu'une chaleur énergique se répandait autour des cheminées où étaient réunis les habitants opprimés et terrorisés.

8

D'autres apparitions

Depuis les toits, Idruk avait assisté à la prise du cœur de la ville par les brigades de l'Inquisition. Les maisons bancales des plus pauvres, qui s'entassaient près du mur, subissaient les assauts du vent et de la neige. Transi de froid, il courait dans la bise, évitant les ruelles où s'élevaient des bruits de voix.

Il finit par arriver près de sa maison.

S'il y retrouvait sa mère, ensemble, ils seraient capables de franchir les murs. Le fossé était sans doute déjà inondé et ils pourraient le traverser à la nage. Ensuite, ils s'enfuiraient dans les champs à la faveur de l'obscurité et rejoindraient les bois de Clarendon. Aucun autre endroit ne lui paraissait plus sûr. Au moins, sa mère connaissait parfaitement les environs. De surcroît, les alchimistes étrangers avaient coutume de s'y retrouver, et certains des survivants s'y étaient probablement réfugiés.

Mais le garçon ne s'attarda pas sur cette pensée, conscient que le pire était encore à venir. Il entra enfin dans une étroite venelle complètement inondée, avançant en silence. Un des chats s'était réfugié sur les débris d'une vieille carriole qui s'entassaient au fond du passage. Il prit l'animal dans ses bras, s'approcha du mur de pierre, y posa la main, puis prononça le contre-sortilège à voix basse. Lorsque les pierres s'écartèrent pour former l'arche de la porte, il se faufila discrètement à l'intérieur.

Rien ne paraissait avoir changé dans la maison, excepté l'intense clarté d'or rouge qui passait désormais par la porte de la grande salle. Le chat noir miaula, le griffa en se débattant et sauta de ses bras d'un bond désespéré avant de disparaître à la vitesse de l'éclair dans un coin reculé de la maison.

– Sale bête ! s'exclama le garçon en portant la main à sa bouche pour lécher l'égratignure.

Mais il oublia rapidement le comportement singulier de l'animal, intrigué par ce qui se passait dans la pièce voisine.

D'éclatants reflets rouge et or dansaient sur les murs, comme si le feu était une immense forge volcanique. L'onde de chaleur s'écoulait à flots depuis l'âtre, inondant les couloirs tel un courant invisible qui, au passage, agitait et séchait ses cheveux roux.

L'adolescent entra dans la pièce. Là encore, rien ne paraissait avoir changé, hormis cette mystérieuse fournaise qui évoquait une source d'eau chaude et invisible.

Au cœur des flammes, les bûches avaient atteint la teinte pâle du fer en fusion. Accoutumé à regarder le soleil en face, Idruk n'éprouva pas le besoin de protéger ses yeux de la clarté aveuglante. Cependant, celle-ci sembla s'intensifier à mesure qu'il s'approchait de l'âtre, et les voiles de feu jaune pâlirent devant l'intensité de ce qui resplendissait au milieu, dissimulé par la lumière.

Comment la lumière qui éclaire et qui rend les choses visibles pourrait-elle cacher quelque chose ?

267

Le garçon évoqua les miracles que le soleil opérait sur sa vision et cent questions sans réponse envahirent son imagination d'alchimiste. Toutes les énigmes soumises par la Reine dans son rêve revinrent l'assaillir.

Idruk s'inclina devant le foyer, ombre noire et anguleuse se découpant contre le flamboiement blanc. Puisque le soleil ne l'aveuglait pas, ses mains étaient sans doute capables de supporter la proximité de ces flammes. Qui sait, celles-ci apportaient peut-être leur part de réponse aux mystères qui entouraient la mort du grand gardien de l'ordre ?

Un bref instant, il repensa aux discussions avec ses amis à propos des liens de certaines familles d'alchimistes avec les éléments, en particulier des lignages apparentés au feu. Le symbole de la flamme rouge était mis à l'honneur sur divers blasons de familles mérovingiennes arrivées du continent, des siècles auparavant. Et si ces faits ne constituaient pas une certitude, il suffisait de se souvenir de Lord Malkmus. En effet, les alchimistes associés à la couleur Rouge et à l'élément Feu étaient les plus honnis de la Chambre des lords. Lord de Mordred, toujours présent mais toujours masqué, poursuivait avec zèle les lignages inférieurs et surtout les familles liées au Rouge. Elles étaient fort nombreuses dans tout le Wiltshire, peut-être plus que partout ailleurs dans l'île, à l'exception du royaume d'Écosse. C'était pour ces raisons que les ravages de la Grande Inquisition frappaient aussi impitoyablement les corps et les esprits.

Qu'est-ce qui brille ainsi au milieu des flammes ?

Il n'y avait pas un instant à perdre. Idruk finit par se décider et approcha la main du brasier. Les flammes s'écartèrent et il eut l'impression que le secret se cachait derrière un incendie

268

qui dévorait des milliers d'arbres, s'élevant en une déflagration continue et palpitante. Un rideau incandescent voilait le plus puissant mystère de l'ordre du Lion rouge. Sa main disparut dans la lumière éblouissante et là, au milieu des formes de centaines de branches qui se consumaient pour alimenter l'éternelle ardeur, apparut le cercle d'un soleil blanc et jaune.

Idruk approcha sa main de l'orbe enflammé.

Pendant un instant, il crut se trouver loin de ce monde, dans le Haut Royaume des alchimistes, où s'était déroulé son rêve singulier. Des montagnes d'or sillonnées de rivières s'élevaient alentour, formant une sphère au milieu de laquelle trônait le Soleil. Ses doigts crurent atteindre le centre du Haut Royaume. Il les referma autour d'un objet chaud et solide, méconnaissable au milieu de la clarté, et l'attira à lui avec la sensation que son bras se trouvait à une distance immense, perdu dans un abîme de lumière.

L'intense éclat jaune et blanc se contracta et vira au rouge. De la masse enflammée parut jaillir une tête de lion. Elle grandit en un instant ; Idruk se sentit saisi par la fureur qui la consumait, pendant que sa gueule ardente s'ouvrait démesurément dans un rugissement de tonnerre et l'enveloppait...

9

Gravé dans le miroir

L e contact d'une chose collante sur son visage réveilla Idruk
en sursaut. Ce n'était ni plus ni moins que la langue de
Kroter qui, posé sur son estomac, ponctuait ses léchouilles en
le tapotant de ses pattes arrière vertes et musculeuses.

– KROTER !

Idruk balançait entre l'indignation et la surprise. Rien ne
l'agaçait plus chez sa mascotte que cette déplorable habitude,
à l'évidence dépourvue de magie mais non d'efficacité. Kroter
recourait à cette pratique, parfois sur les ordres de Gotwif,
pour réveiller son maître quand il avait trop dormi. Alors,
l'expression « avoir les yeux collés » prenait tout son sens. Le
réveil était horrible.

Mais cette fois, l'irritation initiale du garçon s'apaisa rapidement et il regarda autour de lui, reprenant contact avec la
réalité. Lorsqu'il tenta d'attraper Kroter, celui-ci sembla pris
d'un brusque accès de folie et grimpa l'escalier en faisant des
bonds impressionnants. Jamais Idruk ne l'avait vu faire
preuve d'autant d'agilité. *Combien de temps ai-je dormi ? Peut-être
moins d'une seconde... J'espère que ça n'a pas duré trop longtemps.*

En regardant le feu, il se remémora l'extraordinaire vision
qui l'avait possédé. La fournaise, le soleil, le rugissement du

lion de feu... Les pièces du casse-tête de frère Gaufrey commençaient à s'emboîter.

C'était comme si trois des nombreux arcanes, qu'il avait dû étudier avec un ennui certain dans les livres recommandés par sa mère, s'étaient matérialisés sous ses yeux. Si sa mémoire ne le trahissait pas, ces trois symboles étaient en relation et dédiés au Monarque du Haut Royaume. Ses réflexions furent interrompues par une rumeur provenant du monde extérieur.

Des grincements de roues de charrettes, des cris sauvages amortis par les épais murs de pierre. Mais le garçon avait aussi l'étrange sensation que la maison entière était... rongée ? Il colla l'oreille au sol et comprit ce qui avait poussé Kroter à fuir vers les étages supérieurs. Les fondations de la vieille demeure se faisaient grignoter. Cela ressemblait au bruit des rats qui parcouraient les cavités des murs au milieu de la nuit. Avec une différence, cependant : ces rongeurs devaient être bien plus gros et bien plus nombreux. Idruk se redressa et se précipita vers l'escalier.

Le bruit des incisives au travail s'amplifia. Le garçon grimpa jusqu'à l'espace crasseux qui s'étendait sous les ailes du toit. Kroter s'y trouvait déjà, blotti dans un coin, visiblement effrayé. Idruk eut l'impression que ce cauchemar n'était pas près de s'achever. Depuis peu, les mauvais rêves peuplaient son existence. « Il faut toujours aller jusqu'à la fin du songe », lui avait-on dit un jour. D'accord, il fallait avoir la patience d'attendre la fin pour comprendre... Mais comprendre quoi ?

Un profond désespoir saisit le jeune homme. La lueur des incendies ponctuait les ténèbres qui s'étendaient derrière la lucarne. Hormis cela, la terrible obscurité n'était rompue de temps à autre que par la déflagration d'un éclair. Tous les éléments semblaient conspirer contre lui. Non, pas tous. Si cette clarté n'avait pas été un autre songe, une espèce de feu au moins le protégeait. Il se souvint soudain des mots de la Main Invisible :

L'alchimiste de ses rêves doit s'occuper,
Sur ses pensées, le sage doit méditer,
Le mendiant, sa faim doit ruminer,
Mais le sorcier, son feu doit protéger.

Une autre pièce venait de se mettre en place !

Pour réussir à survivre, il devait penser en alchimiste.

Les gouttes de pluie accrochées à la vitre reflétaient des lueurs verdâtres montant des ruelles qui entouraient la maison. *Mon vieux Kroter, ce feu destructeur va finir par nous réduire tous les deux en cendres.*

Idruk se retourna. Une ombre surgissant dans un vieux miroir lui causa la plus belle des frayeurs, mais ce n'était que son propre reflet. Kroter était près de lui, tel un fidèle compagnon ; les gros yeux bulbeux et froids du crapaud se réfléchissaient sur la surface polie. Il eut l'impression qu'ils étaient plus humides que de coutume. L'animal aurait peut-être voulu prononcer une dernière phrase, mais il ne parvint à produire qu'une de ses éructations habituelles.

– J'imagine que tu as raison, dit lentement Idruk.

En se retournant pour regarder de nouveau le miroir, il découvrit une image qui se superposait à la sienne. Plus grande que lui, la silhouette semblait composée de plusieurs reflets qui finirent par dessiner une forme humaine. Il s'agissait d'un homme entre deux âges, à la posture empreinte de noblesse, au sourire assuré. Ses cheveux rouges tombaient sur ses épaules et ses yeux bleus étaient animés d'un faible éclat. Pour une quelconque raison, la présence de ce personnage fantomatique rassura Idruk ; ils se ressemblaient beaucoup, si l'on exceptait toutefois la mine encore effrayée du garçon et ses yeux écarquillés.

La voix du spectre lui parvint claire et nette, comme portée par le froid à travers un immense espace :

– Je ne suis qu'un reflet de ton père et je te parle quelques années avant ta naissance. Les émissaires du Haut Royaume m'ont averti de ta venue prochaine, mon fils, je te laisse donc ce message caché dans un miroir qui accompagne notre famille depuis son départ des terres de Charlemagne. Cela fait six générations, sept en comptant la tienne. Tu dois seulement savoir que le jour est arrivé où tu devras suivre les ordres du Lion rouge. Le maire du palais t'a remis toutes les clefs du Haut Royaume. Utilise l'objet que t'a confié le Roi Doré et poursuis la tâche que je ne suis pas arrivé à accomplir. La prophétie est formelle, seul le septième parviendra à se libérer de la malédiction. Viens te regarder dans ce miroir quand je serai parti, mon fils chéri. Apprends que le chemin du solitaire est celui de l'Élu. Ne néglige rien sur ce chemin. Adieu, fils.

Les légers mouvements que produisait le reflet spectral en parlant devinrent flous, puis l'image retrouva sa netteté. Idruk ne savait pas s'il devait dire quelque chose. Pouvait-il communiquer avec son père ? Ou ne s'agissait-il que d'une magie liée aux propriétés du miroir familial ?

Le jeune alchimiste fut soudain saisi d'un accès de rage.

– Mais... De quel objet parles-tu ? ET OÙ EST MA MÈRE, PAR TOUS LES DIABLES ?

Que lui importaient tous les objets de la terre en ce moment ? Pourquoi son père ne comprenait-il pas que pour l'heure, l'essentiel était de retrouver sa mère ? Le sort de Gotwif lui était peut-être égal, tout comme à l'époque où il disparaissait pendant de longues périodes ? Le sourire distant de l'apparition emplissait Idruk d'un mélange d'indignation et de tendresse. Au moins, son père ne paraissait pas aussi mauvais et stupide qu'il se l'était imaginé. Mais le garçon ne lui pardonnait pas sa disparition prématurée, d'autant plus que Gotwif ne lui avait jamais révélé les véritables causes de ce destin tragique. En outre, elle devait aimer profondément son époux, car jamais elle n'avait prononcé le moindre mot contre lui. Cependant, en cet instant précis, l'apparition fugace de ce reflet d'un lointain passé, incapable de répondre clairement à la question qui le tourmentait, plongeait Idruk dans la fureur.

Les questions s'accumulaient et il n'obtenait aucune réponse. Avait-il commis une erreur en quittant la maison au crépuscule ? Avait-il ruiné un plan soigneusement préparé par sa mère, causant tout ce désastre ? Auraient-ils pu fuir s'il lui avait obéi ?

Je suis heureux que tu ne sois pas à la maison, mère. J'espère que je terminerai seul tout cela...

Le miroir renvoyait une faible lueur dorée qui semblait provenir d'une de ses poches. Idruk ouvrit son manteau et fouilla sa tunique. Il y découvrit une étrange et merveilleuse clef d'or. Elle scintillait dans sa paume, et son éclat jetait de longues ombres dans le grenier délabré. Une de ses extrémités portait d'un côté une série de dents complexes et de l'autre côté, une magnifique pièce d'orfèvrerie figurant une tête de lion.

Les clefs du maire du palais.

– À quoi servent des clefs dans une maison sans serrures ? demanda Idruk à haute voix, espérant obtenir une réponse de son crapaud.

Mais sans lui prêter la moindre attention, Kroter franchit la porte du grenier et s'arrêta en haut de l'escalier. Le miroir avait repris son aspect normal, toute trace du reflet figé de son père avait disparu.

Idruk fit quelques pas vers le couloir. Son esprit fonctionnait à toute vitesse, essayant de saisir un souvenir éphémère qui flottait dans sa mémoire.

– Le coffre de grand-père !

Idruk plaqua une main sur sa bouche, mais il avait déjà laissé échapper son plus grand secret. C'était la solution, il ne pouvait y avoir d'autre réponse. Des générations d'hommes et de femmes à la chevelure rousse issus du continent. Les Francs... Les héritiers de Charlemagne... Le vieux coffre du grand-père !

L'énorme bagage de pierre, transporté au cours du long voyage accompli par toute sa famille, renfermait des secrets qui semblaient converger vers un seul point : l'existence de cette clef mystérieuse impliquait celle d'une mystérieuse serrure !

– Kroter en sait plus qu'il ne peut le dire ! s'exclama-t-il en descendant au premier étage.

Le garçon poussa la vieille porte de chêne. Les bruits qui montaient du rez-de-chaussée étaient de plus en plus forts. Quant à lui, il suait sous son lourd manteau, une chaleur insolite commençait à imprégner la maison.

L'imposant coffre du grand-père était posé contre le mur, au fond de la pièce obscure. Combien de fois avait-il laissé courir son imagination en songeant à son contenu ? Sa mère parlait de vieux vêtements et d'objets sans valeur. Mais les grosses bandes de cuivre, garnies de symboles antiques et de runes cabalistiques, qui encerclaient les panneaux massifs de bois, et le bas-relief poli de la partie supérieure où figuraient d'étranges créatures ainsi qu'un soleil à tête de lion, ne laissaient aucun doute. Un signe conduisait à un autre et maintenant, il n'avait plus qu'à introduire la clef pour découvrir le mystère.

À cet instant, un froid glacial lui caressa l'épaule. La clarté rouge de la salle d'en bas, où brûlait le feu dans la cheminée, faiblit dans l'escalier puis s'éteignit. Cela ne pouvait signifier qu'une chose.

Il était encore là.

Kroter grattait le coffre avec ses pattes. Idruk regarda vers la porte. L'apparition avait réussi à traverser les murs et absorbait la lumière, annonçant la mort de l'alchimiste.

La course du temps s'accéléra, comme si quelqu'un le tirait vers l'avant.

Soudain, il n'y avait plus de place pour le devoir ni pour les hésitations. L'être indescriptible, le mort-vivant approchait, chassant toute clarté.

Idruk introduisit la clef dans la serrure. Les bandes de cuivre qui recouvraient l'énorme malle luisaient d'un faible éclat, pendant que les longues lignes de runes se mettaient à flamboyer, comme tracées en lettres de feu. Terrorisé, Idruk jeta un coup d'œil derrière lui. Le grand couvercle s'ouvrit et Kroter bondit à l'intérieur dès que l'ouverture fut suffisante.

Puis Idruk passa une jambe dans le compartiment sans quitter des yeux l'entrée de la pièce.

L'éclat qui émanait du coffre commença à baisser.

L'apparition pénétra dans la salle, effaçant le monde autour d'elle. Le temps fila encore plus vite, une pesanteur de plomb envahit les mains d'Idruk. En se laissant tomber à l'intérieur du coffre, il se rendit compte que celui-ci était plus profond qu'il n'y paraissait, comme si une partie était emboîtée et dissimulée entre les planches qui en formaient le fond. Kroter se remit à gratter la paroi.

Sans détourner les yeux de l'ombre menaçante et à la lumière de la clef rutilante, le garçon posa la main sur la surface de bois. Une suite de mots apparut, étincelant comme un filigrane d'or récemment fondu :

LE REFLET EST TOUJOURS INVERSE :
SEUL LE VERITABLE T'AMENERA A MOI.
LIS TON NOM ET ENTRE, AMI IDRUK.

Le sens de ces lignes lui échappait complètement. En revanche, à l'intérieur du cercle « o » de « nom », l'adolescent découvrit une autre serrure. Il y introduisit la clef, d'où s'échappait un timide rayon lumineux.

Le couvercle du coffre commençait à se refermer, lorsque l'haleine d'une créature sans nom lui balaya le visage, le privant de toute raison. Telles les ailes immenses d'une chauve-souris, les ombres émises par des torches vertes emplissaient la pièce. L'éclat d'une paire d'yeux rouges, tourmentés, aussi inexpressifs que ceux d'une araignée et baignant dans un sang volé, le blessa comme s'il s'agissait du fil d'un couteau. Sa dernière vision fut cette présence obscure qui avançait pesamment vers eux.

Idruk sentit la reptation de l'ombre, sa croissance, la manière dont son visage étrange prenait forme. C'était bien l'être qui l'avait poursuivi depuis la tombée de la nuit. Les globes de sang de ses yeux reluisaient dans l'ouverture.

À cet instant, le coffre se referma avec un claquement décisif. Le couvercle de pierre s'abattit sur un lambeau d'ombre, comme mû par la volonté de trancher ce tentacule de brouillard.

Idruk et Kroter restèrent enfermés en compagnie du cri aigu de la bête, qui se prolongea longtemps avant de se dissiper à une distance incommensurable.

10

Lord Malkmus de Mordred

Les forces de l'Inquisition déferlèrent dans Wilton. Les poursuites et les arrestations se succédaient. Le plus souvent, les accusés avaient cherché refuge dans d'autres foyers ou dans les recoins les plus insoupçonnés. Mais ils n'échappaient pas au flair des énormes rats qui les débusquaient et montraient la voie aux funestes soldats.

De grands chariots noirs furent installés sur la place du marché, au centre de la ville. Quand les soldats de garde ôtèrent les grands panneaux de bois masquant les flancs des véhicules, les accusés apparurent, enfermés derrière des grilles, dans l'attente de leur procès. Quelques étendards de Guillaume le Roux ondoyaient en haut de longues hampes, près d'autres oriflammes frappées d'un grand corbeau. Les lords qui secondaient la Grande Inquisition de Lord Malkmus de Mordred avaient ajouté leurs propres bannières, et les soldats celles de leurs armées respectives. Une partie des hommes était établie dans les prés qui entouraient Wilton. Ils édifiaient d'énormes bûchers de bois et de paille, destinés à l'exécution du plus terrible châtiment que l'histoire ait jamais inventé.

La pluie se calma, mais les éclairs continuaient à se déchaîner au-dessus des prairies désertes de la plaine de Salisbury,

279

où des arbres de justice solitaires, aux branches chargées de pendus, pliaient sous le fouet rageur du vent.

L'énorme attelage de l'inquisiteur suprême s'arrêta sur un emplacement dégagé de la place du marché et Lord Malkmus en descendit. Indifférent aux rafales de pluie, il observa les feux verdâtres qui brûlaient alentour. Plusieurs chevaliers de Lord Robert reçurent l'autorisation de s'approcher de lui, et il remit son capuchon juste à temps. Pour seule réponse à leurs sollicitations, le redoutable personnage leur remit un rouleau de parchemin où figurait une copie des sentences. À son tour, il spécifia la liste de biens que Guillaume le Roux exigeait de Wilton et la somme que Lord Robert devrait remettre avant l'aube. Selon les comptables de Londres, de nombreuses richesses appartenant aux nobles du Wiltshire n'avaient pas été inventoriées et elles étaient nécessaires au maintien de la paix du roi d'Angleterre.

La délégation de Lord Robert quitta la place sur ses énormes destriers pour aller lui porter le message. Lord Malkmus s'intéressa alors aux nouveaux prisonniers et constata avec colère que certains accusés avaient quitté la ville à temps.

Les torches envahissaient toutes les ruelles. Les chasseurs de sorcières n'étaient pas avares de leur feu, comme en témoignaient les nombreuses maisons embrasées. Terrorisés, les gens passèrent la nuit terrés chez eux, dans l'attente de leur acte d'accusation. Les rats parcouraient les greniers, secouant jusqu'au dernier baril, perforaient les portes barrées et envahissaient les étables, reniflant à la recherche de leurs proies. Certains, trop proches des cheminées qui avaient abrité l'étrange feu rouge, avaient été atteints par son ardeur et n'avaient pas tardé à se consumer, enveloppés d'un cocon de flammes.

Peu avant l'aube, le cortège de chariots se mit en marche. Les cris des captifs avaient peuplé de cauchemars le sommeil de ceux qui avaient tenté de dormir pour surmonter cette terrible nuit. Beaucoup se réveillèrent avec la sensation que les derniers événements avaient été un mauvais rêve.

De nombreux suspects, accusés d'être des alchimistes dissimulant leurs facultés, étaient destinés à subir l'épreuve du feu. S'ils résistaient aux flammes, cela apporterait la preuve de leur véritable nature d'alchimistes et ils seraient ensuite soumis au feu destructeur. Pour ceux qui ne parvenaient pas à survivre au feu ordinaire, il était bien sûr trop tard. Cette épreuve était l'une des condamnations les plus horribles et les plus injustes que l'on puisse imaginer, où seule la mort constituait une preuve d'innocence.

Les équipages se réunirent dans un énorme cercle de torches au-delà de l'entrée orientale de la muraille de Wilton. Lord Malkmus souhaitait que les voyageurs aient tout le loisir de voir les bûchers ; il les avait donc fait dresser au bord du chemin.

Il n'y eut aucun procès. Les prisonniers furent conduits devant les monceaux de bois qui se dressaient dans les ténèbres comme des ombres menaçantes. Les incendies brûlaient encore dans la ville lorsque les condamnés, malgré leurs cris désespérés, furent attachés en groupes aux poteaux de bois qui s'élevaient dans les champs, le long de la route de l'Est. Les hurlements, la folie et l'horreur redoublèrent lorsque les premières flammes s'élevèrent dans les ténèbres.

La silhouette de Lord Malkmus de Mordred se découpait contre la clarté verdâtre des torches qui brûlaient le long du chemin. Le reflet des flammes dansait sur l'impassible masque d'argent. La persécution, la traque et l'extermination des lignages inférieurs suivaient leur cours abominable. La nouvelle flamme d'Aurnor, l'arme meurtrière que détenait le lord suprême, permettait la réalisation d'un plan aussi fou qu'ambitieux. La guerre entre la lumière et l'ombre se déroulait à un niveau que personne n'avait imaginé. Jusque-là, la mort des alchimistes dépendait de la fatalité, de la longévité ou du libre arbitre, mais les événements démontraient que désormais le lord suprême avait le pouvoir de vie et de mort sur chacun. C'était la grande hérésie de l'ordre noir suprême d'Aurnor, la négation des lois de la magie, le début d'une nouvelle ère. La Chambre des lords exécutait les obscurs desseins de son seigneur.

Plusieurs hommes aux visages nerveux et aux incisives proéminentes s'approchèrent de l'équipage de l'inquisiteur suprême. Celui qui paraissait être le chef s'avança et exécuta une profonde révérence. Des frémissements de crainte secouaient légèrement son corps courbé.

Lord Malkmus le fixa d'un regard indéchiffrable derrière son masque souriant. Ses yeux semblaient enfouis dans le visage pâle, derrière des pommettes métalliques aussi inexpressives et saillantes que celles d'un cadavre. Les pupilles de serpent scintillaient sous l'éclat venimeux des torches.

– Milord, l'*incubus*... a disparu.

Lord Malkmus se pencha vers son interlocuteur. Les ombres de l'énorme chariot, aux parois intérieures tapissées de velours, épousaient le mouvement des flammes.

Sa voix froide et inhumaine s'abattit sur le chasseur.

– En d'autres termes, il s'est échappé pour que... tu gardes ton travail, c'est ça ? A-t-il disparu ou s'est-il échappé ?

L'être à la face de rat s'inclina, suppliant.

– Il a disparu, milord, balbutia-t-il. Je vous assure... C'est ce dont le *vladsgaar* a été témoin... Oh, milord, vous devez me croire. Il a disparu à l'intérieur d'un coffre !

Lord Malkmus s'exprima toujours aussi calmement, continuant à harceler avec mépris son serviteur.

– Bien sûr, misérable rat ambitieux, toujours à essayer de t'imposer à ton peuple, toujours pressé de grimper... Et maintenant, c'est ainsi que tu récompenses ma confiance !

La lueur verte jouait sur les traits anguleux de l'homme, crispés en une grimace nerveuse qui tendait la peau variolée. Les incisives d'un énorme rat se détachaient sur son visage qui transpirait la lâcheté et l'infamie. Ses lèvres tordues tentaient d'esquisser un sourire servile pas très différent d'une grimace de larmes.

– Tu prétends qu'il a disparu alors qu'en réalité il s'est échappé. S'il avait disparu, tu sauverais ta peau, mais s'il s'est échappé, tu seras condamné. Tous les plans de la Chambre des lords ont abouti à la fuite de celui qu'on recherchait, de celui qui devait brûler devant l'ordre au complet... Comment veux-tu que je leur communique cette funeste nouvelle ?

– Mais nous avons sa mère ! répondit l'homme-rat avec angoisse, une étincelle dangereuse dans le regard. Nous la tenons ! Oui ! Nous l'avons capturée, milord !

L'ombre de Lord Malkmus se rapprocha encore de lui.

Avec la rapidité de l'éclair, sa main se referma comme un anneau autour de la tête du chasseur. Le corps de celui-ci rétrécit brusquement et, avec un grognement de rage,

283

l'hybride se transforma en un rat de la taille d'un agneau qui agitait follement les pattes en tentant de mordre la main de son seigneur. Mais la pression s'accentua, puis Lord Malkmus descendit de la voiture et traîna l'énorme rongeur vers un des bûchers. L'abominable silhouette de l'inquisiteur suprême tendit le bras et jeta la créature dans les flammes. Le rat tenta de se débattre, mais ne tarda pas à s'embraser en poussant des couinements désespérés.

Ensuite, Lord Malkmus de Mordred s'avança à la rencontre d'un être déformé posté devant les bûchers, qui écoutait avec extase les cris de souffrance de plusieurs femmes se consumant dans les flammes.

– Clodoveo, conduis-moi à la mère de cet incube.

Le bossu exécuta une révérence obséquieuse, se traînant presque par terre.

– Ce sera un plaisir d'enfoncer peu à peu les fers sacrés dans ses cuisses et de brûler ses cheveux, milord...

– Ne fais rien de tel ! rugit la voix du grand inquisiteur, amplifiée par le masque d'argent. Pour l'instant, du moins... Je veux qu'on l'emmène à Londres, elle sera en notre pouvoir. Attention, pas de surprises, n'est-ce pas ? Je n'admettrai aucune erreur susceptible de mettre en danger le résultat de cette opération. Si l'incube échappe aux mailles de notre filet, le lord chancelier saura qu'il en relève de ta responsabilité. Je ne crois pas que tu aimerais finir abandonné dans le plus profond des cachots en compagnie des araignées. Une fois arrivé à Londres, tu attendras mes instructions. Sois prudent. Maintenant, je sais que tôt ou tard, cet incube viendra la chercher.

11

L'énigme

A près avoir vu avec soulagement le couvercle* du coffre se refermer, Idruk se blottit contre Kroter, tout au fond. Son souffle entrecoupé retrouva lentement un rythme plus régulier. Il s'intéressa alors de nouveau aux mots qui continuaient à luire dans les ténèbres, avec la clef encastrée au centre du dernier « o » du vers final. De toute évidence, Kroter et lui étaient enfermés, mais en sécurité. Cependant, il avait le sentiment d'être confronté à un nouveau mystère. Si le feu avait pris dans toute la maison, pourquoi le coffre ne brûlait-il pas aussi ? Et puisque ses poursuivants le cherchaient avec tant d'acharnement, pourquoi s'étaient-ils accommodés si facilement du fait qu'il s'était enfermé dans ce coffre, même protégé par mille sortilèges ancestraux ? Et si cet endroit était sûr, il était tout aussi impossible d'y entrer que d'en sortir. Évidemment, Idruk souhaitait quitter les lieux le plus rapidement possible. La sortie existait, indiquée sans doute par cette nouvelle serrure. Quant à la solution pour l'ouvrir, elle était sous ses yeux, dissimulée par l'énigme la plus étrange qu'il ait jamais vue.

LE REFLET EST TOUJOURS INVERSE : SEUL LE VERITABLE T'AMENERA A MOI. LIS TON NOM ET ENTRE, AMI IDRUK.

La seule idée que son nom soit écrit avec une encre qui paraissait d'or et de feu, leur unique source de lumière, d'ailleurs, semblait étrange et insensée.

– Pourquoi mon nom est-il inscrit dans un coffre que mon grand-père a hérité de ses ancêtres ? À moins que sa magie ne soit capable de découvrir à l'avance le nom de ceux qui s'enferment en possession des clefs et que ce nom apparaisse au cas où... Mais ça me paraît peu probable. Ni la clef, ni l'ordre du Lion rouge, ni le message de mon père, ni cette poursuite ne sont le fruit du hasard, donc mon nom ne peut pas apparaître ici par accident. Il a attendu des années et ça signifie, au contraire, que mes ancêtres savaient comment j'allais m'appeler... Ou encore, que ce nom appartenait à une autre personne. On m'a toujours dit que Idruk était un nom viking... un Viking roux... le Lion rouge... le Soleil...

Sans savoir pourquoi, il avait la sensation que quelque chose lui échappait. Une pièce essentielle de ce vertigineux casse-tête n'avait pas encore trouvé sa place.

L'énigme était ardue. Il devait deviner l'information exacte que lui révélait la clef.

Pendant un moment, ses pensées dérivèrent et il se souvint de l'apparition de la clef au milieu des flammes solaires incandescentes. Sans aucun doute, il s'agissait d'une intervention magique particulièrement puissante, provoquée par quelqu'un au moment opportun. Les textes du parchemin de la Main Invisible lui revenaient également avec clarté. Il réfléchit de toutes ses forces... Cela parlait des derniers membres de l'ordre du Lion rouge, qui parcouraient les chemins d'Angleterre en quête du Bien-Né annoncé par les anciennes prophéties et dont l'avènement avait été retardé de cent ans, car tout le monde pensait qu'il naîtrait autour de l'an mil.

– Un moment ! Ma mère a au moins réussi à me faire entrer un peu de numérologie dans la tête. L'an mil ne se situe pas exactement mille ans après la naissance du Christ. S'il est né à un certain moment qu'on pourrait appeler zéro et si la prophétie se réfère au siècle, il est certain qu'elle doit se réaliser après l'an mil et avant l'année 1100. Cela nous situe dans la période actuelle et justifie, comme je l'ai toujours pensé, toute la stratégie de Lord Malkmus. Ainsi que la conspiration des ordres obscurs du pape contre de nombreux postulats des abbayes... Mais je m'égare.

Il aurait donné beaucoup pour que Kroter sache parler. Si une fois dans sa vie, le crapaud avait eu le regard d'un chien, c'était à cet instant : il semblait suivre avec attention toutes les divagations de son jeune maître.

– MAIS QUEL RAPPORT AVEC MON NOM ?

Désespéré, Idruk lança un coup de pied dans la paroi du coffre, qui résonna comme s'il avait été en pierre massif. Le jeune homme ne parvint qu'à se faire mal, ce qui renforça son sentiment d'humiliation et d'impuissance. Il plongea alors dans le plus profond désespoir.

La douleur et la misère le ramenèrent au souvenir de sa mère, son esprit s'évadant vers leurs meilleurs moments. Ils partaient parfois se promener dans les prés aux environs de Wilton. Elle se mettait des fleurs dans les cheveux et ramassait quelques herbes çà et là. Il ne prêtait jamais attention aux leçons qu'elle essayait de lui inculquer sur les excellentes potions qu'on pouvait en extraire et sur les nombreux remèdes qu'elle savait fabriquer. Gotwif avait une bonne opinion des gens ordinaires, malgré le peu de respect dont ils faisaient preuve. C'était comme si leurs croyances les plaçaient à l'écart. Hormis leurs semblables, personne ne voulait avoir de contact avec eux. Sa mère et lui avaient toujours vécu dans le secret, fréquentant peu les familles d'alchimistes de Wilton.

Le garçon s'attacha à des souvenirs plus doux, comme cette longue promenade un beau jour de mai. Un talus herbeux les avait conduits dans une combe, où un ruisseau cristallin serpentait entre quelques bosquets d'arbres verdoyants, après avoir parcouru les sous-bois de la forêt de Clarendon. Le spectacle du soleil se reflétant dans les mares où pullulaient des scarabées aquatiques, les animaux préférés d'Idruk, était fort plaisant. Sa mère lui racontait souvent qu'elle s'était amusée dans un endroit où abondaient les créatures magiques et avait ainsi pu les connaître. Mais Idruk se contentait de la rumeur de sa voix, de la solitude de la campagne et des scarabées aquatiques... Jusqu'à ce qu'un petit crapaud saute hors de l'eau dans une éclaboussure et se pose sur les pieds nus de Gotwif, qui se rafraîchissait, assise sur une pierre. Idruk prit peur, puis constata avec plaisir que sa mère éclatait de rire. Enfin, le regard curieux du petit garçon roux se fixa sur cette nouvelle créature : ce fut la naissance de Kroter. Du moins, ce fut ainsi qu'il s'appela à partir de ce moment, même si ses congénères l'avaient baptisé autrement. Malgré la laideur et le mauvais esprit dont il pouvait parfois faire preuve, Kroter n'évoquait que de bons souvenirs à Idruk. En effet, le crapaud avait décidé de vivre avec eux dès cette première rencontre ; il les accompagnait lors de leurs promenades dans la campagne. Il devint un énorme animal ainsi qu'un confident. Mais il continua à être la mascotte d'Idruk.

Les yeux verts en amande de Gotwif flottèrent dans l'esprit de son fils, au-dessus du sourire qui illuminait toujours son visage. Idruk caressa la patte rugueuse de Kroter...

– LA MAIN INVISIBLE ! s'écria-t-il.

Kroter sursauta et recula, offensé par ce qu'il considérait manifestement comme un absolu manque de tact. En sortant de sa méditation, Idruk s'était rendu compte que le parchemin magique se trouvait dans une des poches de son manteau. Il tâta le vêtement. Comme toujours, il donna le signal en claquant des doigts et le grimoire commença à déployer la centaine de plis complexes qui le maintenaient fermé pour finalement atteindre sa taille habituelle sous le regard anxieux du jeune homme. Mais quelle ne fut pas sa surprise de constater qu'aucune lettre ne se matérialisait sur la surface de ce qui était à sa connaissance l'un des grimoires magiques les plus puissants du monde. Il n'en croyait pas ses yeux ! Mis à part quelques légers scintillements dorés, il n'y avait strictement rien. Le parchemin restait muet, œuvre sans paroles.

Une magie puissante était à l'œuvre à l'intérieur du coffre. Coupé du reste du monde, mystifié par une énigme qui se moquait de lui en usant de son propre nom, Idruk était prisonnier dans un coin perdu, loin de son univers familier. L'endroit était impénétrable. Pas le moindre souffle de la magie qu'il connaissait ne pouvait s'y glisser.

Il pensa de nouveau à sa mère, au temps qui passait implacablement, et une terrible bouffée de colère le submergea. Seule la douleur lancinante de son pied l'empêcha de tambouriner de toutes ses forces contre les parois du coffre. Et cela ne fit qu'intensifier sa fureur.

Sans qu'il sache pourquoi, l'image de son père s'imposa au milieu de ses pensées funestes et déprimantes. Cette sorte de message posthume gravé dans le miroir familial l'avait guidé vers le vieux coffre de ses ancêtres forgerons. L'image du coffre et celle du reflet dans le miroir où tout était inversé ne cessaient de tourner dans son esprit...

Idruk tenta d'imaginer ce que lui auraient conseillé ses amis. Mais leurs visages restaient flous et il s'agaçait de ne pas pouvoir les retrouver, de ne pas parvenir à leur faire prendre vie dans son imagination et à les faire parler. C'était en vain qu'il tentait de réfléchir à leur manière. Il était totalement seul face à un terrible péril.

Cela lui rappela la famille Knoblich, qui n'avait guère été heureuse à Wilton. C'était peut-être pour cette raison qu'il s'entendait très bien avec un de leurs fils, Élohim, qui excellait à résoudre ce qui aux yeux d'Idruk restait de simples énigmes. Il n'avait jamais su clairement si son ami était ou non alchimiste, mais le jeune garçon était capable de lire d'étranges messages codés, les chemins de la Cabale. Élohim faisait référence à des histoires extraordinaires et lui faisait des démonstrations de lecture à l'envers, comme si le texte était reflété dans un miroir. À l'entendre, il suffisait d'imaginer sa tête comme un miroir capable d'inverser tout ce qu'il voyait pour découvrir la *vérité*.

Plus préoccupé à l'époque par les nouvelles où il était question de dragons et de géants descendant des monts écossais, Idruk n'avait pas compris la signification de ce que la famille d'Élohim qualifiait d'énigmes cabalistiques. Mais la facilité avec laquelle Élohim lisait à l'envers des signes étranges et de longues lignes à travers quelques points numérotés l'avait fortement impressionné.

À cet instant précis, les yeux d'Idruk s'emplirent de l'étrange lumière qui semblait en émaner lorsqu'il regardait fixement le soleil durant un certain temps. Mais maintenant, son regard était rivé sur la lueur émise par les singulières inscriptions sur la paroi massive du coffre, comme une incrustation d'or. Pendant un instant, il resta bouche bée, comme un idiot, puis il finit par reprendre ses esprits et se mit à murmurer quelque chose, d'un air surpris. Kroter l'observait avec attention ; son indolence naturelle semblait avoir disparu, comme s'il venait de découvrir la mouche la plus grasse de la mare et qu'il la guettait, s'apprêtant à la gober d'un instant à l'autre.

Idruk se redressa.

C'est impossible, pensa-t-il tout d'abord.

Je n'y crois pas, se dit-il ensuite.

– C'est impossible !

Le reflet de son père s'était imposé à lui dans un éclair, avec les images inversées et son infortuné ami Élohim qui, tel un miroir, était capable de tout lire de droite à gauche. C'était ainsi, selon les juifs, que se révélait la vérité.

« Le reflet est toujours inversé : seul le véritable t'amènera à moi. Lis ton nom et entre, ami Idruc. »

C'était écrit là, juste sous son nez. Il lut de droite à gauche, de la fin vers le début, et prononça le mot qui en résulta :

CURDY !!!

LE SECRET DE L'ORDRE

1

Le maître

Le jeune homme n'eut pas le temps de se poser plus de questions. Tous les doutes qui déferlaient dans son esprit furent balayés lorsque la clef d'or fit crac ! au centre du « o », déclenchant l'ouverture du fond du coffre.

Idruk et Kroter furent précipités dans un vide ténébreux. La chute sembla durer une éternité. Le cri du garçon résonnait contre des murs caverneux. Puis Idruk entra en contact avec une surface polie et entama une glissade étourdissante. Le tunnel se rétrécissait et, de temps à autre, il effleurait les parois âpres de la main. Convaincu que quelque magie bienfaisante les protégerait d'un trop grand dommage, il finit par croiser les mains sur la nuque pour atténuer les effets de la chute. Finalement, éjecté comme une balle, il rebondit sur de grands corps mous semblables à des ballots de laine.

Après quelques roulades, Idruk se remit debout dans l'obscurité.

– Kroter ? Tu es là ? demanda-t-il.

Son inséparable mascotte s'était peut-être tirée moins aisément de cette formidable dégringolade. *En fin de compte, un crapaud est moins agile qu'une grenouille. Surtout quand il pèse vingt fois plus qu'un crapaud normal, comme Kroter...*

Mais il n'y avait aucune trace du pauvre animal.

À tâtons dans l'obscurité, le jeune homme parvint à quitter l'amoncellement de ballots moelleux. Il devait absolument trouver un moyen de s'en sortir. Mais cette idée passa au second plan lorsqu'il aperçut une lueur ténue. Il se baissa pour ramasser la clef d'or. Elle brillait dans l'obscurité, indiquant une fois de plus le chemin de nulle part.

Il faisait froid, la lumière du soleil semblait ne pas avoir touché l'air depuis des siècles. Celui d'une oubliette, peut-être ? Idruk l'ignorait. Pour une raison indéterminée, il pensa aux grandes salles de la cathédrale normande d'Old Sarum. C'était un édifice imposant, ses nefs étaient sans doute aussi froides et mystérieuses que ce lieu.

Préoccupé par la disparition de Kroter, Idruk se mit à sa recherche. Quelques instants plus tard, trois coffres de différentes tailles apparurent dans le halo lumineux projeté par la clef. L'un semblait fait de plomb, le deuxième d'argent et le dernier était recouvert de bandes dorées dont la disposition et la facture lui rappelèrent le coffre de ses ancêtres.

Le jeune homme résolut de s'occuper d'abord du coffre de plomb. La clef semblait avoir la faculté d'ouvrir toutes les serrures, car le verrou tourna et le couvercle se souleva sans peine. À l'intérieur, reposait une pierre noire et anguleuse qu'Idruk prit pour un vulgaire morceau de charbon. Du coffre d'argent, il sortit un chapeau de voyage à large bord avec une plume plantée dans le ruban, une tunique noire et une ceinture jaune. Une tête de lion rouge était brodée sur le vêtement, ainsi que sur un épais manteau de voyage pourvu d'une capuche. Pour finir, il ouvrit le dernier coffre qui renfermait une série d'objets : une bourse vide en peau jaune, trois onces d'or et quatre pierres rouges à l'intérieur d'un gobelet, quelques pièces de monnaie et un verre. Mais ce qui retint le plus son attention fut une courte épée, à lame large et à la garde bleue dans un fourreau de la même couleur. En dégainant l'arme, il constata que le métal émettait un éclat d'or rouge. Il ne s'en étonna pas, tout cela devait être en relation avec l'apparition dont il avait été témoin devant la cheminée, avant d'être poursuivi par les hordes des inquisiteurs et par le mort-vivant, leur terrifiant serviteur.

Près de l'épée, il avisa une courte baguette et la soupesa. Malgré son éclat resplendissant, elle était trop légère pour être en or. Ces instruments étaient devenus rares chez les alchimistes, alors que pendant environ un siècle, ceux-ci les avaient utilisés pour pratiquer leur art. Les anciens bourdons des druides et des devins étaient devenus trop pompeux aux yeux d'alchimistes plus jeunes. D'un autre côté, le développement des pouvoirs et de la science occulte avait permis l'usage de nouvelles baguettes. Celle-ci manquait de contrepoids, mais était parfaitement droite et cylindrique, et portait des pointes émoussées aux deux extrémités. Idruk dessina distraitement une figure dans l'air et, à sa grande stupéfaction, une traînée lumineuse se matérialisa devant lui. Une des formules magiques que sa mère l'avait obligé à étudier lui revint alors en mémoire.

– *Aparitio !*

La forme nébuleuse vira au rouge et montra une projection des préoccupations d'Idruk. Les bûchers prirent forme à la différence que les flammes ne crépitaient pas mais tintaient. Oubliant l'excitation de la nouveauté, il fut soudain convaincu que sa mère était en danger et qu'il ne pouvait rester ici, à se pâmer devant ses prodigieuses trouvailles.

– *Lucifero* !

Il agita énergiquement la baguette et la substance cristalline émit un éclat étrange avant de s'éloigner en flottant par-dessus sa tête.

Idruk ne savait toujours pas où il se trouvait, mais grâce à la lumière ténue du petit nuage, il découvrit quelque chose d'étrange dans le fond. Cela ressemblait au gosier d'un lion, taillé dans la roche vive de la caverne. Cette cavité semblait faite pour accueillir un feu. L'adolescent s'approcha de la cheminée et examina la rangée de crocs qui la couronnait. Il ne tarda pas à résoudre l'énigme de cette nouvelle apparition.

C'était la bouche de l'ordre du Lion rouge !

Là résidaient les réponses à toutes les questions. Il était largement temps que ces artifices et ces mystères commencent à prendre un sens !

Le garçon retourna au coffre en plomb, prit la pierre noire et la jeta dans la gueule du lion.

Il leva la baguette, la pointa sur la cheminée endormie, traça une figure dans l'air et ordonna :

– *Leonibus Rex* !

D'abord, il ne se passa rien, puis brusquement et sans autre signe avant-coureur, la cheminée s'emplit de feu avec une violente explosion. Idruk recula devant le crépitement des flammes. Les yeux du lion, deux larges rainures latérales, rougirent tandis que le feu s'élevait à l'intérieur du conduit.

Une nappe de clarté vermeille s'étendit alentour.

La vapeur lumineuse qui avait protégé la baguette de l'alchimiste se dissipa ; toute la lumière provenait désormais de l'âtre démesuré. Idruk constata que les trois coffres étaient situés au centre d'une estrade surélevée qui formait un demi-cercle autour de la cheminée. Au-delà, le sol redevenait grossier. Les parois illuminées par le feu étaient très hautes, rugueuses, brutes, ce qui acheva de le convaincre qu'il se trouvait dans une grande salle improvisée, au milieu d'une vaste grotte souterraine. Le sanctuaire de l'ordre, peut-être ?

La lumière continua à s'étendre comme un demi-cercle bienfaisant autour de la gueule du lion. Idruk parcourait du regard le relief de ses grands crocs, se perdait dans la contemplation des yeux flamboyants. Peu à peu, son inquiétude pour sa mère et pour Kroter reprenait le dessus, mais une étrange agitation troubla le ronflement régulier du feu. Une tête de braise entourée de flammes se dressa soudain, comme surgie de la cendre, et le fixa d'un regard chargé d'étincelles. Médusé, le souffle coupé, Idruk contemplait le visage barbu qui évoquait celui d'un lion.

– Lord Leubrandt...

– Je suis heureux que vous sachiez qui je suis.

La tête enflammée ne quittait pas Idruk des yeux. Sa voix résonna dans le vaste espace comme un rugissement.

– Qui n'a pas entendu les anciennes légendes du Lion rouge ?

– Trop de gens qui n'auraient pas dû les connaître les ont entendues, répondit Lord Leubrandt.

Idruk s'avança de quelques pas et scruta les flammes qui s'étaient légèrement apaisées. Les nobles traits de Lord Leubrandt semblaient sculptés dans un masque de cendres, rompu çà et là par de petites langues de feu.

– Que suis-je censé faire ici, Altesse ?

– Vous avez fait ce que vous aviez à faire, et cette question m'obligerait à vous donner quelques explications qui pourraient nous entraîner dans des journées entières de conversation... Avez-vous tant de temps à votre disposition ?

– Mais... Non ! Je dois partir dès que possible...

– En effet, vous devez partir le plus tôt possible à la recherche de ce qui vous manque. Pour commencer, dites-moi qui vous êtes.

– Je m'appelle Idruk Maiflower et...

– Comment pouvez-vous me donner cette réponse après être parvenu jusqu'ici ? Qui les lords normands de la Grande Inquisition ont-ils poursuivi ? À qui appartenait le vieux coffre dans lequel vous vous êtes caché ? Pourquoi la clef d'or est-elle arrivée entre vos mains ? Que croyez-vous que sont les objets déposés depuis des siècles dans ces trois coffres ? QUEL EST VOTRE NOM ?

Les flammes bondirent hors de l'âtre, soulignant, si c'était nécessaire, le terrible rugissement de Lord Leubrandt. Idruk recula en se protégeant de l'intense chaleur, effrayé par cet accès de colère.

Il dut se rendre à l'évidence : la tête de lion avait les mêmes manies que le mystérieux coffre de ses ancêtres...

– Curdy ?

En prononçant ce nom, le garçon se sentit bien mieux, surtout en entendant le rire tonitruant de Lord Leubrandt cascader entre les langues de feu crépitantes. Il eut l'impression que de grandes bouches ouvertes et des yeux étincelants apparaissaient entre les flammes, tels des fantômes évoluant dans les profondeurs du feu qui surgissaient momentanément à la surface pour le contempler.

300

– Lord Leubrandt, le maire du palais du Haut Royaume, annonce son retour et remet les clefs du Royaume à Curdy. Le Soleil vous a désigné voici déjà sept générations. Vous êtes le septième petit-fils de Curdy Cheveux Rouges, et c'est seulement après le septième que viendra la fin de la malédiction. La mission de l'ordre du Lion rouge, qui veillait en attendant le retour de l'Élu, est arrivée à son terme. À partir de maintenant, vous devez connaître votre véritable identité. Mais avant tout, abandonnez la tenue que vous portez et revêtez celle que vous avez trouvée dans le coffre.

Curdy retourna auprès des coffres et obtempéra. Les tons de rouge et de bleu semblèrent moins vifs quand il revêtit ses nouveaux vêtements, mais maintenant, il ressemblait plus à un jeune lord qu'à un misérable habitant de Wilton. Quand il glissa le fourreau de l'épée dans la ceinture jaune, il ressentit un extraordinaire sentiment d'aventure et de mystère que tous les mots dont disposait le langage des mortels n'auraient pas suffi à définir. Il avait l'impression d'être un véritable...

– Alchimiste, dit doucement la voix puissante de Lord Leubrandt. Mais pas n'importe lequel. Vous êtes l'Alchimiste.

– Il existe de nombreux alchimistes, Altesse, répondit Curdy avec humilité.

– Il n'en reste pas moins vrai que vous êtes l'Alchimiste, insista la voix du maire du palais. Le gobelet jaune représente l'esprit. À l'intérieur, se combinent les Quatre et les Trois dont use l'alchimiste pour s'emparer de la connaissance. Les Quatre composent la dualité énergétique qui génère les Quatre Éléments des Matières. Les Trois sont les pas du temps qui limite l'Alchimiste dans l'exercice de ses pouvoirs. Présent, Passé et Avenir et l'accès au non-temps. Les pièces séparées nous indiquent que vous pourrez faire usage des sept et les combiner indifféremment. C'est le Septénaire de l'Alchimiste. Le sac jaune figure son corps, quant au gobelet rouge, c'est son intellect, où il peut réaliser les combinaisons. Tous ces objets symboliques ont pour fonction de permettre à l'initié de comprendre sa propre nature. Mais après avoir assimilé leurs valeurs respectives, vous n'en aurez plus besoin, à l'exception de l'épée. L'épée est dangereuse. Si l'Alchimiste doit l'utiliser pour achever son œuvre, il doit aussi savoir y renoncer et la remettre au fourreau quand le temps sera venu. Le nombre de l'Alchimiste est le Un et c'est ainsi que je commencerai mon récit.

2

Le deuxième secret

— L'Alchimiste est le maître de la Chance, un prestidigitateur capable de tout, même de se volatiliser dans le néant... Mais cela requiert la maîtrise du Septénaire, des Quatre Éléments et des Trois Temps.

— Quel rapport avec moi ?

Curdy était complètement dépassé. La science magique qui entourait les mystères de l'ordre du Lion rouge représentait sans doute les origines complexes de la pratique des arts occultes.

— Ne vous inquiétez pas, le meilleur atout de l'Alchimiste est sa spontanéité. Alors, oubliez tout cela et préparons-nous à partir à la recherche du grand secret de l'ordre. C'est la dernière étape. C'est seulement lorsqu'elle sera accomplie que l'heure du Cinquième Lord sonnera. Vous portez ses vêtements et ses possessions. Vous devez vous approprier le secret avant que les forces de Lord Malkmus de Mordred ne découvrent son emplacement.

— S'il a été caché pendant si longtemps, il peut le rester encore un peu, non ?

Curdy tentait de défendre son point de vue. Le plus urgent était de retrouver sa mère et Kroter, mais le maire du palais piqua une nouvelle colère.

– Tout est un et un est tout ! articula la voix rugissante.

Encore une réponse qui ne répond à rien, songea Curdy.

– Nous vivons les temps de l'incertitude, continua Lord Leubrandt. Les confréries secrètes se multiplient. L'étude des sciences magiques est ardue et seule une tradition séculaire a la capacité de protéger ses plus profonds arcanes... Le Haut Royaume peut renaître si l'ordre du Lion rouge accomplit sa mission. Une ombre se lève de la terre ravinée et s'étend sur le pays. Une de ces confréries, la plus noire de toutes, composant le plus redoutable des conclaves, garde les secrets de l'histoire, les codex les plus sacrés, des archives que même les plus savants des alchimistes n'auraient pu lire : c'est la Chambre des lords et seul le Cinquième Lord pourra la vaincre. Les archives secrètes, les registres perdus du Monarque sont en leur pouvoir. S'ils parvenaient à s'emparer du trésor sacré, avec le secret protégé par l'ordre durant tant de temps... nous perdrions la couronne de fer et de nombreux alchimistes seraient massacrés par la Grande Inquisition dans l'ensemble des royaumes européens.

– Vous parlez de Guillaume le Roux, Altesse ?

– Ce gros tas de graisse ! Ce bol de saindoux cupide sorti du ventre d'une grenouille ! Je doute fort qu'il sache lire, ni qu'il accorde une quelconque importance à un document... Bien sûr que non. Je fais allusion à la Chambre des lords et à la relique que les membres de la confrérie ont découverte là-bas.

Pendant un instant, seul le crépitement des flammes troubla le profond silence qui succéda à ces paroles. Curdy avait entendu parler de ce conclave, de ce lieu souterrain secret. Tous les alchimistes nobles se réunissaient dans une crypte sous la Tour de Londres. Cette assemblée obscure exerçait un grand pouvoir sur Guillaume le Roux. C'était la clef pour comprendre les terribles persécutions dont souffrait l'Angleterre depuis l'invasion de Guillaume le Conquérant.

Curdy se hasarda à poser la question redoutée :

– Où vais-je trouver le secret de l'ordre et en quoi consiste-t-il ?

– Je ne dois pas vous le révéler. Comprenez que si vous échouez en chemin, il vaut mieux que vous ne le sachiez pas, ainsi les tortures de l'ennemi ne pourront vous arracher plus d'informations que vous n'en détenez.

Curdy s'impatientait, bien qu'il fût certain que cette arme d'un incroyable pouvoir dont lui avaient parlé Luitpirc, Godefroi de Bouillon et les Templiers ne pouvait être que la pierre philosophale.

Le maire du palais reprit la parole :

– Une tombe sous une autre tombe, un repaire de démons, un ossuaire, une crypte qui s'enfonce dans les entrailles de la terre, au centre du Quadrant du Pouvoir : c'est là que se cache le secret de l'ordre.

– Le Quadrant du Pouvoir ?

– Comment se fait-il que votre mère ne vous ait rien expliqué ? Elle vous aimait tant qu'elle a cru vous protéger en vous maintenant à l'écart... Mais les choses se passent différemment. Une trop grande ignorance est aussi une faiblesse. De la même manière, il a été décidé d'inverser l'ordre des lettres de votre nom pour que personne ne comprenne trop facilement qui vous étiez, nous avons également répandu le bruit que vous étiez d'origine norvégienne. En réalité, vous êtes mérovingien, comme toute la partie de votre famille qui a les cheveux roux.

Curdy braqua son regard sur le gardien et se risqua à protester :

– Je ne veux plus entendre ce genre de propos au sujet de ma mère, Altesse.

– Ne le prenez pas en mauvaise part... Votre mission sera longue et ne se terminera pas avec l'épreuve du secret. Votre mère savait que le descendant des Forgerons rouges, la famille protégée par le Monarque, était son propre fils.

– D'où vient le nom des Forgerons rouges ?

– C'est parce qu'ils étaient tous des forgerons aux cheveux roux. Dans ce sens, vous avez été une exception : vous êtes le seul roux de la famille à ne pas s'être dédié au travail de la forge. En revanche, cette baguette d'alchimiste a été forgée par votre grand-père après une longue étude de nombreux métaux, dont la connaissance avait été approfondie grâce aux siècles d'expérience accumulée par vos ancêtres dans les forges. Charles Martel créa l'ordre des Forgerons rouges afin d'honorer le lignage des armuriers et des forgerons d'Aldoon. Une génération après l'autre, ils avaient façonné les armes qui avaient conduit tous les Carolingiens à la victoire... Mais au cours des siècles, la tutelle impériale germanique fondée par Charlemagne se détériora sur le continent. Nous savions tous secrètement que de nouvelles terreurs allaient se lever sur le monde, annonçant une terrible confrontation dans l'univers magique qui, après la destruction de la pierre du Monarque, s'était éparpillé dans le Troisième Temps, celui des mortels. Cette migration produisit un chaos considérable qui offrit à Aurnor l'occasion d'accaparer le contrôle du monde magique. Les Mérovingiens perdirent de nouveau la sainte relique, la couronne de fer.

Curdy s'assit sur le sol, jambes croisées, s'efforçant de comprendre ce que lui disait le maire du palais.

– Durant les derniers siècles, de nombreux ordres se constituèrent parmi les fidèles du Christ qui s'opposaient secrètement au pouvoir du pape. L'ordre des Bénédictins, par exemple, fondé par sainte Walpurgis la bénédictine, qui était en réalité une sorcière. Ou encore celui de saint Patrick en Écosse et en Irlande. Ce sont des noms de conquérants qui appartenaient aux lignages inférieurs d'alchimistes. Ils furent manipulés par Aurnor, mais il ne parvint pas à les anéantir totalement. À partir d'un certain moment, le pouvoir d'Aurnor se confondit avec celui des hauts dignitaires de l'Église et un profond désaccord divisa les fidèles de ce grand alchimiste appelé Christ. D'un côté, ceux qui voulaient suivre leur idéal de paix entre les hommes et de l'autre, ceux qui faisaient usage de leur pouvoir pour *dominer* les hommes... Heureusement, grâce à une succession de révélations, l'ordre sut que l'heure de combattre les plans d'Aurnor était venue et le Monarque annonça l'arrivée de l'Élu. Et, vous ne le croirez sans doute pas, votre naissance a mis en œuvre tous les sortilèges que l'ordre avait jetés autour du lieu où le secret est dissimulé. Aucun membre de l'ordre ne sait ce que le Monarque a enfermé, ni comment les mystères sont reliés les uns aux autres en vue de libérer la grande force et d'accéder au Mystère des mystères. Mais à la vérité, vous n'avez jamais été seul, quelqu'un se trouvait auprès de vous pour assurer votre sécurité et informer les rares membres de l'ordre qui connaissaient votre identité.

Curdy haussa les sourcils et écarquilla les yeux. Luitpirc ? Whylom Plumbeus ? Les aubergistes de Wilton ? Mais sa mère et lui avaient toujours vécu seuls. Et si tout cela n'avait été qu'une lamentable erreur ?

– C'est pour cela que je dois vous présenter à... Kroter.

Curdy se retourna vers le recoin obscur que lui indiquait le regard du lion. Là, deux grands yeux bulbeux et jaunes brillaient, indéniablement fixés sur lui.

– Eh bien, Kroter n'est pas précisément celui qu'il paraît...

À ce moment, un être étrange que Curdy n'avait jamais vu s'approcha du cercle de lumière. Plutôt mince, il ne devait pas mesurer plus de quatre pieds de haut. Deux grands yeux ronds brillaient dans son visage, surmonté de deux oreilles en pointe, d'une taille impressionnante et particulièrement saillantes. Sa peau présentait une curieuse nuance bleu verdâtre. Son accoutrement était saugrenu, tunique à capuchon et bottes de voyage pointues.

– KROTER !

L'elfe exécuta une profonde révérence et resta incliné.

– Lui-même, maître Curdy, à votre service.

– À mon service ? Mais...

– Kroter et Kreichel sont des membres de l'ordre et servent ses lords depuis très longtemps.

– Kreichel ? répéta Curdy, toujours abasourdi. Qui est censé être Kreichel ? Tu as peut-être une explication, Kroter, puisque tu t'y connais si bien en conspiration.

– Eh bien, maître Curdy, Kreichel est... Kreichel !

Et Kroter s'inclina de nouveau profondément.

– Formidable. C'est clair comme de l'eau de roche.

À ce moment, on entendit un claquement et une autre paire d'yeux apparut. Un autre elfe se dandinait vers le cercle de lumière, il ne cessait d'émettre des petits rires en marmonnant des paroles étranges. Enfin, prenant appui sur son bâton, il se planta d'un air solennel devant Curdy et déclara d'une voix grinçante et désagréable :

– Bienvenue, Lord Curdberthus de Wilton. Kreichel, à votre service.

– Fantastique. Me voilà devenu lord et j'ai des esclaves, murmura Curdy qui allait de surprise en surprise. Ça ne m'aide pas à éclaircir les choses, Lord Leubrandt. Au contraire, c'est de plus en plus compliqué.

– Kroter et Kreichel sont deux elfes qui ont accompagné en secret les descendants de Curdy Cheveux Rouges, sous l'apparence de mascottes ou de serviteurs domestiques. Quand il se fit vieux, Curdy Cheveux Rouges possédait de nombreux biens, notamment une grande quantité d'elfes domestiques...

– Ils étaient nos esclaves ?

– Pas exactement. À l'instar d'autres créatures magiques, beaucoup de ces elfes avaient choisi de chercher refuge auprès des familles d'alchimistes, car des bêtes sauvages et terribles les menaçaient, les traquaient et les réduisaient en esclavage. En échange de la protection dont ils bénéficiaient, les elfes aidaient les alchimistes à accomplir leurs tâches. Pour la plupart, ils servaient les grands seigneurs des lignages nobles. En Angleterre, de nombreux lords ténébreux possèdent des dizaines d'elfes...

Curdy regarda Kroter, puis Kreichel qui souriait malicieusement, puis encore Kroter.

– Ça ne me plaît pas d'avoir des esclaves.

– Ce ne sont pas des esclaves, considérez-les comme vos assistants.

– Kroter, finit par dire Curdy. Comment as-tu pu me tromper pendant tout ce temps ?

La mine indécise, l'elfe baissa les yeux. La tête de lion vint à sa rescousse.

– Kroter a fait ce que nous lui avons demandé et vous devriez apprécier son attitude, Lord Curdy. La magie est capable d'enfermer une chose dans une autre, en dotant chaque étape d'une clef différente. Kroter et Kreichel ne sont que quelques-uns des sortilèges dont use l'ordre du Lion rouge pour protéger son secret le plus précieux, la raison pour laquelle nous sommes restés cachés pendant plus de deux siècles...

– Deux cents ans pour en arriver là, à Wilton, trop tard, répondit Curdy.

– Qu'essayez-vous de me dire ?

– Que je n'ai pas l'intention de faire quoi que ce soit avant d'avoir trouvé ma mère et cela signifie que...

Deux éléments interrompirent la péroraison de Curdy. D'abord, le regard de Kroter, où il lui semblait lire une supplique silencieuse, mais surtout le rugissement de Lord Leubrandt, qui ne supportait manifestement pas la contradiction. L'irascibilité des lions était proverbiale, mais dans ce cas précis, il était évident que Lord Leubrandt avait un tempérament très colérique. Curdy comprenait maintenant pourquoi il se retrouvait si seul face à ses devoirs : ils devaient être peu nombreux à pouvoir le supporter.

Enfin, Kroter intercéda auprès du maire du palais, pendant que Kreichel riait avec insolence au nez de Lord Leubrandt.

– Le maître a besoin d'avoir des nouvelles de sa mère, cessons de lui répéter que les desseins de l'ordre sont incompatibles avec le fait de la sauver...

– D'accord ! brama Leubrandt. Mais n'oubliez pas que notre plan a été de vous protéger tous les deux, jusqu'à ce qu'elle essaye de vous couper de nous et de ce jour qui, tôt ou tard, devait arriver. De toute façon, les prophéties se seraient accomplies. Les lords ténébreux auraient compris que vous aviez trouvé les preuves qui aideront l'Élu à lever tous les sortilèges et à parvenir jusqu'au secret de l'ordre.

Kreichel fit entendre sa voix rauque de vieil elfe, tentant d'éviter la confrontation entre les deux lords :

– Le maître doit manger et le repas est servi.

Curdy se retourna vers les coffres et fut émerveillé par ce qu'il découvrit.

3

Donativum !

L a table sur laquelle s'étaient trouvés les coffres avait été drapée d'une grande nappe rouge, ornée d'un candélabre ouvragé garni de nombreuses bougies. Cette table improvisée était recouverte de mets au fumet alléchant. Visiblement, Kreichel était un excellent cuisinier. Entre-temps, Lord Leubrandt avait disparu entre les flammes. La clarté avait décru, laissant place à la lueur plus douce des chandelles qui rendait encore plus appétissants les plats de patates cuites avec du beurre, les cruches de bière, la purée de radis, les tranches de pain de seigle et les conserves au vinaigre. Il y avait même du vin. Curdy n'en avait goûté qu'en de rares occasions.

Kroter se rapprocha de la table, lança un regard mauvais à Kreichel et écarta la cruche de vin.

– Le maître ne boit pas de vin, dit-il d'un ton sec.

– Mais si je suis le maître, je peux boire ce que je veux, affirma Curdy.

Le ricanement de Kreichel agaça Kroter, qui répliqua aussitôt :

– Le maître Curdy commande Kroter, mais la mère du maître Curdy commande encore plus, et je suis certain que le maître Curdy ne voudra pas contredire les ordres de sa mère, n'est-ce pas ?

À contrecœur, Curdy se résigna à renoncer au vin. Kreichel saisit la cruche et en prit une longue gorgée.

– Dans ce cas, Kroter, mangeons rapidement avant de partir. Tu sais bien que nous devons nous mettre à la recherche de ma mère...

Les derniers mots de Curdy se perdirent dans l'énorme bouchée de purée de radis qu'il venait d'enfourner, se découvrant une faim de loup.

– Maître Curdy, avant de commencer à manger...

Curdy venait à nouveau de se remplir la bouche, cette fois d'un gros morceau de pain aux graines, et se rendit compte que les elfes le regardaient d'un air singulier. Avait-il fait quelque chose qui leur déplaisait ? Mais après avoir passé des années à le supporter, ils devenaient d'un seul coup bien exigeants ! Il ne pouvait tout de même pas acquérir les manières d'un vrai lord d'un simple claquement de doigts...

– Que... *pache-t-il* ? demanda-t-il la bouche pleine.

– Le maître Curdy doit savoir que...

– La coutume veut que le maître prononce le *donativum* chaque fois que les elfes ont fait quelque chose de *bon* pour lui, déclara Kreichel, visiblement vexé.

– *Fona-é* ?

– *Donativum*, maître Curdy. *Do-na-ti-vum*.

Curdy avala ce qu'il avait en bouche, se mit debout et leva la baguette d'un geste impérieux en disant d'une voix sonore :

– *Fonatifum* !

À cet instant, deux petites pièces d'argent apparurent en tintant au creux des mains tendues des elfes. D'humeur joyeuse et magnanime, Curdy leva de nouveau sa baguette.

– *Donativum ! Donativum ! Donativum !*

313

Soudain, ce ne furent pas des dizaines, mais des centaines de pièces qui emplirent les mains des elfes.

– Le maître a été fort généreux ! s'exclama Kroter.

Il referma le poing sur sa poignée de pièces en lançant un regard reconnaissant à Curdy.

Kreichel faisait le tour de la table à la poursuite d'une pièce récalcitrante qui ne semblait pas vouloir s'arrêter.

– C'est formidable ! Le jeune lord est fort généreux ! répétait Kroter.

Curdy se rendit compte que les elfes étaient enchantés par les pièces. Il en prit une pour l'examiner de plus près... Elle était frappée de son propre nom.

– Les alchimistes nobles battent la monnaie à leur effigie, maître Curdy.

– Et ça signifie que mon visage est sur ces pièces, c'est bien ça ?

– Pas exactement, dit l'elfe en baissant les oreilles, craignant de décevoir le jeune homme. En réalité, ces pièces sont beaucoup plus anciennes, comme toutes les choses que le maître a vues enfermées dans les trois coffres.

– Ce sont les possessions d'un véritable lord.

La malice de Kreichel lui valut un coup d'œil irrité.

– Un lord ? répéta l'alchimiste.

– Vous êtes un lord !

– Impossible, rétorqua Curdy.

Et il absorba une grosse bouchée de patates grillées. Il ne s'expliquait pas comment s'était débrouillé Kreichel pour les faire cuire, mais elles étaient délicieuses. C'était la meilleure surprise qu'il ait eue depuis longtemps.

– Vous êtes un lord, même si nous ne savons pas lequel. Mais un lord est un lord, point final, certifia Kroter d'un air sérieux, bientôt remplacé par un large sourire. Vous êtes un lord généreux...

– Dans ce cas, et puisque Lord Leubrandt ne nous écoute plus, j'aimerais comprendre quelques petites choses qui ne m'ont pas paru tout à fait claires. J'ai besoin que tu me les expliques, Kroter, car je suis certain que dès la fin du repas, il va revenir avec une de ses énigmes absurdes...

– Elles ne sont pas *asurbdes*, maître Curdy, intervint Kreichel tout en levant la cruche de vin vers sa bouche.

– Ab-sur-des, rectifia Kroter.

– Sottises ! rétorqua le vieux Kreichel avec un rire moqueur. Kreichel a disparu depuis trop longtemps...

– Que veux-tu dire ?

– Eh bien, maître Curdy, ce que veut dire Kreichel est qu'il était avec nous, mais personne ne pouvait le voir parce qu'il avait disparu... parce qu'on l'avait rendu invisible.

– C'est vous qui m'avez poussé dans le couloir du Cygne-Noir, quand j'ai vu cet être épouvantable ! Et c'est peut-être vous aussi qui vous êtes interposés devant le soldat qui me poursuivait quand j'ai rencontré cette créature pour la première fois ? Je m'en souviens, maintenant. Je crois même avoir vu les yeux de Kreichel dans l'ombre. Mais... Quelle était cette chose ?

Les elfes haussèrent les épaules et regardèrent autour d'eux d'un air méfiant.

– C'est un mort-vivant. Je n'en sais pas plus, murmura Kroter d'une voix sombre.

– Les pires créatures qui soient au monde. Kreichel le sait bien...

– Kreichel ne sait rien du tout, s'exclama Kroter, laissant tomber sa cuillère.

– Kreichel sait beaucoup de choses, car il est plus âgé et plus sage que le stupide Kroter, chantonna l'elfe d'un ton énigmatique. Kreichel sait ce qu'est un *vladsgaar*. C'est un être maléfique, voilà ce qu'il sait.

– Que signifie ce mot ? voulut savoir Curdy.

– Nous ne le savons pas. C'est un mot slave, une magie que Lord Malkmus de Mordred a amenée du continent, un serviteur maléfique, un démon.

– Bien, Kroter, laissons tout cela pour l'instant et raconte-moi des choses sur ma famille. Je dois tout savoir le plus vite possible.

– L'origine de votre famille remonte à Curdy Copperhair et Hilda des Oies, il y a plus de trois cents ans. Curdy était lui-même le petit-fils de Curdbert, un des meilleurs armuriers de Carl Manomartillo. Mais en Angleterre, Curdbert se dit Curdberthus. Je crois donc que le maître est Lord Curdberthus.

– Lord Curdberthus de Wilton, s'écria Kreichel d'un air effronté.

– En fait, je préfère que vous m'appeliez Curdy...

– Le passage des générations a amené les fils de Curdy Copperhair et de Hilda à changer souvent de demeure, jusqu'à ce que son petit-fils Curdwen s'établisse en Angleterre, aux environs de l'année 997 après Jésus-Christ. Cette famille d'alchimistes fut poursuivie partout où elle allait...

4

La conspiration des crapauds

– **S**i tu continues à révéler toutes ces choses au maître, il te traitera de crapaud conspirateur, gronda Kreichel.

– Le maître a le droit d'être informé, répliqua Kroter.

Puis il continua à parler des mystères du nouveau feu destructeur des lords ténébreux. Ainsi Curdy apprit que les persécutés ne brûlaient pas dans le feu et que la vieille coutume de brûler les sorcières ne servait à rien, car tous les alchimistes-nés échappaient aux dangers primitifs des Quatre Éléments, du moins dans leur état le plus rudimentaire. Le feu normal n'était d'aucune utilité pour se débarrasser d'un alchimiste-né. Mais la Chambre des lords possédait un nouveau feu. Engendrée dans les entrailles de la terre à partir des vapeurs émanant des cryptes des morts, la flamme d'Aurnor parcourait les places d'Europe. Les procès de l'Inquisition se faisaient plus efficaces et plus terribles. Maintenant, les alchimistes-nés pouvaient brûler et se consumer entre les griffes de ce feu comme n'importe quel mortel.

– Les choses ne sont pas ce qu'elles paraissent, maître ! La Grande Inquisition est l'écran d'un autre pouvoir plus grand qui agit dans notre monde avec l'ambition d'y instaurer une domination totale. Aurnor le Grand a peut-être eu besoin de deux cents ans pour organiser le chaos qu'il a lui-même déclenché. Je ne sais pas. C'est peut-être le début de sa domination sur le monde, la Chambre des lords est une arme meurtrière qui lui permettra de poursuivre la réalisation de ses plans. Et l'étape suivante est mise en œuvre avec une grande vigueur : il veut exterminer tous les alchimistes-nés qui n'appartiennent pas au signe des ténèbres. C'est une question de *race* !

Kreichel prit le relais avec animation.

– Il veut faire disparaître les races inférieures et boire le sang des alchimistes qui peuvent déranger l'ordre nouveau !

– La Grande Inquisition est une excuse, continua Kroter avec accablement. C'est un masque derrière lequel se cache le regard le plus meurtrier de l'histoire. Mais personne n'a pu arracher le déguisement de la confrérie et voir son véritable visage, pas plus que celui de l'inquisiteur suprême d'Angleterre, Lord Malkmus de Mordred. Tous les lords ténébreux dissimulent leurs figures pour mener à bien leur mission. Leur capacité de manipulation défie l'imagination. Le tribunal de l'Inquisition domine les plus ignorants avec des arguments fallacieux. Ils contrôlent les hommes de pouvoir, les rois, les princes, les ducs... en leur accordant les plus viles faveurs.

« Dans son ardeur à traquer les alchimistes-nés, la Grande Inquisition sème la suspicion et la crainte parmi les mortels. L'habileté malfaisante des espions infiltrés dans les cités suscite une nouvelle forme de folie. Maintenant, tout événement sortant de l'ordinaire est source d'effroi. Les gens s'accusent mutuellement de sorcellerie. Un grand-père qui raconte de vieilles légendes peut être traîné au bûcher. Une dénonciation pour sorcellerie motivée par la jalousie peut coûter la vie à une famille entière. Les tribunaux de l'Inquisition soumettent les captifs à de terribles épreuves afin de vérifier s'ils sont ou non des alchimistes-nés. Le plus souvent, il est bien tard lorsque la preuve de leur innocence est faite. Surtout sur un bûcher. Si les alchimistes-nés disparaissent pendant un instant pour renaître ensuite, les hommes et les femmes ordinaires meurent brûlés, par le Ciel ! Naturellement, à ce moment, ces criminels savent que les malheureux n'étaient pas ceux qu'ils recherchaient, mais cela leur importe peu. Quant à l'épreuve de l'eau, c'est la noyade assurée pour une personne ordinaire. Dans les provinces de Germanie, ils se sont mis à leur arracher le nez avec des tenailles spéciales. Selon qu'il saigne ou non, ils savent si le supplicié est un alchimiste, une sorcière ou un pauvre paysan.

– C'est horrible...

Curdy avait du mal à en croire ses oreilles.

– Pire, maître. C'est la vérité.

Kroter paraissait nerveux, il arpentait la salle à petits pas, gesticulant comme un conseiller désespéré devant son Premier ministre.

– C'est abominable, reprit-il au comble de l'agitation. C'est le véritable Mal ! Ils infligent la douleur par plaisir, dévastent tout sur leur passage. Dans l'Antiquité, quand les peuples barbares combattaient, ils le faisaient pour des terres, pour l'eau, la nourriture ou la liberté... Mais ceci n'a rien à voir. La torture, la recherche de la douleur, la perversion, tout cela émane du culte du diable, des ombres qui ont détruit le monde des forces magiques mythologiques, détruit l'énergie des initiés. De terribles conflits s'annoncent !

Un long silence suivit cette funeste exclamation. Curdy ne comprenait pas tout ce que lui expliquait l'elfe sur la manipulation collective et les intrigues de l'ordre noir, qui semblaient provenir de Rome, voire du pape en personne.

Kroter se gratta la tête, puis il posa ses grands yeux bulbeux sur son maître.

Curdy n'était pas certain d'avoir assimilé toutes les paroles de l'elfe. L'étendue des connaissances de Kroter le surprenait. Après tout, il avait été sa mascotte ! *Les crapauds sont capables de choses incroyables...* songea-t-il, accablé. Il tenta de garder en mémoire toutes les informations qu'il venait de recevoir.

– Que veulent ces nouveaux théoriciens de la Grande Inquisition ? Qu'ont-ils fondé sous l'apparence pieuse des symboles de l'alchimiste nommé Christ ? continua Kroter. Ils veulent dominer le monde entier sous toutes ses facettes. La première étape est de conduire les gens ordinaires à détester tout autre point de vue que le leur. Telle est la véritable fonction du nouvel instrument appelé la Grande Inquisition. Au passage, ils détruisent leurs rivaux en visant avant tout les alchimistes-nés. En vérité, c'est un plan parfait. Ils convoitent la couronne de fer et le secret de l'ordre, la pierre philosophale... Mais ils veulent aussi capturer Godefroi de Bouillon, malgré la décision du concile de Clermont et l'influence bienfaitrice des moines de l'ordre de Cluny qui ont caché nombre d'alchimistes-nés dans leurs abbayes du continent.

– J'espère que leur plan n'est pas aussi parfait qu'il y paraît, murmura Curdy, effrayé. Et que se passe-t-il pour les créatures magiques ?

– Il est essentiel pour nos ennemis que les gens cessent de les voir et, pour y parvenir, il suffit de les obliger à croire que les créatures magiques n'existent pas. Les lords ténébreux cherchent soit à les faire disparaître, soit à les réduire en esclavage ou à les enfermer dans des lieux inhospitaliers.

– Tout cela est si compliqué...

Curdy semblait épuisé.

– Il faut ouvrir la porte, maître Curdy, et passer de l'autre côté pour voir ce qu'il y a. Nous avons fait des conjectures à partir de ce que nous avons seulement aperçu par quelques fentes, mais il y a quelque chose derrière, un monde qui naît et qui continue à se révéler.

– Et quelle est la solution ?

– C'est encore trop tôt pour parler de solution, mais l'ordre du Lion rouge recèle de puissants secrets. Je pense aussi que les ministres du Monarque réunis dans le Conseil de Magonia veulent croire en un lord puissant, le lord annoncé par les prophéties, le Cinquième Lord. La Tête de Lion a d'étranges secrets et le Conteur ne dit jamais ce qu'il pense... Cependant, l'Inquisition soumet l'Angleterre au fléau, ratissant ses champs, traquant farouchement un adversaire issu des alchimistes-nés. Et maintenant, on sait par le grimoire de Magonia que seul l'Élu sera capable de dévoiler le secret de l'ordre et de découvrir la couronne de fer. Ce sera l'un des descendants de Curdy Cheveux Rouges, qui forgea des armes pour les Carolingiens au IXe siècle. Sa descendance fut abondante et devint l'une des familles d'alchimistes dévouées au Monarque, qui faisait partie des favorites. Les étranges aventures de ce jeune forgeron furent recueillies, interprétées et transformées en une légende que le vieux Curdy raconta durant de nombreuses années à ses petits-fils. Ce qui est certain, c'est que le grimoire de Magonia parle d'un descendant de Curdy à la septième génération... C'est pour toutes ces raisons que nous pensons que le maître Curdy est l'Élu, le Grand Alchimiste !

Curdy se sentit mal à l'aise. Tout cela n'était sans doute qu'un énorme malentendu. Il songea brièvement aux chevaliers de l'ordre des Templiers. Godefroi était-il parvenu à atteindre Jérusalem et à exhumer les mystères qui se cachaient dans les ruines du Temple ? Une question fascinante prenait forme dans son esprit, qu'il décida de ne pas formuler. Que devenait le sang des alchimistes absorbé par les créatures perverses appelées morts-vivants ? Recueillaient-ils le sang de leurs victimes, les alchimistes mis à mort ? Y avait-il un autre mystère caché derrière la couronne de fer ?

Kroter l'observait, de nouveau enthousiaste, quand un frémissement annonça le retour de Lord Leubrandt. La caverne s'emplit de lumière et la tête de lion émergea de la cendre.

5

Le dessein du Monarque

– **D**e nombreuses couches de terre ont recouvert le monde depuis qu'il est habité par les hommes ambitieux et orgueilleux, déclara soudain une voix rauque qui n'était autre que celle de Lord Leubrandt.

Le maire du palais apparaissait entre les braises. Son visage avait la teinte grisâtre d'un ciment en fusion et des flammèches s'échappaient des nombreuses rides qui le sillonnaient. La lueur rouge envahit de nouveau la pièce. Kroter et Kreichel exécutèrent une profonde révérence, puis reculèrent. Curdy ne savait pas s'il devait ou non s'incliner mais décida finalement de s'abstenir. Les lords ne devaient s'incliner devant personne.

– Nous venons juste de terminer notre dîner. Mes serviteurs et moi commencions à nous interroger sur la présence du maire du palais.

– Je m'en suis rendu compte.

– Très discret... dit Curdy.

– À présent, vous devez rejoindre la montagne d'Alaric.

– Et quelqu'un pourrait-il m'expliquer où se trouve cette montagne d'Alaric ou bien suis-je aussi censé être devin ?

323

– Le nom nous indique qu'il s'agit d'un mot d'origine germanique, ostrogoth : le peuple qui vit dans les régions de l'est de l'Oder.

– Je ne crois pas que le moment soit le mieux choisi pour une leçon d'histoire. Je dois partir sans retard, ajouta Curdy d'une voix pressante. Il me suffit de connaître l'emplacement de cette montagne.

– La montagne d'Alaric n'existe pas, jeune homme ! Le secret de l'ordre y est pourtant enfermé. La première idée qui vienne à l'esprit est une élévation du terrain, une colline... Ils savent que c'est un *nemeton*, mais ils ne sont pas arrivés à le situer.

Voilà qu'il recommence avec ses réponses bizarres, songea Curdy.

– Qu'est-ce qu'un *nemeton* ?

– C'est un mot gaélique par lequel les druides désignent un *point central du monde*. Un lieu où l'énergie s'amasse, où les forces de la nature s'accumulent, où s'ouvre une porte vers la magie. La tradition a de nombreux noms pour désigner des choses semblables : divination, énergie, esprit... En principe, ces lieux se situent dans la profondeur de certaines forêts. Mais à l'endroit auquel nous nous référons, le bois a été taillé, la colline s'est dénudée, les rivières ont débordé et au fil des crues, le profil de la vallée s'est modifié au sud de la plaine de Salisbury. Le lit a été creusé là où il y avait eu jadis des contreforts et les élévations ont été recouvertes, changeant parfois d'emplacement. Nombre de tombes anciennes disparurent de la mémoire des hommes, qui en cela est limitée. Le plus souvent, ils ignorent que là où paissent leurs agneaux, reposent les ossements de rois et de héros. Et au contraire, qu'à l'endroit où ils installent leurs foyers, d'honnêtes hommes

324

sont morts par traîtrise. Mais la terre s'accumule sur la terre avec le passage des siècles. L'herbe croît, une plaine s'étend, une ville s'élève.

– Cela signifie qu'on ne peut plus voir le mont d'Alaric, où est dissimulé le secret de l'ordre, dit Curdy, essayant de suivre les raisonnements du maire du palais.

– En effet, et c'est ainsi que la petite butte sacrée avec ses excavations labyrinthiques a été dissimulée aux regards curieux. Mais elle existe, même si le terrain a été nivelé alentour et qu'une ville s'élève à cet endroit avec son accumulation d'existences bruyantes. Cette cité s'appelle Sarum et c'est là-bas que vivaient les Romains qui ont combattu les peuples des druides. Ensuite, la cité s'est développée pour devenir une des villes préférées des rois du Wessex qui avaient coutume d'aller chasser dans les bois de Clarendon. Le cimetière millénaire des druides, le *nemeton*, est dissimulé sous la ville et le sommet de son tumulus antique, un lieu des plus sacrés, est un secret enfoui. Ce point central du monde est situé juste sous la cathédrale normande !

Curdy écarquilla démesurément les yeux.

– Mais les lords normands sont les instruments de la Chambre des lords, ils se chargent de contrôler les lords anglo-saxons ou de les éliminer proprement... Cela signifie que l'ordre a eu l'audace de placer son plus grand secret à l'intérieur de la cathédrale d'Old Sarum !

– Les bâtisseurs de la cathédrale faisaient partie de l'ordre et le vieux Guillaume le Conquérant ne savait pas ce qui s'était déroulé sous les terres d'Old Sarum, deux mille ans auparavant.

– Alors, c'est aussi simple que ça ? Ce que je cherche est là-bas ?

– Pas à l'intérieur, dessous. Le secret repose sur le vieil autel, la pierre des druides. Sur l'autel du sang que les druides d'Hibernia vénéraient sous le nom de Pierre des Corbeaux et sur lequel ils décapitaient les traîtres. Là-bas, au milieu des têtes tranchées par le couteau cérémonial des alchimistes païens, repose le secret le plus puissant de l'ordre.

– Mais comment puis-je avoir la certitude que ce que je recherche est vraiment là-bas et comment reconnaître ce que je dois emporter ?

– N'ayez pas le moindre doute. Le secret de l'ordre est le Point. Le signe du Monarque est un point enfermé dans un cercle. L'énigme est connue, mais pas sa réponse. Pour le moment, partez avec l'assurance que vous trouverez le Point là-bas. Ensuite, vous devrez faire appel à la connaissance pour déchiffrer l'énigme du Monarque, et parvenir enfin à réaliser son dessein.

– Je commence à avoir des doutes... Que devrai-je faire quand je l'aurai trouvé ?

– Dans le cas heureux où vous y réussissiez. En effet, pour parvenir au secret, vous devrez subir une série d'épreuves, mais n'oubliez pas que la Grande Inquisition vous traque sans relâche. Ils savent que tous les travaux de l'ordre se sont concentrés dans le Wiltshire. Maintenant, ils ne quitteront le comté sous aucun prétexte. Ils sont convaincus que l'*incubus* se trouve dans la région et espèrent le capturer au plus tôt.

– Dans ce cas, il se peut que la cathédrale normande soit l'endroit le plus sûr. Personne n'aurait l'idée de me chercher là-bas. Mais c'est aussi... le plus dangereux, réfléchit Curdy à voix haute.

326

Cependant, retrouver Gotwif restait sa priorité. Et il avait l'intention de s'en occuper avant tout, quoi qu'en pense la tête de lion enflammée.

– Le secret se trouve au centre du labyrinthe de niches souterraines.

– Je dois en savoir plus...

– L'ordre y a pensé. Gaufrey, le grand gardien, ne vous a pas légué ce parchemin magique, la Main Invisible, uniquement pour vous communiquer les informations dont les membres de l'ordre désiraient vous faire part. Apprenez que le grimoire recèle une carte, il vous suffit de le toucher avec la baguette que je vous ai confiée et le plan de la cathédrale de Sarum apparaîtra. Les passages vers les souterrains y seront indiqués.

Curdy se retourna et consulta Kroter et Kreichel du regard.

– Si tout est dit, il est temps de partir, conclut-il.

– N'oubliez pas que le chemin qui conduit à tout ce que l'on désire passe par un trajet insolite. Ce qui semble mener à votre objectif peut en réalité vous en éloigner plus encore.

Il y eut un brusque mouvement dans les flammes et la tête de Lord Leubrandt disparut, engloutie par les braises ardentes. Le seul lion que voyait maintenant Curdy était la gueule de pierre aux crocs découverts, au gosier embrasé par le feu de l'ordre.

Curdy brandit sa courte épée d'un air téméraire, mais devant la mine désapprobatrice des elfes, il la rengaina. Il fouilla les poches de son nouvel habit et se rendit compte qu'il pouvait emporter toutes ses possessions, y compris le parchemin de la Main Invisible, la baguette, la clef et le sac où il glissa un morceau de pain, sans oublier de se couvrir du grand manteau de voyage. Les elfes coiffèrent d'étranges chapeaux de feutre pointus qui leur donnaient des allures de nains maussades.

Finalement, ils guidèrent Curdy vers la sortie. Le feu commença à s'éteindre dans la cheminée, jusqu'à ce que la pièce retombe dans une obscurité absolue. Soudain, on entendit un grand bruit de pierres crissant les unes contre les autres et Curdy distingua une faible lueur dans le noir. Ils partirent dans cette direction. Tout en marchant, Kreichel et Kroter discutaient des détails pratiques du voyage, notamment de l'approvisionnement. Kreichel portait un énorme sac bien rempli. Curdy avait été étonné de voir le vieil elfe soulever une telle charge. Par bien des aspects, ces créatures le fascinaient. À commencer par leur force colossale et leur énorme capacité de travail que ne laissait pas deviner leur frêle constitution. Il était heureux de ne pas être seul, et plus satisfait encore d'avoir d'aussi parfaits compagnons de voyage.

Par ailleurs, l'inscription latine *Visita interiora terræ, invenies occultum lapidem* ne pouvait indiquer plus justement que la pierre philosophale était cachée dans les sous-sols de la cathédrale normande. Elle signifiait : « Visite l'intérieur de la terre, où tu trouveras la pierre occulte. » La pierre occulte, le *lapis philosophorum*. Pour les alchimistes, tous ces termes étaient synonymes de pierre philosophale. Il s'agissait sans doute de cette arme d'une incroyable puissance, mentionnée par Luitpirc et Godefroi de Bouillon.

À mesure qu'ils progressaient vers la clarté grise qui perçait la pénombre, l'idée que sa mère puisse courir un grave danger se fit aussi pesante qu'une enclume attachée à son cœur et un nœud dans l'estomac commença à l'incommoder. Il découvrit une caverne gigantesque qui s'illuminait peu à peu. De grands massifs d'arbustes assaillis par la neige et le gel se dressaient çà et là. La caverne débouchait au milieu d'une forêt. Soudain, les silhouettes de Kroter et de Kreichel *disparurent* dans un bruit sec semblable à une explosion.

– Mais où êtes-vous passés ?

– Maître Curdy, nous n'avons pas bougé, dit Kroter, réduit à une image fantomatique et diffuse à travers laquelle la forêt transparaissait, quelque peu distordue. Nous préférons nous déplacer en étant invisibles. Notre présence pourrait attirer des ennuis au maître.

– Je comprends, dit Curdy qui essaya de cacher sa déception ; cela ne lui plaisait guère d'être seul. Mais vous devrez quand même me montrer le chemin d'une manière ou d'une autre.

– Kreichel fera bouger les branches ! dit la voix du vieil elfe, ponctuée par un ricanement effrayant.

Les ramures de quelques bouleaux s'agitèrent. Puis le rire de Kreichel s'éloigna et des fougères ondoyèrent à son passage.

– Ne t'éloigne pas, Kreichel ! grogna Kroter à moitié visible.

– En route... Nous allons à Wilton !

Les yeux de Kroter s'ouvrirent démesurément, distordant l'image qui frémissait derrière lui.

– Le maître a parlé de Wilton ?

Kreichel émit un grognement.

– Par la barbe de Lord Leubrandt ! C'est bien ce que j'ai dit, Kroter. Et tu sais très bien pourquoi... Croyais-tu vraiment que j'allais partir sans ma mère ? Il ne te reste plus qu'à m'indiquer la route. Que je sache, et selon le Code des créatures domestiques que je me suis un jour consacré à lire en secret, tu ne peux sous aucun prétexte désobéir à ton maître...

– Non, hum... répondit l'elfe qui réfléchit à toute allure pour trouver une réponse ingénieuse, avant de s'avouer vaincu. Bien, allons-y !

– Ensuite, nous partirons tous pour Sarum !

6

Le retour de l'alchimiste

C urdy suivit les signaux de ses compagnons le long d'une sente qui semblait avoir été dessinée par les cerfs et les loups. À première vue, hormis pour les besoins de l'ordre, la grotte qu'ils venaient de quitter servait d'abri à quelques-unes des plus grandes bêtes nuisibles de la forêt. Le brouillard descendit brusquement entre les arbres et un épais voile glacé compliqua leur progression. Ils finirent par atteindre ce qui ressemblait à un chemin traversant la forêt. Kroter et Kreichel l'ignorèrent et s'engagèrent dans un marécage gelé, écartant des branches basses et contournant des broussailles pour créer leur propre piste.

– Où sommes-nous ? demanda Curdy à la cantonade.

– Dans la forêt de Clarendon, répondit une voix issue du brouillard.

– La plaine de Wilton n'est plus très loin. Dépêchez-vous, nous avons perdu assez de temps.

– Maître Curdy, se tirer des griffes de ce mort-vivant et apprendre un tas de choses d'un seul coup, ce n'est pas ce que j'appelle « perdre du temps », affirma la voix patiente et prudente de Kroter.

– Quand il y a quelque chose de plus important à faire, se consacrer à un autre sujet est une perte de temps, rétorqua l'impétueux jeune homme.

331

Les vêtements de Curdy, dont les couleurs resplendissaient auparavant à la lueur du feu magique de l'ordre, étaient devenus des tissus sombres et discrets. Personne n'aurait pu soupçonner sa véritable identité.

Pendant qu'il avançait à grands pas, évitant les pierres et les longues racines de saule, Curdy essayait de faire le bilan de ce qu'il avait vécu et appris durant les dernières heures. Il cherchait les solutions de toutes ces énigmes, parmi lesquelles il devait apparemment découvrir la clef d'un chemin secret qui le conduirait d'un mystère à l'autre. Si l'ultime objet que l'ordre gardait si jalousement avait une telle importance, pourquoi le jeune homme avait-il été désigné pour le toucher de ses propres mains ? Que faire d'un pareil secret ? À quoi servait-il et de quoi était-il capable ?

L'objet dissimulé par l'ordre est peut-être une arme meurtrière ? Cela expliquerait l'acharnement de la Chambre des lords. Le contrôle du continent est en jeu et seuls les alchimistes des lignées vouées au Monarque peuvent se dresser sur la route des lords ténébreux... Une arme... Le Cinquième Lord... songeait Curdy. La théorie ne s'était pas entièrement articulée dans son esprit. Néanmoins, il lui semblait que dans cet immense casse-tête, deux pièces se répondaient, l'une paraissant incapable d'exercer son pouvoir sans l'autre et vice-versa. Mais Lord Leubrandt ne lui avait rien révélé de *l'autre*. Cela faisait peut-être partie du plan de l'ordre, sinon quel était l'intérêt de détenir une information inutile ? Il en saurait plus après avoir réussi à récupérer la relique magique qui concentrait tant de forces.

Le brouillard s'épaississait de plus en plus, se posant sur les terrains enneigés qui environnaient la ville. Le bois de Clarendon était devenu une gigantesque toile d'araignée emperlée par l'humidité et suspendue entre les larges troncs, hautes colonnes grises d'un vaste salon endormi par l'arrivée soudaine de l'hiver. Enfin, ils traversèrent d'épais bosquets de broussaille et d'aubépine, progressant dans ce qui semblait être un tunnel de blaireau, et débouchèrent près d'un monticule de neige. Curdy accéléra le pas et se fondit dans le brouillard, s'éloignant du bois.

Au bout d'un moment, il eut l'impression d'être perdu et s'arrêta, son souffle restant en suspension dans l'air froid. Il n'aimait pas le brouillard. Celui-ci semblait si épais qu'il avait l'impression de pouvoir s'ouvrir un chemin avec son épée. Maintenant, Kroter et Kreichel apparaissaient comme deux silhouettes raccourcies au milieu de la brume.

– Dis-moi, Kroter, on n'a jamais vu un brouillard pareil.

– Maître Curdy, ce brouillard n'a rien à voir avec celui que vous connaissez. C'est l'œuvre d'une puissante magie. Ils essayent de cacher le soleil en faisant descendre les nuages.

La voix de l'elfe le réconforta, mais pas ses paroles.

– Qui fait une chose pareille ?

– Ceux qui nous poursuivent ! Lord Malkmus et ses inquisiteurs, précisa Kreichel avec suffisance. Qui prendrait tant de peine ? Vous espériez un jour ensoleillé après la terrible chasse d'hier ?

Le cœur de Curdy se serra.

– Dépêchons-nous. Emmenez-moi près des bûchers.

Le lourd silence des elfes lui indiqua combien ils désapprouvaient cette décision.

– Votre avis m'importe peu. Si vous ne voulez pas m'aider, j'irai seul à Wilton, je demanderai où se trouve le champ des bûchers et...

– D'accord, d'accord, maître Curdy. Kroter et Kreichel vous emmèneront là-bas, mais vous devez nous promettre de ne pas pénétrer dans la ville. Il le faut !

– Je ne peux faire aucune promesse. Il y en a déjà assez que je ne peux pas tenir ! Allons-y, Kroter, nous n'avons pas de temps à perdre. Tu devrais être particulièrement préoccupé par le sort de ma mère.

– Et je m'inquiète de tout mon cœur, protesta l'elfe, blessé. Mais c'est très dangereux et nous ne savons pas si elle est là-bas.

Peu de temps après, le terrain s'aplanit. Curdy en déduisit qu'ils étaient légèrement descendus et avaient atteint les champs proches de Wilton. Les rives de l'Avon ne devaient pas être bien loin. De temps à autre, un mugissement ou un bêlement leur confirmait qu'ils s'approchaient effectivement de la ville.

Curdy ne tarda pas à l'apercevoir. Derrière la brume, il imaginait l'antique muraille de la cité, avec ses rondes de soldats et ses postes de guet, les grandes portes et les meilleures auberges se détachant derrière, découpées contre le vert infini de la contrée du Wiltshire et de la vaste plaine de Salisbury. Mais ce matin-là, il se déplaçait au sein d'un brouillard sinistre, à travers les champs couverts de neige, givrés et lugubres. Soudain, une étrange silhouette attira son attention. Curdy s'arrêta.

Une forme inquiétante s'élevait dans la brume, évoquant un tronc solitaire, droit, noirci, à l'allure sévère. L'adolescent s'approcha lentement. L'image se précisa : il contemplait les restes d'un bûcher. L'énorme poteau carbonisé environné d'un tas de cendres noires émergeait de l'air dense. Pas très loin, il découvrit une deuxième silhouette dressée, pas aussi haute que la première, vestige lugubre d'une autre crémation. Toute trace de fumée s'était dissipée. Mais Curdy commençait à se demander si par hasard cette brume qui pesait dans l'air n'était pas une substance fantomatique et horrible, issue de la fumée des bûchers, combinée avec l'eau de la tourmente qui s'était abattue sur la ville.

Il se sentait seul, mais percevait des choses qui l'effrayaient tout en éveillant sa curiosité. Il s'avança près du premier bûcher. Sans savoir pourquoi, il tendit la main vers les cendres. Un cortège d'horribles images défila rapidement devant lui. Des visages qu'il n'avait jamais vus lui adressaient des grimaces féroces. Des voix rauques l'insultaient. Des flammes vertes et jaunes s'élevaient au cœur de la nuit. Saisi d'effroi, il retira sa main. Le regard de ses yeux bleus devint vitreux lorsque la douleur enterrée sous la cendre le mordit au visage. Il tendit de nouveau la main, pour se défendre cette fois, tant il était certain de ne pas souhaiter voir le phénomène qui s'annonçait. Et tout aussi convaincu de ne pouvoir y échapper...

Des spectres au visage inexpressif apparurent au-dessus de la cendre, puisant leur substance dans la brume, animés d'un fragment de lumière scintillant timidement dans leurs silhouettes et dans leurs yeux. Ils le fixaient. Leur absence d'expression était le plus difficile à supporter... Curdy savait que ces fantômes ne pourraient pas aller très loin, il suffisait que l'air s'agite et disperse les cendres pour qu'ils disparaissent tous. Mais pour l'instant, ils réclamaient vengeance dans le silence, dénonçant le crime des inquisiteurs et la chasse de Lord Malkmus de Mordred. Curdy luttait contre les larmes. Il s'apprêtait à tourner les talons, à fuir ce lieu maudit, lorsqu'une pensée atroce lui traversa l'esprit : si sa propre mère était morte, elle l'attendait dans un de ces tas de cendre. Il avait peut-être une chance de voir son fantôme une dernière fois. La haine et le désespoir au cœur, le jeune homme courut au bûcher suivant, pendant que les spectres se retournaient pour le suivre du regard.

Le phénomène se reproduisit, de nouvelles silhouettes ne tardèrent pas à se manifester. Curdy se sentait responsable de la chasse et avait envie d'implorer leur pardon. N'était-ce pas lui, l'incube de Wilton, que recherchaient les lords ténébreux ? Si au moins il avait eu connaissance de sa propre identité, ces gens n'auraient pas eu à souffrir et à mourir par sa faute... Soudain, les plans de Lord Leubrandt perdirent toute réalité, la peur finit par dominer le cœur de Curdy. Sa mère n'était pas morte sur ce bûcher.

Il courut vers un autre poteau noirci, puis gagna le suivant. Les images des spectres l'accueillaient, le visage grave. Les femmes et les jeunes filles étaient nombreuses. La Grande Inquisition haïssait particulièrement les sorcières. Il n'avait jamais vu autant de tristesse, et seule l'angoisse de rencontrer sa mère l'empêchait de s'effondrer.

Curdy visita près de vingt bûchers. Il continuait, sans se laisser arrêter par la proximité des remparts. Au dernier, il s'écroula, enfouit son visage dans ses mains et pleura amèrement.

Gotwif n'était pas là.

– Kroter, est-ce qu'il reste d'autres bûchers ? demanda Curdy entre deux sanglots.

La voix enthousiaste de Kroter résonna tout près de son visage. La silhouette de l'elfe papillotait, dénaturant la brume.

336

– Nous n'en avons pas trouvé d'autres. Le maître Curdy peut croire que sa mère est vivante !

Curdy contempla les visages fantomatiques du dernier bûcher et son soulagement se dissipa, cédant la place à une colère qui s'accumula derrière ses tempes. Il s'approcha d'un des spectres et se pencha pour le regarder dans les yeux. Finalement, il plongea la main dans la cendre. Toutes les images du champ de crémation reprenaient vie dans son esprit comme un tourbillon de feu ; une faible lueur sembla animer le fantôme d'une femme, ses yeux scintillèrent et Curdy perçut le son de sa voix. Les mots se gravaient dans un recoin de son esprit et à cet instant, il cria et frappa du poing le monticule de cendre.

Un événement extraordinaire se produisit alors. Une gigantesque langue de feu rouge jaillit des cendres. Elle se dressa en crépitant, puis se mit à bourdonner et s'étendit comme les ailes d'un ouragan. Le vent de feu s'éleva, dessinant une forme étrange qui se dissipait dans la brume. Curdy eut l'impression que quelque part là-haut, le soleil essayait de briller. Il remplit sa bourse jaune de cendre et la rangea soigneusement.

Ils entendirent des voix.

– Le maître Curdy ne devrait pas faire cela, avertit Kroter d'un ton sinistre.

– Faire quoi ?

– Rester si près des murailles. Les soldats ont vu la flamme, nous devrions partir.

– Trouve-nous un chemin qui nous mène dans la ville. Nous devons entrer dans Wilton.

– Il n'en est pas question, protesta Kroter, interrompu par le ricanement du vieux Kreichel.

– J'irai à Wilton, Kroter. Et tu m'aideras !

337

Constatant que Curdy campait sur sa décision, Kroter l'éloigna des bûchers et le conduisit aux grandes portes. Une longue file de gens et d'attelages passait sous les arches de la cité. Curdy songea qu'il ne leur serait guère difficile de se fondre dans la masse. Ils s'éloignèrent donc quelque peu avant de rejoindre la foule de journaliers, manœuvres, misérables et personnages étranges qui revenaient à Wilton poussés par différents intérêts.

Une fois à l'intérieur, Curdy se rendit compte que ce qu'il cherchait ne s'y trouvait plus.

Le matin était là, quelque part au-dessus du brouillard. Une clarté diffuse se propageait timidement dans les rues. Mais la ville fumait toujours en tourbillons âcres, étouffée par cet épais manteau de peur et de malédiction. Un chien le regarda et disparut dans la brume en aboyant, tel un fantôme effrayé. L'esprit de Curdy semblait frappé de confusion, d'horribles visions se formaient dans son imagination. Dans les rues désertes et abandonnées, il commença à percevoir un son insolite provenant des murs. La voix semblait susurrer son nom en un long chuchotement sifflant.

À chaque pas, il croyait reconnaître les traces des chevaux qui avaient piétiné la boue. Il était assailli par des apparitions de coursiers aveugles et furieux, dont les flancs s'ornaient d'ailes de chauve-souris. Un tourbillon de pensées l'affaiblissait comme l'aurait fait une forte fièvre. Il se pencha en avant, une main enfouie dans les cheveux, essayant vainement de soulager la douleur qui lui martelait le crâne, l'autre prenant appui dans la boue. Au bout de quelques instants, il reprit courage et regarda devant lui.

Des pouvoirs étranges l'investirent comme des forces irrépressibles. Le rideau de brume s'entrouvrit et il crut apercevoir sa mère entraînée par ces mortels destriers. Puis il se vit emprisonné, et en regardant cette image fixement, il eut l'impression de se refléter dans les yeux de sa mère. Ce fut alors qu'il comprit.

Désespéré, il remarqua ensuite qu'un tourbillon de flammes le séparait de son père comme une mer de feu. Cependant, le visage de celui-ci semblait calme, comme s'il se trouvait hors d'atteinte. De gigantesques ombres imperturbables se dressaient autour d'eux. Puis son père, tel qu'il l'avait vu dans le miroir familial, leva le bras et tendit l'index vers lui.

Curdy ouvrit les yeux.

Il était incapable de dire si ce qu'il venait de vivre était le fruit de sa seule imagination, mais à l'endroit où s'était trouvé le bras de son père, le brouillard vira au doré et un faisceau lumineux en surgit.

Le rayon éblouissant se prolongea à la droite de Curdy avec une puissance extraordinaire, comme émis par des anges de feu armés de lances de lumière. La gigantesque ombre nébuleuse semblait céder, comme repoussée par cette main, et le rai lumineux se déplaça, illuminant les mares au passage, jusqu'à tomber sur le garçon.

Curdy se remit debout, les yeux fixés sur la vive clarté. Il referma brutalement le poing : de la main crispée du jeune lord jaillit une bouffée d'air comme une houle invisible. Elle se répandit rapidement et se transforma en un vent clair et tempétueux, devant lequel la brume épaisse céda comme un mur abattu par un coup de tonnerre dévastateur et inaudible.

Les silhouettes des géants redoutables devinrent des pignons de maisons en pierre. Les visages des anges de feu se regroupèrent en un soleil matutinal qui se montrait au-dessus des toits, et les ombres ailées se réduisirent à des chiffons et à des vêtements mouillés qui pendaient des balcons les plus bas. La brume continuait à se disperser en tourbillons diffus et disparaissait au loin dans les rues, comme un fantôme fuyant la présence du jeune alchimiste, emporté par le vent druidique.

Que s'était-il passé ? Que signifiait tout cela ? Qui était-il en réalité ? Il avait l'impression d'avoir plongé la main dans un étang et créé une onde qui se propageait à la surface, brisant l'image qu'il avait toujours affichée pour lui dévoiler le reflet qui se cachait derrière.

Quelques passants le regardèrent d'un air intrigué.

Soudain, la voix de Kroter se fit entendre tout près de lui :

– Maître, vous n'avez rien à faire ici.

7

La deuxième marque

Il ne leur fut pas très difficile de quitter la ville par la porte nord. L'attention générale était concentrée sur les soldats qui partaient vers le sud où l'on avait signalé un étrange phénomène du côté des bûchers. Le détachement patrouilla le long des remparts en attendant la brigade inquisitoriale qui avait établi une sorte de poste avancé à l'intérieur de Wilton. L'armée des inquisiteurs était indépendante de la ville, son pouvoir surpassait même celui des autorités comtales, grâce aux sceaux de Guillaume le Roux et de son lord chancelier.

Certains de ceux qui prétendaient être des moines arrivèrent au champ des bûchers, sous la protection de soldats de l'armée. Après avoir écouté le récit des événements, ils se signèrent en parlant de haute sorcellerie. Les gens s'éparpillèrent dans toutes les directions. On envoya quelques messagers à Sarum pour informer Lord Malkmus, qui s'y était installé avec une partie de ses forces.

Un des faux moines quitta le groupe et s'éloigna dans le champ. Il disparut dans la neige et la brume. Enfin, il arriva devant le bûcher que Curdy avait réveillé et se pencha en avant, puis approcha lentement la main de la cendre. Son

341

visage émacié et froid ne manifestait aucune émotion devant l'horreur que représentait ce bûcher où plusieurs innocents étaient morts. Ce n'était que de la cendre et rien d'autre. De la cendre trempée par la rosée matinale. L'homme finit par jeter un regard de mépris sur les restes du poteau carbonisé et plongea la main dans la cendre. Il écarquilla démesurément les yeux en sentant ses doigts s'embraser. Hurlant comme une âme torturée par le diable, il enleva précipitamment sa main, avec un cri de veau marqué au fer rouge. Les doigts semblaient consumés et la brûlure n'aurait pas été plus vive s'il avait mis la main dans le brasier d'une forge...

Forgeron.

Le mot, sinistrement adéquat, brûla dans son esprit, le marquant d'une même douleur.

L'archevêque de Canterbury lui avait ordonné de retenir le moindre détail et de prendre garde à ne pas échouer dans sa mission. C'était à Son Éminence qu'il devait cette vie de piété et il lui fallait suivre ses instructions pour exécuter l'œuvre du Seigneur, comme l'exigeaient les vœux de son ordre. Ces hérétiques étaient maudits. S'il ne comprenait pas toute la science du grand inquisiteur, il savait néanmoins que celui-ci était dans le vrai.

Cette cendre était aussi maudite que les dents du démon. Le moine oscillait toujours entre la douleur et la colère lorsqu'il atteignit la ville, juste à temps pour plonger la main dans un seau d'eau. Mais l'ardeur qui lui dévorait les doigts ne sembla pas se calmer. Cette cendre brûlait comme l'enfer. Le bout de ses doigts avait fondu et des croûtes noirâtres s'en détachaient, laissant la chair à vif. L'homme se tordait de douleur, ne s'arrêtant que pour contempler sa main un bref instant, d'un air désespéré. Persuadé que la malédiction risquait de s'étendre à tout son corps, il arracha une hache des mains d'un paysan. Ses compagnons et plusieurs fermiers des environs formèrent un cercle autour de lui. Ils l'adjurèrent de se calmer. Convaincu d'être la proie d'une malédiction diabolique, le moine avait à l'esprit les terribles manifestations qui avaient entouré la mort de frère Gaufrey et leva la hache pour se trancher la main.

Un soldat arrêta son impulsion fanatique et lui enleva l'outil. Les paysans effrayés échangèrent des commentaires à voix basse. Le blessé débitait des phrases décousues en latin.

Finalement, rassemblant tout son courage, il décida d'envoyer un message codé à Lord Malkmus de Mordred. Plusieurs de ses assistants préparèrent de quoi écrire et, le visage livide, il dicta à son secrétaire un compte rendu des récents événements. Ensuite, il enroula un autre parchemin autour de ses doigts brûlés, y imprimant les traces sanguinolentes de la malédiction. Puis il le replia et le joignit au courrier.

– Il y a un ver de feu dans cette cendre. Il faut éviter qu'il ne se transforme en oiseau, comme il est écrit dans les prophéties, marmonna-t-il, les yeux larmoyants. L'*incubus* a visité les bûchers de Wilton.

8

Le bois de Groueley

La distance qui séparait les murailles de Wilton de la cathédrale normande de Sarum n'était pas très grande, mais dès le début, ils comprirent que le chemin serait bien plus dangereux que la traversée de la forêt de Clarendon, où les avait conduits la caverne secrète de l'ordre. Après une longue période de brouillard, le soleil tentait de percer les nuages, mais hormis l'apparition qui s'était manifestée devant Curdy dans les rues dévastées de Wilton, on ne revit plus ses rayons.

Mais au moins, le bois de Groueley était désert sous la neige.

Après avoir franchi la surface glissante d'un ruisseau gelé, les elfes pénétrèrent sous la végétation givrée, la meilleure manière selon eux de passer inaperçus. Curdy était certain de ne jamais avoir vu d'arbres aussi vieux et, sous la voûte gelée des branches, il se sentit plus en sécurité. Ils cheminèrent ainsi une bonne partie de la journée, d'abord vers le nord, puis vers l'ouest. Leur progression était lente, mais Kroter savait que Sarum n'était pas très éloigné, il valait donc mieux emprunter un trajet sûr. Ils franchirent des cours d'eau pris dans la glace en évitant les branches basses, traversèrent des vallons boueux au pied de versants abrupts et finirent par atteindre le flanc d'une colline blanche sous les arbres enneigés. Après une escalade sans difficulté, ils s'arrêtèrent au sommet.

Un cirque mégalithique s'étendait sous leurs yeux, de ceux que les alchimistes anglo-saxons nommaient *henge*. Chacun des blocs avait la taille d'un homme. Un dolmen se dressait au centre du cercle formé par treize pierres levées. Quatre piliers bien ancrés dans le sol supportaient un énorme bloc de pierre. Cela évoquait la demeure la plus simple du monde. Mais Curdy savait qu'il se trouvait devant un temple très ancien.

Kroter se matérialisa avec un petit claquement, imité par Kreichel qui apparut à quelques mètres de lui, faisant crisser la neige sous son poids.

– Ce pourrait être un bon endroit pour se reposer, maître Curdy, suggéra Kroter.

– Et pour manger, ajouta Kreichel en posant soigneusement son sac à terre sous le dolmen.

Curdy fixa Kroter de son regard pénétrant et celui-ci baissa piteusement les oreilles.

– Bon, arrêtons-nous, mais pas trop longtemps.

Il se glissa sous le dolmen et se blottit contre la pierre froide d'un des piliers.

– Le maître doit dire ce qu'il veut faire maintenant, déclara énigmatiquement Kroter.

– Encore des énigmes ? Mais pourquoi détestez-vous tous vous exprimer clairement ?

– Le maître Curdy Copperhair ne doit pas se fâcher contre nous. Nous cherchons seulement à l'aider...

Visiblement, l'idée d'avoir déplu à Curdy inquiétait Kroter. Le jeune homme se reprit et tenta de rassurer l'elfe.

345

– Ça va, Kroter, inutile de te fâcher ou d'avoir peur. Je n'ai pas compris ce que tu voulais dire, voilà tout... Et je n'ai pas envie d'avoir à décoder tes paroles.

Kreichel s'inclina devant Curdy, visiblement prêt à se charger de l'explication.

– Ce que Kroter et Kreichel veulent dire est que le maître doit prendre une décision importante. La plus importante de ce... voyage.

– Laquelle ?

– Le maître veut-il des patates sautées ou de la soupe de navets ? Du pain de seigle, des pommes ou du jambon de sanglier ?

Puis Kreichel afficha un air satisfait.

– Patates sautées et jambon de sanglier ! fulmina Curdy.

Il commençait à se dire que Kreichel était vraiment un peu fou. Quant à Kroter, il surmonta son irritation à grand-peine.

– Ne faites pas attention à Kreichel, maître. Il est très, très vieux... et...

– Je comprends. Mais qu'est-ce que je dois décider ?

– Le maître doit décider s'il veut entrer à Sarum de nuit ou de jour.

Curdy réfléchit quelques instants.

– Si l'ordre a caché son secret le plus précieux entre les griffes de son ennemi, le mieux serait de suivre cette stratégie et d'entrer là-bas au moment où ils s'y attendront le moins. Nous essayerons à la tombée de la nuit.

Kroter se mit à siffloter et à gratter son crâne pelé tout en marchant de long en large. Il semblait fort troublé.

– Ce n'est pas une bonne idée, n'est-ce pas ?

Kroter se planta soudain devant Curdy et le fixa, les yeux écarquillés :

– C'est une très bonne idée !

– Alors ?

– Une très bonne et très dangereuse idée... Kroter doit réfléchir, ajouta l'elfe.

Entre-temps, Kreichel avait déplié sa cuisine et une marmite mijotait déjà au-dessus de quelques pierres qui ressemblaient à des blocs de charbon. Elles étaient rouge cerise, mais n'émettaient aucune flamme. Peu de temps après, un repas abondant les attendait. Curdy ne pouvait toujours pas s'expliquer d'où Kreichel sortait les délicieuses patates sautées.

L'après-midi fut aussi calme que la matinée. Après avoir abandonné le temple antique et regagné la forêt, ils continuèrent à marcher vers l'ouest sur ce qui semblait être le contrefort d'un grand repli du terrain. Curdy avait le sentiment d'emprunter un chemin interdit. Les troncs lui suggéraient d'étranges visages noueux. D'un instant à l'autre, des yeux verts et bulbeux allaient s'ouvrir au milieu de l'écorce plissée et une bouche caverneuse les agonirait d'insultes. Certaines branches se penchaient comme des mains tendues dont les doigts auraient pu les saisir et les écraser. Cependant, rien de tout cela n'arriva et Curdy faisait confiance au bon sens de ses compagnons pour atteindre la cathédrale de Sarum.

Ce qui ne tarda guère.

Ils escaladèrent les flancs arborés d'une colline, se déplaçant péniblement dans la neige qui se mêlait à l'épais tapis de feuilles gelées et craquantes. De temps à autre, Curdy butait sur une racine dont il n'avait absolument pas remarqué l'existence au premier coup d'œil, à croire que les arbres les soulevaient subrepticement sur son passage. Il s'ensuivait toujours une chute spectaculaire qui déclenchait des ricanements stridents chez Kreichel et lui valait les remontrances de Kroter. En dehors d'une paire de lièvres qui s'enfuirent en bondissant dans la pénombre après les avoir observés avec beaucoup de curiosité, ils ne croisèrent aucun animal. Curdy s'étonnait d'ailleurs de ne pas voir d'oiseaux dans la forêt. Parvenus au sommet, ils découvrirent une vaste clairière blanche qui s'étendait vers l'ouest. Une bande de corbeaux prit son envol, s'éparpillant dans le ciel gris en émettant d'horribles croassements, et commença à tracer des cercles autour d'un arbre solitaire.

Comme hypnotisé, Curdy avançait vers les branches tordues de l'énorme arbre mort. Il s'arrêta sous la nuée de corbeaux, dont les cris résonnaient de plus en plus fortement sur la colline. Quatre hommes et deux femmes avaient été pendus. Ils se balançaient au gré du vent, les yeux grands ouverts, certains montrant une langue livide. En réalité, leurs orbites étaient vides, les corbeaux avaient commencé par leur morceau favori.

Plus loin, au milieu d'un vaste paysage blanc sillonné d'innombrables chemins, se dressait l'austère et solitaire cathédrale normande d'Old Sarum.

9

Le premier cercle

Vers le nord, le brouillard ressemblait à un voile immense qui s'élevait à plusieurs milles, se confondant avec les nuages. Devant eux, l'œil affûté de Curdy décelait cependant la couverture boisée d'une combe qui pénétrait la plaine blanche comme une langue et, un peu plus loin, une colline dont les talus semblaient contenus par une puissante muraille. Lord Leubrandt avait raison. Très longtemps auparavant, cette vallée avait dû être bien plus profonde, creusée par des eaux fougueuses. De même, à l'époque, la butte que couronnait la grande masse de la cathédrale devait surplomber son environnement de beaucoup plus haut. Mais la colline dominait encore la plaine et la ville d'Old Sarum s'étendait derrière un anneau de murailles, avec ses toits bleus, rouges et verts, disposés en un ensemble complexe autour des imposants édifices normands.

L'aspect de la cathédrale emplit Curdy d'effroi. La construction se situait au pied d'une seconde élévation sur laquelle se campait un sévère bâtiment carré, flanqué de quatre tours crénelées et d'une autre ceinture de remparts avec ses poternes, ses barbacanes et ses fortifications massives.

Deux cercles de pierre enserraient l'antique cité. Le premier était la vieille muraille des rois du Wessex qui protégeait de longues rangées de maisons en pierre dont s'échappaient de pâles serpents de fumée. Plus loin, un bois circulaire cachait le pied du pinacle de la colline et une seconde enceinte fortifiée séparait l'intérieur de la forteresse du reste de la cité. Ces remparts dataient de l'occupation romaine. Old Sarum était en effet un site très ancien. Après les druides, les Romains avaient élevé un campement sur la colline sacrée. Puis les barbares anglo-saxons y avaient érigé leurs châteaux de bois, d'où un *sheriff* gouvernait la région, avant la création du comté de Wiltshire et la transformation de Wilton en capitale du royaume de Wessex. Par la suite, la muraille fut fortifiée dans le style normand, plus solide et durable. Flanquée de ses cimetières, la cathédrale s'étendait au pied du château, ses pierres légèrement plus sombres disposées en une étrange forme octogonale de laquelle partaient deux longs transepts d'arcs romans.

La tour avec ses murailles superposées, ses arches et ses clochetons était dépourvue de flèche. C'était comme un bloc vers lequel s'orientaient les ouvertures des clochetons et Curdy devinait que de nombreux gardiens de pierre veillaient le long de ses murs. Même à cette distance, on pouvait discerner les silhouettes de ses gouttières sculptées et de ses gargouilles diaboliques, symbole du mal pétrifié aux portes du lieu sacré. L'enceinte semblait très bien gardée, et la seule manière de s'y introduire sans éveiller les soupçons était de le faire au moment où personne ne s'y attendait : en pleine nuit.

Ils continuèrent à avancer à l'abri des arbres et rejoignirent la plaine enneigée. Une fois là-bas, ils progressèrent jusqu'à la dernière lisière de la forêt. La nuit tombait. Étouffé par les nuées fantasmagoriques qui endeuillaient le ciel, le crépuscule s'acheva sans que le moindre rayon de soleil n'apparaisse.

Finalement, il fut l'heure de gagner la première muraille. Ils décidèrent que Kreichel, encombré par son fardeau, ne les accompagnerait pas, mais attendrait à un certain endroit de la plaine que connaissait Kroter. Un petit bosquet d'arbres y poussait au milieu des terrains incultes qui s'étendaient au nord d'Old Sarum. Finalement, laissant Kreichel et ses impertinences en arrière, Curdy suivit l'avancée prudente de Kroter dans l'obscurité, maintenant absolue. Des torches scintillaient le long de la grande muraille. La caresse du vent erratique tirait des tintements lugubres des cloches et sonnailles.

À l'approche d'un chemin qui traversait les champs, Kroter s'arrêta et fit signe à Curdy. Tous deux se jetèrent dans la neige et se figèrent, aussi immobiles que des pierres enchantées.

Le bruit d'un attelage à l'approche se fit entendre, résonnant avec plus d'intensité dans le silence de la campagne. Curdy avait l'impression que l'équipage se trouvait encore loin, mais Kroter avait décidément l'ouïe affûtée. L'ombre du chariot émergea soudain du néant et se traîna pesamment devant eux, les sabots des puissants chevaux noirs labourant la neige. Le cœur au bord des lèvres, Curdy écouta la glace boueuse craquer sous les roues. Puis l'équipage s'éloigna dans une rumeur feutrée sur le chemin qui menait aux portes de la ville et fut bientôt avalé par l'obscurité.

Kroter se redressa d'un geste vif et ils traversèrent la ligne grise du chemin. De l'autre côté, les champs s'élevaient en pente légère jusqu'au pied du premier rempart. Quelques arbres se dressaient comme des ombres ténébreuses sur le talus incliné. À mesure qu'ils approchaient, la muraille semblait plus solide et plus haute. Pour finir, Kroter s'arrêta sous un des arbres sauvages, dont les branches basses enchevêtrées leur offraient un abri, les dissimulant comme à l'intérieur d'une tanière.

– Il est temps que le maître sorte le parchemin de la Main Invisible. Nous ne pourrons pas aller plus loin sans les indications et les instructions du frère Gaufrey.

Aussitôt dit, aussitôt fait : Curdy sortit le rouleau de la poche intérieure de son manteau et le parchemin se déploya seul comme à l'accoutumée. En peu de temps, des lignes s'entrecroisant selon un schéma complexe commencèrent à se profiler, formant un galimatias dont Curdy ne parvenait pas à comprendre le moindre mot. La figure mystérieuse se stabilisa en un octogone autour duquel apparaissaient des lignes droites venant du centre, coupées par deux grands cercles concentriques.

– C'est le plan d'Old Sarum, murmura Curdy. Un plan exécuté par les bâtisseurs...

– Le maître doit chercher la première ceinture fortifiée. Ah, la voilà ! L'entrée est par ici...

Mais Curdy écoutait sans comprendre. L'emplacement des portes était indiqué sur le plan des premiers remparts ; un cimetière apparaissait au-delà. De part et d'autre des murailles, une série de marques en ponctuait la circonférence.

– Que font les signes des métaux et des planètes sur ce plan ?

– Il s'agit sans doute d'un code pour trouver la porte qui permettra de franchir l'enceinte, à moins que le maître ne préfère choisir les points d'accès connus.

– Une entrée secrète... Il ne pouvait pas en être autrement, si elle a été construite par des conspirateurs de notre ordre.

– Les bâtisseurs de la cathédrale étaient effectivement proches de l'ordre, ajouta l'elfe. Ils ont tout mis en place pour que seul le porteur de la carte puisse résoudre les énigmes et entrer. Le grand gardien le savait.

Curdy sortit sa baguette d'or et toucha le parchemin à l'endroit où s'inscrivaient les signes alchimiques. Ceux-ci se mirent à briller brusquement comme tracés en lettres de feu et ils purent les lire avec clarté. La Main Invisible inscrivit sur la surface du parchemin une énigme que le garçon reconnut.

Feu commence par un f,
Fiafalf s'écrit avec trois f
Le f a-t-il deux ailes inversées ?
Jamais une lettre ne fut un animal !

– Cet animal est le Phénix... Je le sais déjà. Le Phénix, c'est le feu. Mais...

Curdy réfléchissait, essayant de combiner toutes les énigmes en relation avec frère Gaufrey.

– Un moment ! s'exclama-t-il dans un chuchotement excité. Old Sarum est protégée par deux cercles de pierre comme le montre la carte. C'est le signe du Monarque !

L'enthousiasme du jeune homme contamina l'elfe, qui paraissait avoir compris du premier coup :

– Le point entouré d'un cercle est le signe alchimique du Soleil. Le Soleil est la planète du Roi Doré, du Monarque. Son temple a la même forme et le point central indique que

353

l'arme d'une puissance incroyable dont parlaient Godefroi de Bouillon et Luitpirc est cachée là-dessous. D'un autre côté, le Soleil est la planète du Lion, et c'est pour cela que les signes des planètes sont reportés à des emplacements précis...

– Et on peut pratiquement compter les pierres taillées une à une, fit remarquer Curdy.

– Il suffit d'atteindre le signe du Lion, le même que celui du Monarque. Le cercle qui entoure un point correspond à la muraille qui entoure le *nemeton* souterrain. C'est l'*Aurum*, le principe de la sagesse :

– La solution ne peut pas être aussi simple, reprit Curdy. C'est une opération occulte conçue par le grand gardien de l'ordre. Elle exige certainement un plus grand savoir alchimique, mais nous n'en sommes pas loin. L'unique substance alchimique qui est représentée par un cercle tronqué est celle-ci :

$$\mathcal{O}\text{rar}\tau$$

– L'*Aurantiorum*, dit Kroter qui plaqua aussitôt une main sur sa bouche.

– Les elfes domestiques ne sont pas censés étudier l'alchimie. Mais apparemment, ça ne t'a pas arrêté, commenta Curdy. C'est effectivement l'*Aurantiorum*, la *teinture qui illumine les corps*. L'endroit où le cercle est brisé pourrait symboliser l'entrée secrète. Il faut aussi se souvenir que l'on obtient cette substance grâce au soufre sublimé qui a la couleur de l'or...

– Le faux or des alchimistes !

– C'est aussi un de ses noms... Si l'or est un cercle parfait, le faux or est un cercle tronqué. Qu'est-ce qui rompt le cercle, ouvre la porte et donne accès au chemin vers le point central ?

Kroter suggéra une croix à bras égaux.

– Une croix ? répéta Curdy avec étonnement.

– C'est le signe de l'Acide et l'Acide est le faux or philosophique, appelé soufre des sages.

La Main Invisible traça le signe de l'Acide :

– Je vois que tu as bien étudié durant ton temps libre ! L'élément qui brise le cercle est effectivement le soufre des alchimistes, le faux or...

– La croix !

– Et en plus le signe alchimique de la pierre philosophale renferme la croix, regarde :

– Il n'y a pas le moindre doute, dit l'elfe, convaincu par la démonstration.

– N'y avait-il pas un cimetière en dehors de la première muraille ? La pierre marquée du signe du Soleil doit se trouver là-bas !

Après un long périple silencieux à l'ombre de la redoutable muraille, ils virent les antiques pierres saxonnes démantelées.

Les arbres qui poussaient en ce lieu avaient le tronc tordu et n'offraient qu'un refuge imparfait. Curdy lançait des regards méfiants vers la tour. Quelques torches brillaient au sommet, trahissant la présence de sentinelles normandes. Sans savoir pourquoi, le jeune homme était convaincu qu'une présence terrible se tapissait dans la ville.

– Puisque nous sommes censés deviner le numéro de cette pierre, il nous faut comprendre le système qui relie les numéros antérieurs, dit le jeune alchimiste.

– C'est une séquence !

– Mais pas une énigme, répondit Curdy, plein d'espoir. L'objectif du frère Gaufrey est de nous communiquer l'emplacement sans que personne d'autre ne puisse le découvrir... Et le code doit se cacher une fois de plus parmi les symboles ancestraux.

Curdy, qui s'était rendu compte que la plus grande partie des énigmes inventées par les membres de l'ordre avaient un rapport avec le retour de l'Élu, pensa qu'il pouvait en être de même pour la séquence. Il chercha des similitudes.

– Ce pourrait être le numéro quatorze... La quatorzième pierre du vieux cimetière ! Les alchimistes sont initiés dans leur quatorzième année ! C'est mon âge, je suis l'initié de Gaufrey et par conséquent, celui de l'ordre ! continua le garçon, sous l'œil admiratif de Kroter.

Le jeune homme traça un pentacle avec sa baguette, et la figure s'illumina sur le parchemin.

– Quelle autre forme géométrique pourrait nous guider jusqu'au site ? reprit-il.

– Un pentacle, bien sûr ! Le signe magique de l'ordre. Les cinq gardiens du grand secret et l'unique grand gardien qui protège les réponses. C'est la seule figure qui se crée à l'intérieur d'un cercle en unissant les cinq extrémités d'un pentagone...

– Sauf que le pentacle unit certaines extrémités à d'autres.

– Ce qui crée un second pentagone interne et un autre cercle, dans lequel s'inscrit la pierre philosophale !

357

– Et je suis certain qu'un des segments intérieurs du pentacle nous signalera le point d'accès de la seconde muraille qui est représentée ici.

– C'est fantastique ! Comment avez-vous compris, maître ?

– J'imagine que Gotwif savait ce qui allait se passer. Depuis l'enfance, elle m'a proposé des énigmes et des jeux qui me forçaient à réfléchir au pentacle et à ses formes. J'ai dû explorer toutes les possibilités d'association des segments, jusqu'à savoir composer une pyramide à partir de triangles parfaits...

Kroter était très impressionné par les mathématiques, car les elfes développaient généralement davantage leur intuition que leur capacité de calcul.

– Ça alors ! Lord Leubrandt avait raison, il suffisait d'attendre un peu que le maître apprenne à utiliser sa tête...

Curdy jeta à l'elfe un regard étonné, puis continua sa démonstration :

– Et cela signifie que la seconde entrée n'est pas très loin, il n'y aura qu'à compter les pierres le long de la muraille, à l'arrière de la tour.

Ils se remirent en route avec discrétion. Curdy dénombra à tâtons les pierres du mur, craignant de voir apparaître d'un instant à l'autre en haut des créneaux la tête d'un soldat normand qui déclencherait l'alarme. Finalement, il arriva à celle qu'il cherchait.

Le sortilège ne tarda pas à entrer en action sur la quatorzième pierre de la dernière rangée de la muraille. Les pierres cédèrent et basculèrent, dévoilant une ouverture sombre, une entrée de terrier qui s'enfonçait sous les remparts. Kroter et Curdy se faufilèrent dans les ténèbres. Peu de temps après, les pierres reprirent leur place aussi silencieusement qu'elles s'étaient ouvertes, les enfermant au cœur d'une profonde obscurité.

Tout correspondait parfaitement : le numéro de l'initié indiquait exactement la pierre voisine du symbole de la croix, et le cimetière, qui était à son tour l'Acide des alchimistes, rompait la perfection du cercle du Monarque en permettant d'y pénétrer. Ils avaient résolu l'énigme fondée sur des symboles alchimiques avec une grande habileté. Maintenant, ils devaient suivre le tracé du pentacle, explorer le second cimetière normand situé à l'intérieur de la citadelle et briser ce nouveau cercle pour passer de l'autre côté.

Curdy ne pouvait croire que chaque pas les rapprochait du secret des sages. S'il avait raison, le secret de l'ordre avait été déposé sous les écuries du siège inquisitorial du lord chancelier. En dépit du danger qu'elle impliquait, cette idée procurait à Curdy un plaisir insolite. Il ne put réprimer un sourire.

10

Le voleur et son ombre

D ans l'obscurité oppressante du tunnel, ils finirent par
atteindre un espace humide, clos par une grille. *Sans
doute une sorte de déversoir*, se dit Curdy en s'enfonçant dans
une couche de boue craquante. Un cadenas de grande taille
maintenait fermée une chaîne autour de deux barreaux.

Curdy ne se posa pas de questions et sortit la clef d'or. Le
cadenas céda rapidement. Kroter l'aida à ôter la chaîne avec
discrétion, mais il s'en échappa tout de même un faible tintement. Un chien aboya dans le lointain. Rien d'autre ne se produisit et ils parvinrent à fermer la grille derrière eux, laissant
chaîne et cadenas tels qu'ils les avaient trouvés. Curdy pensait
qu'ils auraient mieux fait de les laisser ouverts, car d'une
manière ou d'une autre, ils devraient ressortir d'Old Sarum.
Mais Kroter l'avertit qu'ils ne devaient pas laisser de trace de
leur passage. Par ailleurs, le plan de l'ordre indiquait qu'ils
devraient utiliser une sortie différente près du symbole du
pentacle. Revenir sur leurs pas pourrait s'avérer désastreux.

Curdy longea une file de masures dont les fenêtres laissaient filtrer la lueur des foyers. Un silence de mort oppressait
la ville ; des centaines de chevaux noirs paissaient dans les

prés autour des auberges. Les soldats postés en haut des remparts étaient plus nombreux que Curdy ne s'y attendait. Il observa la cathédrale, puis la massive forteresse normande. Une silhouette sombre, auréolée d'un faible éclat argenté, semblait se profiler tout au sommet de la tour crénelée.

La colline d'Old Sarum lui paraissait plus haute, peut-être à cause de l'édifice sombre et lugubre qui la surmontait. Le vent dispersa les nuages noirs, le clair de lune projeta une lueur bleuâtre et fantomatique sur les champs. C'était comme si une main invisible avait ôté le voile de ténèbres qui recouvrait le spectre de la cathédrale. La lune la couronna enfin, soulignant les ombres lugubres des ouvertures de ses clochetons. Curdy laissa filer son regard jusqu'au ciel où un croissant doré se montrait entre les vapeurs effilochées par la tourmente.

Une nuit parfaite, se dit-il pour se donner du courage.

– Et maintenant, j'imagine que nous devons atteindre la cathédrale... Regarde la carte !

Le parchemin de la Main Invisible continuait à afficher le plan avec ses signes et ses lignes rougeâtres, où se mêlaient maintenant d'autres inscriptions argentées qui suggérèrent à Curdy une nouvelle idée. Il leva le parchemin au-dessus de sa tête et le regarda en transparence, laissant la clarté de la lune le traverser. Ensuite, il le positionna de manière que le disque lunaire s'ajuste au centre du pentacle, coïncidant avec le centre de la tour, l'octogone autour duquel s'articulait toute l'architecture d'Old Sarum. C'est ainsi qu'ils découvrirent une ligne blanche, traçant l'itinéraire exact qui les mènerait au cœur de la cathédrale. Une fois à l'intérieur, dans la grande salle, ils trouveraient l'entrée du sanctuaire secret de l'ordre et les runes saxonnes.

Les Anglo-Saxons avaient utilisé ces runes dans de multiples domaines. Les environs de Wilton étaient parsemés de centaines de stèles funéraires et de grands blocs, couverts de runes saxonnes sculptées dans la pierre et soigneusement ordonnées, ainsi que de nombreux autres symboles.

– *La clef de voûte...* murmura Curdy.

Kroter le regarda avec des yeux ronds, puis baissa la tête. On eût dit que les énigmes l'intimidaient. Curdy commençait à comprendre que les créatures magiques considéraient les secrets des sorciers avec une foi admirative.

– La clef... ? répéta Kroter avec crainte. Je ne comprends pas, maître Curdy...

– Je viens de m'en rendre compte. Puisque les maçons qui ont édifié la cathédrale étaient en secret au service de l'ordre, s'ils ont dû cacher quelque chose, ça ne peut être que dans une clef de voûte. Le plan de la cathédrale indique un endroit.

– Qu'est-ce qu'une *clef de voûte*, maître Curdy ?

De la manière dont Kroter avait posé la question, il semblait dans l'incapacité de concevoir la réponse.

– C'est la pièce la plus importante d'une arche, celle qui unit les deux bras supportant la voûte et qui en soutient tout le poids.

Curdy fut le premier surpris par l'étendue de son savoir, même si contrairement aux autres métiers, celui des maçons l'avait toujours fasciné, surtout par son aspect technique. En fin de compte, une arche était le résultat d'un formidable prodige : de lourdes pierres étaient maintenues au-dessus du vide en ménageant une ouverture que l'on pouvait franchir pour accéder à un autre espace. Tout le monde tenait ce miracle pour acquis, mais il s'agissait pourtant d'un phénomène extrêmement complexe et fascinant. La fabrication des clefs de voûte restait un art secret, car d'elles seules dépendait le bon achèvement d'un travail... Cela lui rappela que pour mener à bien la tâche de l'ordre, il était indispensable de s'emparer du trésor caché.

– Avançons jusqu'à la seconde muraille, dit Curdy, et Kroter le suivit aussi rapidement que possible.

Ils traversèrent un champ à proximité des étables et continuèrent à avancer jusqu'aux remparts en se glissant entre deux rangées de maisons. Le mur paraissait plus lisse, plus haut et mieux gardé que les autres. Quelques silhouettes sombres déambulaient sur le chemin de ronde, échangeant des murmures de temps à autre. Old Sarum était le siège religieux du Wiltshire, une haute autorité qui s'étendait aux différents monastères, trop anciens et édifiés par des rois anglo-saxons. La cathédrale représentait au contraire le symbole de la nouvelle souveraineté des Normands. Visiblement, une bonne partie de l'armée de la Grande Inquisition avait été transférée de Wilton à Old Sarum ; Lord Malkmus de Mordred se trouvait peut-être sur place, ainsi que la mère de Curdy. Un bref instant, le jeune homme se souvint du reflet d'argent qu'il venait de distinguer en haut de la forteresse et un de ses rêves lui revint en mémoire. Celui où le lord au masque d'argent, dissimulé derrière le sourire sadique du heaume qu'avait porté le fils félon du roi Arthur, s'avançait à la rencontre de l'inquisiteur suprême de France.

Souligné par l'éclat lunaire, le sentier traversait les champs et le dédale des maisons en ligne droite, vers l'entrée de la première muraille. Mais une fois au pied de la seconde ceinture fortifiée, l'itinéraire obliquait vers l'ouest, en direction du point suivant. Le code numérique se répétait, à partir de ce pentacle imaginaire qui recouvrait la totalité de la ville. L'approche de cette entrée était plus périlleuse. En effet, leur trajet au pied de la muraille gardée était assez long, sans oublier qu'ils ne pouvaient plus compter sur la protection des arbres.

La lune apparaissait et disparaissait par intermittence, tel un fantôme entraîné au gré du vent. La brise s'intensifia, le froid de la nuit caressa le visage de Curdy.

Ils profitaient des périodes d'obscurité pour progresser plus rapidement. Le jeune homme se demandait pourquoi les bâtisseurs avaient autant compliqué les choses au moment de tracer l'itinéraire. Mais il ne tarda pas à se rendre compte que les circonvolutions du parcours les empêchaient d'être découverts par hasard même si, aux yeux des lords normands, la muraille et sa cathédrale devaient paraître solides et inexpugnables.

Quand ils touchèrent enfin au but, Curdy réprima un cri de surprise. Ils n'avaient pas pu se tromper, les signes et les nombres étaient clairs... Mais il avait sous les yeux une porte gardée. Curdy se remémora la carte et calcula mentalement l'énigme : il s'était trompé. Cette nouvelle entrée avait en effet été percée et l'accès secret devait se trouver quelques pas plus loin.

Il manquait quatre blocs de pierre pour arriver au quatorzième.

11

Threalpows et *grindypows*

K roter disparut et franchit l'entrée, dont Curdy s'approcha en rampant. Il était tout simplement impossible de passer sans être vu. Tapi au pied de la voûte comme un mulot, l'adolescent risqua un regard prudent. Une torche brûlait à l'autre bout du passage voûté, où une herse abaissée confirmait que l'accès était bel et bien fermé. À cet instant, il entendit un bruit dans l'obscurité. La sentinelle s'agita sous son manteau et quitta son tabouret pour voir ce qui se passait. Curdy s'enhardit et se releva. Le bruit se répéta et, cette fois, le garde intrigué s'enfonça dans les ténèbres du tunnel. Le jeune homme en profita pour se faufiler silencieusement devant l'entrée. De l'autre côté, il se colla contre le mur comme une ombre et tâta les pierres.

Il atteignait la rangée du bas, lorsque Kroter le rejoignit et murmura :

– Maître Curdy, je crois qu'un de ces énormes rats a effrayé le garde à la pique.

– Il vaut mieux qu'il ait eu affaire à un de ces rats plutôt qu'à un mulot.

Une, deux, trois... quatorze...

Curdy trouva la pierre, puis la marque. Les pierres pivotèrent avec un léger tremblement et un sifflement discret. Il était certain qu'on les avait entendus. Kroter se précipita dans l'obscurité du tunnel souterrain, le jeune homme sur ses talons. Pendant que les pierres se refermaient derrière eux, il eut l'impression que de l'autre côté, juste à l'endroit où la carte magique situait le cimetière normand, une lumière verdâtre et jaune éclairait soudain une fenêtre. Un instant plus tard, le mur s'était refermé sur lui-même, les plongeant une fois de plus dans une obscurité absolue.

Le nouveau passage s'annonçait plus long que le précédent, aucune clarté n'indiquait la proximité de la sortie. Assailli par le froid, Curdy sentait croître sa nervosité. La voix de Kroter le détourna de ces sombres pensées.

– Le maître Curdy doit décider de ce que nous allons faire maintenant.

Claquant des dents, le jeune alchimiste sortit le parchemin, leva la baguette et dit :

– *Lucifero !*

Une lueur rougeâtre apparut à l'autre bout de la baguette. Il l'approcha de son visage pour en sentir la chaleur.

– Le passage débouche devant l'enceinte intérieure de la cathédrale. Une fois là-bas, nous trouverons une porte fermée. Ne perdons plus de temps !

À la lumière de la baguette, Curdy découvrit d'énormes toiles d'araignées qui pendaient de tous côtés. De quoi pouvaient-elles bien se nourrir dans ce lieu clos par des portes magiques ? Cependant, il savait d'expérience que les araignées avaient des mœurs étranges. D'ailleurs, il se rendit rapidement compte que, comme tous les réduits de ce genre, le long tunnel et ses escaliers étaient peuplés d'insectes magiques

366

comme les *threalpows* et les *grindypows*, des sortes de mites de château qui abondaient dans les anciens espaces rocailleux. Leur piqûre générait d'étranges et incurables affections cutanées, ainsi que des troubles du sommeil permanents. Par bonheur, les araignées avaient accompli leur tâche consciencieusement et les deux voyageurs n'eurent pas à se défendre contre un essaim de ces insectes voraces.

Les yeux des araignées tapies dans les coins et dans les angles morts du souterrain luisaient faiblement à leur passage. Curdy aurait juré que leur taille était supérieure à la normale.

Plutôt bien nourries, songea-t-il.

Kroter semblait lui aussi intéressé par les araignées. Même s'ils savaient cuisiner des plats exquis pour leurs maîtres alchimistes, les elfes avaient des pratiques alimentaires parfois insolites. Mais au-delà de ces caractéristiques générales, le garçon conçut un soudain soupçon en se souvenant que Kroter avait choisi de se transformer en crapaud... Peut-être par goût. Il ne supporterait pas de le voir manger une de ces épouvantables araignées !

Et pendant qu'il se laissait distraire par ces réflexions, ils s'engagèrent dans un nouveau passage particulièrement resserré. À partir de ce moment, ils durent emprunter un escalier en colimaçon raide et glissant, qui s'enroulait si étroitement sur lui-même que Curdy sentit monter la nausée bien avant la dernière marche. Puis ils se baissèrent pour franchir un autre corridor et atteignirent un croisement. La carte de la Main Invisible leur indiquait clairement l'itinéraire : ils devaient prendre le tunnel de gauche, si bas de plafond qu'ils durent avancer à quatre pattes. Les genoux de Curdy commençaient à le faire souffrir. Quand ils arrivèrent enfin de l'autre côté, son manteau de voyage et sa capuche étaient gris de poussière et de toiles d'araignées. Selon le plan, ils se trouvaient au deuxième étage. Au-dessus de la seconde muraille, s'étendait un vaste patio dallé, au bout duquel se dressait le premier mur de la cathédrale. Une porte inexpugnable, plus digne d'une forteresse que d'une église, protégeait l'accès à la nef. Derrière la porte, quelques degrés creusés dans la roche massive menaient à une autre cour plus étroite, gardée par une foule de statues.

Curdy avisa un cercle de fer dont le centre était percé, serti dans le mur du fond. Ça ne pouvait pas être plus clair. Le signe lui était maintenant familier : depuis qu'il s'était enfermé dans le coffre de ses ancêtres, il l'avait rencontré en plusieurs occasions. C'était comme si une pancarte annonçait : « La solution est au centre. » Il sortit sa puissante clef d'or et l'introduisit dans la petite ouverture. Un crissement et la porte de pierre s'ouvrit, son profil irrégulier se découpant parmi les dalles. Il reprit la clef et tous deux firent un pas en avant, puis regardèrent vers le haut.

L'immense masse de la cathédrale les attendait. Maintenant, elle s'élevait au-dessus de leurs têtes comme un gigantesque rocher. Les clochers de pierre se dressaient à chaque extrémité de l'octogone. Certains avançaient, donnant forme aux arcades d'une nef centrale qui se prolongeait jusqu'à ce qui devait être la façade de la cathédrale. Les gouttières surgissaient des surfaces verticales, statues de pierres à la bouche démesurément ouverte, découvrant des gueules monstrueuses d'où s'écoulait l'eau de pluie accumulée sur les corniches. Elles semblaient trop nombreuses au goût de Curdy. Il craignait d'autre part que l'entrée du temple ne soit surveillée, même si personne ne pouvait imaginer qu'un tunnel secret y mène.

Ils s'engagèrent dans la cour, trahis par leurs ombres que découpait la lune sur la pierre blanche. Curdy se demanda s'ils n'auraient pas mieux fait de patienter. La nuit était sans doute trop claire à cet instant ! Mais sa patience avait été emportée par un puissant désir d'entrer et de disparaître dans un autre tunnel secret. La carte indiquait l'une des portes latérales de l'église. Cette fois, en plus de la porte, Curdy découvrit une vision effrayante et fut saisi d'un horrible pressentiment. De part et d'autre de l'entrée, deux énormes gargouilles de pierre se regardaient fixement. Leurs têtes évoquaient celles des loups. Les gueules ouvertes, les longs crocs tranchants, la langue effilée, les yeux maléfiques enfoncés sous des sourcils froncés et jusqu'au pelage avaient été ciselés avec un réalisme magistral par les tailleurs de pierre ténébreux. Au-dessus des longues pattes arrière et de leurs pattes avant aux griffes visibles, se repliait une paire d'ailes de chauve-souris. D'autres statues horribles trônaient au pied des murs. Quelques gargouilles s'accrochaient au-dessus du linteau, tête baissée, telles des salamandres courant le long des parois d'une grotte. La carte ne comportait aucun signe de ces bêtes maléfiques et Curdy se demanda s'il avait suivi le bon chemin.

Mais il n'y avait pas d'autre issue. Alors l'alchimiste sortit sa clef, l'introduisit dans la serrure de la grande porte et la fit tourner. Le battant s'ouvrit en émettant un léger grincement. Ses ferrures rouillées accrochèrent un bref instant la clarté extérieure. La lune brillait de nouveau avec intensité comme un œil blanc entre les silhouettes de quelques nuages de tempête. À peine étaient-ils entrés que Curdy eut la sensation qu'une des gargouilles prenait vie et le fixait d'un regard scrutateur. Il se hâta de refermer la porte, s'appuya contre le battant de bois et tenta de reprendre son souffle en découvrant ce qui l'attendait.

12

La clef et la voûte

L e sol dallé de marbre noir renvoyait la lueur de longues
rangées de bougies bleues. Curdy et Kroter se trouvaient
tout près de la crypte secrète. Ils le savaient. Le Saint des
saints de l'ordre du Lion rouge semblait à portée de main. Kroter avançait déjà comme une ombre spectrale dans le long
couloir et Curdy le suivit. Au bout du passage, ils pénétrèrent
dans la nef de la cathédrale.

Curdy fut frappé par la majesté de l'édifice. Le clair de
lune filtrait à travers les rosaces et les panneaux d'albâtre
plus grossiers de l'aile sud-ouest, créant une singulière
pénombre. Il ne distinguait pas clairement l'autel, caché
dans les ténèbres de la face nord de l'octogone. Des bancs de
pierre s'alignaient le long des murs tapissés pour la plupart
de panneaux obscurs. Les arches surgissaient de terre, s'élevant comme de grands demi-cercles pointus pour supporter
d'énormes structures rocailleuses. Des personnages peints
apparaissaient dans l'ombre ; certains de ces visages fantas-
matiques les observaient d'un regard sinistre, d'autres leur
paraissaient tout simplement impénétrables. À la base de
chaque arche, une torche projetait un reflet bleuté sur le sol
autour des piliers.

Soudain, d'une écriture tremblée, la Main Invisible traça quelques mots qui illuminèrent le visage fasciné de Curdy.

Au pied du dernier pentacle,
lutte le saint au bâton mortel ;
anges et démons veillent
devant la dernière porte de l'enfer.

– Dans l'aile nord, il y a une rosace en forme de pentacle, chuchota Kroter avec ferveur.

Sa voix résonna dans l'obscurité et il écouta avec effroi l'écho de ses paroles rebondir dans tous les coins. Curdy posa le doigt sur ses propres lèvres, intimant le silence à l'elfe enthousiaste.

– C'est le pentacle, dit-il en avançant d'un pas intrépide dans l'ombre. Et là, les statues des saints sont regroupées sous la clef de voûte centrale...

Kroter suivit l'alchimiste, se laissant porter par l'exaltation de la découverte. Dans la pénombre, le visage des saints prenait une allure terrifiante. La plupart semblaient dépourvus de paupières. L'un des personnages enfonçait une lance dans le poitrail d'un dragon.

– Quel autre saint pouvait porter un bâton mortel sinon saint Georges ? Il est toujours représenté sous les traits d'un guerrier qui combat le dragon, symbole du démon, avec sa lance. Anges et démons sont ceux qui gardent la porte de l'enfer !

N'importe quel croyant aurait envoyé Curdy au bûcher pour l'acte qu'il accomplit alors : sans le moindre signe de respect, il passa les mains sur le bas-relief représentant saint Georges. Il suivit du bout des doigts le contour de la lance et écarquilla démesurément les yeux.

– La lance indique sûrement l'entrée de l'enfer, le cimetière des druides. Par ici, Kroter !

Brusquement, une rafale d'un froid mortel et trop familier l'assaillit. Il se retourna vers le couloir ténébreux par lequel ils étaient arrivés. *L'entrée de l'enfer !*

Le bruit d'une porte qui se refermait tira Curdy de ses réflexions. Kroter s'accrocha à son manteau et le lui enleva. Le garçon saisit sa baguette et empoigna de l'autre main la garde de la courte épée que lui avait remise Lord Leubrandt. Un éclat bleuté parcourut la lame. Là-haut, la rosace à cinq pétales brillait, traversée par le clair de lune. Une ombre dévora la nuit et l'intensité de cette clarté diminua lentement. Mais le signe du pentacle se distinguait encore nettement. Près de la rosace et au-delà de la voûte, une arche s'élevait vers les hauteurs. Là-haut, juste au-dessus du bas-relief de saint Georges, la pierre maîtresse, la clef de voûte, soutenait la coupole qui servait de base au grand octogone de la cathédrale d'Old Sarum.

– Les membres de l'ordre ont trouvé le courage de placer leur secret dans les entrailles de la cathédrale des lords normands !

Curdy songea que sous la lance de saint Georges, une dalle devait cacher la solution qui permettrait d'accéder au secret le mieux gardé des alchimistes. Il se pencha et tâta la pierre sculptée. Kroter vit quelque chose se refléter sur la surface brillante des dalles et recula instinctivement.

Le garçon releva la tête. La terreur fondit sur lui comme un faucon sur sa proie. Quelque chose parcourait le vaste espace de la cathédrale en poussant des rugissements gutturaux. Des torches vertes apparurent soudain au bout d'un des corridors, portées par de sinistres silhouettes encapuchonnées qui avançaient vers eux, mais s'écartaient pour laisser passer une horreur bien plus abominable. Curdy savait très bien de quoi il s'agissait. Une nouvelle fois, ce vide dans l'air, cette monstrueuse sensation que quelqu'un absorbait ses pensées. Le grand chasseur était là.

Le seul point positif qu'il voyait à sa situation était que cette créature, quelle que soit sa nature, n'était pas aussi agile que les gargouilles qui volaient au-dessus d'eux. À cet instant, l'une d'elles se posa à quelques pas de lui et poussa un hurlement déplaisant. Curdy frappa une des dalles de sa baguette et perçut un son creux.

– C'est celle-ci, Kroter. Juste sous la lance ! Il faut que ce soit celle-ci...

Curdy se redressa, raffermit sa prise sur la baguette et fit appel à sa mémoire.

– *Malvora !*

La baguette s'avéra plus puissante qu'il ne l'avait imaginé. Une aura spectrale jaillit de la pointe et frappa la gargouille qui tentait de reprendre son envol. Une des serres de la créature tomba et résonna bruyamment en touchant le sol. L'aile droite éclata en mille morceaux. La gargouille perdit l'équilibre et s'effondra sur des bancs de bois, dont quelques-uns furent réduits en miettes. Visiblement, le sortilège avait rendu la créature à son état initial, un simple bloc de pierre figé. Curdy brandit sa baguette et lança un nouveau sortilège en y mettant toutes ses forces. On entendit un craquement sec et la dalle fendue s'enfonça. Quelques morceaux semblèrent tomber dans un puits très profond.

Dessous, devaient se trouver les anciennes tombes, les passages, les cryptes qui conduisaient au cœur de la colline et au *nemeton* millénaire des druides, que l'ordre avait choisi pour y dissimuler son puissant secret.

À cet instant, les lueurs vertes avancèrent vertigineusement. Les ombres encapuchonnées des porteurs de torches s'alignèrent pour former un long passage délimité par les flammes. La silhouette du mort-vivant apparut au fond du couloir. Du vide créé par sa présence émanait un froid glacial qui leur rongeait les os. Curdy eut alors l'impression que son propre sang essayait de le quitter et fut pris d'un sentiment d'horreur qui dégénéra rapidement en panique. La salle fut ensevelie dans une obscurité absolue. Même la lueur des torches de leurs poursuivants pâlit. La morsure de la chauve-souris le brûlait. Il fouilla dans ses poches, en tira la baguette maudite de Trogus Soothings et la réunit à celle de Lord Leubrandt. De l'autre main, il brandissait son épée. Il avait l'impression d'avoir été transporté dans un monde où la seule réalité était ce cercle de lumières vertes.

Au prix d'un énorme effort, Curdy regarda l'ombre imposante qui s'approchait de lui avec ses ailes immenses. Il perçut un éclair rougeâtre, comme si ses yeux avaient été blessés par le scintillement d'un regard diabolique. Sa vue se troublait, l'éclair du sortilège était resté imprimé sur sa rétine, en suspension dans son champ de vision. Où qu'il regarde, il le voyait. L'adolescent lâcha le parchemin qui disparut dans les profondeurs du trou. Terrorisé, Kroter pleurait en silence.

Finalement, une idée traversa l'esprit de Curdy et il tendit l'épée à l'elfe. Il parvint à glisser la main à l'intérieur de son manteau et saisit la bourse jaune qui renfermait la cendre des bûchers de Wilton, dotée d'une extraordinaire puissance. La mort des innocents engendrait une funeste malédiction qui se déclenchait au contact de leurs bourreaux.

C'était le moment de vérifier ses hypothèses.

Le garçon prit une poignée de cendre et en saupoudra les baguettes. Une intense vibration engendrée par les forces antagonistes se transmit à son bras. Les baguettes semblaient sur le point de se briser. À cet instant, tout devint flou et quelque chose d'immense se pencha au-dessus de lui, l'environnant, l'enfermant. Son cri désespéré et furieux retentit dans les ténèbres du non-temps qui l'étouffait et sa force magique fit éclater l'obscurité :

Wearp ðæt andwyrde swiðe andrysne !
Convoco sortilegium Rex !

13

L'attaque de l'incube

Une lumière puissante environna Curdy et il sentit un fort courant d'air autour de lui. À peine avait-il entrouvert les yeux qu'il se vit au cœur d'un tourbillon de feu qui s'épanouissait, s'élevait en rugissant. Il lui semblait que le cri aigu, pénétrant et persistant d'un aigle colossal lui vrillait les tympans ; une espèce de battement d'ailes embrasait l'air ardent et tout flambait. Un éclair avait touché la façade et il avait l'impression d'entendre le grondement du tonnerre. Les fondations de la cathédrale en avaient tremblé.

Finalement, Curdy eut une vision plus claire de la scène. Les torches vertes s'étaient éteintes, de nombreux porteurs tournoyaient sur eux-mêmes dans leurs tuniques noires enflammées. L'ombre glaciale du vampire paraissait cachée dans le couloir, à l'affût, comme un poulpe recroquevillé dans les grottes d'un récif. L'alchimiste percevait maintenant son regard rageur qui le scrutait depuis les ténèbres. Mais quand, en levant les yeux, il découvrit d'où provenait la lumière, son cœur battit plus fort dans sa poitrine, bloquant sa respiration. Une immense langue de feu léchait les murs, les piliers et la voûte, telle une méduse déployant des tentacules ardents dans toutes les directions. L'adolescent sécha les gouttes de sueur qui ruisselaient sur son visage criblé de taches de rousseur. Sous la coupole de l'octogone, l'autel s'était embrasé, aucune des images sacrées n'était reconnaissable.

Kroter le fixait d'un air épouvanté. Le sortilège semblait lui avoir brûlé une partie de la peau, les endroits qui avaient été exposés avant qu'il ne se réfugie sous le manteau de Curdy.

– Qu'est-ce que c'est ?

Curdy contemplait le feu qui continuait à courir sous le plafond de l'église.

– Kroter ne sait pas, Kroter ne sait pas, marmonnait l'elfe avec nervosité.

Il pénétra le premier dans l'obscurité qui régnait sous la dalle brisée. Curdy le suivit et descendit, comme l'avait écrit le frère Gaufrey, visiter l'intérieur de la terre pour trouver la pierre occulte.

L'escalier n'en était pas un. Il s'agissait plus d'une succession d'échelons de fer oxydés par l'humidité dont les paillettes de rouille s'accrochaient aux mains de Curdy, s'y plantaient ou se dérobaient sous ses bottes. Le puits descendait à la verticale et paraissait très profond. En haut, les cris s'intensifiaient. Leurs ennemis semblaient mener un combat acharné contre les flammes.

Le puits descendit encore et encore, puis déboucha sur ce qui ressemblait à un ossuaire, une crypte où l'on avait entassé les restes de milliers de morts depuis des centaines d'années. Enfin, Curdy posa le pied au fond, sur un sol spongieux dont il n'osait imaginer la composition. Il invoqua la lumière de ses baguettes. Ses bottes s'enfonçaient dans une épaisse couche d'os brisés, d'humus, de terre et de moelle millénaires.

L'odeur était si forte et déplaisante qu'il dut se couvrir de son manteau et rabattre son capuchon, dans l'espoir de protéger sa bouche, ses yeux et ses oreilles de ces vapeurs malsaines. Et surtout son nez. Les parois étaient tapissées d'os, de crânes et de mandibules en pièces détachées qui se mêlaient à la terre.

Nous traversons les entrailles du cimetière...

Kroter s'engagea dans l'unique couloir, suivi par Curdy.

Le crépitement du feu semblait s'être éloigné. La lumière rougeâtre de la baguette de l'alchimiste avança dans le tunnel jusqu'à se transformer en un point scintillant qui s'ouvrait le passage à travers une obscurité asphyxiante.

14

La vengeance du feu

Au-dessus des arcades, plusieurs rosaces avaient éclaté sous la pression de la vague de feu qui avait envahi l'intérieur de la cathédrale. Les flammes jaillissaient à l'extérieur par les vitres brisées. Un éclair serpenta à travers les nuages et vint frapper les pinacles de fer qui ponctuaient l'octogone du clocher. Le coup de tonnerre résonna avec la force d'une gigantesque explosion. La ville entière se réveilla et tous les regards se tournèrent vers le haut de la colline.

Une clarté rouge émanait des murs sacrés de la cathédrale normande.

Les flammes escaladaient les piliers après avoir embrasé les panneaux de bois. Un panache de fumée soulevé par le vent couronnait l'orgueilleux édifice. Les soldats normands abandonnant la forteresse se comptaient par centaines. La herse avait été précipitamment baissée et un cheval noir avait galopé jusqu'au cimetière de la cathédrale. Son cavalier était l'inquisiteur suprême d'Angleterre. Plusieurs dizaines d'inquisiteurs le suivaient.

Lord Malkmus de Mordred avait réuni toutes les forces de l'armée inquisitoriale qui passaient la nuit à Old Sarum. On s'affairait pesamment dans les rues, des attelages se croisaient au milieu des encouragements et des hurlements de panique. Les officiers de Lord Malkmus poussaient des cris de guerre, insultaient les hérétiques et juraient de se venger, pendant que leurs soldats s'attroupaient sur le parvis de la cathédrale et se préparaient à affronter les flammes, dont l'intensité laissait craindre la destruction complète de l'édifice.

Dans ses amples habits noirs, la silhouette encapuchonnée de l'inquisiteur suprême, escortée par des porteurs de torches, se fraya un chemin dans la cohue. Il franchit la distance qui le séparait des grandes portes et s'arrêta devant l'entrée.

– Ouvrez, dépêchez-vous !

Craignant ce qui se trouvait à l'intérieur, les soldats avaient attendu son arrivée pour utiliser les clefs, comme on le leur avait ordonné.

– Ouvrez les portes !

Les énormes gonds tournèrent en grinçant et la clarté du brasier inonda le parvis.

Le grand inquisiteur contempla l'enfer des flammes avec l'impassibilité d'un être surnaturel. L'éclat ardent jouait sur son masque d'argent. Puis le sourire sadique de Mordred se retourna vers la foule. Près de lui, la silhouette du bossu Clodoveo s'inclina servilement.

– Il était ici ! Il était ici ! cria Lord Malkmus en écartant les bras pendant que son ricanement résonnait derrière le masque d'argent. L'*incubus* était ici ! La pratique de la plus haute sorcellerie annonce la malédiction, la peste et la ruine du peuple anglo-saxon. Laissez l'Inquisition du roi normand vous sauver de la fin du monde ! La bête la plus noire de toutes celles qui existent a profané le temple de

Dieu et l'a plongé dans les flammes ! Vous allez lutter contre un feu de l'enfer qui ne se laissera pas éteindre ! Priez ! Priez !

Tous l'écoutaient attentivement.

– Depuis quand les pierres peuvent-elles brûler ? tonna-t-il en montrant le plafond de la cathédrale. Il ne faut plus tarder, maintenant ! Formez une chaîne, puisez de l'eau, maîtrisez cet incendie et priez pour avoir la pluie. Nous devons suivre la piste de cet incube du feu.

Lord Malkmus quitta les lieux, suivi de son armée. Une fois loin du tumulte, il pénétra dans l'enceinte de la cathédrale en empruntant le même passage que Curdy, inspectant chaque détail, comme s'il pouvait détecter des traces invisibles laissées par l'alchimiste sur la surface de marbre poli. Plusieurs inquisiteurs l'attendaient déjà à l'intérieur.

– Faites parvenir la nouvelle au lord chancelier. Dites-lui que l'incube s'est manifesté et qu'il a attaqué Old Sarum. Les lignages inférieurs ont lancé la guerre... Leur libérateur se dresse contre la piété des inquisiteurs d'Angleterre. Que le lord chambellan rassemble tous les lords à la Tour de Londres. Je veux aussi voir immédiatement le messager de Wilton.

Lord Malkmus avança à travers les flammes jusqu'à l'ouverture par laquelle les intrus avaient disparu ; ses pupilles rougies se fixèrent sur l'image de saint Georges luttant contre le dragon, sculptée dans la pierre.

– Traîtres...

Il retourna vers le couloir et abandonna le brasier.

Apparut alors un homme au visage olivâtre que la présence de l'inquisiteur suprême semblait rendre nerveux.

– Aujourd'hui, tu m'as apporté un message de Wilton. Celui qui te l'a remis prétendait s'être brûlé les mains dans les cendres, dit Lord Malkmus d'une voix dont l'écho cascada contre les murs, puis il exposa le parchemin. Voilà la marque de ses doigts. Les as-tu vus toi-même ?

L'interpellé hésita.

– Je... Je... Oui, je les ai vus. Une croûte rouge recouvrait la peau et il avait beau les plonger dans la neige, la brûlure ne s'apaisait point. À l'heure où je suis parti, cet homme poussait toujours de hauts cris et je crois me souvenir qu'un de ses doigts s'était détaché. On aurait dit un charbon porté au rouge ! Nous pensons tous qu'il s'agit d'un sortilège très puissant et que quelque mauvaise bête de l'enfer a été consumée sur ce bûcher. Car c'est bien la cendre qui a causé tout ce mal. C'était comme si... comme si elle s'était transformée en une autre substance ardente après avoir été brûlée. Des cendres maudites, milord... Il a parlé d'un ver né dans les cendres et d'un oiseau... Et aussi d'une prophétie.

Mais Lord Malkmus ne prêtait déjà plus attention aux paroles du messager. Ses pupilles rouges entourées de cercles jaunâtres scintillèrent lorsqu'il regarda vers le haut, où le feu ondulait et éclatait en langues épaisses qui léchaient voûtes et arches. Il froissa le parchemin dans son poing crispé, puis se dirigea vers l'ouverture qui descendait dans les ténèbres souterraines.

– C'est lui. L'oiseau est sur le point d'éclore... L'arme de l'incube s'est manifestée, l'entendit-on fulminer. Nous devons lui donner la chasse. Lord Drogus ! Lord Bronson ! Suivez-moi, c'est maintenant ou jamais. C'est le moment de faire échec aux plans de l'ordre du Lion rouge une fois pour toutes.

Plusieurs silhouettes, dont les masques métalliques luisaient sous des capuchons, se frayèrent un passage dans le couloir et descendirent dans l'ouverture derrière l'ombre abominable de Lord Malkmus de Mordred.

15

Le labyrinthe de sable

Curdy s'interrogeait sur le résultat de son puissant sortilège, mais se demandait surtout d'où avaient surgi ces mots qu'il ne connaissait pas. Le latin ne lui était guère familier et la formule magique semblait avoir jailli d'un recoin quelconque de sa mémoire, à point pour lui venir en aide.

Cependant, il n'oubliait pas qu'il avait recouru à la cendre des bûchers où les inquisiteurs avaient sacrifié tant d'alchimistes. Pour une obscure raison, Curdy était convaincu qu'elle était imprégnée d'une force mystérieuse. Au contact de ceux qui avaient comploté la mort des innocents, elle se chargeait d'une terrible malédiction. Le jeune homme semblait avoir découvert par intuition le ressort d'une magie ancestrale : tout acte malfaisant laissait une trace, une preuve qui tôt ou tard changeait le cours des choses et traquait la personne à l'origine du mal, suscitant une force qui se retournait contre lui. Ensuite, un événement incompréhensible s'était produit, un embrasement général, un tourbillon d'air ardent qui l'avait environné et s'était projeté dans toutes les directions. La sensation s'était révélée à la fois agréable et épuisante. Il se souvenait aussi de ce cri qui évoquait celui des faucons, quand ils lançaient leur appel dans le ciel avant de fondre sur leur proie ! Un faucon de feu... La Reine lui avait parlé d'une arme d'un pouvoir incroyable. Faisait-elle allusion à la pierre philosophale ? Le Cinquième Lord devait disposer d'une puissance tellement phénoménale...

Le Monarque a envoyé au Cinquième Lord son fils le plus aimé, pour que, l'heure venue, le Messager de la Flamme serve ses desseins. L'élu disposera d'une arme sans limites.

N'étaient-ce pas les propres paroles de la Reine dans son rêve initiatique ?

Il réfléchissait à toute vitesse, pendant qu'ils progressaient le long du couloir fétide.

– Le parchemin ne donne aucune solution claire et il n'indique pas non plus la direction à prendre. On ne voit que le point central de la colline entouré de trous... On dirait que le secret est enfermé au centre d'une ruche ou d'un fromage, déclara Curdy.

– Maître, nous sommes arrivés !

Curdy sourit dans le dos de Kroter, en songeant que l'elfe espérait trouver le secret de l'ordre offert sur un plateau pour pouvoir s'enfuir le plus rapidement possible... Mais ce qu'il découvrit lui ôta l'envie d'ironiser, achevant au contraire de le décourager.

Kroter l'attendait dans le vaste espace qui s'ouvrait au bout du couloir, une sorte de salle circulaire dont le mur était percé d'une multitude d'ouvertures. Nul besoin d'être un aventurier expérimenté pour comprendre ce que cela signifiait.

Un labyrinthe.

– Nous sommes dans le bas de la colline ! s'écria l'elfe avec enthousiasme.

– Et qu'est-ce que ça a de si réjouissant ? rétorqua le rouquin, agacé. Ce serait quand même mieux si nous avions déjà trouvé le centre de la colline et que nous puissions partir, non ? Écoute, Kroter, ils ne vont pas tarder à revenir, j'en suis certain. Et je préfère ne pas me poser la question du jour : « Comment allons-nous sortir ? »

– Mais maître Curdy, nous sommes tout près du secret sacré de l'ordre qui attend depuis plus de deux cents ans !

– Nous allons rester prisonniers de ce cercle. Tu sais ce que ça veut dire ?

Chaque fois que Curdy se montrait négatif, Kroter semblait s'en irriter.

– Ça signifie que le maître Curdy n'a vraiment, mais vraiment aucune idée de ce qu'il dit, mais qu'il sait ce qu'il fait... Nous n'avons plus de temps à perdre, il faut choisir sans tarder l'entrée qui mène au centre.

Le raisonnement était on ne peut plus convaincant.

Curdy jeta un regard autour de lui et leva sa baguette, d'où jaillit un rutilant éclat doré. Les parois étaient sablonneuses, l'odeur humide de la décomposition poudreuse des strates supérieures avait dégénéré en une senteur plus acide, millénaire. Aux yeux du jeune homme, les entrées se ressemblaient toutes. Il choisit donc celle qui se trouvait sur la gauche, comme il le faisait toujours. D'une certaine manière, cela lui avait jusqu'à présent porté chance. Il pénétra dans l'ouverture et avança, suivi par un Kroter allègre, presque sautillant.

– Le maître doit savoir que l'autel se trouve au centre, donc ses pas doivent monter, monter, puis continuer d'avancer...

Pour une raison inconnue, Kroter semblait convaincu de leur réussite. Mais s'il avait attendu plus de deux siècles d'assister à cet événement, son excitation était fort compréhensible. Curdy, au contraire, avait reçu toutes ces révélations en l'espace de quelques heures. Peut-être était-ce la solution idéale pour un élu désigné par le destin : pour éviter d'échouer dans sa mission, il ne devait pas être trop conscient de ses actes.

– La Pierre des Corbeaux, l'autel des druides, c'est le lieu que nous devons trouver, fredonnait Kroter. Au point le plus haut du centre, tu trouveras...

Les murs autour d'eux s'écroulaient à moitié. Des monticules de matières en décomposition entravaient leur progression. Le sable était de plus en plus sec et ils avaient la sensation de suivre une très légère mais interminable montée.

Des niches s'ouvraient de chaque côté. Curdy tendit le bras et illumina l'une des anfractuosités, faisant paraître les ténèbres plus denses encore. Il répéta l'opération dans une autre cavité et entendit un sifflement. Le creux abritait un grand nid de couleuvres. L'adolescent s'empressa de retirer sa main et continua à avancer avec appréhension. Les petites couleuvres se faisaient de plus en plus nombreuses. Certaines se faufilaient en rampant entre ses pieds, d'autres se cachaient, d'autres encore ne laissaient apparaître que leurs yeux luisants au milieu d'un nœud serré de corps longilignes. Curdy éprouvait une certaine répulsion pour les serpents. Il n'avait jamais fait de mal aux reptiles qui avaient croisé son chemin, mais préférait en rester éloigné. C'était étrange : dès son enfance, il avait eu des cauchemars où il était confronté à de grands serpents... Avec les années, ce rêve récurrent était devenu plus concret et se déroulait toujours de la même façon : l'adolescent avançait le long d'un corridor où s'alignaient des centaines de portes. Finalement, il ouvrait l'une d'elles et se retrouvait enfermé dans une pièce voûtée où régnait la pénombre, seul face à un gigantesque serpent...

Un frisson lui parcourut l'échine et ses cheveux se dressèrent sur sa tête. Une rumeur lointaine indiquait que la chasse avait repris. Ses poursuivants descendaient à sa recherche.

Le terrain montait comme s'ils grimpaient la dernière pente du mont d'Alaric, enterré au fil des siècles. Les murs se fendillaient. Les anfractuosités étaient de plus en plus étroites. En revanche, les serpents se multipliaient... À un moment donné, Curdy s'arrêta. Le sol disparaissait quasiment sous le grouillement des reptiles qui fuyaient dans toutes les directions.

– Et que se passera-t-il s'ils décident de nous étrangler ? demanda Curdy. Je sens ici quelque chose qui ne me plaît pas...

– Le maître ne doit pas avoir peur, murmura Kroter en écarquillant les yeux.

– Eh bien...

Mais Curdy ne put finir sa phrase. Les mots lui restèrent dans la gorge, pendant que ses lèvres s'agitaient nerveusement. Il venait d'entrevoir par hasard une chose horrible, bouleversante, terrifiante. Il fit signe à Kroter qui se retourna pour voir ce qui paralysait son maître. L'éclat scintillant de la baguette parcourut la paroi irrégulière. Dans l'ombre d'une niche supérieure, une série de reflets très réguliers apparaissait, évoquant une structure métallique formée de multiples plaques superposées. Et il ne s'agissait nullement d'une énigme numérologique ou géométrique, bien que cette présence apportât un début de réponse.

– Il nous suit, dit Curdy, dans un filet de voix.

Kroter déglutit si bruyamment que le jeune homme s'en effraya.

– Il ignore que nous l'avons repéré...

– Tant mieux... Cherche son œil, Kroter. L'œil doit être quelque part...

– Oh, non, maître. Ils n'ont pas besoin de voir pour percevoir leur environnement. Même si cette race de serpents supporte de nicher et de vivre dans des lieux particulièrement froids, ils sont très sensibles à la chaleur...

– Eh bien, tu as l'air d'en savoir beaucoup pour quelqu'un qui n'en a jamais vu, railla Curdy, contrarié par ces révélations.

Le jeune alchimiste était convaincu que cet être monstrueux tapi dans l'ombre les transperçait du regard. Il avança d'un pas incertain, essayant d'éviter les gestes brusques. Dans de nombreux recoins, l'obscurité résistait à la clarté de la baguette. Le cœur de Curdy s'emballa et ses cheveux se hérissèrent : une idée horrible venait de lui traverser l'esprit. Il redressa doucement la tête en levant le bras. Son geste fut très lent pour ne pas alerter la bête si elle se trouvait trop près. Des bruits amortis par les parois du labyrinthe leur arrivaient de très loin. En voyant l'expression d'épouvante qui se peignait sur le visage de son maître, Kroter suivit son regard. Là-haut, au-dessus d'une large ouverture, l'image incarnée de la terreur descendait sur eux. Une sphère de cristal traversée par une fente noire et violette les fixait avec férocité.

L'œil du serpent.

16

Amphisbène

L eurs pires craintes se confirmaient.

– Maintenant le maître ne doit pas s'arrêter, il faut continuer, chuchota Kroter. Que le maître regarde sa tenue.

Curdy se rendit compte que ses vêtements avaient cessé de ressembler à de vieilles guenilles, les pièces raccommodées étaient devenues des bandes rouges, jaunes et bleues qui alternaient régulièrement, composant un motif héraldique brodé de fils d'or au milieu de la tunique noire. L'écu du Lion rouge apparaissait au centre de son plastron.

– C'est l'habit de l'Alchimiste... Et le maître est l'Alchimiste.

– J'ai toujours été un alchimiste, Kroter.

– Ce n'est pas la même chose d'être un alchimiste et d'être l'Alchimiste. Curdy Copperhair détient la baguette de son grand-père, l'Épée et le Septénaire : les Quatre Éléments et les Trois Puissances du Temps. Curdy est le maître de la Chance !

Le jeune homme ne comprenait pas la foi aveugle que lui vouait son ami, mais la chance était justement ce dont ils allaient avoir besoin. Il fit donc la seule chose possible à cet instant, qui n'avait rien à voir avec la chance ni avec la magie : il poussa Kroter et celui-ci bondit en avant. Débuta alors une course éperdue qui devait les mener à l'enceinte secrète de l'ordre.

Les couleuvres fuyaient devant eux, mais l'alchimiste sentit que le monstre se laissait glisser par l'ouverture du plafond et se lançait à leur poursuite. Ils contournèrent un mur, évitant la plupart des niches. Le serpent géant disposait sans doute d'un réseau de tunnels inextricables qu'il connaissait à la perfection. Ils prirent un autre couloir et continuèrent à monter, mais l'énorme tête du reptile surgit à l'autre extrémité. Ils trouvèrent une nouvelle issue et fuirent dans ce qu'ils espéraient être la bonne direction. C'est alors que la tête géante émergea par une autre grande ouverture. La vitesse de déplacement de la bête stupéfia Curdy. Comment sa tête avait-elle pu apparaître aussi rapidement en deux endroits aussi distants ?

Enfin, quelques degrés grossièrement taillés les conduisirent au centre du *nemeton*. Ils étaient presque arrivés. Kroter escalada les marches et Curdy le suivit, non sans avoir dégainé son épée, dont la lame étincelait dans le halo doré de la baguette. L'arme était très maniable et sa lame affûtée semblait dangereuse, y compris pour une bête de cette taille.

Il gravit les marches à son tour et se retrouva devant un grand espace circulaire, au centre duquel trônait une énorme pierre. Le gigantesque bloc massif portait toutes sortes de bas-reliefs et d'inscriptions runiques. Curdy mourait de soif, sans doute à cause de ces sables acides. Pendant un instant, il souhaita de tout son cœur se retrouver loin de cet endroit. Mais son regard tomba sur un objet posé sur l'autel et il écarquilla les yeux, oubliant ses doutes. À l'emplacement où les anciens druides avaient dû accomplir leurs sacrifices, reposait une

petite boîte décrépite couverte de poussière. Entouré de gros
œufs pâles, le coffret antique en forme de pyramide portait le
symbole suivant :

– C'est le signe du *lapis philosophorum* ! La pierre philosophale est là, devant nous !

Curdy avança résolument, prêt à s'emparer du coffre, mais
la grande tête du serpent surgit derrière l'autel, avec ses yeux
froids scintillant comme des lampes jaunes. L'alchimiste
recula. Kroter se réfugia derrière son maître et s'accrocha à
ses vêtements. Curdy entendit un sifflement, son cœur battit la chamade... Une autre tête de serpent émergeait des
ténèbres !

– Par la barbe de Lord Leubrandt, marmonna Kroter.

– Ce ne serait pas mal s'il venait nous donner un coup de
main, murmura Curdy.

– Oh, maître Curdy, c'est bien ce que je craignais, reprit Kroter, presque paralysé par la frayeur.

– Je m'en suis douté quand j'ai vu apparaître la deuxième
tête aussi rapidement, affirma le garçon en levant son épée.

– Nous avons atteint le sanctuaire, mais nous sommes aussi
au milieu d'un nid d'amphisbène !

Inutile d'être savant pour savoir que les bestiaires antiques
décrivaient les amphisbènes comme d'insolites créatures souterraines, les seuls serpents venimeux capables de supporter
le froid, avec une seconde tête à la place de la queue. C'était

un monstre archaïque dont on savait très peu de chose, mais sans aucun doute, ce spécimen avait trouvé le terrier sablonneux idéal pour élever ses rejetons en toute sécurité. Il n'existait pas de ténèbres plus aptes à accueillir sa nombreuse progéniture. La bête s'était approprié le cimetière oublié et avait fait son nid dans la poudre putréfiée. Curdy ne put s'empêcher de penser que l'ordre n'avait pas dû envisager ce contretemps. Maintenant, le coffret du secret était entouré de répugnants œufs d'amphisbène et le monstre androgyne les cernait comme un anneau constricteur, prêt à tuer quiconque oserait s'approcher.

La tête qui rampait parmi les œufs esquissa un geste menaçant, mais ce fut l'autre qui se projeta vers l'avant, dévoilant une rangée de petites dents effilées d'où saillaient deux grands crocs. La ruse n'avait pas échappé à Curdy, car il était certain que la tête qui protégeait les œufs n'allait pas risquer de les détériorer en se lançant à l'attaque si près d'eux. L'incubation des jeunes serpents durait plusieurs années et les couleuvres qui grouillaient alentour n'étaient destinées qu'à leur alimentation.

Les habits de Curdy émettaient une faible lueur rouge, bleu et jaune. L'adolescent se décida soudain : saisissant son arme à deux mains, il asséna un formidable coup d'épée... qui se solda par une légère entaille sur le crâne du monstre, dont la fureur redoubla.

La tête masculine de l'androgyne cherchait à les détruire tandis que l'autre, la féminine, s'employait à préserver la prochaine génération. Traînant Kroter derrière lui, Curdy s'approcha de l'autel. Les deux têtes de l'amphisbène reculèrent en sifflant. Le jeune homme se figea dans une posture menaçante, faisant mine d'attaquer les œufs. La bête s'immobilisa à son tour. Alors, l'alchimiste tendit la main vers le coffret du secret. La tête masculine siffla de rage, comme si elle était sur le point de lancer son attaque définitive.

Curdy croyait en sa chance, mais il avait tort : le serpent tenta de les arrêter. L'alchimiste abattit son épée et manqua son coup. Les mâchoires du reptile rasèrent Kroter, mais ne se refermèrent pas sur lui. L'elfe roula sur lui-même, sans parvenir à se mettre hors de portée du monstre enragé dont la gueule s'ouvrait maintenant au-dessus de lui.

Curdy n'avait plus le choix. Refusant d'abandonner son compagnon à ce triste sort, il s'arma de courage et raffermit sa prise sur la garde de l'épée. À ce moment, Kroter disparut dans un grand bruit et Curdy l'entendit crier :

– Maintenant, maître Curdy ! Saisissez-vous du secret avant qu'il ne soit trop tard... Kroter va s'échapper !

La tête masculine de l'amphisbène commença alors à se jeter frénétiquement contre les niches sablonneuses. Curdy était certain que le serpent était capable de détecter la chaleur magique émanant de l'elfe ; il décida donc de profiter de la situation et porta une terrible estocade à deux mains au flanc du serpent.

Deux hurlements épouvantables résonnèrent dans les ténèbres.

La lame de l'épée avait proprement tranché une bonne partie du corps de la créature, un liquide noirâtre jaillissait de la blessure. Curdy eut à peine le temps de se retourner que la tête féminine le menaçait, gueule ouverte, tendue comme la corde d'un arc. L'éclat de l'épée la rendait sourde à son instinct, à la crainte que lui inspirait le jeune alchimiste. La voix de Kroter s'éleva, l'elfe tentant toujours de distraire l'autre tête et de la rendre folle de colère. Finalement, Curdy tendit la main au-dessus du coffret. Il savait qu'il devait s'en emparer et fuir...

Fuir ? Mais par où ?

L'ennemi se rapprochait, des pas résonnaient dans le labyrinthe sablonneux du *nemeton*. Qu'allait-il advenir de la relique de l'ordre ? Désespéré, il regarda de nouveau les yeux féroces et furieux du serpent, toujours dressé devant lui, gueule entrouverte.

Il finit par poser la main sur la pyramide de pierre dans l'intention de la saisir. Au même instant, il sentit un vide au creux de l'estomac et une force le projeta dans un précipice invisible.

17

Crépuscule dans la tour

L'air sifflait comme un tourbillon turbulent. Pendant un long moment, Curdy eut l'impression d'entendre les cris de Kroter, mais le son finit par s'estomper avant de disparaître. Emporté par le maelström, il sentait constamment le contact solide du coffret pyramidal dans sa paume, unique élément fixe, comme collé à sa main. Autour de lui, l'eau et le feu s'affrontaient en un ouragan irisé.

L'adolescent se retrouva à l'air libre, sous un ciel dégagé. Le soleil se reflétait dans les eaux d'un petit lac. Non loin de là, un gigantesque châtaignier déployait branches et feuillage. Sa mère étendait un manteau bleu au pied du tronc majestueux et prenait place sur une racine dénudée. Curdy revenait de la rive, les jambes de son pantalon retroussées. Il ne pouvait imaginer de lieu plus plaisant. Mais ce n'était qu'un souvenir issu d'un lointain passé.

Pour l'heure, il était seul.

Plongé dans une profonde rêverie, il évoquait le reflet de sa propre image sur les eaux lisses du lac. Depuis sa plus tendre enfance, il était dévoré par le désir de savoir ce qui se cachait dans l'obscurité sous la surface. Le soleil ne parvenait jamais à en éclairer le fond.

Curdy céda à l'assoupissement, et son imagination l'entraîna dans un immense paysage sillonné de chemins sinueux. Leurs méandres se perdaient à l'horizon, montant et descendant au gré du terrain, traversant de nouvelles contrées peuplées de visages inconnus. Il finit par arriver au sommet d'une falaise surplombant une mer d'un intense bleu foncé. Les vagues formaient de minces lignes blanches qui se brisaient contre les récifs. Il se vit ensuite sur un promontoire vert, non loin d'une tour conique. Hormis sa situation isolée, au bout du monde, le bâtiment n'avait rien de particulier. Mais il se rendit compte que quelqu'un allait tomber de la tour et qu'il ne pourrait pas le sauver. La seule issue était une porte solidement encastrée dans la pierre moisie.

Le jeune homme était convaincu que quelqu'un d'autre se trouvait dans la tour, enfermé depuis des siècles... Il le connaissait... Il percevait sa voix...

Il s'allongea dans l'herbe tiède, adossé à l'édifice, pendant que le soleil descendait dans la mer. Un crépuscule ardent se déploya à l'ouest. Finalement, il sentit la fatigue l'emporter dans un autre rêve et s'immergea dans les profondeurs de la mer. Là, des forêts flottantes l'entraînèrent vers le fond ténébreux.

Au plus profond de cette transe alchimique, il eut une abominable vision. Au-delà de ces paysages, au nord de l'ineffable nord, là où tous les royaumes des légendes paraissaient avoir abandonné leurs frontières, l'Angleterre redevenait sauvage, indomptée, hostile. Là-bas, sous le poids d'un ciel chargé de nuages tourmentés, Curdy se pencha sur une fissure ouverte entre les collines. C'était la confluence des eaux épaisses de centaines de marécages et de ruisseaux boueux qui coulaient à des milles et des milles à la ronde, au cœur d'un royaume impénétrable, lugubre et désert que même les oiseaux ne survolaient pas. Le terrain descendait, isolant quelques pâturages naturels, et s'étageait autour de ce qui ressemblait à un sillon ouvert par un gigantesque couteau, un déversoir où allait finir toute la fange des mares et des bourbiers. Les murs de pierre, sillonnés de lentes cascades de boue malodorante, descendaient à la verticale avant de plonger dans un cristal sombre. Ou du moins, c'était à cela que ressemblaient les eaux calmes du fond : un étang inaccessible, la surface d'un immense puits rudimentaire creusé par des créatures plus grandes encore que les géants.

Curdy se pencha au-dessus du précipice et scruta l'eau placide qui lui renvoyait un reflet énigmatique. Pendant un instant, il se souvint de l'horrible scène de l'abbaye de Westminster et remarqua la similitude entre le bassin circulaire où gisait le cadavre de frère Gaufrey, le grand gardien de l'ordre, et ce lieu étrange. Qui se cachait au fond du gigantesque puits ? Un autre cadavre ? Mais peut-être n'était-ce que le fruit de son imagination et de ses frayeurs ? La mort du grand gardien le jour même de son initiation avait complètement bouleversé le cours de son existence.

Poussé par la curiosité, le jeune alchimiste tendait le cou, essayant de distinguer son reflet, lorsqu'une bourrasque le fit basculer dans l'abîme.

Il parcourut une distance considérable le long des parois de roche lisse ; cent fois plus grande que tout ce qu'il avait pu imaginer. En observant l'eau qui montait vers lui, il découvrit avec horreur que sa propre image ne se reflétait pas sur la surface, d'où émergeait la tête d'un monstre à moitié humain. Ses yeux rouges luisaient comme des charbons ardents, de grandes dents carrées se bousculaient dans son sombre visage défiguré, environné du lent tourbillon de ses horribles mèches détrempées.

Quelques instants avant d'atteindre l'eau, Curdy perçut clairement un mot dans son esprit, un long hurlement guttural :

GREEENDEEEEEEL

Le garçon voulut crier de toutes ses forces et tendit les mains. Le sourire monstrueux frôlait la surface. Les algues s'écartèrent, dévoilant une tête informe et des griffes gigantesques.

À moins qu'il n'ait changé d'apparence, ce n'était pas le visage de frère Gaufrey. Mais cette créature fournirait-elle à Curdy les réponses à ses dernières questions ?

Sa chute était sur le point de s'achever. Les eaux striées par le vent se rapprochaient vertigineusement. Tout allait se terminer dans quelques secondes.

Ses doigts crevèrent la surface.

LE ROYAUME DES APPRENTIS

1

Mynyddoedd Duon

C urdy se réveilla, la respiration haletante, le cœur battant la chamade ; ses vêtements étaient trempés par une sueur glacée.

Partout où il posait les yeux, le visage de ce monstre au nom effrayant flottait devant lui. La plus singulière créature qu'il lui ait été donné de voir ! Elle semblait vivre sous un *miroir d'eau* au milieu d'un royaume de marécages...

Par bonheur, les derniers événements n'étaient qu'un effet du formidable voyage qu'il venait de vivre. Le chemin jusqu'à sa destination finale l'avait conduit dans le non-temps. Les maîtres de l'ordre du Lion rouge avaient tout organisé avec intelligence. Le sauvetage du secret de l'ordre incluait un puissant sortilège de transfert, ce qui protégeait à la fois le porteur du secret et l'ordre lui-même. En revanche, si le coffret était convoité par un intrus, celui-ci serait transporté dans un lieu inconnu aussitôt qu'il s'en serait emparé.

Cela signifiait que Curdy non plus ne savait pas où il se trouvait, mais au moins, il était réveillé.

Il n'avait aucune certitude, hormis celle d'être au milieu d'un énorme tas de neige, très compact. À travers la brume dense, il ne distinguait que quelques gigantesques rochers où étaient gravés des symboles runiques ancestraux et de multiples signes magiques. C'était peut-être une sorte d'aire d'atterrissage magique, un *henge* particulièrement vieux.

En voulant se relever, il se rendit compte qu'il tenait quelque chose dans sa main gauche, et se souvint alors qu'il n'avait jamais relâché sa prise sur le coffret composé de triangles parfaits. Pourtant, il serrait maintenant entre ses doigts une massive sphère de cristal. Était-ce la pierre philosophale ? Il la fit glisser sur sa paume, ouvrit la main et la rapprocha de ses yeux. Son image déformée disparut, le reflet du paysage qui l'entourait se matérialisa peu à peu à l'intérieur du globe cristallin et il se vit au milieu de ce cimetière de géants. Il distingua la course échevelée des nuages, malmenés par des vents de tempête. Puis la sphère devint un œil qui le regardait depuis l'intérieur du monde et dont l'iris recelait des paysages en perpétuelle transformation.

Sans savoir ce qui l'y poussait, mais avec la spontanéité que Kroter et Leubrandt prêtaient à l'Alchimiste, Curdy souffla sur la sphère. L'air s'agita autour de lui. Il referma la main sur sa prise, craignant qu'elle ne lui soit arrachée par le vent qu'il avait généré. La brume se dissipa. Au-delà des pierres gravées, des silhouettes humaines formaient un cercle autour de lui.

Deux hommes se détachèrent du groupe et avancèrent. Ils portaient des chapeaux d'alchimistes, mais aussi des épées courtes et légères glissées dans leur ceinturon, par-dessus leur tunique.

L'un d'eux enleva son chapeau, arborant une expression sévère. Ses yeux verts et brillants évoquaient un ver luisant, et des mèches de cheveux blonds humides lui collaient au front.

– Bienvenue à Crug Hywell, dit-il en posant son chapeau contre sa poitrine pour accompagner sa révérence.

Curdy, qui avait fourré les mains dans ses poches pour cacher la sphère étrange d'un côté et recueillir de l'autre une poignée de cette cendre qui s'était déjà montrée si efficace, poussa un soupir de soulagement.

L'autre alchimiste s'approcha à son tour. Le garçon reconnut immédiatement les cheveux raides et gris qui tombaient sur les épaules et l'expression angoissée :

– Whylom Plumbeus !

– Comme je suis heureux que tu ailles bien, Curdy ! Comme je suis content de te revoir !

– Vous saviez que j'étais... que je...

– Oui ! J'étais d'ailleurs un de tes gardiens et j'attendais les instructions de l'ordre.

– Mais...

– Je sais que tu as des milliers de questions qui te trottent dans la tête, mais il vaut mieux que tu attendes d'être dans le lieu adéquat pour trouver toutes les réponses. Nous sommes à Crug Hywell, l'endroit idéal ! Il s'agit d'un centre de culte druidique très ancien. Tu vois ces mégalithes autour de toi ? Cette colline se situe au sud des Mynyddoedd Duon, comme les vrais Gallois appellent les montagnes Noires. Je sais à quoi tu penses, mais Luitpirc continue à réunir des forces à Magonia, c'est donc nous qui sommes venus te souhaiter la plus chaleureuse des bienvenues dans le Nolandshire.

– Dans les montagnes Noires, murmura Curdy.

– C'est une enclave parfaite pour cacher le Nolandshire. Nous sommes exactement au nord d'Abergavenny et au sud de Hay-on-Wye, le village d'Angleterre où sont réunis le plus de livres et de grimoires.

– Et Hexmade n'est pas très loin de Hay-on-Wye, le seul endroit de la terre où tout le monde sait lire... Il ne pouvait en être autrement... murmura Curdy d'un air pensif.

Les autres alchimistes et sorcières s'avancèrent à leur tour. Tous paraissaient aussi contents que Whylom.

– Laisse-moi te présenter Lord Maximus de Aureus, un des meilleurs sorciers d'Hexmade.

Le grand blond dégingandé aux cheveux raides fit une légère révérence.

– Lord Hende de York...

Celui-ci enleva à peine son chapeau, mais Curdy eut le temps d'entrevoir la pointe de ses cheveux qui lui sembla légèrement verdâtre.

– ... Et Lady Julia Hartwig, une des responsables du bestiaire d'Hexmade...

Les noms pleuvaient, les révérences se succédaient et Curdy ne savait plus qui était qui.

Lord Maximus prit la parole :

– Avant tout, tu dois savoir que nous étions prêts à venir à ton aide. Nous avons été convoqués pour intervenir si les choses tournaient mal...

Curdy évita de livrer le fond de sa pensée : qu'attendaient-ils pour intervenir quand il était menacé par un amphisbène et qu'un elfe domestique se perdait au milieu du labyrinthe ?

– Pour cela, nous voulons te féliciter et t'inviter à nous suivre à Hexmade.

– J'ai hâte de connaître cet endroit ! finit par s'exclamer Curdy. Hathel est là-bas ?

– Oui. Et il aura une belle surprise, parce que tout le monde ignore ton retour, répondit Whylom.

– Et Aiken, Ylke, Cleod ?

– Ils ont réussi de justesse à échapper aux griffes de la Grande Inquisition. Tu aurais dû voir la tête de dame Lewander quand elle s'est rendu compte que tu avais disparu. Ils se sont beaucoup inquiétés. Exceptionnellement, nous avons dû leur livrer des informations pour les convaincre de continuer leur route jusqu'à Hexmade, car ils étaient prêts à retourner te chercher à Wilton.

– Ouf, soupira Curdy, sincèrement soulagé.

– Cela dit, tu ferais mieux d'éviter de croiser dame Lewander, conseilla Lord Maximus. Je crois qu'elle meurt d'envie de te tirer les oreilles.

– Ça ne m'étonne pas, mais il faut comprendre que...

Le début d'explication de Curdy lui valut l'attention générale. En fin de compte, il avait désobéi à sa mère, un acte qui rencontrait fort peu d'indulgence dans la communauté des alchimistes.

– Vous devez comprendre que j'avais le pressentiment que ma mère était en danger, continua le jeune homme.

Tous les visages devinrent graves.

Curdy n'avait nul besoin d'interroger qui que ce soit. S'il y avait eu de bonnes nouvelles concernant Gotwif, il aurait été entouré de sourires, de sorte qu'il leur était reconnaissant de leur silence. Il baissa la tête, songeur et frustré.

– Allons, Curdy, parfois il vaut mieux ne pas trop réfléchir avant d'être mieux informé, dit Whylom en posant les mains sur les épaules du jeune alchimiste. La nuit ne va pas tarder, il est temps de rentrer à Hexmade !

Les alchimistes entourèrent l'adolescent comme l'escorte d'un lord chancelier. Le cortège quitta la colline par un sentier argileux bordé de pierres blanches et disparut dans le brouillard. Peu après, le sentier devint un chemin empierré. La nuit était presque là, un froid crépusculaire pesait sur le manteau de brume et de nuages.

Ils laissèrent la vallée de Rhiangoll à l'est et arrivèrent sur la rive d'un gigantesque lac. Lord Maximus expliqua à Curdy que les montagnes Noires galloises étaient d'immenses collines sauvages qui protégeaient quelques sites difficiles d'accès, ensorcelés bien des siècles auparavant par les ancêtres des mages celtes. Ce lac en faisait partie. Le brouillard s'épaississait au-dessus des eaux, laissant néanmoins deviner au loin les cimes ennuagées de Mynydd Troed, Graig Syfyrddin, Allt-yr-Esgair et Myarth. Whylom s'approcha de quelques grandes barques occupées par plusieurs dizaines de rameurs silencieux. Ils montèrent à bord et, en un rien de temps, la côte avait disparu. Curdy avait l'impression qu'ils naviguaient au milieu du néant sur des eaux très profondes, jusqu'à ce que la brume se dissipe peu à peu, dévoilant de plus en plus clairement un rivage couvert d'une forêt dense.

En accostant, Curdy apprit que la dernière partie du voyage se ferait à cheval. Pendant que leurs montures trottaient tranquillement sur une piste étroite au milieu de la barrière impénétrable des arbres, Whylom raconta au garçon que cette forêt s'étendait sur des milles. C'était un gigantesque labyrinthe conçu par Luitpirc en personne. Si des ennemis réussissaient à débarquer sur cette côte, ils ne parviendraient pas à traverser l'île et à atteindre son cœur. Là-bas, non loin des prés de Mynydd Llangorse, s'élevait le village d'Hexmade, une grande forteresse en ruine que Luitpirc avait fait reconstruire avec l'aide de nombreux clans de nains tailleurs de pierre vivant dans les montagnes Noires.

– À quelle époque a été créé le Nolandshire ? voulut savoir Curdy.

– Luitpirc et la majorité des représentants envoyés par les confréries d'alchimistes ont ordonné sa construction en secret. L'objectif était de créer un contrepoids à la Chambre des lords. Cela remonte à de nombreuses années, bien avant que les Normands n'envahissent l'Angleterre. Finalement, avec l'aide d'une multitude de créatures, Luitpirc parvint à relever l'antique forteresse. De multiples points de transfert ont été créés partout en Angleterre, permettant à de nombreux alchimistes d'échapper aux inquisiteurs. Finalement, le Conseil de Magonia décida d'épauler les alchimistes anglo-saxons démunis et envoya ses meilleurs constructeurs.

Grâce à Whylom et à Lord Maximus, Curdy apprit également que le labyrinthe contenait de vastes clairières et des contre-feux apparents, mais que ses accès rétrécissaient jusqu'à se perdre dans des petits sentiers pris d'assaut par des cascades soudaines, dans des gorges profondes ou des marécages infranchissables. Les arbres avaient la capacité de déployer leurs branches et de les resserrer pour former un maillage si dense que personne ne pouvait franchir ces frondaisons. Si d'aventure quelqu'un décidait d'y mettre le feu, la brume s'agrégeait immédiatement pour décharger une forte averse, intarissable grâce à la proximité du lac. Le Nolandshire était donc une grande île au milieu d'un lac dans une région désolée

411

des montagnes Noires galloises, près de la frontière orientale avec le royaume de Mercie.

Le chemin qu'ils suivaient sinuait parfois à travers les arbres et le cortège finit par s'étirer sur plusieurs dizaines de yards. À la fin, Curdy eut l'impression d'avancer au fond d'un tunnel étroit aux épaisses parois de branchages, de broussailles, d'aubépines et de racines. Il distinguait maintenant un ciel clair où le soleil couchant embrasait de rouge et d'or les flocons effilés des nuages. Le dernier tronçon du sentier apparaissait au loin comme une blessure.

Quand ils retrouvèrent un espace dégagé, ils virent un torrent aux eaux tumultueuses et une grande colline couverte de maisons étranges. Des centaines de cheminées fumaient sur un ciel d'azur profond. Hexmade. Des milliers de fenêtres arrondies et carrées laissaient passer la lueur scintillante des foyers. Les ombres noires et anguleuses des demeures à l'aspect insolite contrastaient avec une haute construction, dont les tours se dressaient comme les sentinelles d'un nouveau royaume.

La nuit descendait déjà lorsque le cortège pénétra dans les rues d'Hexmade. Curdy avait à peine eu le temps d'interroger ses guides sur chacun de ces édifices bizarres aux toits de paille jaune. Beaucoup de gens se montraient aux fenêtres pour assister à leur arrivée, d'autres s'attroupaient dans les rues et les saluaient au passage. Curdy vit un groupe de gens passer par les portes d'une grande auberge à l'enseigne du Masque-de-Cochon et s'arrêter pour les observer avec curiosité. Ils longèrent un champ. Le vent se leva. Derrière une grille merveilleusement forgée, des prés grisâtres dans l'obscurité grandissante s'étendaient au pied d'un énorme château dont les créneaux pointus atteignaient une hauteur immense. L'esprit de Curdy s'emballa en songeant aux merveilles qu'abritait cette magnifique construction galloise, restaurée par les alchimistes de Luitpirc. Bibliothèques, bestiaires, laboratoires, oubliettes, tunnels, chambres, tout ce dont lui avait parlé Whylom s'épanouissait dans son imagination d'une manière fascinante. Et l'idée que ses amis étaient déjà là fit naître un étrange fourmillement au creux de son estomac. Il avait hâte de retrouver Hathel, Ylke, Aiken, Cleod et de faire la connaissance d'autres jeunes qui, comme eux, appartenaient à ce que Luitpirc le Conteur avait baptisé le royaume des Apprentis.

L'escalier se trouvait directement au pied des hauts murs verticaux. Whylom lui dit que la forteresse n'avait pas besoin de fossé parce que le lac qui entourait l'île remplissait les mêmes fonctions à une échelle peu commune. Les portes gigantesques, ornées de personnages célèbres des légendes alchimiques, s'ouvrirent. Curdy pénétra dans une entrée où une immense flamme bleue brûlait dans une grande vasque. Au milieu des alchimistes, l'Alchimiste franchit les puissantes enceintes que le Monarque avait créées pour Luitpirc de Magonia, le légendaire Conteur. En regardant vers le haut où la chevelure de feu ondulait, le jeune homme découvrit les nervures compliquées des piliers et prit conscience des immenses proportions du lieu.

2

Rencontre dans la nuit

– Nous nous séparons ici, jusqu'à notre prochaine rencontre, dit Lord Maximus. Whylom te montrera ton nouveau logis.

Sur ce, les alchimistes qui l'avaient escorté souhaitèrent bonne nuit à Curdy et s'éloignèrent en murmurant dans l'un des couloirs. Curdy avait l'impression qu'ils s'étaient évanouis dans une profonde obscurité.

Whylom s'approcha de l'énorme vasque. Réactivées par la proximité du sorcier, les flammes émirent un rugissement sourd, laissant échapper un panache de fumée bleutée. Il sortit sa baguette de métal et la plongea dans les flammes. Sa pointe s'imprégna de feu, telle une torche. Whylom invita Curdy à le suivre.

La clarté bleuâtre éclaira un énorme escalier gardé par de grandes gargouilles. Curdy se demanda si Luitpirc cultivait lui aussi une prédilection pour ces créatures ou si les statues de pierre n'abritaient aucun esprit. Bien sûr, le Conteur appréciait sans doute tout simplement l'ensemble des créatures magiques. L'escalier s'élevait en spirale autour d'une colonne où s'alignaient des dizaines de portes closes. Ils s'engagèrent sur les premières marches. Les complexes inscriptions runiques sculptées sur les panneaux massifs apparaissaient brièvement dans le halo lugubre avant de replonger dans les ténèbres.

– Dis-moi, Curdy, comment va ta blessure ? chuchota le sorcier en fixant le garçon d'un regard étrange.

– J'ai mal, mais ces derniers temps, je n'ai guère eu le loisir d'y prêter attention...

– Bien sûr ! Avec toutes ces aventures...

– Pourtant, j'ai l'impression qu'elle abrite quelque chose qui ne me laisse pas en paix, qui communique avec moi à travers elle, entre dans mon esprit, dans mes souvenirs...

Whylom s'arrêta, scrutant le visage du jeune homme avec un intérêt redoublé. Son ombre dansait contre le mur au rythme des flammes.

– Je t'ai déjà dit que les esprits des chauves-souris sont reliés entre eux et forment une sorte de gigantesque réseau dans l'obscurité du monde...

– Mais ici, je serai à l'abri, n'est-ce pas ?

– Il n'y a pas de lieu plus sûr qu'Hexmade, du moins contre les armées de l'Inquisition. Quoique... Qu'as-tu vu ?

– Pendant mon dernier voyage, lors du transfert, j'ai rencontré un monstre épouvantable. Il me semble qu'il a prononcé son nom, mais j'ai du mal à croire que ce soit vraiment lui...

– Dis-moi ce nom, Curdy. Il faut que je sache ce qui t'est arrivé : je ne suis pas seulement un de tes protecteurs, mais aussi le meilleur ami de ton père et je dois surveiller cette blessure...

– Grendel.

Le visage de Whylom se déforma sous l'effet de la terreur.

Devant cette réaction, Curdy se sentit également saisi d'effroi. L'intensité des flammes bleues diminua et les ombres rampèrent vers eux le long des murs.

– Par le chapeau de Merlin ! marmonna l'alchimiste, perplexe. Grendel !

Une espèce de glapissement déchira les ténèbres comme la lame d'un couteau et s'éloigna en résonnant à travers des chambres et des murs invisibles.

Whylom se plaqua une main sur la bouche, comme s'il se repentait d'avoir prononcé ce nom fatal.

– Tu devrais passer aux laboratoires, demain. Retrouve-moi dans le couloir des créatures maléfiques inconnues, dans les souterrains. Il vaut mieux que nous discutions pendant la journée.

À la clarté de la baguette, Curdy crut voir du coin de l'œil une ombre anguleuse qui fuyait d'un vol lourd. Il aurait juré qu'il s'agissait d'une chauve-souris !

– Quel dommage que Lord Leubrandt ne t'ait pas averti du danger que recelait ce nom.

– Il ne l'a pas fait. Cela dit, nous n'avions guère de temps pour les explications et les mises en garde.

– Lord Leubrandt n'a jamais été très bavard, commenta Whylom. Mais lors de la réunion du Conseil de la Chambre haute, qui se déroule au-dessus de tous ces couloirs, il apparaît parfois dans la grande cheminée, dans la gueule du lion. Il transmet alors ses ordres à Luitpirc et aux responsables d'Hexmade...

Quelque peu déconcerté, Curdy hocha la tête. En réalité, il n'avait nulle envie de continuer la discussion dans cette obscurité menaçante, où n'importe quel espion pouvait les écouter pour peu qu'il prenne la peine de se poster derrière une colonne.

– En avant ! Le courage doit être notre guide face aux périls actuels, affirma Whylom.

Ils grimpèrent plusieurs escaliers avant d'atteindre une nouvelle plateforme. La chauve-souris avait disparu sans laisser de trace. L'imagination du jeune alchimiste lui avait peut-être joué un tour.

Ils avançaient dans un couloir voûté. Des centaines de têtes de pierre sculptées sur les murs semblaient les suivre du regard, les épier. Curdy se pétrifia soudain en voyant quelques fantômes franchir le couloir un peu plus loin et disparaître à travers les murs.

– Ne t'inquiète pas, dit Whylom. Ils sont nombreux à errer dans la forteresse. Ici, Luitpirc leur offre un refuge et ils s'en trouvent bien. Il suffit de s'habituer à leur présence... Tu as trouvé le secret de l'ordre ?

Une intonation étrange dans la question de Whylom poussa Curdy à faire preuve de discrétion.

– Si quelque chose était caché là-bas, ça a dû voyager avec moi, mais probablement entre les mains de quelqu'un de plus important. Ça a sans doute été transféré, dit-il d'un ton résolu.

– C'est bien ce que j'imaginais. En fait, nous pensions tous que cela allait se passer ainsi. Le coffret doit apparaître dans les chambres souterraines du château et ne plus être manipulé. Il se trouve sûrement dans la Chambre des Mystères dont seul Luitpirc détient la clef. Là-bas, le coffret sera à l'abri quel que soit son contenu, conclut Whylom, pensif.

– Et qu'est-ce que ça pourrait être ?

– Il y a eu de nombreuses spéculations, mais la plus probable concerne une *pierre philosophale* extrêmement puissante. Je ne sais rien de ses capacités et de la portée de son pouvoir, mon domaine de recherches en étant très éloigné. Mais peu importe sa nature, je sais que ce sera une arme puissante pour qui saura l'utiliser. On suppose que le Monarque va réunir ses forces et tous les symboles alchimiques pour affronter les ruses d'Aurnor.

– Quand pourrai-je voir Luitpirc ?

– Bientôt. Il ne va certainement pas tarder à rentrer. Il doit réunir quelques forces en provenance de Magonia pour affronter les armées de Lord Malkmus.

– Je comprends, dit Curdy, quelque peu découragé.

– Il vaut mieux que tu te reposes.

Quand Whylom toucha une pierre, deux ogres sculptés s'animèrent et entreprirent de pousser les énormes blocs sur lesquels ils prenaient appui. La roche glissa en grinçant, découvrant un vaste espace. Un couloir sombre continuait de l'autre côté. Au fond, tout au bout, une agréable lueur rouge papillotait.

– Ta place t'attend là-bas, près de tes meilleurs amis. Je ne peux pas t'accompagner plus loin. Ce sont les règles de la maison : aucun alchimiste ne doit pénétrer dans le royaume des Apprentis. C'est la partie de la forteresse dédiée aux élèves de Luitpirc et des autres lords. Dors bien et repose-toi. À demain, Curdy !

Whylom lui tapota l'épaule, se retourna et repartit dans les ténèbres, précédé par l'éclat lugubre de sa baguette, qu'il tenait bien haut.

Curdy jeta un regard aux ogres de pierre. Ils le fixaient d'un œil menaçant, du moins lui semblait-il. Il s'engagea dans le tunnel. Derrière lui, les pierres grincèrent en se refermant. Il eut la singulière sensation que des portes magiques venaient de l'enfermer dans un autre monde.

3

Au royaume des Apprentis

Une chaude clarté jaune baignait une pièce nue. Les murs étaient couverts de bas-reliefs sculptés qui figuraient des enfants absorbés dans l'étude de gros livres. Aucun d'eux ne semblait capable de s'animer comme l'avaient fait les ogres, mais ils émettaient une sorte de murmure qui emplissait la pénombre. La lumière émanait d'un tunnel éclairé par une rangée de torches.

Ce nouveau passage amena Curdy dans une grande salle. Il s'arrêta sur le seuil. Immédiatement, une langue de feu jaillit de la cheminée et un brouhaha de voix fortes l'assaillit. Des dizaines de lumières apparurent et la flamme continua à tourner sous le plafond comme une sorte d'oiseau incendiaire.

Hathel, le fils de Whylom, le prit tout de suite dans ses bras. Agnès, Vina et Lyte, Cleod et Leod, Gundula, Hartwig, Aiken et Élohim s'attroupèrent autour de lui. D'autres amis de Wilton et des jeunes gens qui lui étaient totalement inconnus le dévisageaient avec curiosité. Parmi la masse des visages, il distingua celui de sa meilleure amie. Ylke s'ouvrit un passage dans la foule et lui planta un baiser sonore sur la joue. Curdy rougit violemment, ce qui chez un rouquin confinait presque au scandale. Les plaisanteries fusèrent de tous côtés.

Cependant, loin de partager l'esprit taquin général, Ylke le fixait avec intensité, arborant un sourire jusqu'aux oreilles qui dévoilait des dents d'un blanc de neige.

– Te voilà enfin arrivé ! s'écria-t-elle.

– Euh, oui ! Me voilà enfin arrivé... Mais où ?

La question souleva un éclat de rire général.

– Nous sommes au royaume des Apprentis et, plus concrètement, dans la chambre du feu, répondit Hathel.

– Un instant ! Avant tout, il doit nous donner le mot de passe, déclara un jeune Écossais de haute taille.

– Mais il ne peut pas le connaître, répliqua Ylke.

– Et alors ? Pose-lui quand même la question !

Curdy n'y comprenait goutte.

– Bien, dit Aiken, le frère d'Ylke. Nous avons un mot de passe dans cette chambre ! Tu dois répondre à une question... Comment s'appelle le village le plus long de Gwynedd ?

Un silence attentif s'établit, troublé par quelques rires et des chuchotements qui s'élevaient çà et là. Curdy essaya de se concentrer. Il se souvenait de quelques villes galloises importantes, mais leurs noms étaient toujours assez compliqués. D'autre part, son instinct lui soufflait qu'il y avait une astuce dans la formulation : on ne disait pas d'un village qu'il était « long », mais « grand »... La lassitude aidant, il était convaincu de ne pouvoir réussir l'épreuve.

– Morganwgllangfar... ? hasarda-t-il.

Un énorme éclat de rire accueillit sa tentative et il rougit de nouveau.

– Non. De toute façon, tôt ou tard, tu devras le savoir, reconnut Aiken.

Quand le calme fut revenu, quelqu'un parvint à prononcer le nom le plus long que Curdy avait jamais entendu.

– C'est un très petit village, mais il s'appelle :

Llanfairpwllgwyngyllgogerychwyrndrobwllllantysiliogogogoch.

Il n'en croyait pas ses oreilles.

Impatient de faire état de son savoir tout neuf, Hathel expliqua :

– En gallois, ce nom signifie « l'église de sainte Marie dans le creux du noisetier blanc près d'un tourbillon rapide et l'église de saint Tisilo près de la grotte rouge ». Mais pour abréger, nous disons *Llanfair*.

Ravi, Curdy éclata de rire, brûlant d'envie d'en savoir plus.

– Eh bien, c'est pareil que si vous me disiez que je viens d'atterrir sur la Lune, ajouta-t-il.

– Hathel ! Tu ne te rends pas compte que Curdy vient d'arriver ? Il ne sait rien de rien, voyons.

Curdy la regarda avec surprise, et le silence se fit dans la pièce. Une expression embarrassée se peignit sur le visage d'Ylke.

– Comment sais-tu que je m'appelle... *Curdy* ?

– Whylom et les autres alchimistes nous l'ont dit, répondit-elle. Ils ne voulaient pas que tu te sentes trop étranger en arrivant, comme ça, tu n'as pas à fournir beaucoup d'explications.

– Tu verras, Curdy, continua Hathel. Le Conteur a créé ce lieu dans lequel aucun alchimiste ni aucun autre adulte ne peut entrer sous aucun prétexte.

Curdy sourit à ces paroles.

– Quand le Conteur désigne un apprenti, celui-ci peut venir vivre dans cette partie de la forteresse, s'il le souhaite. Natu-

421

rellement, pas un seul jeune de tout le village d'Hexmade n'a refusé la proposition du Conteur... continua Ylke. Un alchimiste peut étudier tout ce qu'il veut, s'exercer à tous les mystères de la magie et se préparer à la guerre.

Curdy écarquilla les yeux comme des soucoupes.

– La *guerre* ?

– Bon, celui-ci ne sait vraiment rien, on ferait mieux de s'asseoir, dit un grand garçon dont les mèches noires cachaient la moitié du visage, en se laissant tomber dans un gros fauteuil garni de fourrure devant le feu. Il vaudrait mieux qu'on te mette au courant.

– Et tu es... ?

– Sir Cormac Mac Kinley, dit le jeune homme en interrompant Curdy avec un regard dédaigneux sur ses vêtements en guenilles.

– Que fait un noble parmi les apprentis du Conteur ? rétorqua immédiatement Curdy.

– Manifestement, tu possèdes fort peu d'informations, mon cher Curdy. Un décret du Conseil suprême de Magonia, obtenu par ton maître Luitpirc, a marqué le début d'une nouvelle aristocratie magique et libéré les alchimistes survivants de leurs malédictions.

– C'est magnifique, murmura Curdy, abasourdi.

– De sorte que bon nombre d'entre nous ont déjà atteint le rang de sir. Le Conteur nous décerne le titre selon notre niveau de connaissances. La guerre est proche et il a décidé de nous armer. Comme te l'expliquait Ylke, de grandes batailles s'annoncent et le monde magique est en émoi dans toute l'Angleterre. Tout d'abord, il faut savoir que le royaume des Apprentis compte quatre chambres basses.

– Pourquoi *basses* ?

La question de Curdy éveilla plusieurs sourires chez les rouquins écossais.

– À cause de leur emplacement dans la forteresse. Elles sont situées dans la partie inférieure du château. Dans chaque chambre, on trouve différents sirs, qui dirigent des ordonnances chargées de transmettre leurs ordres. Je suis l'un d'entre eux, précisa Cormac, qui laissa paraître une certaine suffisance. Les quatre chambres sont apparentées aux quatre forces, c'est-à-dire les Quatre Éléments. Il existe une cinquième chambre où le Conteur conserve les mystères de l'ordre du Lion rouge, c'est pourquoi on l'appelle la Chambre des Mystères. Au-dessus des quatre chambres basses, on trouve la Chambre Haute, où se réunissent tous les membres du royaume des Apprentis, ainsi que les maîtres, et où Luitpirc nous rend visite. Nous sommes dans la chambre du feu, et au-delà de cette salle se trouvent plusieurs dortoirs et salles de sorts. C'est là que finissent tous les apprentis que la Tête de Lion, Lord Leubrandt, choisit pour son armée.

– Eh bien... Ils n'ont pas perdu de temps, fut le seul commentaire que put émettre Curdy.

Ses rêves s'accomplissaient, enfin les alchimistes des maisons inférieures se dressaient contre le danger mortel de la Grande Inquisition.

– Et que sait-on de cette guerre ?

Une onde de murmures et de chuchotements parcourut la salle.

– Les créatures magiques s'allient aux deux factions. Le Conseil de guerre, le Wizzwarus d'Angleterre, comme ils l'appellent ici, se prépare à affronter les lords ténébreux et les forces de Lord Malkmus de Mordred, répondit Hathel d'une traite.

– Par la Vierge, tu ne sais pas le meilleur ! intervint Ylke. Raconte-lui, Cormac !

Curdy crut déceler chez Ylke une certaine admiration pour le jeune sir dégingandé, ce qui lui déplut profondément.

– Le Conteur nous a annoncé que le Monarque choisira les quatre lords qui commanderont les quatre armées parmi les apprentis des quatre chambres basses, répondit Cormac. C'est essentiel, car chacun des lords aura la charge d'une section importante de l'armée et appartiendra au Wizzwarus, le Conseil de la Chambre haute.

– Luitpirc a prévu d'affronter les forces de Lord Malkmus de Mordred avec seulement quatre lords apprentis ? demanda Curdy, visiblement incrédule.

– Non, évidemment ! s'écria un garçon gallois aux yeux noirs.

– De nombreux alchimistes plus expérimentés sont déjà lords, expliqua Sir Cormac. Parmi eux, on trouve nombre de nobles lords anglo-saxons chassés de leurs terres par Lord Malkmus et le roi Guillaume le Roux, mais qui ont réussi à échapper au bûcher.

Curdy prit place sur une espèce de tabouret et regarda les flammes moribondes, absorbé dans ses pensées.

– Curdy est fatigué, dit Ylke en posant la main sur l'épaule de son ami.

– Moi, je vais me coucher, déclara Cormac. Et je recommande aux autres d'en faire autant. Demain, la journée sera rude avec les sortilèges de Viatrix Gundulax au programme. À mon avis, c'est le genre de choses qui exige d'être en forme ! À demain.

À la soudaine brusquerie du sir écossais, Curdy eut le sentiment que son arrivée ne lui faisait guère plaisir.

On échangea des bonsoirs et, peu à peu, il ne resta plus devant le feu que le petit groupe des apprentis originaires de Wilton.

– C'est formidable d'être de nouveau réunis ! dit Ylke.

Son frère Aiken passa le bras autour du cou de Curdy et fit mine de l'étrangler.

– La prochaine fois que tu te sauves d'un chariot en marche de cette manière, je te promets que...

Cleod et Leod éclatèrent de rire.

– Le *saltus rododendrus* a son utilité, hein ? demanda Hathel.

– Oui, mais le pire, c'est que je n'ai pas retrouvé ma mère. C'était mon premier objectif... Tout ça pour découvrir que j'étais Curdy.

– Curdy est un diminutif de Curdberthus, un nom puissant parmi les lignages d'alchimistes, dit Ylke. En ancien saxon, il signifie « intelligent » et « glorieux ».

– Le grand-père de ton grand-père a forgé des armes pour Charles Martel et Charlemagne. Ni plus ni moins, fit remarquer Vina, une des sœurs aînées des Lewander.

– Que m'importe tout ça ? répliqua Curdy avec dédain. Je devais retrouver ma mère.

Les flammes continuaient à décroître dans la cheminée, le cercle de lumière se rétrécissait autour de l'âtre.

– Au fond de moi, je savais que je ne parviendrais pas à la retrouver et pourtant, je suis sûr qu'elle n'est pas morte. Elle a été capturée et enfermée quelque part. Maintenant qu'ils ont tous obtenu ce qu'ils voulaient de moi, je dois trouver le moyen de quitter Hexmade. Quand je pense à cette maudite relique de l'ordre dont personne ne sait à quoi elle peut bien servir !

– Ne parle pas sur ce ton des desseins du Monarque, le reprit Ylke. Regarde autour de toi ! N'est-ce pas un univers merveilleux ? Et tu n'as encore rien vu...

– Tu ne peux pas résoudre ce problème seul, souligna Aiken. Si ta mère est prisonnière quelque part, tu devras attendre que nous ayons gagné cette bataille. C'est seulement lorsque nous aurons capturé Lord Malkmus de Mordred, l'inquisiteur suprême d'Angleterre, que tu pourras la sauver...

– Je n'en suis pas sûr, le contredit Curdy, pessimiste. Ou alors, ils attendent simplement que j'aille la chercher.

– Dans ce cas, tu tomberais dans leur piège, rétorqua Ylke.

– Il est évident que pour une raison qui nous échappe, tu es une pièce maîtresse dans le déroulement des événements, ajouta Aiken. Cela a des répercussions sur toute la communauté des alchimistes... De sorte que tu dois faire preuve de patience et te tenir prêt. Enfin, si tu tiens vraiment à affronter Lord Malkmus de Mordred en personne et à lui serrer la gargoulette jusqu'à ce qu'il te rende ce que tu es venu chercher.

– Ça ne vaut que dans le cas où il a une gargoulette, comme tu dis, ce dont je commence à douter. Parfois, j'ai l'impression que c'est un fantôme ou un être immatériel. Bah, je suis sans doute trop fatigué pour réfléchir clairement...

– Au lit ! dit Ylke en se levant d'un bond.

Après les avoir salués, Ylke et ses sœurs s'éloignèrent par un des couloirs adjacents qui conduisait sans doute au dortoir des filles.

Curdy suivit ses amis dans un autre couloir et, quelques escaliers plus tard, ils arrivèrent devant la porte de l'alcôve qui leur avait été réservée. La chambrette était accueillante, malgré le plafond un peu moins haut que celui des autres pièces qu'il avait pu voir jusque-là. Heureusement, elle disposait de fenêtres et d'une sorte de fourneau qui en éclairait faiblement le centre. Les garçons lui montrèrent son lit et Curdy découvrit avec la plus grande surprise que le bois était gravé à son nom dans d'étranges lettres gothiques :

Gurdberthus De Wilton

4

Les prophéties du calandrius

L'aube pointait à l'horizon, mais l'alcôve où dormaient Hathel, Aiken, Élohim et Curdy était encore plongée dans la pénombre. Cependant, celui-ci se tournait et se retournait dans son lit : une étrange apparition était venue le visiter dans son sommeil.

Une fois encore, il se trouvait dans ce lieu profond, devant l'immense puits des géants, grossièrement creusé entre les collines brumeuses par des lames aussi grandes que le ciel. Une fois encore, il scrutait le miroir des eaux quand un changement dans le rêve le porta au fond de l'excavation devant le lac lugubre. Les rochers s'élevaient au-dessus de lui à la verticale, tels les murs d'une prison.

Une fois encore, surgit le visage impénétrable de Grendel, le monstre dont les longs cheveux s'agitaient sous la surface de l'eau comme des bouquets d'algues. Dans sa figure difforme et farouche, la dimension de ses yeux rouges – petits points flamboyants – contrastait avec la masse de sa tête, ses dents carrées et sales, la sombre peau de crapaud.

Ses lèvres se retroussèrent et un brame rauque jaillissant des profondeurs fit vibrer la surface. Les nuages s'amassèrent, assombrissant l'atmosphère. La grosse patte aux ongles crasseux s'approcha de la surface. Malgré lui, le jeune alchimiste s'inclina pour toucher ce doigt qui le désignait. Au moment où sa main effleurait l'eau, non loin de la bouche de Grendel qui s'ouvrait démesurément, le garçon se réveilla. Une douleur intense et soudaine lui martelait le crâne.

Curdy s'était tellement agité dans son lit qu'il avait fini par en tomber comme un sac de navets. Personne n'aurait pu le retenir même si ses compagnons avaient été éveillés.

À peine s'était-il remis debout, se lissant les cheveux pour cacher la bosse douloureuse qui commençait à se former sur son front, que Hathel se réveilla en sursaut. Quant à Aiken, il avait du mal à en croire ses yeux.

– Ça va, Curdy ?

Hathel posa la question à plusieurs reprises avant d'obtenir une réponse.

– Plus ou moins, dit enfin son ami.

Il ne parvenait pas à se débarrasser de l'image du terrible visage de Grendel montant des profondeurs.

– Que se passe-t-il ? marmonna Élohim, d'une voix ensommeillée.

– Curdy a fait un cauchemar, lui dit Hathel.

– Tu sais, c'est normal d'avoir des nuits agitées les premiers temps, expliqua Aiken. Ce sont les choses du château. Ils nous ont prévenus au début.

– Qu'est-ce que c'était ? Qu'as-tu vu ? demanda Hathel.

– Je ne m'en souviens pas. C'était désagréable, mais je serais bien incapable de t'en dire plus.

Curdy mentait. Sans savoir ce qui l'y poussait, il avait tendance à ne jamais révéler tout ce qu'il avait en tête. L'espace d'un instant, il songea que Whylom avait peut-être légué à son fils sa capacité à lire dans les esprits, mais il insista néanmoins :

– Non, je ne me souviens de rien. Seulement que c'était vraiment horrible.

– L'avantage de tout ça, c'est que nous serons les premiers à arriver aux cuisines, murmura Aiken tout en cherchant ses bas et ses bottes.

– Toujours en train de penser à manger, protesta Élohim.

– Tiens, Curdy, regarde un peu ces pierres, proposa Hathel en ouvrant une bourse de cuir.

Grand amateur de minéraux, Curdy regarda les singulières pierres cristallines rouler au ceux de la main de son ami.

– Elles sont réellement étranges !

– Tu devrais voir toutes les choses surprenantes qu'on peut apprendre ici. Je me suis spécialisé dans les pierres magiques ; quelques-unes ont des propriétés que nous n'avons pas encore étudiées. Tu serais surpris d'apprendre que certaines d'entre elles viennent d'animaux ou de créatures magiques...

– Ça recommence, ronchonna Aiken.

La mine maussade, il acheva de s'habiller. Au réveil, il était toujours de mauvaise humeur, particulièrement s'il ouvrait l'œil de bon matin.

– Tu te mêles toujours de ce qui ne te regarde pas ! fulmina Hathel. Ces pierres ont beaucoup de valeur.

– Je déteste travailler au laboratoire, je trouve ça casse-pieds, protesta encore Aiken.

Hathel décida de l'ignorer.

– Regarde celle-là, Curdy.

Celui-ci scruta une pierre rougeâtre dont l'intérieur était animé d'un scintillement jaune.

– C'est l'alectoria, continua Hathel. Tu ne devineras jamais où on la trouve.

– Aucune idée. Dans une mine très profonde... Non ?

– On la trouve dans le foie de certains coqs gallois ! Tu parles d'une mine ! Et cette pierre a des propriétés curatives. Elle ralentit l'effusion de sang en cas de blessure. Les alchimistes guérisseurs pensent qu'elle pourrait avoir une action notable contre les sorts de pétrification. Et regarde cette pierre bleue !

Curdy allait de surprise en surprise. La vraie sorcellerie s'avérait une formation du plus grand intérêt ! Hathel continuait ses explications :

– Celle-ci se nomme la crapaudine et on la trouve dans le ventre de certains crapauds. Pour que ça fonctionne, le crapaud doit être mort de vieillesse. Et puis il faut surtout le retrouver avant qu'une autre créature ne décide de le manger et ne l'ait déjà mordillé. Elle a un goût répugnant, mais elle amplifie considérablement la mémoire, on l'emploie donc en prévention contre certains sorts qui au contraire la vident.

– Et celle-ci ?

Curdy souleva un cristal verdâtre aux multiples facettes, qui se nuançait de rouge et de violet quand on le déplaçait, comme s'il renfermait une flamme.

– C'est la plus difficile à obtenir. Je l'ai achetée en secret à des lutins dans une des tavernes les plus mal famées d'Hexmade. Le Masque-de-Cochon est l'endroit idéal pour faire un peu de contrebande avec les voyageurs des terres lointaines. Cette pierre est l'œil-du-dragon.

– C'en est vraiment un ?

– Bien sûr que non ! On l'appelle ainsi, voilà tout. Son nom scolastique est *draconita especular* et c'est l'une des nombreuses substances bizarres qui se forment dans les organes internes des dragons. La *draconita* est produite par le foie et sa puissance magique est fantastique. Mais on n'en connaît pas très bien les applications. Ses effets sont variés. Elle aide certaines personnes à trouver un sommeil réparateur et immédiat, mais provoque des cauchemars horribles chez d'autres... En tout cas, si les dragons sont actifs ou se réveillent d'un profond sommeil à proximité, l'éclat de ces pierres devient plus intense.

– Curieux phénomène, murmura Curdy, sans cesser d'observer la faible lueur qui papillotait à l'intérieur.

– Nous sommes tout près des montagnes Noires, fit remarquer Hathel, devinant les pensées de son ami. Et si une chose est certaine, c'est que ces derniers temps, les dragons sont plus réveillés que d'habitude.

– Allez, personne ne se nourrit de pierres. C'est l'heure d'aller déjeuner ! protesta Aiken en franchissant la porte d'une démarche sonore.

Curdy rendit la bourse de cuir à Hathel et celui-ci l'accrocha à sa ceinture comme s'il s'agissait d'un précieux trésor.

Avant de quitter la chambre, Curdy avança jusqu'à la fenêtre et colla son nez piqueté de taches de rousseur contre la vitre givrée. Le paysage était extraordinaire. La clarté de l'aube frappait à l'oblique les bancs de brouillard d'où surgissaient les toits de paille des maisons d'Hexmade. Plus loin, la brume se dissipait, laissant apparaître un immense labyrinthe touffu au-delà duquel s'étendait le lac. L'autre bord se perdait sur des côtes incultes et froides au pied des hautes collines embrumées que les Gallois nommaient Ysgyrd Fawr et Breyn Arweir.

En dépit de l'heure matinale, ils n'étaient pas les premiers. Le feu brûlait toujours dans la grande cheminée de la salle et de nombreux apprentis affamés se pressaient à la sortie du tunnel, conversant avec animation. Les quatre amis retrouvèrent Ylke et ses sœurs. Ils firent la connaissance de trois autres filles qui s'étaient liées d'amitié avec Ylke : Ditlinda, Gertrud et Gretel. Toutes trois étaient germaniques et venaient des territoires du bas Rhin. Curdy saisit l'occasion de glaner quelques petits renseignements supplémentaires sur les mystérieux royaumes mérovingiens. Le Conteur avait aussi réuni des centaines d'apprentis en provenance de tous les recoins des comtés gallois et irlandais. Il lui semblait même voir des silhouettes peu courantes venues des duchés du nord de l'Italie. Certains étaient orphelins après l'élimination de leurs familles, le Conteur leur offrait donc un abri et une éducation. Mais parmi les apprentis de la chambre du feu, les rouquins d'origine écossaise représentaient le groupe le plus important. Allègres et tapageurs, ils parlaient le *gaidhlig*, la langue gaélique. Une jeune fille avec deux longues tresses, appelée Murron, retint particulièrement l'attention de Curdy. Grâce à Hathel, toujours au courant de tout, il apprit que Sir Cormac Mac Kinley, le jeune homme qui leur avait donné la veille une leçon sur l'organisation interne du Wizzwarus (le Conseil des Îles pour les guerres alchimiques), était le grand favori de la chambre du feu. Il n'avait pas son pareil pour lancer certains sorts particulièrement puissants et était expert dans l'art de traiter avec les créatures magiques.

433

– Ce talent est fondamental, assura Élohim. N'oublions pas que les domestiques mettent à la disposition de Lord Malkmus de Mordred et de ses nobles une foule de créatures malignes. Maintenant, les alchimistes du Monarque doivent être capables de gagner la confiance de certaines races hostiles aux forces de la ténébreuse Chambre des lords.

– Lesquelles, par exemple ? demanda Curdy, alors que l'image de Grendel, le monstre étrange qui le visitait en songe, s'animait brièvement dans son esprit.

– Je n'en ai pas la moindre idée, mais nos lords s'en chargent. Pour nous, le plus important est de bien nous entendre avec ces créatures. Pour cela, il existe un lieu appelé le bestiaire.

– Un bestiaire est un livre avec de nombreux dessins et des histoires à propos de ces créatures bizarres, que je sache, objecta Curdy avec prudence.

– C'est ce qu'on dit ! Ici, le bestiaire est assez grand, lui indiqua Aiken en adressant un clin d'œil à Élohim. Et ce n'est pas précisément un livre.

– Mais encore ?

– C'est un bois qui pousse dans la cour intérieure du château, expliqua Hathel. Tu ne vas pas le croire, mais le Conteur a installé une immense forêt dans la cour de la forteresse. Elle s'étend jusqu'aux portes et fait le tour d'Hexmade. Ainsi, les créatures les plus étranges peuvent venir faire une petite visite au château sans se sentir intimidées par les alchimistes.

– Et les laboratoires ?

– Les laboratoires sont en bas. Mais en quoi ça t'intéresse ?

– Je dois aller voir le père de Hathel.

Hathel et Aiken échangèrent un regard singulier.

– Cet endroit ne te plaira pas, dit enfin Hathel. Ma mère est ravie de ne plus avoir à cohabiter avec les recherches bizarres de mon père... Quant à lui, il a l'air un peu... un peu obsédé par ses chauves-souris.

La petite troupe avança dans un grand couloir dont les arches s'ouvraient largement. Les énormes portes cédèrent. Ils arrivèrent dans un autre couloir bondé de jeunes alchimistes et sorcières. L'escalier se remplit de ce flot bruyant qui se dirigeait vers les cuisines. Ils arrivèrent dans une vaste salle où Curdy admira les hauts et longs panneaux vitrés sertis de plomb où étaient représentées toutes sortes de scènes alchimiques. Au fond, une belle rosace ronde et jaune affectait la forme d'un soleil souriant qui s'illuminait sous l'éclat naissant de l'aube.

Le grand couloir débouchait sur une salle qui ressemblait à un immense salon de cérémonie. La cuisine, sans l'ombre d'un doute.

En voyant des dizaines d'alchimistes et de sorcières adultes, coiffés de leurs chapeaux noirs et pointus, pénétrer dans la salle par d'autres portes pour s'installer aux places d'honneur des tables, Curdy ne put réprimer un geste de surprise. Mais les apprentis affamés qui bavardaient bruyamment de tout et de rien peuplaient déjà les nombreuses tables rondes. D'autres portes s'ouvrirent, laissant passer des files de nains aux capuchons colorés, transportant des centaines de plateaux chargés de jarres, assiettes, couverts, saucisses, lait, beurre, tartines, œufs...

La nourriture avait à peine touché la table qu'Aiken et Hathel se jetaient sur la purée et les poivrons grillés. Un des nains claqua des doigts et un plateau sauta à la tête de Hathel. Un éclat de rire général salua l'événement. Visiblement, provoquer les nains à l'humeur chatouilleuse était un des sports favoris du petit déjeuner.

Curdy se figea en avisant un grand écu, façonné sur une plaque de laiton bruni, fixé en haut d'un mur. Il figurait un oiseau qui s'élevait vers la rosace du soleil, tenant entre ses serres un signe héraldique sur lequel on déchiffrait clairement les mots...

Wuldor & Fruma

qui en ancien anglais signifiaient « Création » et « Gloire ». Curdy imagina qu'il s'agissait d'une devise que le Conteur destinait aux apprentis.

Pendant un long moment, le garçon ne s'occupa que de satisfaire sa faim de loup. Son dernier repas digne de ce nom semblait remonter à des siècles. Compte tenu du fait que tous étaient aussi affamés que lui, les conversations n'étaient guère soutenues.

– Nous avons fini, dit Ylke en adressant un regard réprobateur à Aiken. Et si tu cessais de te goinfrer, petit frère ?

– *Tu fais que les vournées font longues*, répondit ledit frère, entre deux mastications.

– Ne parle pas la bouche pleine, rétorqua Ylke.

– Lyte ! s'exclama soudain Curdy en avisant la petite. Alors, tu es là aussi ?

– Seulement pour quelques jours. Elle a tellement insisté que le Conteur l'a autorisée à nous rejoindre, expliqua Ylke.

La fillette sourit à Curdy et celui-ci lui pinça gentiment la joue. Elle rougit et se cacha derrière Ylke.

– Allons-y ! dit Gretel, une des nouvelles amies d'Ylke.

436

Non loin de là, Murron, la jeune Écossaise que Curdy avait déjà remarquée, rejoignit un groupe de filles bruyantes. Curdy se réjouit qu'elle ne l'ait pas vu, car pendant un instant, à sa grande honte, il avait été incapable de penser à autre chose qu'aux lèvres de la jeune fille. *Heureusement que personne ne peut lire mes pensées, ici*, se dit-il. Tout bien considéré, il n'imaginait rien de pire qu'une fille comme Murron puisse savoir ce que pensaient les garçons autour d'elle.

Hathel et Aiken se levèrent et rejoignirent le groupe, non sans avoir pris chacun une portion de tarte aux fraises sur le plateau que venait de servir un des nains. Tous ceux de Wilton entouraient Curdy. *Maintenant que quelqu'un est disposé à nous enseigner tant de merveilles, nous pourrons conquérir le monde*, songea-t-il.

Dehors, une débauche de verdure croissait au pied des imposantes colonnes de la cour intérieure du château. Les frondaisons denses et sombres s'agitaient et ployaient sous l'assaut du vent. Un sentier menait à un édifice caché sous les arbres, l'herboristerie (le lieu dédié à l'étude et à l'élaboration des plantes magiques), tandis qu'un autre s'enfonçait au cœur du bosquet, probablement vers le bestiaire.

Ceux de Wilton marchaient en compagnie d'autres bandes de jeunes Écossais, comme le groupe discipliné de Sir Cormac Mac Kinley. Le silence se faisait autour d'eux. Au bruit du vent se faufilant entre les cimes des arbres se mêlait le salut lugubre de quelque grand oiseau ou le rugissement lointain d'animaux qui semblaient énormes. Une espèce de bœuf immense, à la tête baissée sous de gigantesques cornes enroulées sur elles-mêmes, traversa le sentier en mugissant, suivi par plusieurs assistants du bestiaire.

– Qu'est-ce que c'était ? demanda Curdy.

– Un catoblépas.

– Formidable, Ylke, répondit Curdy, découragé. C'est exactement comme si tu ne m'avais rien dit.

– Un catoblépas est un bœuf qui lance du feu...

Aiken se mit à rire sous cape.

– Il lance du feu par derrière, précisa Hathel.

– Sacrée petite bête ! commenta le rouquin en éclatant de rire à son tour.

– Vous ricanez bêtement, mais vous ne savez rien de rien, objecta Ylke. Le catoblépas est le meilleur pour contrer les salamandres de feu. De plus, il peut s'enterrer dans la fange d'un marais et passer inaperçu...

– Imagine un peu, Curdy, intervint Aiken, hilare. Un marais plein d'animaux qui lâchent ce genre de petites brises...

– Ça suffit, Aiken ! Tu es vraiment une brute.

En disant cela, Ylke tira sur les longues mèches de son impertinent de frère.

– Mais retiens bien ce qu'est une leucrote, cher Curdy, dit Hathel, qui semblait être devenu un véritable amateur de bêtes magiques.

– Parce que les lords en possèdent plusieurs centaines, termina Aiken.

– Leucrote, leucrote... Ça ne me dit rien, reconnut Curdy. Il y a un rapport avec le lion à cause de la racine *leu* ?

Il s'était souvenu que Leubrandt le Nibelungen avait été le fondateur de l'ordre du Lion rouge.

439

– Bien vu ! reconnut Aiken. Il s'agit d'une espèce de chien gigantesque et solitaire, moitié hyène, moitié lion, qui se nourrit de la carcasse de certains monstres comme les dragons. Quand les guerriers normands vont à la chasse au dragon dans les montagnes écossaises, ils ont l'habitude d'emmener quelques leucrotes.

– Les lords ont réussi à dresser plusieurs meutes et elles accompagnent l'armée, ajouta Hathel, visiblement soucieux.

– Leur intelligence laisse à désirer, mais ce sont des bêtes féroces. Par ailleurs, les Normands ont réussi à leur fabriquer des armures en cuir durci qui leur permettent d'échapper aux sorts étourdissants des alchimistes anglo-saxons, précisa Ylke. Si nous ajoutons à cela quelques dizaines de trolls capables de les tenir en laisse, nous obtenons une nouvelle division redoutable de l'armée des inquisiteurs.

– Eh bien, ça ne s'annonce pas très bien, conclut Curdy.

Ils arrivèrent dans une clairière qui s'ouvrait sous les voûtes de branches titanesques. Les racines tordues des arbres crevaient la surface du sol. Quelques sentiers sinueux montaient et descendaient, suivant les courbes du sous-bois. Ils étaient attendus par Lady Viatrix Gundulax, accompagnée de ses assistants. Curdy en avait entendu parler pendant le déjeuner. La sorcière portait des vêtements couleur châtaigne qui se nuançaient de vert sombre lorsqu'elle se déplaçait en donnant ses ordres, disparaissant à la vue quand elle passait entre les arbres. Auprès d'elle, les tuniques conventionnelles et les chapeaux noirs des apprentis évoquaient des taches dissonantes dans le vert monotone de la forêt.

Il n'y avait aucun doute sur son rang : elle était la maîtresse du bestiaire. Son inclination marquée pour les oiseaux était tout aussi évidente. L'arbre qui poussait au centre de la clairière était peuplé de volatiles bizarres qui piaillaient, gazouillaient, criaillaient, picotaient et voletaient tout à la fois.

Sitôt les apprentis réunis et installés sur des racines qui faisaient office de bancs, les oiseaux semblèrent se calmer. Un faucon qui jusque-là volait autour de Viatrix en effectuant de grands cercles avait entrepris de faire le tour de l'arbre et sa présence intimidante sembla imposer le silence.

– Il paraît évident que beaucoup d'entre vous n'ont pas la moindre idée de l'importance des créatures ailées, commença Viatrix avec une grande solennité. Mais, pendant des centaines d'années, elles nous ont aidés à accomplir des actes qui étaient hors de notre portée. Transmettre des nouvelles, par exemple, ce qui est primordial. N'allez pas croire que tout le monde dispose d'un parchemin magique qui s'illumine dans l'obscurité quand une main invisible gribouille tout un tas d'informations...

Curdy sentit le regard aquilin se fixer sur lui. À vrai dire, elle avait une tête d'oiseau. Rien de surprenant à ce qu'elle soit une spécialiste de l'ornithomancie. Comment pouvait-elle savoir qu'il détenait le manuscrit de Magonia ? Une bouffée de timidité le saisit.

– Ces derniers temps, les chouettes ont démontré une efficacité supérieure à celle des pigeons voyageurs, continua Lady Gundulax. De nombreuses familles d'alchimistes les utilisent pour échanger des nouvelles. Étant donné leur qualité d'animaux nocturnes et bienveillants, elles sont mieux protégées contre les arts noirs de nos ennemis. Vous devez savoir que parmi les oiseaux, les faucons et les aigles sont les

441

plus puissants. Mais au-dessus d'eux tous, un couple domine le monde magique, deux créatures alchimiques, les Deux Alérions, un mâle et une femelle qui vivent dans les montagnes d'Écosse.

On entendit des hourras et des vivats. Évidemment, ce genre de déclaration ne pouvait que réjouir les Écossais.

– Et cela, non seulement parce que le royaume d'Écosse est parsemé d'étendues sauvages, continua l'enseignante, provoquant un silence inconfortable. Mais aussi parce que les habitants de ce royaume sont aussi sauvages que leurs terres.

Cette fois, tout le monde se tut, y compris Sir Cormac malgré la réplique qui lui montait aux lèvres.

– Les Deux Alérions sont les seigneurs de tous les oiseaux. Quand ils atteignent l'âge de soixante ans, la femelle pond deux œufs, qui éclosent au bout de soixante jours. Six jours plus tard, les Deux Alérions s'envolent au-dessus de la mer, se jettent à l'eau et y meurent noyés. Alors, les aigles prennent soin de leurs poussins jusqu'à ce qu'ils soient en âge de se débrouiller. Vous devez également connaître le héron, qui vole si haut qu'il s'élève au-dessus des ouragans, le gracchus, le plus bruyant, apte à imiter des centaines de voix différentes, l'alcyon, l'unique oiseau capable de calmer une tempête en mer. Vous avez ici des bernacles, une espèce d'oies marines qui vivent sur certains arbres côtiers. Cependant, l'oiseau dont nous allons faire la connaissance aujourd'hui est le calandrius. Le voici !

Un grand oiseau descendit en planant sous les arbres et rasa la pointe des chapeaux. Quand il s'arrêta majestueusement, Curdy se rendit compte qu'il avait la moitié de la tête blanche et l'autre noire. Ses ailes, ses pattes et ses grandes plumes reprenaient le même motif. Le regard de l'oiseau bicolore était tout aussi singulier. L'œil de la partie blanche semblait très aimable, innocent et juvénile. Il était bleu. Alors que l'autre, situé dans la partie noire de sa tête, avait le regard vieilli, amer. Il était rougeâtre. Curdy avait l'impression que ses propres émotions changeaient selon que l'oiseau lui présentait l'un ou l'autre côté. L'animal marchait lentement, avec la noblesse d'un paon royal mais sans l'orgueil de cette espèce.

L'enseignante s'approcha d'eux pendant que l'énorme oiseau les passait en revue un à un.

– Le calandrius est un oiseau du Roi. Il est le seul à connaître le sort d'une personne atteinte de maladie. S'il regarde le visage d'un malade, celui-ci survivra, mais s'il détourne la tête, alors la maladie l'emportera. C'est un oiseau majestueux et mystérieux, capable de déchiffrer des pensées que les alchimistes ne peuvent comprendre. Il y a très longtemps, celui qui est parmi nous vivait avec le Conteur à Magonia, mais désormais, il se trouve dans cette forteresse pour assister les alchimistes pendant le Conseil de guerre. C'est une créature belle et étrange...

Curdy cessa d'écouter le laïus de la sorcière. Le regard du calandrius revenait souvent se poser sur lui, et ce n'était pas un hasard. Peu à peu, de sa démarche solennelle et respectueuse, l'oiseau se rapprochait du lieu où étaient réunis Curdy et ses amis.

– Il vient par ici, murmura Aiken en regardant ses bottes.

Puis l'animal se figea, telle une statue, et pointa le bec sur Curdy en le fixant dans les yeux.

– Viens là et assieds-toi, l'oiseau t'a choisi.

En entendant les paroles de Viatrix, assorties d'un coup de coude peu discret de Hathel, Curdy aurait préféré que la terre s'ouvre sous ses pieds et l'engloutisse. La sorcière lui fit signe, il se leva gauchement et abandonna son confortable anonymat.

– Ainsi tu es le grand Curdy... dit l'enseignante. Assieds-toi.

La proximité accentuait la ressemblance de son regard avec celui d'un oiseau de proie. Curdy obéit. Quand l'oiseau s'avança à quelques pas de son visage et se mit à le fixer avec intensité, les chuchotements des dizaines de jeunes gens qui l'entouraient s'estompèrent. Peu à peu, le monde extérieur s'évanouissait, sa perception se limitait à ces yeux si différents qui s'immergeaient dans son âme.

Une sorte de pénombre les environna, ils semblaient maintenant seuls dans un royaume inconnu. On entendit un cri aigu. Le calandrius plongeait dans ses souvenirs. Un éclair violet déchira les ténèbres et une grande ombre s'interposa entre eux. Il crut voir des créatures horribles se jeter sur l'oiseau, mais celui-ci ne bronchait pas. Curdy comprit que ces images jaillissaient de son imagination d'alchimiste. Il fut soudain saisi de nausée. Quand il se réveilla, le visage de Hathel était penché sur lui, entouré par des têtes inconnues. Ils ne cessaient de répéter son nom.

Curdy était allongé sur une couche très confortable. Autour de lui, d'autres lits étaient inoccupés. Non loin de là, plusieurs de ses amis discutaient à voix basse.

Ylke se rendit compte la première qu'il avait repris conscience.

– Salut, dit-elle simplement avec un grand sourire.

– Je ne vais pas mourir, dit Curdy, en les voyant se presser

444

autour de lui. Je me suis endormi, mais à part ça, je ne me souviens de rien.

– Eh bien, tu as dormi pendant un bon moment, commenta Aiken.

Curieusement, Ylke lui adressa une moue réprobatrice. Curdy se redressa et s'assit dans le lit.

– Que s'est-il passé exactement ?

Les autres échangèrent des regards embarrassés, mais personne ne se risqua à répondre.

– Allez, on est amis, non ? Je ne vais quand même pas compter sur d'autres pour tout me dire.

Ylke prit une profonde inspiration et regarda son ami avec émotion.

– En fait, quand le calandrius a détourné son regard de toi, tu es tombé comme mort et on a tous eu une belle frayeur.

– Mais je ne suis pas mort, par la barbe d'Ébroïn !

Puis les paroles du professeur résonnèrent sous son crâne : « ... s'il regarde ailleurs, alors cela signifie que la maladie l'emportera. »

Il écarta les couvertures et s'enroula dans le manteau que lui avait remis le maître de l'ordre. En se redressant, il se rendit compte qu'il avait grandi.

– Hathel, où sont les laboratoires dont m'a parlé ton père ?

– Dans les chambres des souterrains, répondit son ami dans un filet de voix.

– Tu dois me dire comment on y va.

– MAINTENANT ?!

Hathel avait réussi le tour de force de crier tout en chuchotant. Les arches pointues des fenêtres se diluaient dans le

445

crépuscule et un feu brûlait déjà dans une cheminée au fond de la pièce.

– Il faut que je te le dise en gaélique pour que tu comprennes ? J'ai promis à ton père que je lui rendrais visite aujourd'hui...

– Il est passé ici pendant que tu dormais, dit soudain Ylke. Quand on t'a ramené du bestiaire, il est venu te voir. Une autre personne l'accompagnait, mais je n'ai pas pu voir de qui il s'agissait. Tu sais, les gens chargés des souterrains sont plutôt bizarres...

– C'est vrai, s'exclama Aiken. Je ne sais pas pourquoi, mais ils ne remontent jamais. On dit qu'ils veillent sur la forteresse pendant la nuit, ils assurent la garde lorsque tombent les ténèbres.

– La Chambre des Mystères se trouve aussi là-bas ? demanda brusquement Curdy.

La question sembla paralyser ses amis.

– J'en suis certaine, répondit Ylke d'un ton décidé. En quoi ça t'intéresse ?

– Ça n'a aucune importance pour l'instant, parce que je dois aller retrouver Whylom. S'il est venu ici... Ça signifie que tout le monde le sait.

– Tout le monde sait quoi ?

– Que selon cet oiseau, je vais mourir de maladie. Je me demande si ton père a découvert la cause de ma maladie... En plus, il y a ce monstre, Grendel.

– Tu es plein de surprises ! protesta Hathel.

– Grendel est l'être le plus étrange que tu puisses imaginer. Il est vrai que ce n'est ni le lieu ni le moment d'en parler, mais je crois que toutes ces choses sont liées, assura Curdy.

– Pour l'instant, le plus important est que tu parviennes à entrer en contact avec le Conteur, dit Ylke.

– Non ! s'exclama Curdy. Nous ne savons encore rien de... de ce qui m'est arrivé dans la cuisine de Plumbeus à Wilton. Il faut d'abord que je parle au père de Hathel.

– Et en plus tu nous dois pas mal d'explications, insista Ylke.

– D'accord, j'attendrai demain, mais pas un jour de plus, accepta Curdy de mauvaise grâce.

5

Fugue vers les souterrains

C urdy était resté seul dans l'alcôve qu'il partageait avec ses trois amis. Les couloirs retentissaient du vacarme en provenance de la salle commune où des dizaines d'apprentis s'entraînaient à lancer des sorts perturbateurs, capables d'échanger les membres d'un ennemi invisible. Curdy, qui savait par expérience combien les malédictions des lords ténébreux étaient funestes, tentait de comprendre le plan du Conteur et la stratégie approuvée par le Conseil de Magonia.

Installé près du rebord de la fenêtre d'où il voyait la nuit lugubre à travers les vitres, il ordonna à la porte de se refermer – c'était un des avantages d'habiter dans un lieu enchanté.

En quelques instants, il oublia où il se trouvait. Où menait la découverte de la pierre philosophale ? Qu'attendait Luitpirc pour la lui réclamer ?

Maintenant, il était certain que l'objet contenu dans le coffret du secret n'était autre que la matérialisation d'une pierre philosophale, mais que pouvait-il faire d'un pareil pouvoir ?

Les actes de l'ordre du Lion rouge de même que ses décisions échappaient à son entendement. Pourtant, le secret prenait ses racines très loin dans l'ombre des siècles et, comme à plusieurs reprises au cours des jours précédents, il avait l'impression de marcher au-dessus d'un abîme de questions sans réponse, un réseau d'histoires et de faits interdépendants. Finalement, il conclut que l'ordre protégeait des intérêts dont la portée lui échappait. Mais cela ne l'aidait pas à trouver un moyen de se défaire de la pierre pour la remettre au mystérieux Luitpirc. Tout le monde semblait ignorer qu'elle était en sa possession. Si toutefois le Conteur le savait, il ne la lui avait pas encore réclamée et s'était manifestement abstenu d'en faire part à quiconque. La pierre n'était qu'un maillon de la chaîne et conduisait sans doute à un nouveau secret. L'issue de la guerre prochaine ne se jouerait pas sur un champ de bataille.

Il était temps d'agir. Curdy se couvrit du manteau de l'Alchimiste, s'arma de ses deux baguettes et quitta la chambre.

Il se faufila discrètement vers la porte à travers la foule d'adolescents qui encourageaient à grands cris Cormac et Ditlinda, sans doute les plus adroits dans presque tous les domaines. Ylke était captivée par les exploits du héros écossais. Curdy se mit à courir dès qu'il atteignit le couloir.

Le poing serré autour de la pierre philosophale, il jeta un regard inquisiteur au bas-relief des ogres qui, de ce côté aussi, interdisaient le passage entre le royaume des Apprentis et le reste de la forteresse. Sans être très sûr de son choix, Curdy prononça la formule à l'envers et l'effet escompté se produisit : les portes s'ouvrirent de l'intérieur. Sans savoir s'il devait attribuer son succès au hasard ou à l'intervention d'une magie inconnue, il se sentit néanmoins encouragé. Le jeune alchimiste se retrouva bientôt hors du domaine réservé, parcourant les couloirs voûtés en quête du grand escalier.

Il parvenait tout juste à voir où il mettait les pieds, mais son intuition lui soufflait de continuer à se déplacer sans lumière. Enfin, la clarté spectrale diffusée par les immenses lucarnes qui ouvraient sur le ciel en haut de l'escalier lui permit de distinguer les marches et de descendre sans risque.

Un bruit se fit entendre au-dessus de lui. Curdy s'arrêta, tous sens en alerte, mais ne perçut que le silence.

Une lueur bleuâtre attira son attention. La grande vasque gardée par les gargouilles où Whylom avait allumé sa baguette ne se trouvait plus très loin. Le garçon descendit la dernière marche et fut de nouveau saisi par l'ampleur du lieu. La dense masse ardente évoquait des spectres de feu à l'intérieur d'une énorme coupe que trois statues de géants soutenaient sur leurs épaules. En dessous, des sculptures représentant des dizaines de créatures étranges semblaient les aider à contenir la fontaine flamboyante. Curdy avait l'impression qu'il s'agissait de la seule entité vivante en ce lieu. Par instants, il croyait découvrir des visages embrasés dont les yeux furtifs lançaient des éclairs et qui secouaient leurs chevelures avant de s'évanouir dans un rugissement sourd.

Le garçon s'éloignait du grand cercle de lumière, de crainte d'être surpris par les fameux gardiens nocturnes dont il avait entendu parler, quand un détail insolite retint son attention. Grâce aux mouvements des flammes, quelques lettres grossièrement tracées étaient visibles sur les dalles. Il se pencha et en approcha les doigts jusqu'à les toucher. On aurait dit un liquide violet et luisant.

Du sang d'alchimiste !

Il reconnut la calligraphie du démon et recula, terrorisé. L'inscription, apparemment incompréhensible, resta gravée dans son esprit.

Le souvenir de cette fameuse nuit dans l'abbaye de Westminster et des horribles messages du démon, surgis des murs de la cuisine après l'assassinat de frère Gaufrey, fit irruption dans sa mémoire. Curdy n'y comprenait rien, mais il s'agissait peut-être d'une langue de l'Est, car pour le peu qu'il en savait, c'était le lieu d'où provenaient tous ses cauchemars. Il recula dans l'ombre. Une sorte de cri aigu qui semblait jaillir de quelque profond souterrain perça les ténèbres.

La voix surgit des murs comme un chuchotement et s'étira lentement. Il put percevoir ses paroles :

Tout près de la signature diabolique, de façon incompréhensible, était apparu sur le mur le signe alchimique de la pierre philosophale :

Cela ne pouvait signifier qu'une chose : l'assassin de frère Gaufrey visitait les couloirs de la forteresse. Que fallait-il faire ? Le mieux était sans doute d'aller voir Whylom.

Le garçon reprit son chemin vers les souterrains.

La grande arche émergea des ténèbres, ouvrant sur un escalier raide qui permettait d'accéder aux fondations du château. Curdy s'engagea dans un des couloirs qui se présentaient. Quelques instants plus tard, il entendit des voix approcher. Caché derrière une colonne, il découvrit plusieurs silhouettes encapuchonnées qui arrivaient vers lui, éclairées par une lueur violacée. L'une d'elles était Plumbeus. Curdy était sur le point de courir le rejoindre, mais un étrange pressentiment le retint.

Il eut à peine le temps de distinguer les voix que les silhouettes s'éloignaient déjà par un autre couloir. Curdy aurait juré que quelque chose de redoutable et de sombre avait traversé la pénombre changeante qui environnait Plumbeus. Le sorcier s'était tourné vers lui, mais cela n'avait duré qu'un bref instant et Curdy était certain de ne pas avoir été découvert.

Le jeune homme suivit la lueur vacillante de la baguette de Plumbeus à travers les couloirs. La lumière disparut dans une pièce et une porte se referma lourdement.

C'était le laboratoire.

Curdy avança et resta un instant sur le seuil, indécis. Autour de lui, l'obscurité des couloirs paraissait impénétrable. En suivant le sorcier, il était arrivé au fin fond des souterrains. Une sensation d'oppression le saisit.

Il frappa à la porte.

Des pas se rapprochèrent.

Le battant s'ouvrit au son de mille chuchotements, émanant du visage défiguré des spectres qui apparaissaient et disparaissaient, tels des fantômes enfermés dans le bois du battant.

Whylom Plumbeus, le singulier père de Hathel, le chercheur qui s'intéressait aux plus étranges et aux plus méconnues des créatures magiques, apparut sur un fond de lumière rougeâtre qui se projeta sur le sol du couloir.

– Curdy !

6

Megahypsignatus monstrosus

L a porte se referma immédiatement. Fasciné, Curdy regarda autour de lui.

– Ne reste pas planté là ! lui intima Whylom. Regarde ! J'ai enfin trouvé un lieu adéquat pour continuer mes recherches...

La grande quantité de chauves-souris accrochées aux murs n'étonna pas le garçon. Mais ce souterrain était pire que la ténébreuse cuisine de la maison de Wilton. Le sorcier avait transformé le lieu en une véritable collection des espèces les plus singulières. Les marches descendaient jusqu'au centre d'une sorte d'amphithéâtre, illuminé par une intense clarté rouge provenant d'une cheminée en forme de gueule de chauve-souris. De part et d'autre des yeux, deux énormes ailes crochues taillées dans la roche se déployaient le long des parois.

– Un de ces jours, le Conteur rendra obligatoire les cours de potions et le travail de laboratoire. Les alchimistes ne peuvent demeurer dans une telle ignorance ! Les apprentis pourraient apprendre dans ces salles la plus redoutable science des arts obscurs... C'est l'unique manière de se mettre à l'abri des méfaits d'Aurnor et de toutes ses menaces.

Whylom fit glisser un tissu noir qui recouvrait la grande table centrale. En découvrant ce que le drap dissimulait, Curdy recula, effrayé.

– Leçon d'anatomie ! s'exclama Plumbeus.

– Qu'est-ce que c'est ?

Curdy fixait avec horreur un grand corps étalé sur la table du laboratoire.

– Si tu étais venu à un autre moment, je ne t'aurais pas laissé le voir ! Mais tu es le plus doué des élèves, se justifia Whylom. Cette créature est un *Homochauve-souris*.

Curdy fut pris de nausées en percevant l'horrible odeur qui s'échappait des chaudrons dont le contenu mijotait à feu doux sur les trépieds.

– Fumier de dragon, écailles de salamandre, yeux de lucanes, feuilles de centinode et d'ortie, *Eleborus fetidus*... L'odeur est infecte et ça n'a rien d'étonnant, expliqua le sorcier, devinant les pensées du jeune homme. Il s'agit d'une potion anticoagulante destinée à l'étude du sang de ces créatures.

L'homme chauve-souris était allongé sur la table. Il semblait dépourvu de jambes. Ses bras très longs soutenaient des membranes noires à l'allure coriace qui se terminaient en serres et crochets. Le pire était sans doute le ventre noir et duveté, la gueule, et la tête aux yeux fendus et aveugles recouverte des mêmes poils fins.

– Il a été capturé aux frontières d'Hexmade. Personne ne parvient à comprendre comment il s'est introduit en Nolandshire. Cet horrible avorton a été créé par les inquisiteurs de Lord Malkmus de Mordred. Ils sont parvenus à combiner les caractéristiques des mortels avec ceux des plus grandes espèces de chauves-souris, les *Megahypsignatus monstrosus*, et à donner ainsi naissance à des créatures impies et redoutables. Mais ce spécimen n'est pas un *imagovampire*, un mort-vivant, la plus étrange des créatures qui ait jamais existé, l'hématophage magique par excellence. Le buveur de sang ! Ils sont les seuls à pouvoir deviner nos plans grâce à une pratique divinatoire appelée *cruormancie*... Nous soupçonnons Lord Malkmus de Mordred de préparer de grandes armées d'hommes chauves-souris pour la guerre. Mais ce n'est pas tout, j'ai réussi à capturer de nouvelles espèces d'énormes muridés qui servent leurs seigneurs morts-vivants, comme le renard volant, l'oreillard ou le chien volant à tête de marteau... De toute évidence, celui-ci connaît les projets du Monarque et sait qu'il se prépare à la guerre.

Curdy ne disait rien, laissant Plumbeus poursuivre ses explications.

– Mais les plus redoutables sont les *Pteropus giganteus* et les terribles *Desmodus mortis*, à l'intelligence terrifiante... Nous parlons d'animaux magiques, des *animagiques*, comme nous avons coutume de dire. Certaines de ces chauves-souris sont capables de changer la température de leur sang et de devenir ainsi les lieutenants des immenses armées nocturnes que tu as vues dans tes cauchemars.

– Il faudrait que vous me parliez de Grendel, dit soudain Curdy.

Il respira profondément dans l'espoir de calmer son estomac qui lui donnait l'impression de pendouiller comme une bourse vide.

Whylom se laissa tomber dans un fauteuil et le regarda avec curiosité.

– Grendel... C'est vrai, tu me l'avais demandé. Le nom de ce monstre légendaire est très ancien. Tu as déjà entendu la légende de Beowulf et de Grendel en maintes occasions. Depuis plusieurs siècles, c'est une des ballades préférées des bardes anglo-saxons ou danois et le public aime à l'écouter devant une bière. Mais ce n'est qu'une partie de la véritable histoire de Grendel.

« À l'époque où la domination du Monarque s'étendait sur le Tout, ce monstre vivait dans les Royaumes confinés, au cœur des immenses marais des forêts de Remonius. Lorsque l'on conte sa légende, il est question de son évasion et de ses étranges apparitions dans les châteaux de rois ambitieux du Danemark et de Norvège, comme Rothgar. Personne ne connaît son origine, mais ils sont nombreux à penser que Grendel détestait les héros pour avoir lui-même été un héros déçu. Quelle que soit sa nature, il faut retenir qu'il accomplit des choses horribles et suscita les plus sombres récits. On raconte à Magonia que Grendel est né dans la tribu suédoise des Wilfingoths, il y a six ou sept siècles. L'enfant qu'il était ne grandit jamais, mais vieillit de façon soudaine et, malgré son jeune âge, avait la barbe et les doigts tordus d'un vieillard. Tous les hommes de son village s'en moquaient, il fut rejeté par ses parents qui le considéraient comme un monstre. Un jour, les druides le découvrirent en train de dévorer un corbeau sacré. Il fut donc décidé de le chasser pour éloigner le mauvais œil. Banni dans les territoires sauvages, il rejoignit les jeteurs de sorts errants et fit sa nourriture de tous les ingrédients dont les sorcières usaient pour fabriquer leurs terribles sortilèges. En voyant que l'enfant-vieillard supportait ces breuvages, de la moelle de loup à la bave de crapaud, elles lui trouvèrent un refuge à l'abri d'une grotte profonde.

« À partir de ce moment, Grendel se transforma en un véritable monstre, particulièrement étrange. On dit qu'il affronta un guerrier nommé Beowulf de la tribu des Gaetas, moitié homme moitié ours, qui parvint à lui arracher un bras. Grendel s'enfuit vers sa grotte, assassina les sorcières et versa leur sang dans les marais pour faire croire à Beowulf qu'il était mort de sa blessure. Puis il disparut. Mais avant de se perdre dans les Royaumes intérieurs, Grendel retourna dans son village natal pour y tuer ses parents et ses frères, qu'il haïssait après toutes les souffrances endurées dans son enfance... De toute façon, ce ne sont que des légendes et la vérité est devenue un conte.

– Et que s'est-il passé ensuite ?

– Beaucoup de choses. L'histoire de Grendel est longue, elle traverse de nombreux autres récits... Nous pourrions parler de ces gestes farouches jusqu'au matin. Il devint une sorte d'oracle et, lorsque les cercles magiques furent détruits par Aurnor, il se libéra et abandonna le Temps. Je crois qu'il est devenu indépendant, pour ainsi dire, et très influent auprès d'une grande variété de monstres puissants, comme les méfiants dragons du Nord.

– Des dragons !

– Ils sont bien plus nombreux qu'on ne l'imagine. Presque tous ont choisi le Nord, les grandes forêts de Suède, les montagnes norvégiennes et les paysages islandais. Beaucoup d'autres occupent les innombrables îles de l'Ouest.

– Et qu'est-il arrivé à Grendel ? insista Curdy, fasciné.

– Je l'ignore, cela échappe à mes connaissances... Grendel est célèbre parmi les monstres et leur esprit m'est incompréhensible. Malgré leur cruauté, il leur arrive de faire preuve d'une extrême intelligence. Excessive, si tu veux mon avis. Si jamais tu as affaire à lui un jour, méfie-t'en. Essaye de te protéger ou de fuir sa présence. Il tentera de te manipuler. En fin de compte, il ne t'a peut-être pas vu. Toute cette scène pourrait être la conséquence de cette perception qui augmente en toi à cause de la morsure du vampire. Tu pénètres l'esprit collectif des chauves-souris et il est certain que Grendel se déplace à sa guise dans ce réseau de pensées nocturnes, car comme toutes les créatures qui vivent dans le non-temps, il médite longuement. Et il demeure probablement dans son propre *pensoir*, une sorte de puits entouré de vase et de marécages...

Curdy était déconcerté, mais l'allusion à la morsure de vampire lui rappela ce qui s'était passé le jour même.

– Vous avez appris ce qui m'est arrivé aujourd'hui ? demanda-t-il soudain.

– J'en ai entendu parler... Mais il est probable que cet oiseau se trompe.

– Vous mettez en doute le pouvoir légendaire du calandrius ? C'est rassurant...

– L'essentiel est de continuer à boire ton antidote. J'ai d'ailleurs amélioré la formule ! Le problème, c'est que tu as cessé de le prendre pendant un certain temps. Du coup, le processus de récupération est affaibli.

L'alchimiste s'éloigna et fouilla parmi une multitude de flacons, fioles, cornues d'argent et de cristal.

Curdy observait les lieux : la couleur rouge imprégnait chaque recoin du laboratoire.

– La voilà ! J'ai passé une bonne partie de la journée à la distiller. La potion d'Ardluk !

Le garçon examina la fiole d'argent. D'un geste nerveux, Whylom passa la main dans ses cheveux couleur de plomb qui lui arrivaient aux épaules.

– Tu dois la prendre ! Maintenant !

Le jeune homme caressa le flacon. Il semblait rempli d'un liquide extraordinairement dense. Après l'avoir débouché, il en émana une vapeur blanchâtre et pesante qui se dispersa lentement au ras du sol.

– N'hésite pas, mon garçon. Prends ceci et tu te sentiras mieux. Cette morsure te met en danger et tu ne peux continuer à t'exposer de cette façon. La gueule de ces créatures abrite de nombreuses maladies inconnues... Allons.

Curdy affermit sa prise sur le récipient et avala le liquide épais. Whylom l'observait avec une expression étrange. Peu de temps après, le jeune alchimiste se sentit ragaillardi. Une force immense irradiait à travers son corps. Le liquide scintillait comme s'il était constellé de petits vers luisants rouges, ses lèvres brillaient encore.

– La potion va bientôt agir. Maintenant, pour qu'elle soit pleinement efficace, tu dois te reposer. Je t'accompagne.

Tous deux quittèrent le laboratoire. Le couloir était toujours aussi obscur. Curdy se rendit compte que Whylom ne cessait de lui lancer des regards furtifs ; la baguette de l'alchimiste s'éclaira. L'adolescent vit de nouveau des traces lumineuses sillonner l'obscurité. Par moments, sa sensibilité à la lumière augmentait, mais la clarté qu'il discernait n'aurait pas été visible dans des circonstances normales. Il commençait à percevoir dans le lointain le vol de certains êtres qui n'étaient ni des spectres ni des fantômes, mais plutôt des lignes qui s'estompaient rapidement en traversant les murs. Il entendait leurs cris aigus aux limites du non-temps.

Presque sans y penser, le jeune alchimiste empoigna sa baguette de la main droite et referma la gauche sur la pierre philosophale. Plumbeus semblait épouvanté. Un mystère redoutable avançait vers eux, au-delà des couloirs qui menaient à la sortie des souterrains. Curdy pouvait sentir son pas. Son ombre se projetait sur les pierres des murs.

Le jeune homme connaissait cette présence.

7

L'heure la plus ténébreuse

L es ténèbres menaçantes d'un large couloir souterrain se refermèrent sur eux comme un énorme piège. L'éclat de la baguette de Plumbeus se heurtait à un mur invisible, noir, impénétrable. La lumière mourait sans laisser de trace sur les objets et n'éclairait plus les sinistres recoins de ces couloirs lugubres.

Curdy s'arrêta et Whylom, visiblement effrayé, se retourna pour l'observer. Les yeux du jeune alchimiste avaient viré au violet et émettaient une clarté ténue. Il regardait devant lui comme s'il était capable de percer l'obscurité.

Ils furent saisis d'une effroyable terreur.

Curdy devina le mouvement d'un grand corps lourd qui se posait sur les dalles du sol. Il se souvint des lettres de sang, la signature du démon qui s'était aussi manifesté à la mort de Gaufrey. Un cri perçant vrilla les ténèbres, celui d'une victime atteinte par la présence funeste du vampire. Le jeune alchimiste sut ce qui se déroulait là-bas, la scène apparut soudain nettement dans son esprit comme soulignée par la déflagration d'un éclair. Sans réfléchir davantage, il se lança dans l'obscurité avec l'ardeur d'un faucon qui plonge d'une haute tour.

– Curdy ! Non ! C'est lui ! Il est là-bas !

Les cris de Plumbeus faisaient vibrer les ténèbres. Les mots se superposaient les uns aux autres, au gré des échos qui rebondissaient le long des murs, ricochaient dans les couloirs, les corridors, les pièces désertes... Un autre cri de panique révéla l'ultime tentative de la victime pour se défendre contre cette force magique.

Curdy voyait à travers l'obscurité. Ses yeux percevaient la trace d'innombrables chauves-souris invisibles qui sillonnaient l'air sombre comme des flèches scintillantes. Des espèces sans doute inconnues de Plumbeus. Il distinguait des sillages violets dispersés sur le sol, identifiait les formes de pierre qui apparaissaient grises au milieu des ténèbres, comme si son esprit était capable de reconnaître l'espace alentour sans avoir recours à ses yeux. L'immense créature se trouvait quelque part au-dessus du niveau des souterrains. Curdy courait de toutes ses forces, d'autant plus qu'il savait maintenant qui était la victime. Il était entré dans l'esprit du vampire et commençait à partager la vision de la créature, à percevoir ses sensations. Et à savoir ce qu'elle savait.

Une masse d'apparitions vampiriques floues et confuses grouillaient dans la noirceur. L'être gigantesque et implacable se tenait dans la grande salle, au pied de l'escalier. En une course désespérée, Curdy survola les marches à grandes enjambées, les ailes de son manteau flottant autour de lui. Il le vit là-bas : le mort-vivant semblait capable d'occuper l'immense vestibule. Les flammes de la grande vasque mouraient en sa présence. L'ombre colossale se déployait au-dessus d'un corps sans défense. Quelqu'un tenta de lancer un sort, mais la manœuvre échoua. Curdy se rendit compte que le mort-vivant s'inclinait déjà au-dessus de sa victime et commençait à absorber son sang, sa mémoire. Puis une intense lueur rouge dorée palpita, lançant des vrilles lumineuses dans l'obscurité. La lumière se propagea rapidement le long des ailes immenses de l'imagovampire, emplissant l'ombre avide du monstre.

La voix qui criait n'était que trop familière à Curdy.

Sans perdre un instant, il imprégna la pierre philosophale de cendre recueillie sur les bûchers de Wilton, empoigna la baguette et s'élança vers l'ombre dans un ultime effort. Une lumière puissante embrasait un corps ténébreux, coriace et crochu. Les flammes de la grande vasque débordaient et se tordaient, créant des grappes d'ombres mouvantes.

Mais ce n'était pas tout : Curdy tenait en main une boule d'or et de feu qui se propageait à ses propres habits. Le vêtement de l'Alchimiste émergea avec ses motifs bleus et rouges en feu. L'ombre se redressa quand la voix impérieuse de l'apprenti résonna dans les ténèbres :

Gebiddap for eowre étheras !
Convoco sortilegium !

À la dernière foulée, Curdy sentit son poing s'enfoncer dans la gueule gelée du vampire. Le rugissement l'assourdit. L'ombre l'enveloppa de ses ailes. Mais Curdy était devenu une braise ardente qui enflamma son adversaire. Un éclair s'abattit, appuyé par les grondements du tonnerre. L'ombre prit la fuite en poussant des cris aigus.

Curdy se retrouva soudain étendu par terre, environné par un épais tourbillon de chauves-souris qui virevoltaient frénétiquement autour de lui, fuyant sa présence. On alluma des torches et ses vêtements reprirent leur apparence de haillons. Il put alors constater que ses craintes étaient justifiées quant à l'identité de la personne qu'il avait essayé de sauver. Son ami Hathel Plumbeus était mort.

8

L'assassin

C urdy ne parvenait pas à en croire ses yeux. Le mort-vivant avait réellement attaqué Hathel.

Aiken et Ylke apparurent en haut du grand escalier. Maintenant, de nombreuses torches aux flammes bleues perçaient les ténèbres. D'autres apprentis descendaient lentement derrière ses deux amis, alertés par le bruit et par le feu bleu qui avait flambé brusquement dans toutes les cheminées du château en guise de signal d'alarme.

Hathel était mort entre ses bras pendant qu'il essayait de le protéger, en empêchant les chauves-souris de s'abreuver à la blessure faite par l'énorme imagovampire. C'était le deuxième cadavre qu'il touchait. Curdy regarda Ylke, puis comprit que quelque chose n'allait pas en les voyant tous former un cercle autour de lui. Certains avaient entendu les cris de la terrible créature, mais maintenant, c'était lui que l'on retrouvait seul et couvert du sang de son ami mort. Il se retourna soudain et découvrit Whylom Plumbeus qui le fixait d'un regard horrifié en pointant une baguette grise dans sa direction. Curdy se leva et contempla le corps de son meilleur ami avec une expression égarée. Il recula de quelques pas, sur le point de fondre en larmes, ne cessant de se reprocher d'être arrivé trop tard pour le sauver.

Whylom s'approcha et étreignit le corps de Hathel, éclatant en sanglots bruyants.

– C'est lui ! Il a tué mon fils ! C'est un imagovampire ! cria-t-il d'une voix déchirante. J'ai essayé de l'aider. Oh, oui, j'ai essayé, mais je suis intervenu trop tard. C'est la morsure qui l'a rendu malade ! Il porte la marque *imprecatus* !

C'était impossible. Curdy était maintenant certain que ses oreilles le trahissaient. Désespéré, il chercha du secours autour de lui. Le visage décontenancé de ses amis ne reflétait que la peur. Des dizaines d'alchimistes l'entouraient, baguettes levées au bout de leurs bras tendus.

Incapable de prononcer le moindre mot, Curdy tomba à genoux, pris de vertige. C'était sans doute un autre horrible cauchemar. Les alchimistes s'écartèrent pour laisser passer un cortège entourant un vieillard. Le jeune homme reconnut immédiatement son maître Luitpirc.

– Qu'il rende la baguette de l'Alchimiste et les armes qu'il détient ! exigea l'un des adultes.

– Enfermez-le ! crièrent d'autres.

Le Conteur leva la main et obtint le silence. Il marcha lentement jusqu'à Curdy.

– Qu'as-tu fait, mon garçon ?

– Rien.

Luitpirc recula.

– C'est un imagovampire ! cria Plumbeus entre deux sanglots. J'ai tenté de l'aider, mais les antidotes ont été inopérants. J'ai vu ses yeux virer au violet, il a bondi dans les ténèbres. Ensuite, la transformation s'est produite, il a attaqué... J'ai perdu Hathel...

– Que faisait ton fils au pied de la grande vasque ? demanda Luitpirc.

– Nous avons suivi Curdy, intervint Ylke, d'une voix entre-coupée. Nous pensions qu'il était en danger...

– Mais j'étais en danger, protesta Curdy, soudain furieux.

– Arrêtez-le ! Il est atteint de rage vampirique ! cria encore Whylom, au comble de l'émotion. Il n'existe aucun traitement contre cette maladie magique. C'est une affection qui peut convertir n'importe quel alchimiste en buveur de sang. Curdy a dû la contracter quelque part.

Ylke fronça les sourcils, déconcertée. Pourquoi Plumbeus ne reconnaissait-il pas que Curdy avait été attaqué dans son pro-pre laboratoire à Wilton ?

– Je ne suis pas atteint de la rage ! intervint Curdy, hors de lui.

Whylom se recroquevilla, terrorisé.

– Enfermez-le avant qu'il ne se transforme de nouveau, par la barbe d'Ébroïn ! supplia-t-il d'une voix brisée.

Viatrix Gundulax lança un sort à Curdy. L'adolescent bran-dit la pierre philosophale qui émit une puissante lueur, dans laquelle la fulgurance du sort se dissipa comme attirée par un puits de feu. Les alchimistes reculèrent et levèrent de nouveau leurs baguettes.

– Halte ! s'écria Luitpirc. Que personne n'utilise sa baguette.

Curdy se sentait perdu et empoigna ses armes. Les lettres tracées sur le mur avec du sang d'alchimiste étaient mainte-nant disposées d'une autre manière. À la lumière des torches, la calligraphie torve du paraphe diabolique avait pris une nouvelle signification :

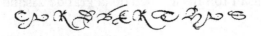

Ces signatures étaient toujours aussi dépourvues de sens pour lui, mais pour la première fois, un élément apparaissait clairement : Curdy n'était que le diminutif d'un autre nom, Curdberthus.

Finalement, devant l'imminence de la bataille, la voix du Conteur s'imposa.

– Curdy, si tu es réellement innocent, tu dois te montrer raisonnable et me suivre dans la Chambre des Mystères. Si tu refuses, nous devrons te soumettre à un procès que je ne veux pas présider.

– Depuis quand les alchimistes jugent-ils leurs compagnons ? Nous commençons à beaucoup ressembler à ces inquisiteurs, fit remarquer le jeune homme encore sur ses gardes.

– Tu dois me suivre. Quel jugement comportera plus d'équité que le mien ?

Curdy se dit alors que son maître essayait peut-être de l'aider et obéit, malgré tout ce qu'il pensait, savait et devinait.

9

La Chambre des Mystères

Curdy lança un regard à Ylke qui le contemplait depuis le grand escalier, les yeux pleins de larmes. Les alchimistes s'écartèrent pour leur laisser le passage sans pour autant cesser de le menacer de leurs baguettes. Entre les doigts du garçon, la pierre philosophale brillait comme un soleil sur le point d'exploser. Le Conteur était son seul espoir, il ne pouvait compter que sur lui.

À côté de Luitpirc qui marchait calmement, un trousseau de clefs étranges à la main, Curdy traversa la grande salle. Puis ils descendirent l'escalier des souterrains et continuèrent à avancer.

Les alchimistes suivaient, formant une masse compacte.

Le Conteur s'arrêta enfin devant une petite porte. Il glissa la clef dans la serrure, entra et fit signe à Curdy de le suivre. Lorsqu'ils furent tous deux à l'intérieur, la porte se referma d'elle-même.

Curdy découvrit un grand espace dallé de marbre noir que la lumière qui jaillissait de son poing suffisait à illuminer. Le Conteur ouvrit une autre porte et ils se retrouvèrent devant un long couloir. Derrière eux, on entendit un claquement sec.

Curdy se retourna. Une immense cheminée en forme de gueule de lion s'ouvrait, quasiment à l'endroit où s'était trouvée la porte qu'ils venaient de franchir. Les flammes crépitaient dans l'âtre. Deux fauteuils attendaient devant le feu.

– C'est mon endroit préféré, dit le vieillard vigoureux en prenant place sur un des sièges. Je l'appelle mon foyer.

Aux yeux de Curdy, ce foyer était bien triste et solitaire.

– Tu peux dire ce que tu penses, de toute façon je le saurai tôt ou tard. Oui, cet endroit est triste et solitaire, comme la plupart des meilleurs récits que j'ai entendus et racontés. Mais ce lieu m'apporte l'apaisement et la quiétude.

– Luitpirc, croyez-vous que j'ai commis cet assassinat ?

Pour unique réponse, l'alchimiste fixa Curdy d'un regard vif et pénétrant. Les multiples rides du vieillard se plissèrent sur son large visage.

– Qu'importe que je le croie ou pas ? Ce jeune homme en serait-il moins mort ?

Curdy se sentit abattu en entendant cela.

– Jeunes ou vieux, de nombreux alchimistes meurent. Les conspirations ont atteint Hexmade et les lords ténébreux comptent des alliés parmi nos propres alchimistes. Peut-être sont-ils corrompus par un or plus brillant que celui du Monarque ? C'est possible, mais il ne faut pas oublier que nombre d'entre eux ont vécu dans des conditions difficiles pendant plusieurs siècles... La tragédie de cette nuit est le plus terrible événement qui se soit produit à l'intérieur des frontières du Nolandshire, la Contrée Secrète. Je ne sais toujours pas ce qui s'est passé, mais si nous ne nous étions pas retirés ici, tous auraient exigé le plus dur des châtiments pour Curdy. Je ne veux pas qu'on juge les alchimistes à Hexmade ou nous

471

finirions par devenir une nouvelle Chambre des lords. En réalité, Lord Malkmus de Mordred prend l'avantage sur les forces du Monarque en Angleterre, car ce qui est arrivé contredit le secret de l'ordre...

– Ça ne s'est pas passé comme ils l'ont dit ! Plumbeus est devenu fou ! s'écria Curdy.

– Plumbeus a perdu son fils. Cela ne te semble pas être une raison suffisante pour devenir fou ? À moi, oui... Que Curdy se souvienne de l'époque où il était petit et de ses aventures avec les nains, voilà plus de trois cents ans...

– Mais je ne me souviens de rien...

– C'est normal, les gens ne se rendent pas compte que dans une même famille, certains personnages réapparaissent à intervalles réguliers. Ce phénomène s'appelle la « réincarnation », mais celui qui revient ne se rappelle pas sa vie précédente. C'est une des règles du jeu, si nous pouvons appeler jeu quelque chose d'aussi extraordinaire et d'aussi sérieux. Il est cependant évident aux yeux de tous que les pouvoirs du réincarné sont supérieurs aux autres. Curdy, je t'ai enfermé ici pour te préserver d'un jugement absurde et j'ai pris la décision que j'estimais la plus opportune. J'ignore ce qui s'est passé, mais je te laisse une chance d'affronter ta dernière épreuve.

Curdy ouvrit des yeux attentifs.

– Tu dois savoir que tu ne participeras pas à cette guerre, du moins pas comme tu l'aurais espéré, et que tu seras expulsé d'Hexmade. Une condamnation a été prononcée. J'ai dû choisir entre un procès public et l'application de la décision de la Chambre haute : les anciens se sont mis d'accord sur le fait que les doutes sont plus forts que les certitudes. Tu seras donc livré à ton sort. Ainsi l'a décrété le Conseil de guerre. Personne ne croit en toi, et c'est uniquement grâce à mon intervention que tu n'es pas enfermé dans la prison des voiles.

Curdy se leva et fixa le Conteur.

– Ils se trompent. Je me suis totalement investi et me voilà récompensé de la pire des manières. J'ai perdu ma mère, Luitpirc, et maintenant je suis le premier suspect d'un assassinat. Les chevaliers templiers et Godefroi ont-ils connu une aussi mauvaise fortune que la mienne ?

– Le destin des mortels et celui des alchimistes semblent converger en un point indéterminé. Godefroi a surmonté de nombreuses épreuves et s'apprête à accomplir sa destinée. Les chevaliers de l'ordre des Templiers combattent en secret dans les montagnes de Valachie et nombre d'entre eux subissent d'indicibles horreurs. Ardluk a découvert leur plan et la bataille a été sanglante. Malheureusement, aucun des héritiers mérovingiens n'accepte d'envoyer des armées en renfort vers l'Est. Quand Godefroi exhumera les ruines du Temple de Salomon, un grand changement se produira. Nous avons découvert que la piste du Saint Graal mène à la terre vers laquelle se dirige Godefroi et que les alchimistes ont un rapport avec le mystère du sang éternel. Je suis certain que, pour une raison que je n'ai pas encore élucidée, les plans d'Aurnor et de ses morts-vivants ont pour objectif de s'approprier notre sang.

Curdy avait le sentiment d'être perdu au milieu d'une mer d'énigmes insolubles. Mais il était surtout convaincu d'être pris entre les mâchoires bien huilées d'un piège ourdi par l'ennemi.

– D'un côté, tout cela m'arrange, car maintenant je pourrai faire ce qui m'intéresse vraiment, c'est-à-dire sauver ma mère.

473

Et vous pouvez être sûr, maître, que je ferai le nécessaire pour y parvenir, car je ne crois plus dans les plans du Monarque.

– Ne dis pas une chose pareille. Un initié ne doit jamais renoncer ! La voie est difficile, le destin te soumet à de grandes épreuves..

– Mais c'est moi qui ai découvert l'arme d'un incroyable pouvoir, répliqua Curdy.

– La pierre philosophale n'est pas seulement une arme..

– Je ne parlais pas de la pierre philosophale, mais de la malédiction de la cendre ! La grande flamme, la vengeance du feu...

Luitpirc plissa les yeux, surpris par ce qu'il entendait.

– Mais ce n'est pas certain...

– Si ! Je suis le Messager de la Flamme, je l'ai appris de la bouche de la Reine, j'ai invoqué le Phénix. Et aujourd'hui, l'armée du Monarque et le Conseil de Magonia expulsent le Cinquième Lord de leurs rangs.

Luitpirc était manifestement partagé entre l'indécision et l'abattement.

– Dans ce cas, je dois te conseiller d'œuvrer avec prudence et de ne pas oublier que les desseins du Cinquième Lord sont liés à la communauté des alchimistes. Mais le Code alchimique est inébranlable et aucun statut, si haut soit-il, ne protège de ses lois : tu ne pourras pas revenir avant que lumière soit faite sur l'assassinat de Hathel. Je dois t'exiler.

– Désormais, je vais m'employer à sauver ma mère et je ferai tout ce qui sera nécessaire pour y parvenir. Et maintenant dites-moi, maître : où se réfugient les proscrits ?

Luitpirc garda le silence pendant un long moment.

– Je connais Curdy Copperhair mieux que personne et je sais qu'ils commettent une erreur... Mais je n'ai pas pu le prouver. J'ai fait tout ce qui était en mon pouvoir, voire plus. Maintenant, tu dois m'accompagner. As-tu encore la clef ?

– Celle que j'ai trouvée dans la cheminée ?

– Oui. Tu dois me la remettre, comme la baguette de l'Alchimiste, la pierre philosophale et tout ce que la voie secrète de l'ordre t'a accordé...

Curdy sentit son estomac chavirer, mais fit ce que lui demandait son maître.

– Suis-moi.

Luitpirc se leva et s'engagea dans un long couloir qui s'éloignait de la grande salle illuminée par le feu. Le passage se prolongeait encore et encore, Curdy le trouvait interminable.

Enfin, ils s'arrêtèrent dans une salle face à cinq portes encastrées dans les murs noirs. L'éclat bleuté des flammes tremblotait sur le sol poli.

– Choisis une de ces portes.

Curdy respira profondément et se dirigea vers celle qui se situait à l'extrême gauche. Il avait la vague sensation que c'était par cette voie qu'il s'éloignerait le plus de tout ce qu'il avait vécu. Il aurait aimé disparaître comme un fantôme.

Le Conteur prit la clef et ouvrit la porte. Les gonds grincèrent en tournant. Curdy s'approcha de l'entrée du souterrain. Il y faisait complètement noir. Quelle étrange prison était-ce là ? Un tunnel dont il ne sortirait jamais... Tel était son châtiment pour une faute qu'il n'avait pas commise.

Le jeune alchimiste avança de quelques pas et pénétra dans le couloir. De l'intérieur, l'endroit paraissait encore plus large et profond. Une étrange odeur de cendre flottait dans l'air.

– Adieu, Curdy. Je te souhaite bonne chance. Avance jusqu'à la sortie, car il en existe une dans le noir, dit le vieil homme pendant que le battant se refermait lentement.

Curdy ne put que lever la main en signe d'adieu.

La porte se referma avec un étrange grondement. On ne voyait pas même un rai de lumière pour en indiquer le contour. Elle aurait pu tout aussi bien disparaître dans un autre monde.

LE CINQUIÈME LORD

1

Apparitions et disparitions

T ous ces événements défilaient dans l'esprit de Curdy comme un tourbillon d'images. Il ne parvenait pas à s'expliquer l'attaque du mort-vivant, pas plus que l'attitude de Whylom Plumbeus... Était-il devenu fou ? Avait-il été à ce point bouleversé par la mort de son fils ?

OU ÉTAIT-CE UN TRAÎTRE ?

Une vague de chaleur parcourut le corps du garçon. Après tout, la morsure du vampire avait eu lieu dans le laboratoire de Plumbeus... D'ailleurs, que faisait celui-ci toujours aussi près de l'obscurité dont l'ordre tentait de se défendre ? Le désir de revenir sur ses pas et de frapper de toutes ses forces à la porte de l'exil s'empara soudain de Curdy.

Non, il se trompait sans doute. Quelqu'un devait bien se charger de déchiffrer les secrets des ennemis, malgré les sacrifices nécessaires. D'une certaine manière, Plumbeus avait payé le prix fort en perdant son propre fils. Curdy se souvenait des multiples aventures qu'il avait partagées avec Hathel à Wilton et ne parvenait pas à se ressaisir. L'obscurité se peupla d'apparitions fantomatiques. Ce n'était sans doute que le produit de son imagination, mais de temps à autre, la silhouette de ses amis croisait sa route incertaine, pour l'abandonner ensuite en riant. Les souvenirs d'un lointain passé et de son enfance à Wilton lui revenaient aussi en mémoire.

Enfin, il s'arrêta et se laissa tomber à terre dans les ténèbres. Il n'avait plus le cœur de continuer à marcher. Pas la moindre lueur n'était visible, il s'avouait vaincu. Dépouillé de ses armes, il n'était qu'un alchimiste proscrit, abandonné au fond de quelque prison magique. En réalité, ils l'avaient condamné à rester seul aux frontières du non-temps.

C'est à cet instant que deux yeux bulbeux étincelèrent dans les ténèbres, alors que sa pensée s'éclairait et que ses lèvres laissaient échapper un mot comme s'il était la plus puissante des formules magiques qu'il connaissait, celle de l'amitié :

– KROTER !!!

Les yeux bulbeux de l'elfe apparurent, encadrés par une tête large qui commençait à se matérialiser ; et dans les vêtements austères, son corps verdâtre se mit à briller légèrement, comme ses grandes oreilles.

– Maître Curdy !

Le jeune alchimiste pouvait à peine le croire, mais Kroter était vraiment là et courait à sa rencontre. Quand il arriva assez près, l'elfe se pencha avec humilité et saisit la main du garçon avec une grande dévotion, comme quelqu'un qui s'inclinerait devant un chancelier.

Mais une autre surprise attendait Curdy.

– Kreichel !

Le vieil elfe répondit d'un soupir et, sous le regard réprobateur de Kroter, s'inclina en une profonde révérence.

– Kreichel, à votre service, maître Curdy.

– Mais... Où... ? balbutia Curdy, qui s'était redressé d'un bond.

– Nous avons toujours été à proximité à partir du moment où le maître est arrivé à Hexmade, lui expliqua Kroter. Pour retrouver Kreichel après la bataille contre l'amphisbène, Kroter a eu beaucoup de mal. Mais nous avons réussi à nous échapper jusqu'aux portes qui mènent à Hexmade par un cercle appelé Stonehenge situé au milieu de la plaine de Salisbury. Si l'on sait l'utiliser, c'est un des points de passage les plus sûrs du monde.

– Et ensuite ?

– Nous avons décidé de nous cacher et de rester en état de disparition, c'est-à-dire *invisibles*. Tous croyaient que le monstrueux serpent à deux têtes nous avait dévorés. Nous savions que notre mission était d'aider le maître Curdy.

– Merci. Mais vous êtes membres de l'ordre... J'imagine que vous savez ce qui s'est passé...

– Nous ne le savons que trop, maître, répondit Kroter avec une flambée d'indignation qui surprit Curdy, car l'elfe s'était toujours montré mesuré. Nous avons suivi Curdy jusqu'au passage des souterrains et Kroter est entré dans l'horrible laboratoire de Whylom Plumbeus...

– Et Kreichel a dû fuir pour prévenir Kroter que ce mort-vivant se rapprochait. Plus tard, nous nous sommes rendu compte que les amis de Curdy l'avaient suivi pour l'aider.

– Alors je ne suis pas le seul à savoir ! Nous pouvons revenir et parler au Conteur...

Kroter baissa les oreilles, son regard exprimant une tristesse immense, teintée de compassion.

– Les elfes de Curdy ne peuvent pas revenir... Il n'y a pas de chemin de retour... On ne nous aurait pas crus.

– POURQUOI ? s'exclama Curdy, désespéré.

– Parce que personne ne croit les elfes d'un maître.

Curdy fronça les sourcils et frappa le sol du pied, ne récoltant qu'une vive douleur au talon. Il ignorait s'il devait exploser de rage ou se mettre à pleurer. Kroter continua :

– Les elfes doivent mentir si leur maître le leur ordonne... C'est pour cette raison que leur parole ne compte pas. Ils ne servent à rien dans les affaires qui regardent les alchimistes ni devant les lords.

– Mais vous êtes membres de l'ordre...

– Ça ne change rien.

– Nous avons désobéi à l'ordre ! intervint Kreichel avec un rire malicieux.

– En effet, en prolongeant volontairement notre disparition, nous avons conspiré contre l'ordre pour protéger le maître Curdy.

– Parfait, murmura Curdy.

Il ne voulait pas paraître désagréable, même si ces nouvelles faisaient échouer tous les plans qui lui étaient passés par la tête.

– Ensuite, nous avons suivi le maître dans les couloirs de la Chambre des Mystères... Les armes de l'Alchimiste sont enfermées et les portes qui permettent de quitter la chambre disparaissent dans les racines des montagnes Noires galloises. Nous ne savons pas où aller...

– Et que pouvons-nous faire ?

– Chercher la sortie, car il en existe une, sans l'ombre d'un doute. Le Conteur s'est montré généreux, il a laissé une issue au maître.

Curdy ne pensait pas tout à fait la même chose.

482

– Des événements terribles se sont déroulés en Mercie, sur les berges du fleuve Trent, dit Kreichel d'un air sinistre.

– La guerre est sur le point de commencer. Une abominable guerre alchimique, absolue, cruelle, destructrice...

– Que s'est-il passé ? demanda Curdy.

– Des milliers d'Anglo-Saxons ont été... Kroter baissa la voix jusqu'à un murmure. Ils sont morts en essayant d'atteindre les frontières des territoires gallois pour se mettre à l'abri des Normands, entre Gwynedd et Mercie.

– Comment ?

– Ils étaient sur le point d'arriver à la porte des collines quand une grande armée normande, rassemblée en Northumbrie et dans l'archevêché de Durham, dans le Nord, les a rejoints au milieu de la nuit. Ensuite, les forces de Lord Malkmus sont arrivées d'Anglia, d'Essex, du Kent, et tous les alchimistes qui tentaient de protéger la fuite des autres ont été vaincus, capturés et...

– Maudit soit-il ! Celui qui a allumé les bûchers de Wilton, celui qui a capturé ma mère...

– Lord Malkmus a ordonné que tous ces alchimistes soient *brûlés*, termina Kroter, en levant ses mains à ses oreilles.

Un frisson parcourut le dos de Curdy.

– Des centaines de bûchers ont embrasé le crépuscule, continua Kroter, abattu. Au cours de la bataille, les alchimistes sont tombés sous les assauts de créatures affamées, des leucrotes, des trolls des cavernes reclus dans les profondeurs des grottes d'Easegill, dans le Yorkshire. Ils ont été abattus par les coups des inquisiteurs, par leurs sortilèges destructeurs et leurs enchantements qui font bondir les pierres. Plusieurs imagovampires ont achevé l'œuvre du lord ténébreux... du grand inquisiteur...

483

Curdy en resta muet. Son imagination se remplissait d'images épouvantables pendant que Kroter continuait à lui rapporter ces terribles nouvelles. La grande armée inquisitoriale des Normands s'était pour l'instant arrêtée, mais se disposait à envahir les domaines celtes du pays de Galles, sachant que les forces anglo-saxonnes y trouvaient refuge et protection. C'était un spectacle abracadabrant, infernal, le plus cruel massacre d'alchimistes et d'Anglo-Saxons jamais commis en Angleterre. La flamme d'Aurnor avait tout dévasté sur son passage et la folie exterminatrice des lords ténébreux se dressait contre les desseins du Monarque. Grâce aux forces des vampires, les armées de la Grande Inquisition étaient devenues invincibles. L'Église semblait soutenir les persécutions des alchimistes et les envoyés de l'ordre de Cluny commençaient à ne plus avoir suffisamment d'influence pour freiner les plans des Normands.

Le Conteur ne tarderait pas à riposter. Le début de la guerre était imminent et Curdy était là, prisonnier des ténèbres. La voix de Kreichel l'arracha brusquement à ses funestes pensées. L'elfe se mit à courir.

– Il y a un moyen ! Il suffit de suivre les chauves-souris ! Qui est mieux placé pour trouver la sortie d'une grotte ?

2

Lord Phénix

Ils suivirent les chauves-souris qui voletaient en essaim comme des ombres menaçantes. Puis ils atteignirent une espèce d'entrée plongée dans les ténèbres, où résonnait le bruit de quelques courants souterrains. À partir de là, leur progression devint pénible et ils durent redoubler de prudence, car de vraies grottes souterraines s'ouvraient devant eux. Les chauves-souris manifestaient une grande nervosité, et Curdy en déduisit qu'elles répondaient à l'appel de leurs seigneurs. La grande galerie dans laquelle ils marchaient s'élargissait peu à peu. Devant eux, un point de lumière diurne prenait de l'ampleur. Ils accédèrent à une caverne qui paraissait aussi vaste qu'une maison, où un cours d'eau profond et tumultueux se précipitait avec fracas vers un abîme.

La lueur révélait progressivement l'intérieur de la grotte sauvage. Curdy était certain qu'elle avait été la demeure d'antiques druides pictes, les premiers habitants des îles Vertes. Des monuments mégalithiques torsadés comme les colonnes d'une église préhistorique soutenaient la masse de la voûte.

Ils s'arrêtèrent enfin, hors d'haleine. Des centaines de chauves-souris dormaient, suspendues au plafond. Certaines avaient une taille considérablement supérieure à la moyenne. Le terrain devenait plus irrégulier en approchant de la sortie, où apparaissait une lumière grise indistincte. En gouttant, les stalactites avaient créé les degrés d'un escalier insolite.

Ils sortirent enfin. Les arbres tissaient une voûte de feuillage dense. Le cri des oiseaux se répercutait à travers les cavités rocheuses.

– Nous avons réussi !

– Où sommes-nous ? voulut savoir le jeune alchimiste.

– D'après mon grand-père, ceci est l'entrée que les Gallois appellent Porth-yr-Ogof, une des grottes les plus profondes de ces montagnes. Son nom signifie « porte d'Ogof ». Selon les anciens contes celtes, Ogof est une créature infernale.

– Bon ! J'espère que nous n'allons pas le rencontrer ! commenta Curdy.

– Mais le maître doit savoir que cette porte est près du lieu de la bataille... Nous ne sommes pas loin des lords ténébreux.

– Ils ont déjà envahi le Worcester ?

– Non, en réalité, l'armée est repartie vers le nord pour faire une jonction avec d'autres forces plus importantes. Ensuite, ils ont l'intention de partir de là-bas pour envahir la région de Gwynedd. Du moins, ce sont les dernières nouvelles que nous avons pu surprendre.

– Et l'endroit où ils ont tué tant d'innocents ? demanda encore le jeune alchimiste.

– Le grand champ des bûchers de Mercie, le lieu où de nombreux alchimistes ont trouvé la mort.

– C'est là-bas que nous irons, dit Curdy avec détermination.

– Mais... Mais...

– Où se trouve Gwynedd ?

– Le comté de Gwynedd se trouve *derrière* nous, au nord-est. Ces collines au sud le délimitent. La frontière avec la Mercie et le Worcester est tout près d'ici, vers l'est.

– Mais Mercie est sous souveraineté normande, c'est le domaine de Lord Malkmus de Mordred ! Les renforts des inquisiteurs ont débarqué sur les plages du Yorkshire...

Curdy se souvint alors d'un de ses rêves. Il comprenait maintenant le sens de l'arrivée de ces vaisseaux fantomatiques et des horreurs qu'ils transportaient dans leurs flancs après avoir navigué des milles et des milles, environnés de brume.

– Donc, si nous descendons ces collines, nous irons en direction du nord-est par la vallée du Severn...

– La bataille s'est déroulée au sud de la citadelle de Bridgenorth et au nord-est de Warwick. Mais pourquoi le maître Curdy tient-il autant à se rendre en ce lieu ?

Kroter ne parvenait pas à deviner les intentions du jeune lord, mais dut se contenter d'une réponse énigmatique.

– Tu comprendras lorsque nous y serons.

Sur ces mots, il se mit en route à travers le bois et ses elfes le suivirent en secouant la tête.

Ils s'enfoncèrent dans une hêtraie dense où ils durent dormir à l'abri des arbres. Un manteau de feuilles gelées et de neige craquante recouvrait le sol. Les troncs étaient si vieux qu'ils étaient tordus sur eux-mêmes comme de grosses lianes. Quelque chose dans ces arbres semblait pervers à Curdy. Une espèce de murmure se faisait entendre entre les branches et l'alchimiste décida d'abandonner la forêt au plus tôt. Ces arbres semblaient être les gardiens d'une grande tragédie, considérant d'un mauvais œil l'irruption d'intrus en ce lieu.

487

Mais Curdy savait qu'il devait arriver à destination, une idée singulière avait pris forme dans son esprit.

Ils peinaient à se frayer un passage entre les branches basses tandis que certaines racines semblaient leur faire des croche-pieds en rampant sous le manteau de feuilles, mais ils finirent par atteindre le fond d'un vallon. L'eau coulait paresseuse-ment depuis les collines dans une espèce d'étang. Une bran-che moussue fit glisser Kroter qui atterrit dans l'eau. L'elfe dut demander l'aide de Curdy et en sortit en dévidant des jurons et des malédictions inoffensives.

– Vous avez vu cette branche, maître ! Elle a bougé au moment où j'ai posé le pied dessus...

– Il vaudrait mieux que nous nous dépêchions, cet endroit a de mauvais souvenirs...

Les saules laissaient tomber des écheveaux de rameaux entremêlés autour d'eux, entravant encore leur progression, mais la végétation s'éclaircit peu à peu. Ils purent enfin avan-cer rapidement sur le sol enneigé et échapper aux arbres.

Une grande plaine blanche s'ouvrit devant eux. Mais parmi les arbres dispersés dont il ne restait que des troncs tordus par un feu dévorant, une large meurtrissure grise s'étendait, comme la trace d'un gigantesque coup ayant frappé le pay-sage. La neige avait reculé devant une chaleur qui ne s'était pas encore consumée. Les nuages se traînaient au-dessus du site funeste. L'alchimiste n'avait nul besoin d'explication pour comprendre ce qui s'était passé.

Lorsque Curdy atteignit les premiers monceaux de cendre, il s'immobilisa. Ses yeux bleus contemplaient fixement la scène. Un vent léger jouait avec ses mèches rousses emmêlées.

Les taches de rousseur ressortaient avec intensité sur son visage plus pâle que d'habitude. À peine s'était-il remis en marche que les premiers spectres prirent forme et commencèrent à l'assaillir de leurs regards douloureux. Enfants, alchimistes et sorcières surgissaient de toutes parts. Certains étincelaient, d'autres, émus par les yeux tristes de Curdy, s'évanouissaient dans un souffle vaporeux.

Les elfes attendaient dans la neige, épouvantés par les regards vides des esprits. Le maître disparut dans le brouillard et la cendre. Les spectres de quelques enfants tentaient de ramasser leurs mains tombées. Curdy marchait sans s'arrêter. Le mal causé était immense, peut-être irréparable. Tous ces alchimistes étaient morts sans défense après l'attaque de Lord Malkmus. Il pensa à sa mère, se demandant une fois de plus où elle se trouvait. Il comprenait enfin l'importance de ce qu'elle avait tenté de lui enseigner : elle avait préféré rester pour aider les autres.

Il tomba à genoux dans la cendre.

Il plongea les mains dans la poudre grise épaisse. Le vent glacial jouait à la disperser. Les yeux de Curdy s'emplirent de larmes. Il pleurait sur son propre sort, se sentant coupable de la mort de son ami Hathel, mais par-dessus tout sur ce champ de bataille imprégné d'injustice. La supériorité des lords ténébreux sur les lignages d'alchimistes inférieurs était écrasante. Il serra la cendre dans ses poings et ferma les yeux. Il demeura ainsi un long moment.

Kroter sursauta en découvrant la silhouette hagarde du maître qui revenait du champ de cendres. La nuit était presque tombée, un horrible silence planait sur les ravins convertis en tumulus poudreux.

– La cendre et les restes des bûchers couvrent le terrain jusqu'à la colline, dit Curdy, en s'asseyant près d'eux. Nous irons là-bas avant l'aube et nous assisterons au lever du soleil depuis le sommet.

Kroter et Kreichel échangèrent un regard intrigué. D'expérience, ils savaient que lorsqu'un alchimiste parlait de cette façon, des événements imprévisibles s'annonçaient.

Curdy, en revanche, était certain de ce qui allait se produire. Il se retourna et affecta de s'endormir pour éviter de discuter avec les elfes.

Kroter secoua l'épaule de son maître.

– C'est déjà l'heure ?

– Non, maître Curdy !

– Alors, que se passe-t-il ?

– Écoutez.

Curdy essaya de prêter attention, mais il ne distinguait rien. Il avait presque rêvé de son plan à venir et le retour à la réalité lui pesait.

– Je crois que les forces de Luitpirc commencent à quitter Hexmade, murmura Kroter. Une grande partie des renforts de la première armée sort des cavernes des montagnes Noires, parce que ce sont les créatures dédiées à Terre.

– Tu veux parler de l'élément alchimique *Terre* ?

– C'est bien cela... Les onocentaures sont tout près, ils avancent rapidement... Ce sont de terribles et fiers guerriers ! Ils traversent le Worcester en remontant vers le nord, par la vallée du Severn, vers les frontières de Mercie et de Northumbrie !

– Allons-y et marchons en silence !

490

Curdy prêtait l'oreille à la rumeur qui leur arrivait par les hêtraies depuis les collines. À l'heure la plus noire de la nuit, ils avançaient entre les dunes de cendre, les souches racornies, les restes des bûchers et les grands poteaux à moitié carbonisés. L'obscurité rendait les apparitions de spectres encore plus horribles. Certains surgissaient environnés de flammes et les elfes s'accrochaient au manteau de Curdy, épouvantés par ces visages qui les frôlaient au passage.

Ils n'allaient pas tarder à atteindre le sommet de la colline quand Curdy demanda aux elfes d'attendre un peu plus bas et termina le trajet seul. Arrivé en haut, il se tourna vers l'est. Les premières lueurs pointaient et un vent singulier soufflait depuis le sud.

L'alchimiste sortit sa dernière arme : tous l'avaient oublié, mais il disposait encore de la baguette de Trogus Soothings. Elle était sans doute maudite, car elle avait appartenu à un alchimiste ténébreux, mais son pouvoir était suffisant pour invoquer une grande force. De plus, il était certain que cette baguette ténébreuse, confectionnée à partir d'un os de qui sait quel horrible lord, provoquerait une réaction immense.

À l'ouest, la plaine se couvrait de petits points de lumière mouvants : les onocentaures et les hordes de nains avançaient d'un pas vif. L'aube luttait pour apparaître à l'horizon.

Curdy se redressa, fixa le sol couvert de cendre d'un regard rageur et brandit la baguette d'os de Trogus Soothings. Il leva le bras et fit tourner doucement la pointe de l'arme. Une lueur rougeâtre ténue commença à scintiller. Les elfes l'entendaient chuchoter un enchantement incompréhensible. Le jeune alchimiste se souvint des paroles de la Reine et l'énigme lui revint en mémoire :

491

Le haut Lord des Victoires
m'a créé pour la bataille : souvent j'ai brûlé
pour les innombrables créatures de la terre,
je les ai plongées dans la terreur sans les toucher
quand mon maître m'a appelé à la guerre.

Curdy serrait maintenant dans son poing une ardente lueur rouge qui projetait des ombres alentour.

quand mon maître m'a appelé à la guerre...

Le soleil était sur le point de surgir à l'horizon. Maintenant, la voix impérieuse du jeune homme résonnait à travers les collines.

> *Ær sio fierd gesamnod wœre !*
> *Convoco sortilegium !*

Les premiers rayons du soleil transpercèrent le rideau de nuages. La baguette et le bras de Curdy s'abattirent et s'enfoncèrent dans la cendre. Alors se produisit un événement à la fois merveilleux et terrible.

Une sorte de grondement retentit et se propagea sous ses pieds, secouant la terre. La flamme qui surgit de la cime de la colline se communiqua à la cendre. La combustion sembla embraser l'air et s'éleva en une véritable mare de feu. Un cri aigu se fit entendre, tel celui d'un aigle gigantesque. Puis un oiseau au plumage de feu apparut près de Curdy. On aurait dit un dragon ailé, mais sans l'ombre d'un doute, il s'agissait d'autre chose.

Le Phénix poussa de nouveau son appel semblable à la déflagration d'un éclair. Son haleine était ardente. Il parcourait la mer de feu, créant des tourbillons torrides, comme un faucon flamboyant qui ne pouvait s'éloigner de son maître.

Abasourdis, Kroter et Kreichel s'accrochaient l'un à l'autre, pendant que Curdy, transformé en Lord Curdberthus, traversait un mur de flammes. Ses vêtements noirs étaient parcourus de reflets soyeux, pourpres et rougeoyants, ses yeux bleus étincelaient, ses cheveux rouges frisés étaient dressés sur son crâne. La tête de lion rouge, le symbole de l'ordre du Monarque, était brodée sur sa poitrine.

– Allez retrouver Luitpirc dans le Nord et dites-lui que je reviendrai lui porter secours pendant la bataille. Mais maintenant, je dois parler à quelqu'un pour la dernière fois ! s'écria le jeune homme.

Kroter resta sans voix, mais lorsqu'il finit par ouvrir la bouche, il était déjà trop tard.

Le cri du Phénix assourdit les elfes. En les survolant, l'oiseau emplissait le ciel. Curdy tendit le bras comme un fauconnier. Le Phénix descendit tel un éclair, passa derrière le jeune lord, puis disparut dans un nuage de feu en l'entraînant avec lui.

3

Les vaisseaux de Magonia

O n ne parle que de ça ! dit Aiken.
– Je suis certain que c'était lui ! s'exclama Cleod.
Quelqu'un raconta de nouveau ce qui avait déjà été narré mille fois. À l'aube, au moment où les armées d'onocentaures, de catoblépas et de nains des clans de Mynyddoedd Duon atteignaient les bûchers de Mercie, un faucon de feu s'était élevé de la mer de cendre qu'avait laissée Lord Malkmus à la frontière.

– Il a toujours été doué pour jouer avec le feu, répondit son frère Leod, visiblement sceptique. Mais de là à imaginer que c'est lui qui a fait surgir ce...

– Ce Phénix ! ronchonna Cleod.

– *Le* Phénix, le reprit Leod, qui depuis son arrivée au royaume des Apprentis était devenu insupportablement érudit. Souviens-toi qu'il n'existe qu'un seul Phénix au monde. C'est pourquoi cette histoire me paraît peu crédible. Le Phénix est l'oiseau des oiseaux, la personnification alchimico-magique de la force du Monarque...

– Mais tu n'étais pas là-bas et ceux qui l'ont vu assurent que c'était le PHÉNIX !

– Ça va, ça va, tu as raison, murmura Leod qui préféra rejoindre un autre groupe d'amis.

Un vent glacial balayait la surface rocheuse. Des nuages s'étalaient comme un manteau ouaté sous d'autres nuées tourmentées, grosses de pluie et d'éclairs. Ceux qui se penchaient sur le précipice ne parvenaient à voir ni la surface du grand lac entourant Hexmade, ni les vertes collines boisées à l'est, ni les falaises escarpées de l'ouest, pas plus que les cimes d'Ysgyrd Fawr, de Mynydd Troed ou de Graig Syfyrddin. Le Conteur avait conjuré la tempête qui accompagnerait les vaisseaux de Magonia et plusieurs centaines d'alchimistes attendaient dans le froid, emmitouflés dans leurs manteaux de voyage, prêts à partir vers le front de Mercie.

– Je trouve injuste que Curdy ait été exilé sans savoir que Hathel est toujours vivant, fit remarquer Ylke à son frère Aiken.

Son regard absent se perdait dans la contemplation des nuages qui dérivaient lentement en direction de l'est.

– Je suis certain qu'il a réussi à s'échapper. Et si ce n'était pas lui là-bas, de toute façon, il reviendra.

Ylke soupira, lasse d'évoquer le même sujet. Son regret de ne pas avoir protégé Curdy, lors de cette fameuse nuit, était toujours aussi cuisant... À vrai dire, il s'était comporté de manière étrange à cette occasion et l'attaque de l'ombre ne suffisait pas à expliquer son intervention.

Ylke fut tirée de ses réflexions par quelques cris qui perçaient le mugissement du vent. En se tournant vers l'ouest, elle découvrit un spectacle qui la laissa bouche bée. Toutes voiles gonflées, les vaisseaux de Magonia voguaient sur une mer de nuages. Ils apparaissaient l'un après l'autre, comme des fantômes. Les trompes des marins résonnaient. On les vit dans toute leur majesté quand quelques-uns entamèrent leur descente. Les jeunes alchimistes lancèrent des vivats et des cris enthousiastes lorsque la coque puissante d'un gigantesque navire passa au-dessus d'eux, obscurcissant le ciel, puis descendit au niveau de la plate-forme.

Le Conteur et Lord Maximus s'engagèrent sur la passerelle. Des centaines d'alchimistes se regroupèrent devant l'échelle de coupée. Les chefs mirent de l'ordre dans les troupes de lutins qui les accompagnaient. Lord Cormac Mac Kinley, choisi par le Conteur pour devenir un des quatre lords comme on s'y attendait, distribuait ses ordres à ses lieutenants. Les alchimistes se rangeaient en files, attendant avec enthousiasme le moment d'embarquer sur l'un des quinze navires flottants dont la voilure grinçait au milieu des nuages de tempête.

Aiken prit sa sœur par la main et ils suivirent leur père qui marchait non loin de là, écoutant les instructions d'un alchimiste aux larges épaules. Ils patientèrent jusqu'à ce que leur tour de monter à bord arrive. Pendant un instant, ils prirent pleinement conscience de l'immense distance qui les séparait du lac. La main pressée sur l'estomac, Aiken surmonta son vertige à grand-peine. Ylke, en revanche, semblait ravie. Sur le pont, ils rejoignirent un groupe de jeunes gens qui couraient d'une rambarde à l'autre, tentant de satisfaire leur curiosité. Des bancs de grands oiseaux émergèrent soudain des nuées, des aigles gigantesques escortant les navires. Leur vol majestueux passait sous les coques. On entendait crier de grands faucons chasseurs.

Le Conteur donna un ordre. Le vaisseau amiral largua les amarres et étendit d'énormes mâts latéraux sur lesquels la voilure se déploya comme une paire d'ailes. Ylke n'oublierait jamais l'étrange et merveilleuse sensation qu'elle ressentit quand le navire quitta la plate-forme rocheuse et que celle-ci disparut dans les vapeurs de la tourmente qui soufflait vers l'est. Les tours de la forteresse s'enfoncèrent dans les nuages et la figure de proue à tête de lion pointa vers l'orient, brisant la houle de nuages. Les éclairs commencèrent à zébrer l'immensité grise, cherchant la pointe du grand mât qui grinçait à chaque décharge d'énergie.

Les écoutilles s'ouvrirent et la plupart des alchimistes cherchèrent refuge à l'intérieur, chassés par les violentes rafales de pluie qui s'abattaient sur le pont. Le voyage ressemblait à une traversée maritime, à la différence qu'ils voguaient sur une mer de nuages couvrant tout le Cheshire et le Westmorland.

– Curdy aurait adoré ça, soupira Ylke, d'un air mélancolique.

– Je suis certain que nous nous retrouverons bientôt, assura Aiken.

– Tu crois que c'est lui qui a fait ça, ce matin ?

Aiken haussa les épaules. Mais sa réponse fut empreinte d'une grande conviction :

– Je n'en suis pas persuadé, mais personne n'a de certitude. Je pense que Curdy est entre les mains d'une magie bien supérieure à tout ce que nous sommes capables d'étudier. En réalité, nous ne la connaîtrons que lorsque tout sera fini. Pour l'instant, nous n'avons pas assez de temps à notre disposition pour nous poser des questions. Il vaut mieux tenter de faire ce que nous pouvons. La bataille magique qui s'annonce est sans équivalent dans les royaumes d'Angleterre et elle requiert toute notre concentration.

Pour la première fois de sa vie, Ylke se dit qu'elle venait d'entendre des paroles sensées sortir de la bouche de son frère Aiken.

4

Débarquement des nuées

— **C**es marins sont les fameux tempestaires, dit Leod avec émotion.

— Peut-on savoir où se trouve cette Magonia ? demanda Aiken. J'ai déjà entendu ce nom...

— Évidemment ! se gaussa Cleod.

— On en parle dans des centaines de légendes, espèce de tête de linotte, affirma Ylke. En réalité, le Conteur est un noble du continent et se nomme Luitpirc de Magonia.

— J'ai compris, répondit son frère. Mais ça ne me dit toujours pas où se trouve Magonia.

— Magonia est Magonia et ne se trouve pas dans un lieu concret comme Londres ou Paris, protesta Ylke.

Son père Corgan décida de glisser son grain de sel dans la discussion :

— Mes enfants, Magonia est la grande ville des alchimistes, l'enclave la plus importante du monde. Bien peu ont eu l'occasion d'y séjourner, mais on dit qu'il s'agit d'une cité qui flotte dans une mer de nuages au-dessus du continent. Hexmade est la Contrée Secrète d'Angleterre et Magonia, le Royaume Secret du continent.

— Maintenant, je comprends d'où vient l'expression vais-

498

seaux de Magonia. Et pourquoi appelle-t-on leurs marins des tempestaires ?

– J'imagine que c'est parce qu'ils sont plus des tempestaires que des marins, des hommes des nuages plus que des hommes de la mer. Ils naviguent à travers les tempêtes, d'où leur nom.

– D'accord.

– Et comment est Magonia ? demanda encore Ylke, les yeux brillants.

– Je t'ai déjà dit que je n'y suis jamais allé, mais les récits qui décrivent ses merveilles sont nombreux... Je l'ai toujours imaginée comme une ville en plein ciel, que seuls les grands oiseaux peuvent atteindre. Une cité aux rues innombrables et dont les tours blanches sont si hautes qu'elles se perdent dans le firmament...

– Ça doit être magnifique.

À cet instant, un alchimiste fit signe à Corgan Lewander et celui-ci s'éloigna pour rejoindre les officiers du bord.

– Cela dit, nous n'allons pas à Magonia, mais sur le champ de bataille, fit remarquer Ditlinda.

– Mais c'est une bonne chose que les tempestaires et leur flotte se soient ralliés au Conteur. Après l'invasion des lords ténébreux, les forces d'Angleterre sont faibles, et finalement c'est là-bas que la flamme d'Aurnor a commencé à brûler.

Un étrange silence tomba sur le petit groupe, accompagné de la rumeur des conversations animées qui se poursuivaient autour d'eux et du grincement du bois. Ils survolaient les cimes montagneuses de Cumbria et pénétraient dans les cieux de Galoway, dans le royaume d'Écosse.

– Cette fois, Lord Malkmus affrontera le Conteur en personne. Nous ne serons pas aussi faciles à vaincre, affirma Aiken avec détermination.

– Mais nous ne savons pas contre quoi nous allons nous battre. J'espère que la bataille aura lieu de jour. Je ne veux même pas envisager l'idée d'affronter les hommes chauves-souris au milieu des ténèbres, dit Ditlinda.

– Nous ne pouvons pas prendre peur avant même d'être arrivés à destination ! Regardez ces vaisseaux, ils sont extraordinaires ! J'ai entendu dire que plusieurs d'entre eux sont bondés de tempestaires qui viennent nous prêter main-forte, dit Emma, la sœur aînée d'Ylke et Aiken.

– Personne ne sait conjurer les éclairs mieux qu'eux, commenta Leod.

– Ce ne sera pas de trop, étant donné que chacun de ces lords ténébreux semble détenir un terrible pouvoir qu'il maîtrise à la perfection, murmura Aiken en regardant ses bottes.

– Je n'arrive pas à croire que tu aies peur, toi, le garçon le plus fort que je connaisse, le taquina Agnès.

– Ma sœur, c'est une chose d'être fort et une autre de finir changé en pierre par un des sorts pétrificateurs de Lord Bronson. On a trouvé des centaines d'alchimistes pétrifiés autour des champs des bûchers, là où a été commis le massacre. Quant à Lord Malkmus...

Un souffle d'air glacial sortant d'une écoutille du pont qui venait de s'ouvrir lui coupa la parole. Le visage barbu d'un tempestaire s'encadra dans l'ouverture.

– Agrippez-vous aux filins qui pendent des murs ! Tenez-les fermement et agrippez-vous tous ! Nous allons débarquer sur les lacs !

500

– Débarquer sur les lacs ? répéta Ylke avec méfiance. Qu'est-ce qu'il a voulu dire ?

Tout le monde se dépêchait d'attraper les cordages.

– Je ne sais pas pourquoi, mais j'ai l'impression que ça pourrait signifier que nous allons atterrir sur un lac... Pas question que je reste enfermé ici, je veux voir ça !

– Aiken ! Reviens ! cria Ylke en saisissant une corde.

Mais son frère se perdit dans la foule et monta l'escalier en compagnie de Lord Cormac Mac Kinley et de Murron, qui se montrait particulièrement audacieuse.

Sur le pont, ils s'accrochèrent avec force à quelques cordages. La vitesse devait être très importante, car les voiles gonflées semblaient prêtes à craquer d'un instant à l'autre. Les nuages s'ouvrirent devant eux, dévoilant le paysage gris qui s'étalait en contrebas. Ils descendirent entre de hautes montagnes enneigées jusqu'à un lac immense qui s'étendait en longueur, parsemé de quelques îles flottant comme des taches sur un miroir obscur.

Ils arrivaient enfin au Loch Lomond, un des plus grands et des plus profonds lacs d'Écosse.

L'air vaporeux sifflait entre les mâts. La voix d'un tempestaire hurla un ordre dans une langue étrange et la voilure s'affala. Le vaisseau ralentit brusquement et se dirigea vers le bas, coupant les nuées tourmentées. Tout autour, d'autres navires effectuaient la même manœuvre : ils descendaient, mâture latérale repliée. La surface du lac se rapprochait à toute vitesse. Une légère brume dissimulait maintenant les rives lointaines, brouillant les contours des forêts au feuillage dense.

Conscient de ce qui se préparait, Aiken noua autour de sa taille le cordage qui le retenait.

Enfin, la coque du bateau heurta l'eau. L'écume rejaillit plus haut que le pont dans un formidable fracas et ils furent trempés jusqu'aux os. Sous le choc, Murron lâcha prise. Aiken s'empressa de défaire le nœud qui assurait sa sécurité et se précipita à son secours. Quand ils parvinrent à se remettre debout, le navire tanguait encore fortement sur la surface du lac, se stabilisant peu à peu. Non loin de là, un autre vaisseau toucha l'eau dans un énorme grondement. Murron et Aiken échangèrent un sourire.

– Peut-on savoir ce que ces deux-là font sur le pont ? demanda Lord Maximus d'un air furieux. Et la discipline, alors ? C'est de cette manière que vous comptez vous conduire durant la bataille ?

Aiken et Murron se regardèrent, sans savoir comment réagir. Lord Cormac s'avança soudain avec la morgue qui le caractérisait et écarta les mèches noires collées sur son visage trempé. En fin de compte, il était devenu le lord de la chambre du feu et par là même, un des élus du Conteur.

– Pardonnez-moi, Lord Maximus, mais c'est moi qui leur ai demandé de m'escorter pendant le débarquement. Je les ai nommés lieutenants.

Lord Maximus serra les poings, encore énervé, mais conscient du ridicule de son attitude.

– C'est bon. Mais à l'avenir, tenez-moi au courant de vos décisions, Lord Cormac. Je ne goûte guère les surprises.

– Je m'en souviendrai, milord.

Lord Maximus tourna les talons et se mit à distribuer ses ordres.

Aiken et Murron échangèrent un nouveau sourire et rejoignirent rapidement leurs compagnons. Grâce aux Écossais, ils savaient qu'ils se trouvaient dans les eaux du Loch Lomond, près de Stirling. Autour d'eux, des dizaines de petits *crannogs* apparaissaient dans la brume : des îles aux formes nébuleuses plantées de hauts arbres, mais aussi des masses de terre plus vastes qui portaient des noms gaéliques comme Clairinsch, Inchmoan, Fraoch Eilan ou Deargannan.

Le pont fut envahi d'alchimistes qui scrutaient avec avidité la brume laiteuse. Quelque part au-delà des berges verdoyantes, se cachait le profil de montagnes sauvages bien connues des membres du clan Galbraith.

Ylke n'hésita pas à gratifier son frère Aiken d'un bon coup de coude, sans s'arrêter au fait que celui-ci paraissait captivé par sa conversation avec Murron sur les *crannogs*. Cleod, Leod, Emma et Agnès remontèrent à l'air libre. Quelqu'un découvrit soudain un étrange phénomène sous la surface de l'eau et laissa échapper un cri d'étonnement. Dès lors, tous prirent conscience de la présence d'un essaim de créatures insolites qui suivaient la progression du navire. On eût dit des monstres aplatis aux grands yeux protubérants qui apparaissaient et disparaissaient dans les profondeurs obscures. Peu à peu, le contour de la côte se précisait. Ylke avait le sentiment de découvrir un nouveau monde.

Les nuages orageux tonnèrent en heurtant les flancs de montagnes invisibles. Les navires avancèrent vers un rivage bientôt ponctué d'un clignotement de lumières bleues. Apparemment, Luitpirc possédait un petit château dans l'île de I Vow, dont les abords offrirent un mouillage à la plupart des navires. Fascinée, Ylke regardait plusieurs alchimistes suivre le Conteur le long d'un sentier jonché de feuilles sèches sous une voûte de chênes. Leur destination était une forteresse entièrement environnée par des plantes grimpantes. Des dizaines de lords s'arrêtèrent devant l'entrée en ruine. Luitpirc descendit quelques marches usées menant à ce qui semblait être une antichambre d'oubliettes ou d'antre de dragon, et les invita à le suivre. En bas, un vaste espace obscur les attendait. Luitpirc lança quelque chose et un grand feu jaillit dans une cheminée en forme de tête de lion. La clarté ardente éclaira une pièce grise et humide où s'étaient tenus des souverains oubliés, chassant des centaines de chauves-souris qui s'envolèrent vers la sortie. Ils aménagèrent sièges et tables de manière à former un demi-cercle autour de l'âtre. Un rugissement secoua les braises et une énorme tête de lion flamboyante se dressa dans le foyer.

Luitpirc s'inclina en une courtoise révérence que tous imitèrent.

– Lord Leubrandt, nous sommes prêts pour la bataille.

5

Le pensoir

E ntre-temps, emporté par le puissant Phénix, Curdy avait volé jusqu'à un endroit qu'il avait lui-même choisi. Lorsque l'oiseau avait pris son envol, la dernière vision du jeune homme avait été le visage effaré de ses elfes. Ensuite, il ne parvint à distinguer qu'un tourbillon au centre noir, dont la circonférence avait la couleur du fer porté au rouge dans une forge. Puis la lumière gagna du terrain et il se retrouva à moitié endormi dans un lieu qu'il connaissait déjà. Le voyage avec le Phénix fut encore plus terrible, si c'était possible, que celui qui l'avait arraché au sanctuaire souterrain d'Old Sarum. Mais surtout, il semblait être arrivé dans un lieu fort semblable.

Un paysage désolé s'étendait alentour. Une falaise dominait une mer d'un bleu foncé intense. Les vagues formaient de minces lignes blanches qui se précipitaient contre les récifs.

Sur un promontoire vert, Curdy, vêtu de ses vêtements élimés de Wilton, se vit au pied d'une tour conique, la même qu'il avait déjà imaginée ou visitée dans ses rêves. Il douta soudain de la réalité de tout ce qui lui était arrivé.

La tour mystérieuse n'avait rien de particulier, excepté son emplacement, comme perdu au bout du monde. Il se rendit compte que quelqu'un était tombé de la tour et qu'on n'avait pas pu le sauver. L'édifice ne comptait qu'une porte, parfaitement encastrée dans les blocs de pierre moussue.

Cette fois encore, il était certain que quelqu'un se trouvait à l'intérieur, enfermé depuis des siècles...

Curdy essaya d'ouvrir la porte. Il tira l'anneau et un événement extraordinaire se produisit : le battant céda et ce fut lui qui sortit de la tour mystérieuse, dans les vêtements de Lord Curdberthus. Il entendit le rugissement des vagues qui déferlaient au pied des falaises, les cris d'un vol de mouettes qui tournoyaient dans le ciel agité. Si Curdy ne comprenait pas la signification de cette rencontre avec un autre lui-même, il était certain d'avoir affaire à une mystérieuse alchimie temporelle.

Sans le savoir, il venait d'achever son long voyage intérieur.

Poussé par son instinct, le jeune homme s'éloigna sur un sentier qui partait du pied de la tour, tournant le dos aux falaises. Après avoir serpenté entre les collines, le chemin commença à descendre, d'abord en suivant une douce ondulation du terrain, puis entre deux monticules de boue et enfin au fond d'un défilé fangeux qui débouchait sur l'entrée d'une grande grotte. Là, il continua à avancer dans l'ombre vers le halo gris qui nimbait le fond de la caverne. Il avait enfin atteint sa destination finale.

Le jeune alchimiste s'arrêta devant le lac lugubre, non loin du pensoir de Grendel. Les rochers s'élevaient verticalement très haut au-dessus de lui, tels les murs d'une prison gelée. Une nouvelle fois, le visage impénétrable du monstre surgit sous la surface de l'eau, ses longs cheveux s'agitant comme d'interminables écheveaux d'algues emmêlées. Dans cette figure difforme et farouche, la taille des yeux, deux petits points rouges, contrastait avec la masse de la tête, les dents carrées et la peau sombre de crapaud.

Ses lèvres se plissèrent et Curdy entendit le mugissement rauque d'une voix qui jaillissait de profondeurs insondables et faisait trembler la terre. Les nuages se rassemblèrent dans le ciel et tout s'assombrit. La grosse main aux ongles crasseux se rapprocha et le garçon se pencha pour toucher le doigt qui le désignait.

Le petit index insignifiant de Curdy s'arrêta à quelques millimètres de la surface. L'énorme griffe de Grendel fit de même.

La redoutable voix de l'étrange créature résonna entre les falaises du pensoir. Des centaines d'échos semblaient la porter depuis un lointain abîme.

Enfin, j'ai un visiteur adéquat !
L'audace vient à la pensée obscure.

Curdy comprit qu'il ne devait pas briser la surface du lac. Quelque chose lui soufflait que cela pourrait être fatal et qu'en réalité...

Le Cavalier du Phénix a de l'esprit !
Un Fauconnier de Feu
Vient chercher conseil.

... gronda la voix du monstre.

Curdy ne cessait d'observer cet énorme visage contrefait et la main crochue qui l'attendait, juste sous la surface. Les petits yeux brillaient comme des fers incandescents sur le point d'imploser dans les eaux gelées du non-temps.

> Le mage astucieux a perdu
> De son grimoire la main invisible ?
> Le jeune chevalier proscrit
> Vient chercher conseil en silence !

L'alchimiste comprit que Grendel ne se préoccupait pas des intérêts d'Aurnor, de ses lords ténébreux ou de tous les inquisiteurs du monde. Qui était parvenu à enfermer pareille créature dans un endroit aussi singulier, en marge du monde ? Et pourquoi ? Toutefois, Curdy savait qu'il devait surtout éviter de briser la surface miroitante des eaux profondes du pensoir, où Grendel était de toute évidence enfermé.

6

L'appel de Grendel

– J e suis venu entre les serres du Phénix, car le Roi Doré lui-même m'a envoyé parlementer avec le grand Grendel, commença Curdy d'un ton assuré.

Le monstre lui répondit d'abord d'un long éclat de rire :

– Depuis quand le Monarque choisit-il un enfant comme émissaire ? Qui est celui qui ose se faire passer pour l'Élu du Haut Royaume ?

– Lord Curdberthus de Wilton, répondit Curdy, maintenant qu'il connaissait son véritable rang. Je suis le Cinquième Lord.

Cette fois, Grendel s'enfonça dans les profondeurs. Cela ne dura qu'un instant, mais cette réaction intrigua Curdy. Le sourire déformé du monstre et son sinistre visage apparurent de nouveau à la surface, au milieu des bancs de poissons.

> On a toujours dit que le cinquième est le meilleur,
> Car c'est la chance qui le désigne sans y mêler la raison...

Et Grendel ajouta :

– Et c'est celui qui résout le mieux les énigmes conduisant à chaque étape.

Le sens de ses paroles échappait à Curdy, mais déjà le monstre continuait :

– Lord Curdberthus a résolu sa dernière énigme et a quitté la tour conique où il était enfermé. Maintenant, le Phénix accourt à son bras comme le faucon sur celui de son maître...

– Et sais-tu que seul le grand Grendel peut aider Lord Curdberthus ?

– Et pourquoi devrait-il faire cela ?

– Parce que, en réalité, Lord Curdberthus a été abandonné à son sort par le Conseil de Magonia...

Ces mots eurent le don d'éveiller l'intérêt de la créature. Ses longs cheveux s'agitèrent sous l'eau et le visage affleura à la surface.

– Que veut dire Lord Curdberthus par « abandonné » ?

– Il a été privé de ses armes et a dû recourir à cette baguette maudite pour parvenir à conjurer l'immense douleur d'un champ de bûchers, où les inquisiteurs avaient fait brûler de nombreux alchimistes innocents.

Un ricanement impitoyable résonna le long des parois de la caverne.

– L'arme d'un alchimiste ténébreux a libéré l'Élu de l'ordre... Et cet Élu...

– ... se range maintenant du côté de Grendel !

Curdy fut le premier surpris en entendant ses propres paroles rebondir le long des parois rocheuses du puits.

– On va de surprise en surprise...

– Et c'est ainsi que Lord Curdberthus veut conclure un pacte avec le grand Grendel.

– Celui qui fut expulsé de l'ordre et qui s'autoproclame le Cinquième Lord recherche Grendel...

– Il recherche Grendel car il se doit de sauver quelqu'un.

– Qui ?

La question avait fusé avec avidité.

– Sa mère.

L'horrible rire éclata de nouveau, puis s'éloigna comme le roulement du tonnerre.

– Lord Curdberthus pourrait passer un pacte secret avec Grendel, qui lui permettrait de bénéficier de l'appui d'une grande force pour l'aider à vaincre l'inquisiteur suprême.

– Et quelle serait sa part du marché ?

– Il protégerait les intérêts de Grendel et de ses amis, les dragons.

À ces mots, l'expression du monstre se fit encore plus farouche et terrifiante. Il continua d'une voix grondante :

– Les alchimistes du Conseil sont opposés au destin des dragons. Les lords d'Aurnor désiraient les soumettre à leurs désirs. Ils cherchaient à les *dominer*, et les dragons ont *horreur* de cette idée. Un dragon est libre de manger et de voler, il est souverain sur ses terres, dévore ce qu'il veut quand il veut. Les forces du Monarque veulent également en finir avec eux, les enfermer, pour la simple raison qu'ils sont ce qu'ils sont. Des dragons. Cela ne me paraît pas juste. Selon moi, si les choses existent, elles ont le droit de vivre selon leur nature.

– Si je gagne cette bataille, j'exigerai que les frontières des royaumes des dragons soient respectées et une paix durable s'établira. Je pourrai leur offrir la réconciliation avec les forces du Monarque et la protection de leurs territoires favoris des montagnes d'Écosse. Le comté d'Oarkney, ses îles, ses lacs et ses vallées resteront le domaine exclusif de leurs familles.

– Je devrai y réfléchir avec eux. Tu sais que si leurs forces se joignent à celles d'Aurnor, les îles Vertes vous verront anéantis pour toujours, murmura Grendel.

– Personne ne peut s'adresser à eux sinon toi, dit Curdy. Il est probable que les promesses des lords ténébreux seront plus alléchantes, mais elles seront sans nul doute trompeuses. Ma promesse sera ferme et garantira le territoire des grands dragons dans le royaume d'Écosse, en échange d'une participation à la bataille qui a déjà commencé aux frontières de la Northumbrie. Et si Aurnor parvient à dominer les monstres, il est très probable qu'il ne concédera pas autant de pouvoir à Grendel... Et qu'il décidera alors de le garder enfermé.

Grendel se plongea dans une longue méditation, le temps paraissant suspendu, puis sa voix grondante retentit :

– Quitte cette grotte et gravis ces collines. Regarde mon puits de là-haut et attends ma réponse. Et prends garde que le vent ne te précipite pas dans l'eau, car tu sais que tu ne pourrais jamais en sortir.

Et sur ces paroles, les eaux se troublèrent jusqu'à ce que seuls les yeux de Grendel soient visibles, clarté ténue sur le point de disparaître dans une pénombre opaque.

Curdy sortit de la grotte humide et reprit le sentier. Après avoir traversé les collines herbues, il atteignit le précipice qui dominait l'obscur pensoir de Grendel. Il s'allongea sur le ventre et passa la tête par-dessus le rebord pour surveiller les eaux sinistres. Mais l'ennui le gagna rapidement et il alla s'asseoir sur une pierre qui dépassait des herbes hautes.

Une soudaine rafale de vent le réveilla. En ouvrant les yeux, il vit d'abord le ciel gris, nordique, et saisit du coin de l'œil une ombre échappée de ses rêves.

Curdy se reprocha de s'être laissé surprendre par le sommeil. La baguette de Trogus Soothings en main, il s'étira, bras tendus. Ce lieu semblait hors du temps.

Cette fois, il l'entendit clairement. C'était le bruit qu'aurait fait le vent en agitant la cime des arbres, suivi d'un long et paisible ronflement. Une nouvelle bourrasque passa au-dessus de lui, comme le souffle d'un ouragan minuscule mais puissant.

– Mais...

Le jeune homme prit appui sur une pierre voisine et regarda de l'autre côté. Il n'en crut pas ses yeux, pétrifié de surprise devant un spectacle inimaginable.

Un dragon noir était étendu de tout son long au milieu de la prairie. De temps à autre, il poussait un profond soupir, dépliait et secouait les ailes, produisant ces brusques déplacements d'air. Son corps semblait entièrement bardé d'écailles de fer. Le pire était sa tête : long museau allongé, gueule remplie de crocs, oreilles pointues qui rappelaient à Curdy des rameaux de gui.

Une ombre gigantesque survola le pensoir et descendit pesamment jusqu'au sol. Le monstrueux dragon vira sur lui-même, s'appuya sur ses pattes antérieures et lança à Curdy un regard fulminant. Le jeune alchimiste se rendit compte que la taille et la puissance du nouveau venu le désignaient comme le père, voire l'ancêtre du clan. Derrière lui, un autre dragon apparut au sommet d'une des collines et cracha une langue de feu, qui roussit quelques longueurs d'herbe et laissa une grande trace noire dans le pré.

Curdy comprit sur-le-champ. Malgré la terreur que lui inspiraient les dragons, il devait se montrer sûr de lui. Comment envisager de les conduire à la bataille s'ils le considéraient comme un lâche ? Le résultat pouvait se révéler désastreux.

Le jeune lord assura sa prise sur la baguette et se redressa comme s'il venait de sortir du sommeil. Il s'étira bruyamment. En traversant la prairie, il fut pris d'une sensation qu'il était certain de ne pouvoir expliquer à personne, sauf peut-être à une brebis marchant vers une troupe de lions. Le vieux dragon ne le quittait pas des yeux et trois ou quatre de ses congénères tournaient leur long cou pour le suivre du regard. Le plus petit de tous, celui qui ne cessait d'expulser des bouffées embrasées, changea de cap en le voyant avancer et vint à sa rencontre...

Ils vont me déchiqueter, songea Curdy.

Les jambes tremblantes, il ralentit le pas et regarda autour de lui.

Par le bourdon de Merlin !

Naturellement, il aurait préféré que la terre s'ouvre pour l'avaler. Lorsqu'on se trouvait en pareille compagnie, être l'objet de l'attention générale avait quelque chose d'éprouvant.

Le doyen des dragons, à la longue encolure et au regard torve, avança de quelques pas, et la terre fangeuse frémit sous les pieds de Curdy. Une douzaine de dragons avaient pris place autour du puits, prenant soin de maintenir une distance prudence entre eux. Grâce aux récits qu'il avait entendus (et par malheur, il en avait entendu beaucoup), Curdy savait que les dragons étaient fort belliqueux et que toutes les espèces n'étaient pas capables de se réunir autour d'un objectif commun. Cependant, les dragons noirs ailés de ce clan devaient partager une certaine intimité, à en juger par le nombre de créatures présentes.

Curdy ne tourna pas le dos à l'énorme dragon qui se rapprochait, de crainte que la bête n'interprète son geste comme un manque de courtoisie. Connaissant le caractère ombrageux des dragons, la sensibilité de leur orgueil et leur susceptibilité légendaire, il décida de s'abstenir de tout geste qui pourrait sembler suspect. Il s'en fallait d'un rien pour que le monstre lui lance un jet de feu ou que son instinct de chasseur se réveille...

Le grand dragon s'arrêta. Les yeux, dignes de l'être le plus malveillant que Curdy ait jamais vu, le scrutaient sans relâche. Un bruit sifflant mais sonore s'imposa dans l'esprit du jeune homme. Il entendait pour la première fois la voix d'un dragon.

Voilà le lord dont m'a parlé Grendel. Grumanagh le Noir le salue !

– Lord Curdberthus salue Grumanagh le Noir et le remercie de sa présence au nom du pacte passé avec le grand Grendel.

– J'entends que tu me rends honneur, Lord Curdberthus. Permets-moi de te présenter le véritable roi d'Écosse.

La voix de Grendel résonna entre les parois du puits.

Curdy franchit la distance qui le séparait du précipice sans tourner le dos à Grumanagh. Trois enjambées suffirent au grand dragon pour tendre son long cou au-dessus de l'abîme. Tout en bas, la forme familière et sinistre de Grendel apparaissait sous le miroir des eaux, où se reflétait la tête crochue du monstre volant.

– Tes rêves sont devenus réalité, jeune lord, dit Grendel.

Pendant qu'il s'exprimait, les têtes des autres dragons se reflétaient l'une après l'autre sur la surface du bassin, cruelles, légèrement fumantes et cuirassées comme des heaumes de fer dotés d'une vie propre.

– Les dragons qui dominent les vastes et sauvages territoires des Hautes Terres ont accepté ton pacte, mais seulement en échange d'une contrepartie. Tu as quelque chose qui nous intéresse, même si tu n'en es pas conscient. Le patriarche a convoqué nombre de ses proches et ils seront encore plus nombreux à t'accompagner à Stirlingshire, mais Grumanagh a posé quelques conditions auxquelles tu dois souscrire, jeune lord.

Curdy prit une profonde inspiration. Une des têtes se reflétait maintenant juste au-dessus de lui. Le pouls de l'alchimiste accélérait en percevant la malignité sans limites qui émanait des yeux pervers du dragon.

– Quelles sont ces conditions ? demanda-t-il en parvenant à arborer une expression martiale.

Les villes côtières des Normands.

Le murmure de la voix gutturale aux puissantes vibrations s'insinua dans l'esprit du garçon, accompagné d'un insolite chœur de rires.

Grumanagh n'oublie pas les assauts que les Normands ont menés contre quelques-uns de ses parents, avec l'aide de ces répugnants charognards, ces leucrotes malpolies et dépourvues d'intelligence ! gronda le patriarche. Il n'oublie pas non plus le sort de ses ancêtres de Norvège... C'est un conflit très, très ancien. Une haine aussi vieille que la terre sur laquelle nous vivions : les montagnes de Norvège, où ils furent si souvent combattus et harcelés. Les monstres aussi ont des droits. Si cette clause n'est pas remplie, le pacte ne se sera pas conclu. Les dragons participeront à la bataille aux côtés des Anglo-Saxons à condition qu'ils puissent ensuite attaquer la côte de Mercie, la Nor-

thumbrie et la côte orientale du royaume écossais. Ils doivent pouvoir assouvir leur vengeance et s'assurer du respect des alchimistes et du Conseil de Magonia, ainsi que de la sauvegarde de leurs frontières.

– Ce sera un assaut dévastateur... murmura Curdy, indécis.

– Pas aussi dévastateur que la déroute que Lord Malkmus de Mordred infligera aux sorciers mal nés, comme nous les appelons, ajouta Grendel, persuasif. Estimé Lord Curdberthus, un pacte est un pacte...

L'esprit de Curdy se souvenait du feu des lords ténébreux et de sa capacité à ôter la vie à tant d'alchimistes de sa connaissance, Ylke entre autres. Le souvenir de son amie s'imposa à sa mémoire. Puis, il se rappela sa mère, toujours prisonnière quelque part, peut-être torturée par des hommes impitoyables, comme Clodoveo le Bossu. Dans une flambée de courage, il écarta les arguments en faveur du bien absolu contre la perspective d'une victoire rédemptrice.

– Très bien. Il en sera fait ainsi. Après tout, les Normands d'Angleterre sont les alliés de Lord Malkmus et d'Aurnor. Mais toi, Grendel, tu devras m'aider à retrouver ma mère.

L'attitude de l'adolescent sembla surprendre Grendel.

– J'accepte. Je penserai à elle, je la chercherai et si je peux, je t'aiderai. Mais si je la trouve pour toi, tu devras me donner quelque chose en échange, ce que je te demanderai, quoi que ce soit.

– Tu l'auras, Grendel. Lord Curdberthus te donne sa parole.

7

La nuit la plus longue

Depuis le débarquement, les amis de Curdy avaient été très occupés à transmettre les ordres de Lord Cormac aux différents groupes d'alchimistes. Pendant que la tête de lion discutait avec les lords saxons dans les souterrains de I Vow, de nombreux autres navires avaient atteint le Loch Lomond et la troupe des nouveaux venus rejoignait le rivage boisé. Ylke crut voir des centaines de nains descendre des montagnes de Dumbartonshire, depuis le mont enneigé Boein Laomainn qui dominait le paysage au-dessus d'un banc de nuages bas. On parlait d'énormes rochers au fond de ces vallées étroites qui, bien longtemps auparavant, avaient été déplacés par des géants, ouvrant alors un réseau de grottes souterraines reliées à la mer. Ainsi avaient été créés les grands lacs de la région. Que cela soit vrai ou faux, on avait en tout cas vu plusieurs *kelpies*, des chevaux qui vivaient sous l'eau, rôder le long des berges non loin de I Vow. Leurs grands yeux impassibles évoquaient des perles grises, ils avaient le crin rare et étaient dépourvus de peau. Ils ressemblaient à des morceaux de chair verdâtre striée de nerfs et de vaisseaux. De plus, les *kelpies* étaient carnivores, à l'instar des anguilles. Après avoir chassé une grosse bande de ces che-

518

vaux-démons aquatiques, le Conteur demanda à certaines des créatures qui vivaient entre les algues de parcourir les profondeurs du lac à la recherche de *krakens* et d'autres monstres marins à la solde d'Aurnor. Luitpirc craignait une attaque surprise contre la flotte de Magonia. Il ne tenait pas à voir de gigantesques tentacules surgir brusquement hors de l'eau et entraîner les puissants vaisseaux de Magonia vers le fond. Peu de temps auparavant, la marée avait déposé un poulpe de la taille d'un château sur une des plages d'Édimbourg. Les lords étaient convaincus qu'il s'agissait d'une nouvelle créature d'Aurnor qui s'était égarée dans les courants du canal.

Le brouillard se déposait au pied des montagnes. Ils quittèrent la vallée par un défilé qui menait vers le champ de bataille désigné : les collines du Stirlingshire. Le Conteur ouvrait la marche, dans un grand chariot tiré par de nombreux chevaux. La passe débouchait sur des plaines verdoyantes, protégées par un cercle de collines boisées. Les lords assuraient que des centaines d'onocentaures les y attendaient. Mais Ylke et ses frères et sœurs furent plus impressionnés encore par l'arrivée des nains.

Le crépuscule tombait. D'après la rumeur, les armées de Lord Malkmus de Mordred, les forces de l'archevêché de Durham et les Normands avançaient sur la route de la citadelle de Sterling. Une longue colonne de nains descendait des montagnes, tous munis de leurs houes, de leurs pics et de leurs marteaux, certains portant des haches. Ylke imaginait sans peine à quel point ils pouvaient se montrer féroces. Selon elle, ce peuple farouche n'avait répondu à l'appel du Conteur que parce que leurs mines des pics du Nord se trouvaient menacées. Malgré la pénombre, elle remarqua que la majorité d'entre d'eux portaient de longues barbes rousses passées dans leurs ceintures. L'éclat de leurs armures aux glands de cuivre filtrait à travers les plis de leurs manteaux de tissu grossier. Leur troupe défila en silence. Quelques instants plus tard, Ylke, ses frères et de nombreux autres jeunes de Wilton échangeaient des regards perplexes, se demandant s'ils n'avaient pas vécu un songe. Les nains avaient disparu sur la plaine, gagnant sans doute les postes que leur avait assignés le Conteur dans son dispositif de défense.

Des centaines d'alchimistes occupaient l'emplacement choisi. Le campement s'étendait sur les flancs de quelques collines pelées dominant les plaines de Mercie. Les tentes étaient beaucoup plus vastes qu'elles ne le paraissaient.

Aiken était toujours responsable du montage de ces abris improvisés qui semblaient faits de grandes ailes de chauves-souris, et dont l'utilité stratégique était particulièrement importante. On disait que, grâce aux sortilèges antilumière découverts par Plumbeus, les espions de l'ennemi ne parvenaient pas à distinguer ce qui se cachait derrière ces tentures. Cependant, elles offraient un abri sinistre car, à l'intérieur, les lumières ne parvenaient à éclairer ni le plafond ni les murs. Au fur et à mesure de leur installation, un manteau d'obscurité recouvrit les collines. Dessous, on avait l'impression d'évoluer dans une caverne souterraine.

– Tu as entendu Cormac ? demanda Aiken à sa sœur.

Ylke paraissait d'humeur maussade.

– Je crois que nous devrions nous réunir un peu plus loin, insista le garçon.

– J'ai plutôt l'impression que ce qui t'importe, c'est de te retrouver aussi près que possible de Murron, glissa Ylke avec un sourire railleur.

Aiken détourna les yeux, évitant les sourires délateurs d'Agnès et d'Emma, qui s'étaient vissé sur le crâne deux pompeux chapeaux de sorcière aux boucles en forme de corbeaux.

Cleod et Leod surgirent des ténèbres comme deux fantômes.

– Qu'est-ce qu'il fait noir là-dessous ! dit Leod. C'est incroyable de penser que ces couvertures en chauves-souris se trouvent à quelques pieds au-dessus de nos têtes...

– Je crois que le Monarque devrait reconnaître l'intérêt des recherches d'alchimistes comme Whylom Plumbeus...

Le souvenir d'Hathel traversa toutes les mémoires, mais personne ne mentionna son nom.

– Regardez ça ! s'exclama Aiken, montrant une lumière qui trouait les ténèbres épaisses.

– Que diantre... ?

– Par la barbe de... !

– Tonnerre et foudre ! C'est un oiseau d'Hercynie ! cria Ylke, enthousiaste.

C'était le plus bel oiseau qui leur avait été donné de voir. Même en déployant amplement ses ailes, il ne devait pas être plus grand que le poing d'un enfant, mais répandait une clarté multicolore. Ses déplacements avaient la précision de ceux d'un martin-pêcheur, il décrivait dans l'air des cercles, de parfaites figures sinueuses et des angles droits. Toutes sortes de rayons irisés illuminaient les ténèbres.

– Seul l'oiseau d'Hercynie peut faire une chose pareille au milieu de l'obscurité, murmura Ylke d'une voix pensive, ses yeux d'émail bleu embués de larmes.

Dans l'heure sombre qu'ils vivaient, quelqu'un essayait de les réconforter.

Les jeunes gens suivirent l'étoile étincelante de l'oiseau d'Hercynie qui s'éloignait en voletant d'un côté et de l'autre, comme s'il voulait convoquer l'ensemble des alchimistes. Une multitude de chapeaux et de tuniques se précipita dans le sillage de la lumière, telle une légion magique suivant l'étendard de la victoire. Ils arrivèrent à destination, là où les attendaient les quatre lords apprentis choisis par le Monarque, près de seigneurs plus mûrs et plus puissants. L'oiseau lumineux se posa sur la branche d'un orme solitaire, émettant trilles et gazouillis. Le Conteur apparut et traversa la foule. Il semblait irrité.

Il monta sur une sorte d'estrade et attendit l'arrivée d'autres oiseaux d'Hercynie suivis par de nombreux alchimistes et sorcières de tous âges. Pour finir, Lord Maximus émit un cri étrange et le silence se fit. Quand la voix du Conteur résonna, chacun l'entendit clairement :

– L'heure approche et vous devriez tous savoir que nous nous apprêtons à affronter une armée redoutable. Mais nous devons vaincre Aurnor, le lord suprême ! Les forces de son lieutenant, Lord Malkmus, sont tout près. Mais nos informations datent déjà d'un certain temps, nous devons donc nous préparer au pire. Pendant la bataille, restez toujours groupés. Suivez les ordres des lords et des chefs de section, comme on vous l'a enseigné à Hexmade. Vous savez que certains sorts peuvent vous sauver des flammes maudites des lords ténébreux... Mais surtout, n'oubliez pas de rester unis et de reculer ensemble si cela s'avère nécessaire. Les créatures magiques...

Un craquement fracassant l'interrompit, suivi d'un son semblable à celui d'une explosion sourde qui fit vibrer la terre. Mais curieusement, tous levèrent la tête : une partie de la couverture protectrice achevait de se racornir en fumant, environnée de braises violettes, et le vent pénétrait par l'ouverture en émettant un étrange vrombissement.

Le reste des paroles du Conteur se perdit dans la confusion, quand plusieurs ombres ailées se laissèrent tomber par la grande déchirure, rasant la tête des alchimistes. Des centaines de petites chauves-souris fondaient sur la foule en poussant des cris aigus. Plusieurs renards volants (des animaux de grande taille qui menaient ces essaims) se lancèrent à la poursuite des oiseaux d'Hercynie. Les flammes violettes avançaient en consumant la couverture antilumière, ouvrant le passage aux sinistres hommes chauves-souris. À cet instant, le Conteur leva son bourdon, tourna son regard vers le ciel et frappa le tronc du vieil orme.

Les centaines d'alchimistes soumis à l'attaque surprise n'oublièrent jamais la scène. La silhouette difforme de l'arbre mort se gonfla de lumière. Sa prodigieuse clarté resplendit avec tant d'intensité qu'elle sembla aveugler les chauves-souris et plonger leurs esprits dans la confusion. Les créatures piaillaient avec le désespoir de bêtes prises dans une souricière. Le phénomène dura un bref instant, puis l'arbre vola en éclats et une lueur intense en jaillit comme une couronne de feu blanc. Les couvertures antilumière flambèrent et se consumèrent d'un seul coup. Des milliers de chauves-souris se transformèrent en autant de points rouges et incandescents, puis en particules noirâtres qui voletaient jusqu'au sol, comme les cendres soulevées par un bûcher. Soumis au même traitement, plusieurs des grands hommes chauves-souris s'embrasèrent en poussant des rugissements rauques. La disparition des couvertures dévoila de denses nuages de chauves-souris qui assiégeaient les alchimistes depuis le ciel dans un concert de cris aigus.

Aiken, Ylke, Cleod, Leod, Agnès, Emma, Vina et Ditlinda se réunirent autour de Lord Cormac. Les sortilèges des alchimistes fendaient les ténèbres comme des éclairs rouges. Les ombres couraient en tous sens, alors que des centaines de voix criaient des formules magiques en chœur.

– Tous en bas de la colline ! tonna Lord Maximus.

Le front des ombres et des éclairs rouges commençait à descendre, quand une nuée dense d'énormes hommes chauves-souris et de *Megahypsignatus monstrosus* fondit sur eux. Plusieurs arbres morts volèrent en éclats lumineux sur les ordres du Conteur et le souffle de l'explosion traversa le champ de bataille. Le son était assourdissant.

Ylke finissait d'abattre un énorme renard volant quand elle vit deux gigantesques ailes coriaces se déployer derrière Aiken. Avec un grognement d'effort, la créature arracha le jeune homme du sol, mais celui-ci parvint à se retourner et à brandir sa baguette pour jeter un sort répulsif. Le secours de plusieurs conjurations lancées par ses amis écossais, les frères Alan et Angus Wallace, acheva de réduire à néant la tentative de l'ennemi. Étourdi, le *Megahypsignatus* lâcha Aiken. Pendant sa chute, celui-ci eut une vision du chaos de la bataille, avec les nuages de chauves-souris qui harcelaient le front des alchimistes et les traînées lumineuses de milliers de sorts défensifs, d'enchantements pétrificateurs, de contre-sorts de volatilisation et de puissantes malédictions *imprecatus* qui éclataient, flamboyaient, ronflaient et réduisaient les pierres en miettes.

Finalement, le front des lords ténébreux émergea de l'obscurité comme une marée d'étendards noirs dévalant les collines. Les alchimistes du Conteur avancèrent, recherchant l'affrontement. Les files de combattants encapuchonnés de Lord Malkmus allumèrent des flammes verdâtres et lancèrent des sorts qui consumèrent l'herbe. Depuis le haut des collines, Lord Malkmus et Lord Bronson invoquèrent ensemble une énorme malédiction *imprecatus* : dans le ciel, une concentration d'éclairs verts répandit une lueur vénéneuse, d'où jaillirent des milliers de serpents de gaz qui sifflaient au-dessus du champ de bataille.

La voix du Conteur résonna comme un coup de tonnerre :

– *Deprecatus !*

Un souffle d'air gelé dispersa les serpents, qui flottèrent un instant et se déformèrent avant de se mettre à tourner sur eux-mêmes, reculant chaotiquement comme des ballons au milieu d'une tempête. L'horrible odeur de putréfaction décrut, mais l'attaque des chauves-souris redoubla de frénésie.

Le front des alchimistes se reforma un peu plus loin. Le feu croisé meurtrier des sorts et des malédictions illuminait la nuit. De grandes flammes verdâtres s'élevèrent soudain en plusieurs endroits de la plaine, se lançant à l'assaut des nuages bas. Les tempestaires du Conteur déclenchèrent des tornades localisées, des trombes d'eau et des éclairs bleus s'abattirent sur les forces de Lord Malkmus. Les trolls furent repoussés par des dizaines de nains. Mais la bataille prit une tournure désespérée avec l'arrivée des énormes leucrotes, transportées dans des cages et qui venaient d'être libérées par leurs aompteurs. Les lords anglo-saxons plus expérimentés s'opposèrent à leur attaque, car ces créatures, aussi grandes que des chevaux, étaient capables de franchir plusieurs mètres d'un seul bond. Pour s'en débarrasser, il fallait les submerger de sortilèges explosifs.

Les féroces centaures firent à leur tour irruption dans le combat et les onocentaures, mi-hommes, mi-ânes, se portèrent a ieur rencontre De nombreux guerriers normands, alléchés par la promesse de l'or, avaient rejoint les armées de l'Inquisition. Des colonnes d'hommes violents et envoûtés, armés d'épées et de masses, se jetaient dans la bataille. En peu de temps, l'affrontement devint général, le chaos investit la plaine. Les forces considérables de Lord de Mordred avaient le bénéfice de la surprise. Quant aux alchimistes, ils avaient conscience qu'ils devaient résister jusqu'au lever du jour et trouver une position plus avantageuse, sous peine d'essuyer une sévère défaite.

8

L'attaque des dragons

Dans l'air rugissant, Curdy, emmitouflé dans son manteau, avait la sensation qu'il ne parviendrait plus jamais à respirer et que son cœur s'était arrêté. Le vol des dragons était incroyable et dévastateur. En acceptant l'invitation de Grumanagh, le jeune alchimiste avait pensé qu'il chevaucherait son échine, que le dragon lui offrirait de s'asseoir entre ses ailes. Depuis des temps immémoriaux, ce rêve avait traversé à un moment ou à un autre l'esprit de tous les jeunes gens du monde. Un éclat de rire terrible, effrayant, impitoyable, résonna dans son esprit, suivi de la voix sifflante du patriarche.

Qui penses-tu être pour monter sur mon dos ? C'est le signe de soumission des chevaux qui montrent ainsi leur assujettissement aux hommes, c'est la stupidité des ânes qui se laissent charger par leurs maîtres... Aucun dragon ne se laissera jamais monter par un mortel. Je te porterai dans mes serres, car je suis le seigneur.

Curdy entendit les rires grinçants des autres dragons. Plusieurs mugissements l'assourdirent. En un instant, Grumanagh sembla revenir à la vie, comme si la guerre et la destruction étaient les uniques activités capables d'animer son cœur noir, de réchauffer un sang qui normalement coulait froid et indifférent au reste du monde.

Pendant que toutes ces pensées traversaient l'esprit de l'alchimiste aux cheveux roux, la tête ferreuse de Grumanagh s'inclina et les yeux avides, aux pupilles cerclées d'émaux, se fixèrent sur son interlocuteur.

Lord Curdberthus de Wilton a peur de voler ? demanda le dragon, sarcastique.

Les ailes se déplièrent avec énergie et les pattes avant du fabuleux reptile glissèrent devant Curdy avec l'agilité d'un lézard monstrueux. La serre droite s'arrêta tout près de ses pieds, avec ses griffes acérées et ses écailles de fer. Le garçon avança. La grosse patte commença à se refermer. Plusieurs dragons assistaient à l'événement avec une expression perfide, comme si, en réalité, Grumanagh était sur le point de le lancer dans le gosier de son fils préféré. Lorsque la serre l'entoura entièrement, Curdy crut que son cœur allait s'arrêter. Il avait gonflé ses poumons à bloc. Puis il appuya les bottes sur un des doigts et, finalement, ce fut lui qui s'accrocha avec anxiété à une des grosses griffes.

Grumanagh rugit, se redressa et s'élança au-dessus du pensoir de Grendel. Leur chute dura à peine quelques mètres, puis les ailes battirent et une force incommensurable sembla les pousser vers le ciel. Le puits du monstre disparut entre les collines environnées de marécages, les collines disparurent derrière des montagnes abruptes, les montagnes disparurent derrière d'épais nuages et les nuages, enfin, se fondirent dans les ombres lugubres de la nuit.

Leur vol à grande altitude s'avéra glacial, notamment quand ils plongèrent dans une mer de gros nuages denses. Curdy cessa de voir la silhouette floue de Grumanagh au-dessus de lui, puis les grandes ailes parvinrent à briser le toit de nuées qui recouvrait le monde et un mugissement résonna dans son esprit par-dessus celui du vent.

Les collines et les vallées enneigées du Stirlingshire n'étaient plus très loin. De sa position privilégiée, Curdy voyait des lignes de feu, des fulgurances rouges et vertes qui s'entrecroisaient au milieu de l'immensité noire de la terre, et un réseau de grands bûchers ponctuant de vastes plaines. Les vapeurs vertes vénéneuses de plusieurs malédictions *imprecatus* flottaient au-dessus du sol comme autant de géants fantomatiques à l'allure cadavérique. La lueur éclatante de plusieurs arbres en feu permettait de distinguer les essaims de grandes chauves-souris et les nuées de plus petits spécimens. Leurs cris atteignaient de plus en plus violemment l'esprit de Curdy qui percevait l'écho de langues inconnues. Le champ de bataille avait la forme d'une blessure étalée sur plusieurs milles : à l'aide de puissants jets de feu, les forces des lords ténébreux repoussaient le front des armées de Luitpirc. Curdy était certain que de nombreux arbres capables de se déplacer avaient répondu à l'appel des lords anglo-saxons. Les hordes de Normands intensifiaient leurs attaques. L'arrivée des renforts se matérialisait à l'horizon sous la forme d'une ligne de pointillés lumineux provenant des côtes de Northumbrie, à l'est.

Le jeune homme n'avait pas besoin de lever la tête pour savoir que les dragons étaient impatients de participer au combat : leur haine des humains et leur désir de vengeance étaient immémoriaux. Il décida donc de prendre l'initiative et d'utiliser au mieux la formidable force de ses alliés, renforcée par l'effet de surprise.

– N'oublie pas le pacte, Grumanagh ! cria-t-il dans le mugissement du vent.

La voix du dragon s'insinua sous son crâne.

Que Lord Curdberthus dise où et Grumanagh dira comment.

Curdy montra le centre de la blessure, l'endroit où le gros des forces de l'Inquisition exerçait la plus forte pression.

– Au milieu de la langue noire de Malkmus ! C'est là que l'inquisiteur suprême doit se tenir. Si nous attaquons le noyau de son armée, nous sèmerons la confusion dans leurs rangs.

Le ricanement féroce du dragon ne parvint pas à instiller une once de peur dans le cœur du garçon : Curdy était déterminé à remporter la victoire. Le rire sifflant se prolongea. Grumanagh vira et replia les ailes. Devant eux, les silhouettes des dragons se refermèrent comme des navires amenant les voiles et ils descendirent en piqué. L'estomac de Curdy flottait comme s'il avait reçu un coup dans les poumons. Il avait l'impression de fendre l'air. Les lumières grossissaient rapidement dans son champ de vision et les détails de la bataille se faisaient de plus en plus précis.

Quand il parut évident qu'ils allaient s'écraser au sol, un cri de terreur s'échappa de ses lèvres. Les ailes du dragon se déployèrent brusquement et la vitesse vertigineuse acquise pendant la descente les propulsa comme des ombres menaçantes au-dessus des soldats. Un souffle gigantesque et un jet embrasé dispersèrent les malédictions verdâtres. Grumanagh traversa plusieurs essaims de chauves-souris. Le vent changea, les flammes des bûchers redoublèrent d'intensité. En bas, les hordes de centaures, de gobelins et d'hommes-rats les insultaient. Leurs voix retentissaient à travers la plaine, sonnant l'alarme. Personne ne savait avec certitude de quel côté combattaient les seigneurs du ciel.

– *Draco ! Draco !* criaient les uns et les autres.

Grumanagh battit des ailes, survola le champ de bataille et lança son premier jet de feu, le plus dévastateur. L'air s'emplit des milliers et des milliers de chauves-souris qui s'étaient trouvées sur son passage. La nuée qui assiégeait les alchimistes se dispersa comme des étincelles au vent. Des centaines d'hommes chauves-souris tombèrent au sol, imprégnés du terrible feu des dragons.

Ce fut le signal. Derrière leur patriarche, plus de vingt dragons frappèrent le sol de leur souffle de feu. Tout au long du front, un chaos de conjurations, d'enchantements et de malédictions traça un lacis de lignes rouges et vertes. Plusieurs des amis de Curdy, regroupés pour affronter une féroce leucrote qui avait déjà mis à mort plusieurs alchimistes, virent la silhouette noire d'un dragon surgir brusquement des nuées de feu et emporter la créature entre ses serres. L'armure coriace de la bête craqua sous la pression des griffes d'acier. Le dragon s'éleva, déchira sa proie à belles dents, lui arracha la tête et précipita le corps dans les rangs des mercenaires normands. Un autre dragon apparut en volant si bas que le souffle de ses ailes envoya rouler au sol plusieurs dizaines d'alchimistes. Il atterrit devant les Normands et balaya plusieurs leucrotes d'un jet de feu. Les fauves reculèrent, environnés de flammes. Les guerriers furent forcés de lâcher leurs armes devenues brûlantes et le dragon se rua dans leurs rangs. Les alchimistes assistèrent à la mort brutale de nombreux soldats normands, carbonisés ou dépecés par la furie de leur adversaire ailé. Les étendards de la Grande Inquisition commençaient à brûler comme de gigantesques flambeaux. La silhouette des collines de Stirling se découpait contre un rideau de fumée illuminé par des clartés ardentes.

– Par ici ! Sus à Lord Malkmus ! ordonna Curdy à Grumanagh. Dépose-moi et continue à protéger les alchimistes !

Grumanagh posa ses grandes serres au milieu des troupes de l'Inquisition. Des centaines de créatures immondes fuirent sa présence dévastatrice. Curdy saisit sa baguette et la pointa vers le groupe de chariots postés non loin des plus grands bûchers. Lord Malkmus s'avança et s'arrêta devant lui. Son masque d'argent, son sourire sadique et sa taille anormale pour un humain lui conféraient une allure sinistre. Dix autres lords rejoignirent l'inquisiteur suprême.

Le puissant battement d'ailes du grand dragon balaya la terre, faisant onduler les hautes flammes, formant tourbillons et spirales. Puis une langue de feu s'élança derrière Curdy. Grumanagh ouvrait la voie aux nains et aux onocentaures qui luttaient pour rompre le front des inquisiteurs. De nombreux alchimistes et sorcières de Luitpirc leur emboîtèrent le pas, lançant des sorts dans toutes les directions, pendant que d'autres recueillaient les blessés et les transportaient à l'arrière. Mais Lord Malkmus ne recula pas. Il tint sa position, toute sa posture exprimant le défi. Aussi immobile qu'une stèle dans un cimetière.

Curdy entendit soudain la voix de Grendel. Le monstre se manifestait enfin pour remplir sa promesse.

Grendel sait que Lord Malkmus est le seul moyen d'arriver à Gotwif : l'inquisiteur suprême a capturé la mère de Lord Curdberthus. Un duel avec Lord Malkmus conduira le fils à sa mère.

Une ardeur singulière flamboya dans le regard du jeune lord. Curdy assura sa prise sur la baguette de Trogus Soothings et referma la main gauche sur une poignée de cendre provenant des bûchers de Wilton.

Les lords ténébreux se déployèrent en un vaste cercle autour de lui. Curdy leva sa baguette.

– *Incubus* ! s'écria Lord Malkmus derrière son masque. Enfin, te voilà à notre merci. L'heure de ton jugement a sonné !

9

Cercle de feu

Avant que Curdy ne se décide à passer à l'action, les inquisiteurs tendirent leurs baguettes et un grand cercle de feu jaillit de la terre. Un mur circulaire de flammes vertes s'éleva, aveuglant le jeune alchimiste. Il se trouvait au milieu d'un brasier et les séides de Lord Malkmus le menaçaient de toutes parts.

Le rouquin avait reconnu les flammes d'Aurnor. S'il tombait entre les griffes des inquisiteurs, il brûlerait sans espoir de salut. L'instant sembla s'étirer à l'infini et Curdy crut distinguer des formes démoniaques dans les panaches embrasés, des yeux maléfiques qui le scrutaient avant de se déliter dans l'air, chevelures flamboyantes et bouches noires enfumées.

Le lord chambellan Drogus de Marlow, porte-parole de la Chambre, sous une perruque frisée en crin de cheval et un masque de fer, relaya un ordre de Lord Malkmus de Mordred. En se retournant, Curdy se rendit compte qu'un des lords lui lançait un sortilège. Les lumières subirent une distorsion comme si l'air était traversé par une barrière d'énergie invisible et le garçon entendit les paroles que lui adressait Lord Bronson. Une lueur rouge illumina sa baguette, mais il ressentit un choc glacial dans le bras droit.

– *Sputum diabolicus draconiæ* !

Le sort de Curdy jaillit dans un rayon lumineux et dévia de sa trajectoire, suivant une course erratique qui toucha un des ͵inquisiteurs malgré le bouclier de gaz vert derrière lequel il s'était abrité. Mais une douleur intense paralysait le bras blessé du jeune alchimiste. La cendre glissa entre les doigts raidis qui commencèrent à prendre un aspect grisâtre et à peser de plus en plus lourd. Une force invisible lui broyait le bras. Le puissant enchantement de Lord Bronson pouvait changer en pierre tout ce qu'il atteignait. Les rires humiliants des lords retentirent tout autour de lui.

– Finissons-en avec l'incube ! tonna Lord Malkmus. Il est temps de lui montrer la bonne manière d'utiliser la relique de Trogus Soothings. Cette arme ne devrait pas être en sa possession. Si cela n'avait tenu qu'à ses précieux alchimistes, il serait maintenant sans défense sur ce champ de bataille... Rends grâce aux lords ténébreux d'être encore armé. Tu vois ? Même en cela, nous sommes supérieurs à ces lignages sales et répugnants. Mais tout va se terminer aujourd'hui...

Curdy essayait de ne pas prêter attention au discours de son adversaire, car pendant que celui-ci pérorait, l'enchantement progressait et son bras était sur le point de se pétrifier. Sous l'éclat des flammes vertes, le masque de Mordred semblait capable de le consumer par la seule puissance de son sourire maléfique.

Le garçon toucha de sa baguette son propre bras. Sous l'effet d'une douleur insupportable, il s'écroula et se tordit sur le sol. Mais il semblait avoir réussi à bloquer la métamorphose.

– Saisissez-le, il nous le faut vivant pour le dernier rituel... Il nous faut son sang !

Les silhouettes noires avancèrent, se découpant nettement contre le mur de flammes qui les entourait. Curdy rassembla ses forces, essayant de se souvenir des paroles de l'invocation. Les flammes vertes commencèrent à tourbillonner autour de lui. Cerné par ces silhouettes noires déstructurées, dont les masques métalliques aux figures animales semblaient tournoyer, déformant les images, Curdy se sentait pris de nausées.

Sa baguette avait pris la couleur de la braise. Il luttait pour parvenir à distinguer toutes ces formes mouvantes, lorsqu'une main de fer se referma sur son poignet. Le masque de Lord Bronson envahit son champ de vision comme le visage d'un monstrueux cheval de plomb. Les ombres se ruèrent vers lui.

À ce moment, on entendit un cri d'oiseau. Curdy avait mordu la cendre, comme on mord la poussière devant ses ennemis les plus haïs, et il cracha la formule magique :

Convoco sortilegium !

Un long couteau cérémoniel à la main, Lord Malkmus de Mordred, qui s'était approché pour parfaire son œuvre, dut reculer, épouvanté. Une lumière éblouissante environna Curdy, la tête d'un faucon se dressa, lançant un appel éclatant. Le cercle de feu fut balayé par un souffle incendiaire et les lords tournoyèrent sur eux-mêmes comme des lambeaux de toile au milieu d'un brasier.

Curdy se releva. Ses yeux bleus luisaient maintenant comme des escarboucles sur le point de voler en éclats. Il pointa sa baguette sur Lord Malkmus qui s'entoura aussitôt d'un globe de feu vert. Derrière le masque souriant, une singulière terreur marquait les yeux sanguinolents de l'inquisiteur suprême.

Curdy leva le bras et le cri féroce de l'oiseau lui transperça les oreilles. Le Phénix émergea enfin dans une clarté aveuglante et se posa sur le poignet du Cinquième Lord. Tel un fauconnier désignant une proie à son oiseau, Lord Curdberthus lança le bras en avant, vers Lord Malkmus. Toute la force du Phénix se concentra dans la baguette et une langue de feu pur et doré jaillit vers l'alchimiste ténébreux. Une ligne blanche le frappa et Lord Malkmus recula sous le choc d'une indomptable force magique.

Une profonde obscurité s'établit autour d'eux et le champ de bataille disparut derrière le rideau de feu. Le duel mortel avait commencé. Une des deux baguettes devait être détruite, transformant ainsi son maître en esclave du vainqueur.

Lord Malkmus parvint à encaisser le premier assaut et une ombre dense absorba la lance de lumière. Le fracas des combats s'était évanoui. Mais Curdy n'eut pas le temps d'y réfléchir. Un nouveau jet de lumière surgit de sa baguette et retentit comme un coup de tonnerre. Lord Malkmus tomba à genoux. La lumière atteignait déjà son médaillon magique quand la voix de Grendel se fit entendre dans les ténèbres.

Lord Curdberthus doit savoir que son ennemi veut fuir. Qu'il y arrive ou non, le jeune lord perdra sa mère. C'est pour cela que Lord Curdberthus doit fuir avec lui avant qu'il ne soit trop tard ! Il existe un sortilège qui permet de...

Curdy ne laissa pas à Grendel le temps de terminer sa phrase. Il savait quel était l'unique moyen d'accompagner la fuite de l'inquisiteur. Une explosion se fit entendre, un bruit étrange lui succéda et le jeune alchimiste bondit en avant, se lançant dans une course éperdue. Comme porté par la lumière, il atteignit son but alors que l'enchantement était à son apogée et plongea à l'intérieur de la baguette de Lord Malkmus. Tous deux disparurent au milieu d'une déflagration fantasmagorique qui illumina le champ de bataille tel un éclair.

Les dragons étaient repartis et le Conteur avait enfin réussi à rompre le mur de feu créé par le Phénix. Autour de lui, plusieurs de ses conseillers observaient avec curiosité le cratère laissé au milieu de la prairie par la grande explosion qui avait mis fin au duel des deux lords.

– Le Cinquième Lord a vaincu Lord Malkmus, mais nous ne savons pas à quel prix.

Lord Maximus huma l'étrange arôme qui traînait dans l'air.

– Sans nul doute, ce fut une prouesse extraordinaire, finit-il par dire.

– Le maître reviendra, déclara soudain une voix.

Les onocentaures et plusieurs nains se tournèrent avec surprise vers celui qui venait de parler. C'était un elfe domestique aux grandes oreilles vertes.

Kroter s'inclina devant le Conteur :

– Lord Curdberthus a vaincu Lord Malkmus et s'est allié aux dragons. Le maître s'est montré généreux envers les alchimistes...

Les rides de Luitpirc formèrent une moue dubitative.

– Voilà un récit bien étrange, mon cher Kroter, mais il n'est pas encore terminé. Ces dragons qui nous ont aidés ont déjà commencé à dévaster les villes normandes de la côte de

Mercie. Lord Curdberthus a agi sans tenir compte des conséquences de ses choix... Et en pensant uniquement à son propre intérêt.

Kroter fronça les sourcils, visiblement irrité.

– Et le Conteur est *très* ingrat envers le maître. Car sans lui, cette bataille se serait achevée par le désastre auquel elle était promise !

Kroter balaya l'assistance médusée d'un regard hargneux avant de se précipiter entre les jambes des onocentaures, qui s'étaient rassemblés autour du cratère.

– Kroter ne m'a pas bien compris, murmura Luitpirc en regardant d'un air sombre vers l'est. Je suis certain que quelqu'un se trouve derrière Lord Curdberthus... Quelqu'un qui s'est servi de toutes nos faiblesses pour accomplir ses desseins personnels. Mais pour l'instant, la vérité nous échappe.

Il redressa les épaules et regarda ses lieutenants.

– Mettons-nous au travail ! Les armées de l'Inquisition fuient dans les ténèbres et vont se réunir dans le Yorkshire. Il nous reste de nombreux combats à livrer avant de les vaincre entièrement. La plupart des lords ténébreux se sont repliés, mais ils n'ont pas cessé de commander leurs troupes pour autant. Au moins, jusqu'au retour de Lord Malkmus. Par la suite, nous devrons renforcer les frontières des montagnes Noires galloises pour nous assurer que le Nolandshire et Hexmade restent à l'abri pour longtemps.

– Certains de ses sbires ont peut-être suivi Lord Malkmus après le duel ? suggéra Lord Maximus.

– Nous ne savons rien des projets de Lord Malkmus, mais il ne peut abandonner ses créatures ensorcelées sans leurs seigneurs, sous peine de les voir s'enfuir du champ de bataille, terrorisées.

– Que voulez-vous dire ?

– Que Lord Malkmus a probablement entraîné le Cinquième Lord dans un piège.

10

Le dernier secret

Ylke était arrivée épuisée à l'endroit où le Cinquième Lord avait combattu Lord Malkmus. Désormais, elle était certaine qu'il s'agissait de son cher Curdy.

Plusieurs tentes fabriquées à partir des couvertures antilumière avaient été montées sur les terrains alentour. Des maladies magiques affectaient des centaines d'alchimistes et de sorcières. En attendant un transfert vers les lacs voisins, où la deuxième flotte des tempestaires était prête à les transporter vers Hexmade auprès des guérisseurs, la majorité des victimes recevaient les meilleurs soins possible.

Cleod et Leod, dont l'épuisement était visible, portaient sur leurs corps et leurs vêtements de multiples traces de brûlures laissées par les sortilèges. Ils soutenaient Aiken, encore plus durement touché. Avant l'arrivée salvatrice des dragons, le bataillon des Écossais avait subi un terrible assaut de Lord Bronson et de ses hommes. En partie pour attirer l'attention de Murron, Aiken avait affronté Lord Bronson en personne, ce qui lui avait valu la pétrification d'une jambe et du côté droit de son torse. Sa respiration était laborieuse, il n'avait plus qu'un demi-poumon et il devait rendre grâce au ciel que son cœur n'ait pas été touché. L'enchantement de Lord Bronson était souvent mortel.

– Je suis bien content que Curdy ait amené ces dragons ! gémit-il, encore furieux.

De nombreux jeunes de Wilton s'arrêtèrent près d'Ylke et tous contemplèrent le cratère du duel, une dépression dans la terre noire au milieu de la prairie. Rassemblés autour du brasier qui consumait les équipages des inquisiteurs, des centaines de sorciers et d'onocentaures chantaient en chœur, célébrant cette victoire éphémère.

– Tu crois que... ? Enfin... Il est vivant, à ton avis ? Nous allons le revoir ? demanda Ylke.

Aiken se rendit compte que sa sœur était sur le point de fondre en larmes.

– Allons, Ylke. Tu ne crois tout de même pas que... ?

– Que quoi ?

– Eh bien... Ce que tu dis...

– Pourquoi personne n'ose le dire ?

La voix de Lord Cormac Mac Kinley émergea du groupe et le jeune lord, manifestement éreinté par les combats, se fraya un passage à travers la foule pour gagner le bord du cratère, suivi par ses meilleurs alchimistes.

– Pourquoi personne n'ose dire qu'il pourrait être mort ?

Un silence étrange s'abattit, les bruits et les cris en provenance du champ de bataille résonnant plus fort à leurs oreilles.

Lord Cormac sauta dans le cratère.

– Lord Curdberthus est un héros ! Personne ne peut égaler ses prouesses magiques... C'est le plus grand, c'est le Cinquième Lord. Il ne peut pas être mort ! C'est impossible...

– Comment le sais-tu ? demanda immédiatement Ylke.

– Parce que le contraire serait absurde ! Il ne peut pas avoir succombé, il est trop intelligent et tenace. Son arme est le Phénix ! Je ne sais pas quand, mais je suis certain que nous le reverrons.

– Pourvu que tu aies raison, murmura Ylke en serrant la main de son frère.

Entre-temps, beaucoup plus loin vers l'est, le fléau de la nombreuse famille de Grumanagh frappait la côte de Mercie et d'Écosse. La vengeance des dragons fondit comme un ouragan de feu sur les ports normands. Les maisons et les bateaux flambèrent comme d'immenses torches. Les tentatives de ripostes plus ou moins organisées des soldats s'achevèrent dans un brasier.

Grumanagh planait comme un puissant seigneur au-dessus d'une ville en flammes, observant la fuite éperdue de ses habitants. Il rugissait de plaisir devant ce terrible spectacle. Il haïssait les mortels. Leur audace et leur persévérance nuisaient aux dragons et l'heure de la revanche était enfin arrivée. Du moins, dans le sauvage royaume d'Écosse.

D'un battement d'ailes, le patriarche prit de l'altitude et abandonna les ruines fumantes. La ville flambait comme un tas de bûches. Les carcasses des embarcations coulaient dans le port. Il s'éleva encore pour avoir une vision plus ample. Son regard pénétrant scruta les ténèbres au-dessus de la mer : toute la côte jusqu'au nord était constellée de points lumineux, formant une ligne discontinue qui marquait la route de ses fils et de ses parents. Les véritables rois d'Écosse châtiaient l'envahisseur normand, ces anciens Vikings norvégiens qui s'étaient établis en Normandie grâce aux successeurs francs décadents de Charlemagne. Aucun peuple n'était plus détesté des dragons que ces Vikings et leurs descendants, les éternels adversaires de toutes les espèces qui avaient niché dans les à-pics et les grottes de Troms ou de Finmark, au cœur des montagnes accidentées de Norvège et des profondes forêts suédoises.

Grumanagh remonta la ligne des falaises, l'air mugissant au passage de ses ailes au-dessus de la mer déchaînée, puis il atteignit de nouvelles rades et d'autres collines qui descendaient vers l'eau. Là, il écouta avec délices le crépitement des flammes et les cris des Normands au désespoir, vaincus par les créatures ailées. Grâce au Cinquième Lord, les dragons étaient de nouveau les seigneurs de la terre.

11

Duel de lords

C urdy eut l'impression d'avoir été foudroyé. Il roula sur le sol comme un pantin et ressentit une douleur au bras gauche, toujours pétrifié par l'enchantement de Lord Bronson. Endolori, il ouvrit les yeux. Un long gémissement attira son attention, il essaya de bouger la tête, mais...

Il était à moitié assoupi. Il tenta de se réveiller, de se sauver, mais malgré ses yeux ouverts, le sommeil pesait sur sa conscience comme une pierre. Heureusement, il serrait toujours sa baguette intacte dans la main droite.

Enfin, il fut saisi d'une brusque secousse nerveuse et reprit contact avec la réalité, du moins avec l'endroit où il avait échoué.

En levant la tête, Curdy aperçut Lord Malkmus allongé sur le dos, non loin de là. Il ne serrait qu'un morceau de bois dans son poing, le reste de sa baguette ayant été réduit en miettes. Une fumée verte, phosphorescente et vénéneuse émanait des débris, et les panaches de vapeur se transformaient en étranges apparitions fantomatiques. La lumière grise n'avait aucune source précise dans cet immense espace. De grandes arches de pierre descendaient d'une voûte d'ogives perchée à une hauteur vertigineuse.

Près d'eux se dressait une énorme sculpture représentant plusieurs créatures d'aspect maléfique et des chauves-souris de pierre soutenant de leurs ailes un grand chaudron. Curdy comprit qu'il s'agissait d'un hommage à la science des alchimistes ténébreux et à l'usurpation des pratiques magiques.

Un bruit le tira de ses lugubres réflexions. En se retournant, il constata que Lord Malkmus s'était relevé et claudiquait en direction de la pénombre.

– Arrêtez !

La course maladroite de l'inquisiteur suprême le mena devant l'entrée d'un grand couloir. Il y pénétra et fut absorbé par l'obscurité. Curdy s'apprêtait à le poursuivre, lorsqu'il découvrit sur le sol une des signatures qui avaient accompagné la mort de frère Gaufrey dans l'abbaye de Westminster :

Ainsi, il avait eu raison d'imaginer que l'assassin du moine n'était autre que Lord Malkmus. La vérité était déjà inscrite dans l'œil du cadavre. Mais pour parvenir jusqu'au grand gardien afin de le trahir, l'inquisiteur suprême devait forcément avoir un lien secret avec l'ordre du Lion rouge. La résolution de ce mystère se trouvait derrière ce masque d'argent sadique et pervers.

Curdy se lança sur les traces du fugitif, sautant plusieurs marches à la fois, et distingua enfin la silhouette de son adversaire. Il réunit tout son pouvoir et pointa sa baguette sur le lord ténébreux :

– Un pas de plus et je vous livre au Phénix !

La voix du jeune alchimiste rebondit en échos sur les murs lointains et les parois dénudées avant de s'éloigner, résonnant comme la rumeur qui agite les nuages avant le déclenchement d'un formidable éclair. Un cri d'oiseau retentit et une vague de terreur submergea Lord Malkmus.

– C'est le Phénix, Lord Malkmus ! Il va vous détruire !

Haletant derrière son masque, l'inquisiteur suprême se retourna lentement et découvrit une épouvantable apparition. Le jeune lord le menaçait de sa baguette. Une clarté éblouissante émanait de son bras qui semblait embrasé et lançait des rayons lumineux sur le sol et les hauts murs du souterrain.

– Lord Phénix... Enfin nous nous rencontrons seul à seul...

Curdy pouvait distinguer les paupières rouges et les iris jaunes derrière les fentes obliques du masque. Mais un son s'éleva qui détourna son attention. La voix de Gotwif Maiflower se fit entendre, au milieu d'étranges accords de harpe.

– Arrête, mon fils, supplia-t-elle. Arrête...

Sans même se dire qu'il s'agissait peut-être d'un piège, Curdy hurla de toutes ses forces :

– Où es-tu enfermée, maman ? Tu es encore en vie ?

Les échos de ses appels s'éteignirent au milieu d'une cascade d'éclats de rire chargés de mépris. C'était comme si un géant l'observait depuis les hauteurs et qu'il n'était qu'une fourmi insignifiante. Il fut envahi par une bouffée de rage désespérée.

– Où es-tu, mère ? Je suis venu te sauver !

Un bruit très étrange traversa les ténèbres. Curdy perçut l'arrivée de plusieurs ombres dans les couloirs adjacents.

Puis la voix de Grendel s'éleva dans son esprit.

Elle est vivante ! Un bon fauconnier ne laisse jamais échapper la proie que son oiseau a capturée. Sus à Malkmus ! Maintenant !

Curdy se rua en avant. L'inquisiteur suprême fit demi-tour et prit la fuite.

La lumière qui environnait le bras du jeune alchimiste diminua progressivement, jusqu'à devenir un léger sillage flamboyant. L'oiseau descendit en décrivant un cercle. Il éclairait l'intérieur d'une grande chambre souterraine, tel un aigle de feu dont émanaient des rayons lumineux. Ses cris sonnaient comme un défi aux ténèbres, qui se recroquevillaient sur son passage.

Au terme d'une longue course, Curdy rejoignit l'alchimiste ténébreux, qui s'effondra lamentablement quand il le bouscula, et resta à terre. L'adolescent brandit sa baguette.

– Je ne veux pas vous frapper dans le dos... Je veux que vous me regardiez en face, car il y a encore une chose qui peut vous sauver de la mort. N'est-ce pas dans le feu des bûchers que vous aimez voir périr vos victimes ? Eh bien, c'est le feu qui vous attend si vous ne répondez pas à ma question.

Le Phénix revint se poser sur le bras de Curdy. Celui-ci transpirait à cause des efforts et de la concentration nécessaires pour bouger son bras pétrifié.

Lord Malkmus se retourna lentement et se protégea de la lumière qui le menaçait. Lord Curdberthus ressemblait à un véritable géant, le Phénix déployait ses ailes embrasées. Son bec effilé dégageait une impression de férocité implacable, dont l'ardeur aurait pu faire fondre les pierres simplement en les touchant.

Curdy était nerveux, il percevait l'approche des ombres qui rôdaient dans les couloirs. Il ne voyait aucun moyen de s'échapper d'un endroit pareil, mais maintenant, il comprenait que la fuite de Lord Malkmus les avait menés dans la Chambre des lords.

– Puisque vous avez été vaincu par le Cinquième Lord, je vais compter jusqu'à cinq. Je vais vous poser une question et si vous n'y répondez pas, vous serez foudroyé, Malkmus. Je vous réduirai en cendre, dût-il m'en coûter la vie...

Une grande colère et le désir de détruire un être aussi méprisable envahirent Curdy, menaçant de le submerger. Il se souvenait des champs de bûchers, de l'effroyable massacre auquel s'était livré Lord Malkmus. Il revoyait les spectres émerger de la cendre, s'incarner, le sommer d'agir de leurs voix funèbres, le fixer de leurs regards éplorés. Il contempla les mains blanches de Lord Malkmus, le sourire métallique de son masque, et se souvint de la vision gravée sur les pupilles de frère Gaufrey. Le grand gardien avait été assassiné par ces mêmes mains, grâce à l'intervention d'un imagovampire.

– Où est ma mère ?!

L'écho de sa voix s'éloigna dans l'obscurité absolue qui les environnait. Des images étranges assaillaient son esprit.

Malkmus haletait comme s'il était sur le point d'étouffer derrière son masque, d'où sortirent quelques paroles entre-coupées.

– Je ne sais pas... Je me suis contenté de l'envoyer à Londres... J'avais des ordres !

– Deux !

Le mot éclata entre les lèvres de Lord Curdberthus comme un coup de tonnerre. Dans les ténèbres, la rumeur s'intensifia.

Curdy raffermit sa prise sur la baguette. Elle se mit à briller d'un éclat puissant. Il brûlait d'envie de décocher un rayon dévastateur et à cet instant, il se souvint que Lord Malkmus portait un masque. Jusque-là, ils avaient été indissociables, mais maintenant...

Qui se cachait derrière cette pièce d'argent lisse ?

Quel était cet être infâme et répugnant ?

Son visage devait être grêlé de cicatrices par toutes les véroles et les pestes magiques du monde. Sa figure reflétait sans doute fidèlement l'état de son âme, un linceul de chair vivante, dépourvu de nez, de lèvres, transpirant la haine à travers de larges pores. Sadisme et perversion incarnés, étranger à l'humanité...

– Trois, rugit l'alchimiste furieux, disposé à donner la mort malgré les lois de Dieu et du Monarque.

Surmontant son dégoût, il posa la main sur le masque de Mordred qui dissimulait le visage de Lord Malkmus.

– NON !

– Que cachez-vous ? Dites-moi où elle est, démon !

– NE FAITES PAS ÇA !

– Vous craignez de mourir à visage découvert ? Vous croyez que je n'oserai pas ?

La pointe de la baguette frôla le capuchon rabattu sur la tête de l'inquisiteur. Le sourire sadique incrusté dans le masque d'argent resplendissant poussait l'adolescent à exercer sa vengeance au nom de tous ceux qui avaient été torturés et brûlés, soumis à l'implacable cruauté de Lord Malkmus. Mais il se demanda soudain s'il était lui aussi un assassin. Avait-il été corrompu par la morsure de la chauve-souris, par la baguette maudite d'un alchimiste ténébreux et par les pensées perverses de ce monstre de Grendel ?

N'était-ce pas justement l'accusation qui avait été portée

contre lui à Hexmade ? Et dont il était totalement innocent !

– Donnez-moi ce maudit masque !

Bouleversé, Curdy céda à un accès de colère et arracha
l'objet d'un geste brutal.

Un long gémissement déchira les ténèbres.

Curdy recula, hébété, incapable de détacher son regard du
visage qu'il venait de dévoiler. Son esprit ne pouvait plus former la moindre pensée cohérente. Il écarta la baguette et
s'éloigna de quelques pas. L'éclat du Phénix décrut et l'oiseau
prit son envol, éclairant l'horrible scène : le terrifiant,
l'odieux Lord Malkmus était Whylom Plumbeus, le père de
son meilleur ami.

12

Les décisions du Cruormancien

L e visage de Plumbeus était plus pâle et émacié que jamais, une frénésie anxieuse luisait dans son regard, ses lèvres étaient rouges, trop rouges. Curdy évita les crocs effilés qui pointaient hors de la gueule haletante, avide, de Whylom.

– Curdy Copperhair. La Réincarnation ! s'écria celui-ci en se jetant brusquement à genoux.

Les étranges sifflements continuaient à se faire entendre derrière eux.

– Tu serais prêt à me tuer avant de connaître la vérité ? Tu tuerais le père de Hathel ?

Ce mot, le nom de son ami, entama encore davantage la résolution de Curdy. Tout aurait été plus simple s'il avait découvert le visage monstrueux qu'il avait imaginé au cours de ses cauchemars...

– Ainsi, il s'agissait d'un plan pour trahir l'ordre du Lion rouge... Tu as tué mon père dans l'Est... Tu as trahi le grand gardien, frère Gaufrey... C'est pour ça que tes mains blanches et une trace de ton masque ont été la dernière vision gravée dans ses pupilles, avant qu'un des imagovampires ne l'aveugle et n'absorbe son sang... Tu l'as torturé pour découvrir mon identité. Ensuite, tu as ourdi une machination pour te servir de moi...

Whylom eut un rire effroyable.

– Tu as gardé un œil sur moi, jusqu'à ce qu'il soit temps d'en finir avec nous, ajouta Curdy, toujours aussi abasourdi.

– Cela m'a toujours posé un problème de devoir obéir à la Tête de Lion. Le maître de l'ordre se trompe ! Ils se trompent tous ! Le monde entier se trompe ! cria Whylom en se relevant lentement. La vraie grandeur appartient à toutes ces créatures que j'ai commencé à étudier. Ce sont elles qui m'ont mené au Seigneur.

– Quelles maudites paroles prononces-tu là, traître ?

– Ne parle pas ainsi devant Lui ! Où qu'il soit, il t'entend...

– JE MAUDIS AURNOR ! cria soudain Curdy en signe de défi.

Whylom se dressa comme un fou furieux, fixant son regard avide sur le jeune homme.

– Comment oses-tu ? J'ai rempli mon engagement et te voilà enfin ici. Sa Sagesse est immense. IL savait que tu me suivrais. Oui, il avait tout planifié... TOUT...

Curdy hésita un instant. Une idée épouvantable venait de lui passer par la tête. Et si Grendel l'avait trahi ? À moins que le monstre ne soit Aurnor en personne ? Il devait absolument empêcher Plumbeus de lire dans ses pensées ou il était perdu...

– Tu mens !

– Plumbeus est maintenant très grand. Regarde ! Il est en réalité le grand inquisiteur d'Angleterre, lieutenant du lord suprême, premier lord de la Chambre des lords...

– Plumbeus n'est que l'esclave de Curdy. À moins que tu ne veuilles oublier ce qui se passe lorsque deux lords s'affrontent en duel avec leurs baguettes ? Manifestement, tu manques de pratique en tant que lord, car tu n'es qu'un faux noble, un bouffon masqué au service de ton maître. Mais en dépit de tout, les règles prévalent et JE SUIS MAINTENANT TON SEIGNEUR.

– Ce n'est pas sûr ! rugit Whylom, humilié.

– Regarde-toi, Whylom ! Tu es fini et vaincu...

– Tais-toi, sale rat rouge ! Toi et tous ceux de ta race êtes méprisables ! Regarder mourir ton père dans la Chambre des lords m'a procuré un plaisir immense...

Curdy se sentit acculé.

– Que dis-tu ?

– J'ai ordonné la mort de ton père. C'était un des cinq gardiens de l'ordre du Lion rouge ! Ce rusé et manipulateur Lord Leubrandt, la Tête de Lion, ne t'a donc rien dit ?

– Tu mens !

– C'est la vérité ! J'ai ordonné la mort de ton père après sa capture par plusieurs vampires de l'ordre du Dragon et il a été jugé ici, dans cette salle...

– Démon ! TAIS-TOI !

– Et Curdberthus Gaufrey ! Curdy est le diminutif de Curdberthus. Tu crois qu'il s'agit d'un hasard ? Ils t'appellent Curdberthus de Wilton ! TON GRAND-PÈRE EST MORT DE MA MAIN ! Car c'est le cadavre de ton grand-père que tu as étudié dans les ténèbres de Westminster. Luitpirc a eu l'audace de ne rien te dire pendant qu'il manipulait son corps inanimé et l'abandonnait là-bas pour que mes inquisiteurs l'ouvrent, puis l'envoient au bûcher...

Plumbeus s'interrompit sur un étrange halètement, puis reprit la parole plus calmement :

– Je me suis réjoui en assistant à son agonie. Ensuite, nous avons découvert l'endroit où se cachait son héritier occulte et nous avons réussi à t'attirer vers l'ombre. Nous avons alors permis au venin des vampires de dominer peu à peu ton esprit. Ainsi, Aurnor y a pénétré par le biais des songes, se tenant informé de tous tes faits et gestes. Tout a été simple, mais rien n'aurait pu se faire sans Whylom Plumbeus ! C'est le chef-d'œuvre d'un alchimiste génial et tout-puissant. Le meilleur...

Le cri du Phénix attira l'attention de Whylom qui tourna les yeux avec angoisse en levant ses mains blanches, comme s'il s'attendait à recevoir une mort immédiate, mais pleine de gloire.

Curdy visa la tête de son ennemi en silence. La baguette tremblait. La clarté émanant du Phénix découpait des ombres mouvantes sur leurs visages.

À cet instant, la voix de Grendel fit irruption dans l'esprit de Curdy :

Le Cinquième Lord doit se montrer fort ! Plusieurs lords ténébreux se dirigent vers la Chambre des lords par les couloirs. S'ils parviennent à entrer, ni Curdy ni le Phénix n'arriveraient à arrêter les grands vampires...

À cet instant, l'adolescent leva sa baguette vers l'immense voûte d'ogives qui ouvrait sur la grande salle et lança un sortilège. Whylom se jeta au sol et se protégea la tête des deux mains. Mais le rayon rouge du Phénix explosa comme un éclair contre le pilier d'une arche autour de laquelle apparurent des dizaines d'ombres vampiriques informes et rugissantes.

On entendit une explosion d'une force peu commune et un extraordinaire bruit de chute. Les piliers de l'arche cédèrent et s'écroulèrent au milieu d'un nuage de feu. Une partie du couloir qui débouchait dans la Chambre des lords s'effondra, empêchant désormais d'entrer ou de sortir de la salle.

Le gigantesque fracas s'éteignit progressivement, comme mille coups de tonnerre retentissant sous la terre. Le Phénix revint survoler la scène. Les ombres des vampires obscurcissaient de nouveau l'air, cachant la grande voûte de mystère qui les enfermait.

Épouvanté, Whylom se redressa.

– Tes lords ne peuvent plus venir à ton secours, traître.

– Toi non plus, tu ne pourras pas t'échapper ! s'écria Plumbeus d'un ton incertain. Les ombres des grands serviteurs sont visibles à travers les pierres et rôdent déjà autour de nous.

– Aurnor a fait de toi mon esclave !

Curdy faisait preuve d'une vigueur inattendue. Whylom avait pensé qu'il serait anéanti par ces révélations, mais le jeune lord semblait décidé à aller jusqu'au bout.

– À quoi servent à Lord Malkmus ses potions magiques qui le rendent grand et fort, plus pâle et plus sanguinaire ? Maintenant, il a besoin de boire mon sang pour accroître sa puissance, comme il l'a fait avec mes ancêtres. Viens le chercher, ver immonde, car le Cinquième Lord ne suit plus les ordres de la Tête de Lion ni du Conseil de Magonia ! Plumbeus est un misérable traître qui a permis que son propre fils soit tué...

Le ténébreux Whylom fut pris d'un nouvel accès de fureur et avança vers son adversaire. Mais Curdy le menaçait toujours de sa baguette.

– Ce n'est pas vrai ! Je n'ai pas sacrifié mon fils !

– Bien sûr que si ! Nous le savons tous les deux. Et ce crime te tord l'estomac comme un nœud de couleuvres...

– Non ! En réalité, il n'est pas mort ! Son savant de père est bien meilleur que le tien. Je l'ai plongé dans le sommeil grâce à une potion et, aujourd'hui, il dort encore à Hexmade. Il se réveillera quand je l'aurai décidé. C'est lui que le mort-vivant a attaqué, mais c'est toi qui aurais dû te trouver à sa place ! Merci d'avoir sauvé mon fils, Lord Curdberthus ! Mais cela me convenait que tout le monde pense que tu l'avais tué. Ainsi, j'étais libéré de toi et les armes du grand Alchimiste finissaient dans la Chambre des Mystères. Maintenant, la pierre philosophale dissimulée par l'ordre sera remise au lord suprême. Alors, le grand Alchimiste deviendra le Cruormancien.

La signification de ces paroles échappait à Curdy.

– Tu n'y comprends rien, n'est-ce pas ? brailla Whylom. Parce que « comprendre » est « égaler » et tu n'es pas à Sa hauteur...

La colère saisit Curdy une fois encore : il pointa de nouveau sa baguette sur Whylom et le Phénix descendit, environné de flammes.

– QUATRE ! Je te rappelle que je compte jusqu'à cinq.

Whylom ouvrit les bras.

– Regarde autour de toi ! s'exclama-t-il.

Une lueur rougeâtre commença à briller au centre de la pièce. Dans un immense chaudron noir incrusté dans le sol, un liquide épais tournait et tourbillonnait, mêlant des substances de densités et de couleurs différentes. Le sol descendait, formant une grande spirale taillée dans la pierre, jusqu'à l'espace qui entourait l'énorme marmite. Il en émanait une douce lueur, mais la surface était traversée d'éclats iridescents.

Oublie Whylom et va jusqu'au chaudron ! Là-bas, près de l'arche de
pierre, tu trouveras la seule chose qui puisse te sauver. Saisis-la et ne
la lâche pas.

La brusque irruption de la voix de Grendel dans son esprit déconcerta Curdy. Après quelques instants d'hésitation, il courut vers le milieu de la chambre et sauta les dénivelés du chemin de pierre.

Whylom clopinait derrière lui.

– Ne t'en va pas déjà ! Ta mère, Curdy, tu perdras ta mère...

Curdy hésita, mais il se rendit compte que le conseil de Grendel inquiétait Whylom. Il devait tirer parti de leur désaccord.

La présence abominable et avide des morts-vivants se faisait de plus en plus perceptible dans la gigantesque Chambre des lords.

– Ici ! Sarx ! Vodom ! Vlad ! Valak ! Répondez à l'appel de Malkmus ! VENEZ !

Curdy arriva près du chaudron. Il ne s'attarda que quelques secondes devant la vision fascinante de son contenu qui ne parvenait pas à se fondre en une substance homogène. Maintenant, ses soupçons sur les morts-vivants se confirmaient : c'était dans ce récipient que s'accumulait le sang des alchimistes qui avait été absorbé. L'image de frère Gaufrey surgit de nouveau dans son esprit, son cadavre exsangue flottant dans un bassin rond des souterrains de l'abbaye de Westminster. Tout paraissait coïncider avec une horrible précision. Gaufrey avait été tué à l'intérieur d'un cercle, c'était un cercle dans la tour du Roi qui lui avait permis d'atteindre le Haut Royaume, Grendel gisait dans le cercle de son pensoir et maintenant, sa mère semblait enfermée dans ce chaudron rempli de sang d'alchimistes. La mort de Gaufrey paraissait apporter les réponses à toutes les questions, mais il n'était pas arrivé jusqu'au bout, car il s'était produit un événement inconcevable. Ce vieil alchimiste était-il réellement son grand-père ? Savait-il la vérité sur la mort de son père ? Ce pouvait être un mensonge inventé par Whylom pour l'affaiblir. Oui, c'était sûrement un mensonge...

Et si Grendel l'avait obligé à fermer la seule issue pour leur ôter toute possibilité de s'échapper ? Les doutes rongeaient l'esprit de Curdy, l'empêchant de prendre les bonnes décisions. Il lui semblait se trouver au sein d'une immense manipulation orchestrée par des pouvoirs dominateurs, indifférents à la vie et à la mort des autres.

De grands rayons de clarté bleue commencèrent à l'illuminer. Le visage de Gotwif émergea des profondeurs. Elle était tout ce qui lui restait.

– MÈRE !

– Curdy...

– TU ES MORTE ?

L'arche de pierre. L'objet ! Empare-toi de l'objet !

L'appel de Grendel résonna si fortement sous son crâne que les tempes de Curdy palpitèrent douloureusement.

– Il a raison, Curdy. Fais-le... murmura la voix de sa mère, qui semblait venir de très loin.

Curdy fit le tour de la surface flamboyante et arriva près d'une arche de pierre sous laquelle reposait, comme sous un dais, un objet étrange. L'arche semblait avoir été construite des milliers d'années auparavant et son aspect la différenciait du reste de la chambre. D'ailleurs, l'ensemble de l'édifice semblait avoir été conçu autour d'elle afin de la protéger.

Il s'agissait d'une sorte de couronne, façonnée à partir d'une unique pièce de fer resplendissant et inoxydable. Curdy tendit les mains et ressentit soudain des fourmillements dans son bras paralysé qui ne tarda pas à retrouver son état normal. Une puissante magie était à l'œuvre aux abords immédiats de la couronne.

L'adolescent se rapprocha encore de la couronne sans déclencher d'autre manifestation extraordinaire et s'en saisit. Son poids était surprenant. Dès qu'il retira l'objet, l'arche s'effondra et ne forma plus qu'un tas de pierres. Dans le même temps, un profond rugissement souterrain résonna dans les ténèbres, comme si après un tel événement, le monde tremblait sur ses bases.

– Toi seul pouvais le faire...

Whylom avait atteint le centre de la chambre. La clarté ambiante conférait à son horrible visage un aspect cadavérique. Ses cheveux de plomb se plaquaient sur ses épaules comme des mains aux longs doigts qui maintenaient une pression sur son dos, l'attachaient aux ténèbres où il s'était laissé entraîner et dont il ne parviendrait jamais à se défaire. L'horrible murmure reprit :

– Curdy est parvenu à s'emparer de la couronne de fer. Voici venu le temps du Cruormancien...

13

Le Mystère des mystères

Curdy se trouve devant le sang de tous les alchimistes qui ont été capturés ! C'est le plus grand pouvoir jamais réuni dans un seul récipient, l'*Opus Magnum* du plus grand de tous les alchimistes. Ceci est le chaudron du Cruormancien.

Curdy venait d'identifier la source de l'immense énergie qui émanait du lieu.

– Qui est le Cruormancien ?

Whylom fit un autre pas en avant. Les ombres gigantesques des morts-vivants déployaient leurs ailes alentour.

– Le Cruormancien est... Curdy !

Le sourire de Whylom exprimait autant de perversion que celui de son masque. Il chuchota :

Ic
Dies
Æschet !
Enitemaus !

– Cette partie de l'énigme n'a pas encore été résolue ! continua-t-il. Là est l'auteur de tous les crimes, l'unité des contraires, l'Élu et le Cruormancien, le Christ et l'Antéchrist, la dernière formule qui transforme le *lapis philosophorum* en son contraire... Le symbole du *lapis* est la porte qui ouvre le Mystère des mystères. Godefroi de Bouillon ne parviendra pas à ouvrir le coffre du Temple de Salomon sans résoudre l'énigme du bien et du mal !

Le jeune alchimiste recula sans s'éloigner du chaudron où le visage de sa mère l'observait, prisonnier d'une autre dimension.

– N'es-tu pas l'Élu ? Personne d'autre n'aurait pu ôter la couronne de l'emplacement secret où elle avait été cachée par les derniers membres de l'ordre. Maintenant, Curdy doit devenir le meilleur allié d'Aurnor...

Un étrange malaise s'empara de l'adolescent, qui tomba à genoux.

– Tiens bon ! dit la voix de sa mère.

Le venin des vampires contrôle déjà l'esprit de Curdy, susurra la voix du monstre dans sa tête.

Une grande ombre descendit sur le jeune lord.

– Whylom espèce de traître, murmura-t-il.

Un changement extraordinaire transforma la physionomie de Plumbeus qui se décomposait sous l'effet de la fureur.

Whylom ! Qui est Whylom ? Je suis un lord ! Il m'a fait lord... Tu ne comprends pas ? Il nous récompensera tous... Et toi plus que quiconque !

– Tu as raison, tu as déjà cessé d'être celui que tu étais. Te voilà maintenant l'esclave d'Aurnor ! Tu entends ? Tu n'es qu'un esclave !

Les accusations de Curdy accrurent la colère de Whylom qui parut sur le point de se jeter sur lui, de planter ses crocs effilés dans son cou et de le vider de son sang.

Curdy doit se souvenir de la promesse qu'il a faite à Grendel. Lord Curdberthus a promis de lui remettre ce qu'il voudra s'il le mène à Gotwif. Grendel a tenu parole.

L'ombre se pencha vers Curdy. Une horrible gueule au souffle glacial s'ouvrit au-dessus du jeune alchimiste.

Grendel vient prendre la couronne de fer, car tel est le prix qu'il exige en échange de son aide !

Le Phénix descendit comme un éclair dans les ténèbres et son feu repoussa l'attaque du mort-vivant. Celui-ci recula sous l'assaut de l'unique créature susceptible de l'atteindre. Les serres et le bec de l'oiseau s'enfoncèrent dans le visage informe du monstre. Des rugissements rauques se mêlaient maintenant aux cris de l'oiseau de feu.

Dans un ultime effort, Curdy se pencha au-dessus du chaudron. Sous ses yeux, le récipient devenait plus large et plus profond. Tout au fond, la sinistre tête de Grendel prenait forme. Sa main crochue montait vers la surface ; ses petits yeux brillaient comme des rubis au milieu des flammes.

– Ne fais pas ça ! cria Whylom, sur le point de se jeter à genoux pour le supplier. Ensemble, tout est possible, nous pourrions dominer le monde... Lord Malkmus de Mordred te récompensera à Rome... La couronne de fer... Garde-la ! Ils ont condamné à mort ton père et ton grand-père... Grendel nous détruira tous les deux... Je peux sauver ta mère !

À cet instant, une ombre qui s'était faufilée jusqu'à eux bondit sur Curdy avec un grognement. Tel un ver de terre, Clodoveo, le fidèle bossu qui le plus souvent suivait Lord Malkmus comme son ombre, s'était approché en retenant son souffle, dans l'espoir de sauver son maître de la menace du jeune lord. Maintenant, il avait refermé les deux mains autour du cou de Curdy.

Frappé d'un sentiment d'impuissance, l'adolescent s'abandonna brièvement au désespoir. Plumbeus s'avançait vers lui, prêt à lui prendre sa baguette. En se débattant, Curdy se retrouva à quelques centimètres de l'horrible visage informe de Clodoveo, de son haleine de serpent, de sa langue de reptile, et de son œil de poisson, froid et empli de folie furieuse, au-dessus de la marque charnue de sa paupière.

Pendant un instant, Curdy parvint à surmonter la pression du bourreau sur sa gorge et raffermit sa prise sur la baguette. Fou de colère, il regarda le visage haletant de Plumbeus, les mains blanches ouvertes, l'haleine monstrueuse de sa bouche où se découpaient de longs crocs. Whylom s'apprêtait à bondir pour lui arracher la couronne et Curdy brandit sa baguette avec rage dans sa direction. Mais le fidèle bossu, l'obstiné Clodoveo, s'était jeté en avant et, grâce à son agilité hors du commun, s'interposa entre les deux adversaires.

Un jet de feu presque solide traversa ses mains, mais il parvint malgré tout à dévier l'éclair dirigé vers son maître et hurla de douleur. Plumbeus recula, épouvanté. Au milieu d'une vague de feu et d'air brûlant, les serres du Phénix s'enfoncèrent dans la chair du bossu.

La clarté aveugla le jeune lord qui se protégea les yeux. L'impitoyable et sanguinaire moine renégat poussait des hurlements déchirants. Il n'y avait pas une once de magie dans son corps ordinaire de chair et d'os. Clodoveo reculait en battant des bras. Curdy eut une brève vision de son visage déformé par la souffrance. En dépit de ses crimes et des tortures qu'il avait infligées, le bossu était l'esclave de

564

mages ténébreux et rusés qui étaient parvenus à annihiler sa volonté et l'utilisaient avec mépris. Maintenant, il donnait sa vie pour sauver celle de son maître pervers. Curdy ne pouvait s'empêcher d'éprouver de la compassion à son égard.

La torche humaine tomba à genoux et ses yeux rougis parurent encore capables de fixer Curdy à travers les flammes. Horrifié, l'adolescent chercha Plumbeus du regard. Désormais, il était déterminé à le tuer une fois pour toutes. Mais il découvrit avec désespoir que son ennemi avait disparu dans les ombres et que les énormes vampires étaient rassemblés autour de lui, prêts à l'assaillir au moindre signe de faiblesse.

En regardant la chair calcinée et les bras rigides de Clodoveo, les plis de ses haillons adhérant comme des loques noirâtres à son sang carbonisé, Curdy se sentit l'âme d'un assassin.

– Te voilà un inquisiteur, tout comme moi ! Tu as donné la mort par le feu !

La voix terrible et le rire tonitruant de Plumbeus jaillissant des ténèbres semblèrent faire écho à ses propres réflexions. C'était le moment de vérité. S'il voulait s'en sortir, il devait s'armer de courage et surmonter le choc des derniers événements. Le désir de défendre sa mère fut plus fort que sa propre survie.

Une obscurité soudaine se fit : les morts-vivants se rapprochaient.

Le Phénix étendit ses ailes comme un toit de feu.

Curdy serra la couronne contre lui et sauta à l'intérieur du chaudron.

Il lui sembla franchir une distance incommensurable, mais la serre de Grendel se rapprochait à vue d'œil.

Finalement, Curdy et le Phénix ne firent plus qu'un et traversèrent la surface du liquide gazeux au milieu d'un nuage de feu. L'énorme main de Grendel monta à leur rencontre et la couronne de fer disparut entre les doigts noueux du monstre.

Ic

Dies

Æschet!

Enitemaus!

Glossaire

AGOBARD DE LYON : inquisiteur suprême de France.

ALCYON : oiseau semblable à une colombe bleue de grande taille, capable d'apaiser les tempêtes s'il parvient à les survoler.

ALÉRION : oiseau couleur de feu dont les longues ailes sont semblables à celles d'un faucon. Il appartient au groupe des créatures alchimiques. C'est le seigneur de tous les oiseaux, encore plus grand que les aigles. Selon la tradition alchimique, il n'en existe qu'un seul couple dans le monde entier. À l'âge de soixante ans, la femelle pond deux œufs. Les poussins brisent leur coquille au soixantième jour. Peu après, escortés par des milliers d'oiseaux, le couple de parents rejoint la mer, s'y jette et est dévoré par les poissons. Les autres oiseaux s'occupent des jeunes alérions jusqu'à ce qu'ils prennent leur envol. Ces oiseaux occupent un rang immédiatement inférieur à celui du Phénix. Un récit similaire est présent dans le *Bestiaire* de Pierre de Beauvais.

ARDLUK L'ANCIEN : fondateur de l'ordre du Dragon. Ancêtre de tous les Vlad de l'aristocratie transylvanienne. Les mandataires de l'ordre font partie de ses plus proches parents : Sarx, Valak, Ordrog, Vrolok...

BOUSTROPHÉDON : écriture qui change de sens à chaque ligne. D'abord de gauche à droite, puis de droite à gauche. Cette technique

569

s'appuie sur un alphabet grec archaïque, mais se retrouve également dans d'autres systèmes d'écritures antiques.

CATOBLÉPAS : selon Isidore de Séville, cet animal étrange, semblable à un énorme bœuf poilu, est capable de changer de couleur pour se camoufler dans les marais. La taille imposante de ses cornes le force à regarder le sol. Mais grâce à son odorat, il peut percevoir la présence des dragons qu'il combat en se cachant dans la fange et en les bombardant de nauséabondes bombes puantes.

CHAMBRE DES LORDS : alliance de lords alchimistes réunis au sein d'un tribunal secret, qui forment un organe de gouvernement inquisitorial dans les souterrains de la Tour de Londres. Lord Dæmon d'Alkwin, les frères MacClawen et Lady Macbeth sont quelques-uns de ses membres les plus fameux. Ils dissimulent leurs visages sous des masques de métal figurant d'étranges faces animales déformées, et leurs silhouettes sous des manteaux à capuchon. Le lord chambellan, porte-parole de la Chambre, fait exception. Par-dessus son masque, il porte une perruque frisée de crin blanc de cheval.

CRANNOG : mot d'origine irlandaise (de *crannoc* et *crann*, signifiant « arbre ») qui désigne des îles édifiées par des hommes primitifs dans le lac proprement dit. Ils ont accumulé des pierres sur le fond jusqu'à obtenir une base ferme prête à supporter de la terre et de la végétation.

CRUORMANCIEN : formé à partir des mots *cruor*, « sang » et *mantia*, « magie », ce mot signifie « alchimiste voué au sang » ou « dont les pouvoirs divinatoires sont fondés sur le sang ».

CUNÉIFORME : système graphique apparu en Mésopotamie et dont le principe consiste à graver des signes sur de l'argile avec un stylet (ou dans la pierre, à l'aide d'une masse).

CURIA REGIS : dans les traités de l'époque, nom latin désignant le Conseil du roi d'Angleterre.

DRAGON : créature à la fois alchimique et physique, dotée d'un grand pouvoir et d'une grande énergie. C'est la force rebelle du Roi Doré. Les dragons forment de grandes et étranges familles, il en existerait des dizaines de races différentes. À l'origine, ils étaient considérés comme les plus grands serpents de la terre.

FRÈRE CURDBERTHUS GAUFREY : grand gardien de l'ordre du Lion rouge.

GODEFROI DE BOUILLON : noble mérovingien, fondateur de l'ordre du Temple.

GRANDE INQUISITION : armée levée avec le consentement du roi d'Angleterre. Bras armé des lords inquisiteurs, elle est chargée de la chasse aux sorcières.

GUILLAUME LE ROUX : roi d'Angleterre.

GUNTRAM DE MAGDEBURG : chevalier de l'ordre des Templiers, chargé de protéger la suite de Godefroi de Bouillon dans son voyage vers Jérusalem et de combattre les chevaliers de l'ordre du Dragon.

HAUT ROYAUME : dimension magique suprême à laquelle se réfèrent les alchimistes, source des influences les plus profondes et inexplicables. Ce territoire symbolique est étranger au raisonnement humain ; on n'y accède que par des résolutions d'énigmes, des métaphores et des substances alchimiques. Les chiffres et le langage des rêves sont d'autres modes de communication avec cet univers.

INCUBUS : en français, « incube ». Race de démon masculin.

LEUCROTE : sorte de chien gigantesque qui vit en solitaire, moitié hyène, moitié lion. Elle se nourrit des charognes de certains monstres, notamment des dragons.

LIVRE REGISTRE DE LA GRANDE INQUISITION : aussi appelé *Domesday Book*, il s'agit d'un registre mis à jour par les scribes du nouveau roi normand, Guillaume le Conquérant, recensant la propriété des terres d'Angleterre. Son héritier Guillaume le Roux a poursuivi cet immense inventaire, grâce à son lord chancelier Ranulf de Flambard.

LORD : à l'époque, titre d'honneur qui précède un nom. À l'exception des ducs, tous les barons, les comtes et les vicomtes sont traités comme des lords. Les hautes charges ecclésiastiques, les évêchés ou les archevêchés confèrent également ce rang. L'épouse d'un lord reçoit le titre de lady, apposé devant son nom.

LORD ANSELME DE BECQ : abbé de Westminster. Il était en relation avec la Confrérie des alchimistes d'Angleterre et à son tour avec la Chambre des lords.

LORD CHANCELIER : choisi par le roi d'Angleterre, c'est le porte-parole de la *Curia Regis* ou Cour suprême. À l'époque de ce récit, il s'agit de Ranulf de Flambard.

LORD CHAMBELLAN : charge sous laquelle on connaît le porte-parole de la Chambre des lords, ici, Lord Drogus de Marlow.

LORD MALKMUS DE MORDRED : inquisiteur suprême d'Angleterre, bras droit du lord chancelier. Sa véritable identité est un mystère absolu, comme celle de la majeure partie des lords ténébreux. Il se cache derrière le masque de Mordred, le fils félon du roi Arthur ; l'objet avait été prélevé dans la tombe préparée par Morgane pour son fils dans une grotte des montagnes Noires de Gwynedd (Mynyddoedd Duon en gallois). *Voir* Nolandshire.

LORD ROBERT DE WAIRHAN : comte normand qui régit la ville de Wilton et la contrée de Wiltshire, à l'exception des abbayes de Malmesbury et d'Abury, sous la domination de l'ordre de Cluny.

LORD SUPRÊME : lord qui a un pouvoir sur les autres lords. Dans ce cas précis, il s'agit d'un titre honorifique et non transférable que la Chambre des lords octroie à Aurnor ou au démon.

LUITPIRC DE MAGONIA : maître de la loge des alchimistes de Wilton puis premier conseiller du Monarque. Il appartient au Conseil de

Magonia. Pour le peuple, il est le Conteur, le porte-parole du Conseil.

LLANFAIRPWLLGWYNGYLLGOGERYCHWYRNDROBWLLLLANTYSILIOGOGOGOCH : nom d'un village authentique, qui se situe dans l'île d'Anglesey au pays de Galles. Il s'agit du toponyme le plus long du Royaume-Uni et le troisième au monde.

MAGONIA : ville mythique du Moyen Âge, vers laquelle sont censés confluer tous les chemins des alchimistes d'Europe. Elle est souvent représentée comme une cité au milieu des nuages à laquelle on ne peut accéder que grâce à ses bateaux, dont les capitaines sont des alchimistes appelés « tempestaires » pour leur habileté à provoquer et à diriger les vents et les tempêtes.

MONTAGNES NOIRES : leur nom gallois est Mynyddoedd Duon. Ces hautes collines du comté de Galles atteignent trois mille pieds d'altitude, comme Waun Fach, le point culminant du massif.

NOLANDSHIRE : contrée de Nulle-Part. On la trouve dans les terres sauvages des montagnes Noires galloises où plusieurs vallées permettent d'accéder à ses portes. Elle a été créée en Angleterre par le Conseil de Magonia pour abriter les alchimistes anglo-saxons des maisons inférieures, menacés par les persécutions de la Grande Inquisition et de la Chambre des lords. Sa capitale est Hexmade et son collège de magie, une forteresse appelée royaume des Apprentis, est dirigé par Luitpirc de Magonia.

ORDRE DE CLUNY : ordre bénédictin fondé le 11 septembre 909 par Guillaume Iᵉʳ, duc d'Aquitaine, qui donna la ville de Cluny au pape pour y installer un monastère de douze moines. Le monastère se situait dans le Mâconnais, en Saône-et-Loire. Le présent de Guillaume le Pieux n'était pas dénué d'arrière-pensées : il prétendait obtenir la protection et la garantie du Saint-Siège pour affirmer sa souveraineté instable et échapper au contrôle des laïques. La charte fondatrice établit la règle de la libre élection de l'abbé par ses moines. Ce point revêtait la plus grande importance dans l'ordre des Bénédictins. Au cours du siècle suivant et jusqu'à la fin du Moyen Âge, l'ordre de Cluny s'est développé et compte encore de nombreux monastères sur le continent, ainsi qu'en Angleterre, pays soumis à l'influence normande.

ORDRE DU DRAGON : ordre dont la création fut attribuée à Ardluk l'Ancien, le premier ancêtre de Vlad Dracul et de toute l'aristocratie sanguinaire de Moldavie, Valachie et Transylvanie. Dès son apparition, ses membres accordent une grande valeur au sang. Leur signe héraldique est un dragon ailé.

ORDRE DU LION ROUGE : ordre d'alchimistes mérovingiens fondé au VIIe siècle par la loge des forgerons de Charles Martel.

ORDRE DU TEMPLE : fondé par Godefroi de Bouillon. Dans un premier temps, sa fonction est d'accéder au Saint des saints du Temple de Salomon pour préserver le secret qui y est enterré.

ORDRE TEUTONIQUE : bras armé de l'ordre du Lion rouge, composé de chevaliers mortels des maisons mérovingiennes d'Austrasie. Il existe aujourd'hui encore en Allemagne. Bien qu'en apparence ses objectifs soient altruistes, la nature de ses véritables activités n'est pas totalement connue.

PÉPIN L'ANCIEN : fondateur de la lignée des Carolingiens pippinides. Il fut maire du palais du royaume des Francs et finit par devenir un grand maître de l'ordre du Lion rouge.

PÉTROGLYPHE : pictogramme rupestre primitif, taillé ou gravé selon le support.

PHÉNIX : en dépit de tout ce qui se dit au sujet du Phénix, selon la véritable tradition alchimiste, il n'en existe qu'un seul spécimen au monde. Si les alérions se caractérisent par le fait d'être un couple unique, le Phénix est l'Oiseau Unique, l'oiseau suprême de toutes les créatures magiques. Il peut vivre jusqu'à cinq cents ans sans avoir besoin de renaître, acte qui, selon les alchimistes, lui permet de reconstituer ses forces. Le Phénix meurt consumé par son propre feu, pour renaître ensuite de ses cendres. Les légendes assurent que lorsque le Phénix revient, il apparaît d'abord sous forme de ver, bien qu'il ne s'agisse pas réellement d'un ver mais d'une braise qui se consume sous les cendres et dont la brûlure est meurtrière. En peu de temps, le Phénix commence à se manifester en lançant de grands jets de flammes capables de tout consumer. Il apparaît ensuite sous sa forme de Phénix, un grand faucon que seuls quelques-uns peuvent distinguer au milieu des flammes. C'est l'arme meurtrière du Roi Doré, et son seul seigneur mentionné par les prophéties est le Messager de la Flamme.

RANULF DE FLAMBARD : lord chancelier d'Angleterre, également évêque de Durham. L'homme de confiance de Guillaume le Roux, deuxième roi normand d'Angleterre.

ROYAUME DE GWYNEDD : nom d'un des quatre royaumes de Galles. Le Nolandshire se cache à proximité de ses frontières avec la Mercie.

ROYAUME DES APPRENTIS : voir Nolandshire.

SUCUBUS : en français, « succube ». Race de démon au corps féminin.

Remerciements

Telle une opération alchimique, ce livre et tout ce qu'il signifie est passé par un processus long de plusieurs années. Durant cette période, nombre d'alchimistes ont participé à son élaboration. Je voudrais notamment adresser de chaleureux remerciements à plusieurs personnes dont la collaboration a été véritablement essentielle. Sans leur aide, les aventures de Curdy n'auraient pu arriver à leur terme.

À Diethelm Tzschöckel, qui a éveillé en moi un intérêt critique pour l'histoire. À Pilar Yuste, la meilleure enseignante de tous les bahuts du monde. À tous mes amis en général, dont je ne peux dresser la liste exhaustive.

Je veux exprimer ma gratitude à toute l'équipe de Montena, surtout à Nuria Cabutí pour son professionnalisme, sa force de caractère et sa confiance dans le projet, à Judith Sendra pour son excellent travail dans l'aspect graphique complexe de ce texte, et à Alejandro Colucci pour sa fidélité et ses illustrations exceptionnelles. Mais par-dessus tout, je veux citer Cristina Armiñana pour ses impayables traits d'esprit et Teresa Petit, travailleuse infatigable et personne formidable qui a versé le contenu du chaudron dans sa nouvelle cornue, RHM, sans laquelle la pierre philosophale ne serait pas parvenue à prendre forme. Sans oublier ceux qui, à TMR, ont rendu possible l'ébauche de *La Pierre du Monarque*, et qui continuent à travailler pour que Curdy arrive, comme dit Joan, « jusqu'à la fin ».

Je ne veux pas oublier non plus l'intervention magique de Javier Cavanilles, farouche défenseur des causes perdues en des époques mémorables, Francesc Viadel, qui a entretenu la flamme, Carlos Aimeur, bon compagnon et grand journaliste (prodigieuse combinaison !), Cristina Guerrero, Ana Mendoza, Elsa Fernández-Santos, Manuel Llorente et José Andrés Rojo, qui ont répondu à l'appel de Grendel − naturellement, il s'agit d'une métaphore, *pour la comprendre, il faut lire le livre...* − et ont offert à Curdy l'occasion de faire connaître ses progrès. Fernando Marías a apporté son inestimable et inconditionnel appui, Paco Luis del Pino, Xavi Ayén, Jacinto Antón, Antonio G. Iturbe et Richard Ruiz leur compréhension et leur ferme soutien. Et, au risque d'oublier quelqu'un, je veux également citer Paola Castagno, Francis Llopis, Alex Vivaut, Sergio Balseyro, Verónica Vinias, Gonzalo Iglesias, Javier Romero, Antonio Piñero, Dörthe Seubert, Olivia Díaz, Manuel Burón, Rubén Sousa... ainsi que tous ceux que j'ai oubliés, injustement mais involontairement. Je pense aussi aux membres de la Sociedad Tolkien d'Espagne, du Pérou, d'Argentine et du Chili pour l'aide qu'ils ont apportée à Curdy, conscient qu'il a encore beaucoup à apprendre de Gandalf. À tous, merci d'être des défenseurs loyaux et altruistes du fantastique médiéval.

Évidemment, j'éprouve aussi une chaleureuse gratitude envers tous ceux qui, d'une manière ou d'une autre et heureusement en vain, ont tenté par tous les moyens d'empêcher le processus d'arriver à son terme... Car il ne faut pas oublier que toutes les choses s'accomplissent non seulement « grâce à », mais aussi « malgré ».

Table des matières

D'autres livres

Rafael ÁBALOS, *Grimpow, l'élu des Templiers*
Clive BARKER, *Abarat, Tome 1*
Clive BARKER, *Abarat, Tome 2 Jours de lumière, nuits de guerre*
Fabrice COLIN, *La Malédiction d'Old Haven*
Hervé JUBERT, *Blanche ou la triple contrainte de l'Enfer*
Hervé JUBERT, *Blanche et l'Œil du grand khan*
Hervé JUBERT, *Blanche et le Vampire de Paris*
Silvana DE MARI, *Le Dernier Elfe*
Silvana DE MARI, *Le Dernier Orc*
Jonathan STROUD, *La Trilogie de Bartiméus I. L'Amulette de Samarcande*
Jonathan STROUD, *La Trilogie de Bartiméus II. L'Œil du golem*
Jonathan STROUD, *La Trilogie de Bartiméus III. La Porte de Ptolémée*

www.wiz.fr
Logo Wiz : Cédric Gatillon

Composition Nord Compo
Impression Bussière en août 2008
Éditions Albin Michel
22, rue Huyghens, 75014 Paris

ISBN-13 : 978-2-226-18612-6
ISSN : 1637-0236
N° d'édition : 17880. N° d'impression : 082290/4.
Dépôt légal : septembre 2008.
Loi n° 49-956 du 16 juillet 1949 sur les publications destinées à la jeunesse.
Imprimé en France.